本书为湖南省社会科学规划项目"王夫之诗歌研究"（12JD08）结题成果

本书获湖南省船山学基地、湖南省重点学科建设项目资助

王夫之诗歌
创│作│考│论

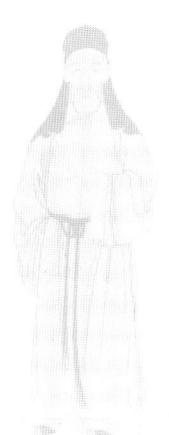

朱迪光 ◎ 著

中国社会科学出版社

图书在版编目（CIP）数据

王夫之诗歌创作考论/朱迪光著. —北京：
中国社会科学出版社，2017.5
ISBN 978-7-5161-9340-2

Ⅰ.①王… Ⅱ.①朱… Ⅲ.①王夫之（1619—1692）—诗歌研究
Ⅳ.①I207.22

中国版本图书馆 CIP 数据核字（2016）第 280850 号

出 版 人	赵剑英
责任编辑	郭晓鸿
特约编辑	席建海
责任校对	李 莉
责任印制	戴 宽

出　　版	中国社会科学出版社
社　　址	北京鼓楼西大街甲 158 号
邮　　编	100720
网　　址	http://www.csspw.cn
发 行 部	010-84083685
门 市 部	010-84029450
经　　销	新华书店及其他书店

印刷装订	北京君升印刷有限公司
版　　次	2017 年 5 月第 1 版
印　　次	2017 年 5 月第 1 次印刷

开　　本	710×1000　1/16
印　　张	25
插　　页	2
字　　数	329 千字
定　　价	92.00 元

凡购买中国社会科学出版社图书，如有质量问题请与本社营销中心联系调换
电话：010-84083683
版权所有　侵权必究

自　　序

　　王夫之，后人尊称王船山，他是明末清初人，但其思想在其当世时影响不大，至近代而影响日巨。世人称王夫之是伟大的爱国主义者、哲学家、史学家、文学家，他的学术成就和文化贡献是多方面的。

　　王夫之一生创作了1600多首诗，王闿运在其日记中对王夫之的诗歌进行了分析研究，称王夫之为湘洲诗人中非常重要的一位。自此开启了对王夫之诗歌的研究。百余年来，关于王夫之诗歌创作的研究不算是热点，但也不是冷门，评论者或褒或贬，因其论著俱在，用不着辞费。

　　笔者自20世纪末研究船山学以来，先是用力于300年王船山学术思想史研究，渐渐进入王夫之本人学术思想的研究。王夫之除了自身的著述外，可供搜集的文献并不多，因而王夫之的诗歌是研究他本人的最好材料。这样一来，王夫之诗歌自然成了笔者最重要的研究选题。

　　关于王夫之诗歌的研究，在此笔者主要说说自己的想法和做法。在开始研究王夫之诗歌创作之前，笔者承担了全国高等院校古籍整理工作委员会的项目"王夫之诗集校注"，对王夫之诗歌进行注释。至本书完成之时，王夫之诗歌注释已完成并交予出版社出版。王夫之诗歌注释工作，笔者只能说做完了，但限于客观而非主观的原因其中肯定存在不少的问题，在今后笔者还将进一步完善。正因为有这样的基础，笔者在做王夫之诗歌创作研究时特别注重对文本的分析，注重文献材料，注重证据，因此名之曰"考论"。本书共八章。第一章是对学界关于王夫之诗歌研究的回顾。第二章探讨王夫之诗集的编撰及王夫之诗集的编撰思想。第三章是王夫之诗歌作品创作年份考及其纪事研究。第四章是王夫之的文学交游考。第五章以《广落花诗》为例探讨王夫之的咏物诗。第六章探讨王夫之史学与诗歌创作关系。第七章是对王夫之诗歌与王夫之教育教学关系的研究。第八章探讨湖湘传统与王夫之诗歌创作之关系。笔者从不奢望在一本书中解决与王夫之诗歌创作有关的所有问题。笔者尝试了解王夫之作为诗人在其成长时受到哪些人的影响，初步揭示作为史学家、教育家的王夫之诗歌创作中的史学修养、教师情怀的作用，试图寻绎湖湘传统与王夫之诗歌创作的内在因缘。

目 录

第一章　王夫之诗歌创作研究回顾 …………………………… 1
　第一节　关于王夫之诗集的点校、注释及其出版 ………… 2
　第二节　王夫之诗歌创作生涯分期研究、
　　　　　诗歌作品创作年代考证 …………………………… 4
　第三节　关于王夫之诗歌主题、思想内容及其题材研究 … 9
　第四节　关于王夫之诗歌艺术特色的研究 ………………… 22

第二章　王夫之诗集编辑考 …………………………………… 26
　第一节　王夫之诗集序言注释 ……………………………… 26
　第二节　王夫之诗集编辑年份考 …………………………… 51
　第三节　王夫之诗集编辑思想考 …………………………… 60
　第四节　王夫之诗集编撰体例 ……………………………… 66

第三章　王夫之诗歌作品创作年份考及其纪事研究 ………… 73

第四章　《广哀诗》与王夫之的文学交游考 ………… 100
第一节　《广哀诗》注释及其所咏内容分析 ………… 100
第二节　王夫之的文学交游考 ………… 137

第五章　王夫之《广落花诗》探析 ………… 194
第一节　《广落花诗》的创作题旨 ………… 195
第二节　《广落花诗》的思想内容 ………… 198
第三节　《广落花诗》的艺术表现 ………… 218

第六章　王夫之的咏史诗注释及其史学与诗歌创作关系考 …… 227
第一节　王夫之咏史诗注释 ………… 227
第二节　王夫之的史学观念与诗歌创作关系 ………… 250

第七章　王夫之诗歌与王夫之教育教学关系考 ………… 284
第一节　王夫之诗歌中所反映的王夫之教师
　　　　生活及其教育思想 ………… 284
第二节　王夫之的教育思想 ………… 315
第三节　王夫之对诗歌与教育关系的认识及其实践 ……… 322

第八章　湖湘传统与王夫之诗歌关系考 ………… 331
第一节　王夫之对湖湘及其湖湘传统的认知与继承 ……… 331
第二节　王夫之诗歌对湖湘山水的表现 ………… 346
第三节　湖湘传统与王夫之诗歌创作特点 ………… 371

第一章

王夫之诗歌创作研究回顾

　　王夫之16岁就开始学习写诗，直到他辞世之前仍创作不辍，一生创作了大量的诗歌作品。据中华书局1962年出版的《王船山诗文集》统计，王夫之一生共创作诗约1660首。这些诗曾陆续刊刻传世的除《五十自定稿》《六十自定稿》《七十自定稿》外，还有《柳岸吟》《落花诗》《遣兴诗》《和梅花百韵诗》《洞庭秋诗》《雁字诗》《仿体诗》《岳余诗》《分体稿》《编年稿》《忆得》《剩稿》，皆收入《船山遗书》，后又全收入《船山全书》。这些诗按体制分，可分四言、五言、六言、七言、乐府、歌行和排律七大类，五言还可细分为五言古诗、五言律诗、五言绝句，七言可以细分为七言绝句、七言律诗等。就题材而言，主要有写景诗、咏物诗、赠答诗、咏史诗、咏怀诗、爱情诗、悼亡诗、送别诗（友情诗）、纪游诗、田园诗、隐逸诗、哲理诗、题画诗等类别。从内容上说，有反映现实的，亦有单纯咏史的；有描写自然的，亦有阐发哲理的；有严肃之作，亦有表面是文字游戏的。可以说，王夫之的诗歌还是一座有待进一步探索开发的神秘的精神宝库。

第一节　关于王夫之诗集的点校、注释及其出版

一　王夫之诗歌作品的出版

王夫之逝世后，康熙四十几年至六十年之间，其子王敔在湘西草堂刊刻船山遗书有 20 余种。其中属于诗歌方面有《船山自定稿》《五十自定稿》《六十自定稿》《七十自定稿》《五言近体》《七言近体》《夕堂永日绪论》《夕堂戏墨》等。[①] 乾隆年间被查禁船山遗书有 9 种，其中主要为诗歌方面的著作，如《船山自定稿》《五十自定稿》《六十自定稿》《七十自定稿》《夕堂戏墨》《五言近体》《七言近体》等。[②] 道光二十四年（1844）新化邓显鹤辑刊《沅湘耆旧集》，第 33 卷、第 34 卷收录船山古体诗 290 首。同治四年（1865）曾国藩、曾国荃兄弟集资设局校刊《船山遗书》。此书共 322 卷，其中集类 24 部中有《诗集》11 卷、《姜斋诗剩稿》1 卷等。清光绪十三年（1887）湖南衡阳县知事张宪和据清同治四年南京金陵节署曾刻本板片增补递修重印《船山遗书》，其中增刊于王船山后裔家搜集到的《龙源夜话》1 卷、《姜斋诗剩稿》1 卷、《忆得》1 卷、《姜斋诗编年稿》1 卷、《姜斋诗分体稿》4 卷、《姜斋文集补遗》2 卷，计 6 种 10 卷。

清光绪十九年（1893）衡阳唐璟莹据家藏《余春光》手迹墨宝，刊刻《余春光》行世。清光绪二十三年（1897）邵阳曾氏莱香山馆本

[①] 参见刘志盛《王船山著作源流考》,《王船山著作丛考》, 湖南人民出版社 1999 年版, 第 18 页。

[②] 参见陈乃乾《禁书总目》和姚觐元《清代禁毁书目（补遗）》。

第一章
王夫之诗歌创作研究回顾

《惜余鬘赋》附七歌。

在岳麓书社的《船山全书》出版前，关于船山诗歌方面的著作点校情况如下：《王船山诗文集》21种、34卷，1962年中华书局标点铅印本，繁体字竖排，前有嵇文甫《序言》。该书又有1983年4月北京第二次印本。《王夫之著作选注》，湖北人民出版社1975年7月点校注释标点铅字排印本。其中选有《郑风与齐风》《袚禊赋》《自题墓石》等文学评论及创作诗文等篇。

《船山全书》由岳麓书社出版，繁体字竖排，大三十二开本。按经、史、子、集四部排列，分装16册，共收王船山著作71种，附补遗2卷。自1988年12月至1996年12月全部出齐。其中第15册收有船山诗歌方面的著作。《船山全书》的出版，对船山诗歌研究是一个重要的推动。

二　王夫之诗歌的注释

民国时期，南岳康和声先生编撰过《王船山先生南岳诗文事略》[①]，对王船山先生创作的与南岳有关的诗歌进行了简略的注释。20世纪90年代初，康华楚、谭岳生、廖德年编著了《王夫之与南岳》[②]，其中也选取了王船山所写的与南岳有关的诗歌进行注释。

进入21世纪，周念先生注释了王船山的诗：《闻司马平溪郑公收复邵阳别家兄西行将往赴之》《即事》2首、《南岳摘茶词》10首选3、《盛夏寄章峨山先生湘阴军中》《丁亥元日续梦庵用袁石公韵》2首、《淫雨弥月将同叔直取上湘间道赴行在不得困车架山哀歌示叔直》《杂诗》4首选1、《重过莲花峰为夏叔直读书处》《读〈指南集〉》2首

---

① 参见康和声《王船山先生南岳诗文事略》，中华全国图书馆文献缩微复制中心1996年版。

② 参见康华楚、谭岳生、廖德年《王夫之与南岳》，北京燕山出版社1992年版。

选1、《二贤祠重读义兴相公诗感赋》《岳峰悼亡》4首、《初度日占》6首选1、《长相思》2首、《广遣兴》58首选1、《拟〈古诗十九首〉》选6、《极丸老人书所示刘安礼诗垂寄情见乎词愚一往呐吃无以奉答聊次其韵述怀》《留别圣功》《猛虎行》《代出蓟门行》《却东西门行》《长沙旅兴》《遣怀》4首选1等。①

第二节 王夫之诗歌创作生涯分期研究、诗歌作品创作年代考证

一 王夫之诗歌创作生涯分期研究

对于王夫之的创作生涯，学者进行研究后，有的认为王夫之的诗歌创作可分为前后二期，也有分为三期的。

（一）二期说

王夫之诗歌创作划分为前后二期。王闿运在《湘绮楼日记》"光绪十五年五月十八日"条说："湘洲文学，盛于汉清。故自唐宋至明，诗人万家，湘不得一二。最后乃得衡阳船山：其初博览慎取，具有功力；晚年贪多好奇，遂至失格。及近岁，闿运与武冈二邓，探风人之旨，竟七子之业。海内知者，不复以复古为病。于是衡山陈怀庭相节推之。陈君少游吴蜀，藻思逸材，冠绝流辈，所为诗已骎骎驾王朱。及倦游还乡，见大邓及闿运，旋复官浙，与二邓及溆浦严子同幕府三年，诗律大变，具在集中，可览而知也。船山不善变，然已为湘洲千

---

① 参见周念先《王船山诗词研究论文集》，中华诗词出版社2006年版，第129—163页。

年之俊。怀庭善变，而诗名顾不逮，闿运耻焉……今其子鼎官翰林，亦藉藉与俗忤，不遽大显。君诗诚恐久即佚散，非仅汨没是惧，爰依定本，编为之集。以闿运能知君，故为之序，不及诗之所以工，而直尊君以配船山。于船山有贬词，于君无誉词，可知矣。"①将船山文学创作分为前后两段，赞其前期，而贬其后期；指责船山诗歌创作不善变；然而最重要的还是称赞船山文学创作为湘洲千年之俊。

周念先先生则对王夫之寓居南岳时所创作的诗歌做了分期。周先生的文章指出王夫之在南岳住了几年，分为两个阶段，第一阶段由1643年逃避张献忠的招请而隐匿南岳至1648年10月与管嗣裘等在衡山举行抗表起义失败而离开，第二阶段于1657年4月由常宁返回南岳至1660年春迁去衡阳县金兰乡茱萸塘。在这几年中他写下110多首诗歌，现存92首。这些诗歌主要收入《岳余集》《病枕忆得》，其中有部分散见于《五十自定稿》《编年稿》《剩稿》中。②

（二）三期说

谭承耕把王夫之一生的诗歌创作分为三个时期，即早期的诗，"三藩之乱"时期的诗和晚年的诗。夫之早期的诗，是指30岁以后、50岁以前写的诗。多收集于《五十自定稿》(《五十自定稿》编于康熙八年、己酉)。其中有各类诗共230余首，每类诗均按编年为序。这一段时间，正是王夫之青壮年时期，也正是他开始施展抱负的人生黄金时期，遇上一场民族浩劫，中原大地沦于清军铁蹄之下，人民在民族压迫的血泊中呻吟。这时船山和广大人民一起，奔走呼号，奋起抵抗。"诗为心声"，王夫之这一时期的诗，就是他爱国的忠义之心的表

---

① 《船山全书》第十六册，岳麓书社1996年版，第670页。
② 参见周念先《丹忧专在念时艰：读王夫之寓居南岳时的诗歌》，《衡阳师范学院学报》2000年第4期。

现，就是这一时期王夫之爱国斗争形象生动的记录。① 王夫之"三藩之乱"时期的诗，主要是他50岁至60岁这一段时间的诗，大部分收在《六十自定稿》《姜斋诗编年稿》中。王夫之在"三藩之乱"时期，的确进行了一些反清复明的组织活动，王夫之这一时期的诗，正是对该时期活动的记录，表现了他在这些活动中的爱国主义斗争精神和处理各种复杂矛盾的斗争艺术。可以说，王夫之这一时期的诗歌，既是对自己斗争经历、经验的概括，也是对自己主观认识的概括。② 王夫之晚年的诗，即指60岁以后的诗，主要收集在《七十自定稿》和《姜斋诗分体稿》中。王夫之晚年诗，即王夫之60岁以后亦即1680年后所写的诗。③ 王夫之60岁以后，正逢所谓康熙盛世，清政权统治相对稳定，因此王夫之只有蛰居乡野，未曾参与大的政治斗争。在这种情况下，王夫之乃从广泛而又平凡的甚至是一般人所不注意的领域中，来探讨复兴民族的真理与道路，通过日常生活中的细小事物，来抒发自己的爱国主义感情，来潜移默化地向人们进行爱国主义教育，激发人民的斗志。④

二 王夫之诗歌作品创作年代考证

王夫之的诗歌有许多作品本身标明创作年代，因此有多达840多首诗歌作品的创作时间是清楚的。但王夫之也有一些诗歌作品的创作年代是不清楚的。在《王船山先生年谱》中刘毓崧考证了一些诗歌作品的创作年代，这样的诗歌有134首。刘毓崧的考证主要从三个方面进行分析。

第一类，结合船山先生的生平经历或有史籍记载的史实进行分

---

① 参见谭承耕《船山诗论及创作研究》，湖南出版社1992年版，第203—204页。
② 同上书，第211—212页。
③ 同上。
④ 同上书，第232—234页。

析,从而推测出创作年代。这样的诗歌有《莫种树戏代山阴相公赠怀宁朱侍御一首》《答姚梦峡秀才见东之作兼呈金道隐黄门李广生彭然石二小司马》《长干曲》《避暑王恺六山庄会夕雨放歌》《湖外遥怀些翁》《寄怀青原药翁》《读泾阳先生虞山书院语录示唐须竹》《得须竹鄂渚信知李雨苍长逝遥望鱼山哭之》《崇祯癸未贼购捕峻亟先母舅玉卿谭翁以死誓脱某兄弟于虎吻谢世以来仰怀悲哽者三十余年翁孙以扇索敏侄书字缀为哀吟代书苦不能请先兄俯和益以老泪淫淫承睫不止一诗》《别峰庵二如表长老类知予者对众大言天下无和峤之癖者唯船山一汉魄不克任而表师志趣于此征矣就彼法中得坐脱其宜也诗以吊之一首》《赠罗桐侯》等。

第二类,结合其他与船山先生相关的文学作品进行分析,从而推测出创作年代。这样的诗歌有《重过莲花峰为夏叔直读书处》《江南曲》《云山妙峰庵云是申泰芝炼丹初》《孤雁行和李雨苍》《陈耳臣老矣新诗犹丽远寄题雪渚咏随意和之得》《送蒙圣功暂还故山》《草堂成》《石流篇》《稚子游原泽篇》《门有车马客》《夜坐吟》《豫章行》《猛虎行》《短歌行》《闻圣功讣遽赋》《春初雨歇省家兄长夏庵中惘然有作》《白云歌》《内侄敏五十七律二首》《晦夕》《仿体诗》等。

第三类,结合诗歌本身所记之事、所用之词来进行分析,从而推测出创作年代。这样的诗歌有《永兴廖邓二君邀宿石角山僧阁是侍先君及仲兄·斋游处》《清远城下忆湖湘旧泊》《苍梧舟中望系龙洲》《初入府江》《佛山》《杂诗》《自南岳理残书西归慈侍因于土人殆滨不免太孺人怛憝废食既脱谕令去此有作聊呈家兄》《晨发昭平县飞鱼过驴脊峡上泊甑滩会月上有作》《再哭季林兼追悼小勇匡社旧游》《晦日》《为宋子主人送高渐离入秦》《史二十七首》《长相思》《答黄度长》《不揆五十齿满懿庵见过留同芋岩小酌》《效柏梁体寿王恺六》《极丸老人书所示刘安礼诗垂寄请见乎词愚一往呐呓无以奉答聊次其韵述怀》《雪竹山同茹蘗大师夜话》《闻极丸翁凶问不禁狂哭痛定辄吟》《伊山》《衡山晓发》《剩稿有寄怀陈耳臣兼怀安福陈二止》《郡归书怀寄懿庵》《出郭赴李缓山之约恒伊山下遇雨》《戊戌岳后辱戴晋元见访今来复连榻旃檀口占》《复病》《待于礼》《先开过问病赠之》《寄周令公》《代书寄衡山戴晋元》《送刘生辑夏归省重庆》《为家兄作传略已示从子敞》《初月》《寄题翠涛新斋》《柳岸吟》等。

  对王夫之诗歌作品创作年代进行考证的还有王之春《船山公年谱》。《船山公年谱》作者考订出145首诗的创作年代。第一类是根据诗作本身内容推测诗歌的创作年份。如《悼亡七绝四首》编于《姜斋诗剩稿》未标明年份，因该诗其一有"寒风落叶洒新阡"之句，故以为清顺治三年丙戌（1646）作。① 如《咏史六绝》，《船山公年谱》称："未注年分，语意似今年。"② "语意似今年"指的是康熙元年（1662）。第二类根据与王夫之相关的文学作品推测诗歌的创作年代。如《寄怀陈耳臣兼怀安福陈二止七律一首》，《姜斋诗剩稿》未注年份，因康熙十三年甲寅（1674）有和陈耳臣诗，故推测为本年所作。③ 第三类结合船山先生的生平事迹与史实记载推测出诗歌的创作时间。如《柳岸吟一卷》，共82首，因其《六十自定稿序》记载："此十年中，别有《柳岸吟》云云，究莫定为何年所作。"故附于此。将此诗集定为康熙十八年己未（1679）。④《小霁过枫木岭至白云庵雨作观刘子参新亭纹石留五宿刘云亭下石门石座似端州醉石遂有次作五古一首》编于顺治九年壬辰（1652），其位于《五十自定稿》中《次游子怨哭刘母》后，未注年份。其后，则乙未《春日书情》诗。以时事之，订为本年徙居耶姜山后春末夏初所作。《莫种树戏代山阴相公赠怀宁朱侍

---

① 参见王之春《王夫之年谱》，中华书局1989年版，第33页。
② 同上书，第63页。
③ 同上书，第83页。
④ 同上书，第96页。

御一首》《避暑王恺六山庄会夕雨放歌》《得须竹鄂渚信知李雨苍长逝遥望鱼山哭之》等。

第三节　关于王夫之诗歌主题、思想内容及其题材研究

诗歌的主题、思想内容及题材是三个内涵不同的概念，但其内涵有重合的部分，因而人们在使用时混用的现象比较严重。在王船山诗歌研究中同样存在这样的问题。虽然我们尽量将其廓清，但为了避免将研究的原貌切割过碎，还是尊重其原有表述。

一　关于王夫之诗歌主题、思想内容的研究

王夫之诗歌主题是什么，这个问题似乎在王夫之诗歌研究中一直没有作为一个重要问题来加以对待，而是自然而然地或者说不假思索地认为王夫之诗歌主题就是爱国主义主题。在研究论文和著作中明确如此表述的倒是不多。实际上王夫之的爱国主义思想、民族思想及反清复明思想甚至排满思想，近代以来的王船山学术思想研究中就一直混用，没有一个明确的区分，因而有些学者在对王夫之诗歌的思想内容进行研究时更多采用民族思想这样一种表述。早在20世纪80年代初期万松撰文略论王夫之诗歌，对王夫之诗的思想内容开始有所评价。[①] 20世纪80年代末期，蒋星星又撰文分析王船山《九砺》一首、《淫雨弥月将同叔直取上湘间道赴行在不得困车架山哀歌示叔直》《堵公以黄石斋先生礼问石刻垂赠纪公补庐先墓事有桐华之应诗以纪之》

---

① 参见万松《略论王夫之的诗歌》，《江汉论坛》1983年第12期。

等诗的思想内容，指出船山的民族思想主要表现有三点，其一是对清王朝的仇恨，其二是对民族败类的疾恶，其三是强调抗清斗争的实践。① 进入 21 世纪，人们对王夫之诗中民族思想的研究着重于分类集中探讨。周念先生的《丹忱专在念时艰：读王夫之寓居南岳时的诗歌》详细阐述了王夫之在南岳时所创作的友情诗中的民族思想。② 邓乐群通过对王夫之咏物诗《雁字诗》的分析探讨王夫之的民族思想，指出在《雁字诗》中的思想内容：一是王夫之借歌咏鸿雁的节操，表达了自己刚直不阿，耻与民族仇敌同流合污的隐逸思想；二是《雁字诗》鲜明地反映了王夫之深沉的亡国忧愤；三是流露了王夫之民族复兴思想；四是反映了王夫之一度对祖国和个人的前途产生过深深的焦虑；五是王夫之还拟鸿雁之远征，表现了他坚定的民族斗争意志。③

明确爱国主义为王夫之诗歌的思想内容和主题的是谭承耕先生。他在 1991 年撰《埋心不死留春色：论船山晚年的诗》一文探讨了船山晚年诗的思想内容，指出船山晚年的诗，仍然激荡着爱国主义的思想感情，而其忧愤之深广、胸怀之博大、观察历史的眼力之高超，比杜甫有过之而无不及。而且船山晚年诗多借助于比兴寄托，用含蓄委婉的方法，表达自己的爱国主义感情。④ 1992 年，谭承耕在其专著《船山诗论及创作研究》第八章中指出，强烈的爱国主义是船山诗的感情基础，认为船山的爱国主义思想首先表现在直接反映船山反清复国的战斗生活的诗歌中，这类诗歌爱国主义情感最为强烈。这类诗歌主要是船山早年的诗，指船山 30 岁以后、50 岁以前所写的诗，多收

---

① 参见蒋星星《丹忱专在念时艰——读船山诗零拾》，《船山学报》1988 年增刊。
② 参见周念先《丹忱专在念时艰：读王夫之寓居南岳时的诗歌》，《衡阳师范学院学报》2000 年第 4 期。
③ 参见邓乐群《〈雁字诗〉的遗民情结》，《青海师范大学学报》2001 年第 4 期。
④ 参见谭承耕《埋心不死留春色：论船山晚年的诗》，《船山学刊》1991 年创刊号。

集于《五十自定稿》(《五十自定稿》编于1669年,即康熙八年己酉)。船山这一时期的诗,多为慷慨激昂、动人心魄地号召人民为保卫祖国而浴血奋战的战歌。如船山1649年写的《耒阳曹氏江楼迟旧游不至》,1650年写的《杂诗四首》是这类诗的代表作。① 爱国主义思想在船山后两个时期的咏怀诗以及咏史诗、悼亡诗、写景诗、咏物诗、赠答诗等中都有所体现。

王夫之诗歌的思想内容只有爱国主义、民族思想,没有别的什么了?显然不是如此。张兵从船山诗文化构成角度对船山诗歌思想内容进行了考察。他从民族文化对诗人熏沐的角度,探讨船山诗的主题思想,文中专门论述了"船山诗的主题取向",主要有三个方面的内容:(1)战斗豪情与亡国哀痛之抒写;(2)写景咏物诗的独特寄托;(3)亲情友情诗的真蕴。② 这种研究就是对王夫之诗歌思想内容和主题研究的一种拓展,但显然也不是对王船山诗歌思想内容研究的一种穷尽性研究。

杨春燕指出船山诗作有几大基本主题:一是表现和追忆抗清斗争的怀旧、咏怀之作;二是抒发故国之思、复国之志、亡国之痛的咏史、感慨之作;三是赞美高洁的操守和贞亮人格的咏物、遣兴之作等。之后,对一些作品进行了分析,结论为船山诗作或回忆,或寻觅,或展望,体物会景,含情达意,无不寄予了作者的至情至性,灌注了船山先生对世态人生的独特感悟,读之使人油然而兴"念天地之悠悠,独怆然而涕下"的悲思之情。③

---

① 参见谭承耕《船山诗论及创作研究》,湖南出版社1992年版,第200—248页。
② 参见张兵《论船山诗文化构成与创作特征》,《聊城师范学院学报》(哲学社会科学版)1999年第1期。
③ 参见杨春燕《雄文三百轴 字字楚骚心——论王船山诗作中的悲思情怀》,《湖南税务专科学校学报》2003年第6期。

二 王夫之诗歌分类专题研究

如上所论,王夫之诗歌思想内容就不只是爱国主义、民族思想,还有写景咏物诗的独特寄托、亲情友情的歌咏,这样也透露出了王船山诗歌题材的多样与丰富。由此,我们可以断定张兵先生提出王船山诗歌主题取向的三个方面也可看作是他对王船山诗歌题材一种初步的分类。对王船山诗歌题材的分类这一工作,谭承耕先生也做过。谭承耕在分析王船山早年的诗作时说:"船山这一时期的诗,主要写爱国斗争,并从而抒发战斗的豪情和亡国的哀痛。"① 又说:"船山在这段时间,还写了大量的酬赠友人和悼念同志的诗。"② 谭承耕还说:"这一时期,船山还写了许多歌咏时令、描写自然风光的诗。"③ "船山晚年,有时也想隐居不问世事。"④ 由此,我们可以看到谭承耕给王船山诗歌作品的大致分类。第一是抒写战斗豪情和亡国哀痛的诗,第二是应酬诗⑤,第三是悼亡诗⑥,第四是写景诗,第五是田园诗⑦,第六是咏物诗,第七是隐逸诗,第八是哲理诗⑧等。以上的分类,有些在谭承耕那里是有明确表述的,有些没有进行明确的概括,如写景诗、咏物诗、隐逸诗等。谭承耕的有关王船山诗作的分类是不全面的,从王船山诗作题目看,还有咏史诗、游仙诗等诗题,没有列入谭氏关于王夫之诗歌分类的视野。还有一些学者从体裁方面所给出的分类如乐府诗,或以地域为类如南岳诗,谭氏也没有注意到。当然这些分类都有

---

① 参见谭承耕《船山诗论及创作研究》,湖南出版社1992年版,第201页。
② 同上书,第203页。
③ 同上书,第207页。
④ 同上书,第238页。
⑤ 同上书,第203页。
⑥ 同上书,第206页。
⑦ 同上书,第209页。
⑧ 同上书,第239页。

第一章
王夫之诗歌创作研究回顾

明显的不足,有许多是交叉的,如隐逸诗亦可以是写景诗或别的什么类型的诗。有一些研究者研究王船山的友情诗,这种友情诗涉及以上好几种类别,如悼亡、写景、应酬等。还存在分类标准不一致的问题。为了反映既存的研究状况,就只能"就汤下面"了。有什么分类就考察什么分类。

(一)王船山诗歌作品题材分类研究情况

(1)抒写战斗豪情和亡国哀痛的诗。这是谭承耕的表述。这种说法也被张兵所袭用,张兵称为"战斗豪情与亡国哀痛之抒写"。这类诗歌的研究在谭承耕专著《船山诗论及创作研究》中王船山诗歌创作研究部分最为重要。谭承耕先生认为这类诗歌创作贯穿了王船山的一生。对王船山早年的诗作,谭氏分析了《耒阳曹氏江楼迟旧游不至》《杂诗四首》之四、《读指南集》2首、《长相思》等,指出在这些诗中王船山抒发了战斗的豪情。[①] 在"三藩之乱"时期,王船山进行了一些反清复明的组织活动,"船山这一时期的诗,正是这一时期活动的记录"[②]。

(2)应酬诗。谭承耕说:"这种诗,不是一般的应酬诗,更不是一般宴席间的唱和诗,也不是一般为生离死别作儿女情的伤感诗。"[③] 谭氏具体分析了《答姚梦峡秀才见柬之作兼呈金道隐黄门李广生彭焱石二小司马》《癸巳元日左素公、邹大系期同刘子参过白云庵茶话》二首。[④] 还分析了王船山在1674年至1676年三年间与蒙正发、李缓山、章载谋、程奕先、唐端笏这些人的唱和诗作。[⑤]

(3)悼亡诗。谭承耕分析了船山早期悼亡诗:《管大兄挽歌二首》

[①] 参见谭承耕《船山诗论及创作研究》,湖南出版社1992年版,第201—203页。
[②] 同上书,第216页。
[③] 同上书,第203页。
[④] 同上书,第203—204页。
[⑤] 同上书,第222页。

《胡安人挽诗》《来时路》（三首）、《岳峰悼亡四首》《续哀雨诗四首》①，也探讨了船山"三藩之乱"时期的悼亡诗：《夜泊湘阴追哭大学士华亭伯章文毅公》《闻极丸翁凶问不禁狂哭痛定辄吟二章》《得须竹鄂渚信知李雨苍长逝遥望鱼山哭之》。②

（4）写景诗。谭承耕先生并没有用"写景诗"这一用语，而是说："船山还写了许多歌咏时令、描写自然风光的诗。"谭氏分析了绝句三首（癸卯）、《早春三首》（丙午）其一、《落日遣愁》（辛卯）、《重登双髻峰》③，指出这类诗写得雅，写得恬淡、冲远，与陶渊明、王维描写自然风光的诗有某些类似。④ 有探讨船山的咏景诗指出王船山诗集中，咏景诗约有250余首，所咏之景有山水日月、雨露风霜、草木禽兽。王船山在对这些景物的咏叹中，一方面不仅描写了它们的自然美，而且还注意体现它们所包含的自然物理；另一方面在抒发性情方面，内容广泛，手法多样。⑤

（5）田园诗。谭承耕分析了《劚蕨行》《南岳摘茶词十首》（其一、其九、其十）、《春日山居戏效松陵体六首》，指出这一类田园诗更具特色，真切描写农村劳动的情景，表现农民生活中的喜悦、忧愁、情趣和爱好，自然也就表现出船山与劳动者同忧乐的感情。⑥

（6）咏物诗。这类诗，在谭承耕《船山诗论及创作研究》一书中没有这样的称呼，也没有着笔探讨。另有一些学者对此类诗进行过研究。

（7）隐逸诗。谭承耕指出："船山晚年，有时也想隐居不问世事。"谭承耕分析了船山《种瓜词》其一、其二，发现船山在隐居种

---

① 参见谭承耕《船山诗论及创作研究》，湖南出版社1992年版，第205—206页。
② 同上书，第222页。
③ 同上书，第207—208页。
④ 同上书，第209页。
⑤ 参见周唯一《王船山咏景诗中的物理性情》，《衡阳师范专科学校学报》1992年第4期。
⑥ 参见谭承耕《船山诗论及创作研究》，湖南出版社1992年版，第209—211页。

瓜中找到了寄托与慰藉。①

（8）哲理诗。谭承耕未用"哲理诗"这一词语，但深入分析了王船山诗歌作品《人日癸亥》《初夏》《夏夕》《冬山即事》（其一），指出这些诗作表现了某种人生哲理，做到了哲理与诗情的完满统一。②

（二）王夫之诗歌的专题研究

前面对王船山诗歌题材分类研究的情况进行考察，一般将其分为八类进行研究，但实际上学者在进行研究时，根据自己的标准还进行了比较多的专题研究。

（1）亲情、友情诗。张兵称船山诗的主题取向之一为"亲情、友情诗的真蕴"。谭承耕在探讨王船山悼念友人的诗和与友人唱和的诗时也注意发掘其真蕴。周念先分析王夫之在南岳时所写的友情诗，指出王夫之在南岳与僧侣、群众及师友的关系，在诗中表现得非常真挚深厚，因为他们之间有一个共同的思想基础，这就是对国事的关切与其强烈的民族意识。③

（2）南岳诗研究。王船山寓居南岳时期的诗歌，康和声撰《王船山南岳诗文事略》④和康华楚、谭岳生、廖德年撰《王夫之与南岳》⑤进行了研究。周念先先生撰文分析船山寓南岳时的诗歌创作。王船山在南岳共住了几年，在这几年中写下110多首诗歌，现存92首。这些诗歌主要收入《岳余集》《病枕忆得》，其中有部分散见于《五十自定稿》《编年稿》《剩稿》中。周念先主要分析69首即事抒感诗、友

---

① 参见谭承耕《船山诗论及创作研究》，湖南出版社1992年版，第238—239页。
② 同上书，第239—241页。
③ 参见周念先《丹忱专在念时艰：读王夫之寓居南岳时的诗歌》，《衡阳师范学院学报》2000年第4期。
④ 参见康和声《王船山南岳诗文事略》，湖南人民出版社2009年版。
⑤ 参见康华楚、谭岳生、廖德年《王夫之与南岳》，燕山出版社1992年版。

情诗与风景风物诗的思想内容和艺术特点。[1]

(3) 乐府诗研究。乐府古题诗是王船山写的比较多的体裁之一，船山的乐府古题诗现存 43 首，最早的写于 1649 年，最迟的写于 1688 年，而以 1675 年和 1685 年最多，多就汉魏以来乐府古题题材或旨意，婉曲地反映现实、抒写情怀，词意较为隐晦，有的难于索解，前人研究少。周念先对此进行了探讨。主要探讨三个问题。一是船山乐府古题诗的题旨是什么。周念先指出，有的表现对明王朝无限惋惜与怀念，这类乐府古诗有《长相思》二首、《上邪》《上之回》《朱鹭》以及 1667 年写的《箜篌引》等；有的表现对清王朝的不满，这类多采用隐喻象征手法，在《代出蓟门行》《艾如张》《思悲翁》《上之回》《战城南》《芳树》等诗中均有所反映。明清朝代更迭之时，阶级矛盾、民族矛盾复杂尖锐，社会政治很不安定，作者指出船山面对这样的现实，有时感到彷徨与忧虑，并由此而流露出人生短暂、生不逢时的感叹。前者表现在《独漉篇》《战城南》《夜坐吟》《树中草》等诗中，后者在《临高台》《翁离孙》《有所思》中有所反映。还有些乐府古题诗中虽有喻意，难以实指。"如《野田黄雀行》中喻欲为弱者之助，因客观环境不允许而无可奈何，这影射什么？"二是船山运用乐府古题来反映现实的方式。经过考察，周念先指出其方式有三种：借古题所用题材或主旨来隐喻当时现实，寄寓其思想感情；取乐府古题首句而引出其他内容；借用乐府古题的标题，诗的内容与主旨完全无关。三是考察船山为何在 1675 年写了《石流篇》等 10 首乐府古题，以及在 1685 年写了《朱鹭》等 16 首乐府古题的原因。[2]

---

[1] 参见周念先《丹忱专在念时艰：读王夫之寓居南岳时的诗歌》，《衡阳师范学院学报》2000 年第 4 期。
[2] 参见周念先《船山乐府古题诗试探》，《衡阳师范学院学报》2001 年第 4 期。

第一章
王夫之诗歌创作研究回顾

（4）仿体诗、和韵诗、谐趣诗研究。关于王船山诗歌作品的分类，涂波的研究是很值得关注的。他从王夫之文学创作与批评的关系探讨了船山和韵诗、仿体诗和谐趣诗。① 涂波指出模仿他人诗歌风格，作为一种学习或是自娱的创作形式，宋代以后也极为流行。船山仿体诗中，最引人注目的是《拟古诗十九首》与《拟阮籍咏怀八十二首》。船山还有一些仿体诗，并不完全与其诗论中之观念相符。在《仿昭代诸家体》一集中，作者拣择明代诗家38人，一一选其名篇加以仿作。而把所仿拟的对象与评选相参看，可以见出创作与批评的某种背离。在评选中曾遭极力贬斥的诗人，也成为仿拟之对象，如高棅、王世贞、袁宏道、钟惺、谭元春等。除了《仿昭代诸家体》外，船山其他的仿体诗也颇让人感到意外，如《雨夕梦觉就枕戏效昌黎体近梦》《春日山居戏效松陵体六首》《咏风戏作艳体》，都出现了"戏"字，交代了作者的游戏态度。② 周念先也对王船山《拟古诗十九首》有所探讨。③ 涂波对船山和韵诗的分析重点是对《柳岸吟》中船山与明代陈白沙、罗一峰、庄定山等理学家唱和之作，其内容见涂波对《柳岸吟》的研究，此处不重复了。涂波还认为船山有些诗作并无深刻的内涵，只是游戏笔墨而已，以杂体诗为主要形式，显示出船山的机智、幽默、博雅的性格。这些诗中，有将《易经》中卦名嵌入诗而成趣，如《山居杂体卦名》，有的嵌入药名如《山居杂药名》，有的专用僻字成诗以成谐趣如《西江月俗诨》等。④

（5）游仙诗研究。中国古代写游仙题材的诗最早见于《楚辞》。魏晋时期，三曹有少量的游仙之作，随后嵇康、阮籍、郭璞等均写

---

① 参见涂波《王夫之诗学研究》，湖北人民出版社2006年版，第157页。
② 同上书，第163—170页。
③ 参见周念先《解读王船山〈拟古诗十九首〉》，《衡阳师范学院学报》2003年第5期。
④ 参见涂波《王夫之诗学研究》，湖北人民出版社2006年，第170—176页。

游仙诗,其中郭璞最有成就,对后世的游仙诗有一定的影响。王船山在1685年写了《游仙诗》八首,收入《分体诗》中,其余以游仙为题材的诗,散见于《拟阮步兵咏怀》《乐府古题》及《感遇》诗中,只有11首。周念先先生认为船山《游仙诗》的具体内容,可从三个方面来分析。第一,船山想象中的仙境,仍然是现实的折射,绝非他所留恋的地方。第二,船山认为人不可能求得长生,为求长生去游仙是虚妄的。第三,仙境是没有的,求仙不过是一种精神寄托。早在1667年船山在《遣怀》之一中说:"求仙无诀至蓬壶,缥缈神山一片孤。溪水冰融随岸阔,天风霜起任桑枯。"这里明白指出他对求仙的否定。但是在《游仙诗》中却通过想象也写了仙境与游仙,其实船山这样写只不过是对现实感到不满,以此来求得精神上的寄托。其中有的还有更深层的意义。[①] 李生龙认为船山的游仙诗主要昭示这样几种含义:第一,船山认为道教仙境应是人们净化心灵、保全人格、提升境界之所,因而对历史上那些希望通过求仙采药以满足个人无穷欲望的秦皇汉武之流予以了无情的批判与鞭挞。第二,船山对历史上有名的方士和道教徒如徐市、郭璞、陶弘景、颜真卿等颇怀敬意,是因为宗教既是他们的生存方式与精神寄托,也是他们与世俗分道扬镳、同暴政分庭抗礼的精神领地。第三,船山的游仙诗也表达了坚守己志、不肯同清廷合作的遗民态度。[②]

(6)关于王夫之某些诗集的研究。邓乐群撰《雁字写逸怀——从〈雁字诗〉看船山隐逸思想》探讨船山《雁字诗》,指出王船山托迹鸿

[①] 参见周念先《王船山〈游仙诗〉浅论》,王兴国主编《船山学新论》,湖南人民出版社2005年版,第840—847页。
[②] 参见李生龙《王船山游仙之作析论》,《中国文化研究》2011年第2期。

雁,委婉曲折地阐述了自己的隐逸思想。① 李生龙探讨王船山组诗《题芦雁绝句》《雁字诗》之创作主旨与复杂内蕴,指出王船山《题芦雁绝句》与前后《雁字诗》作于天下大定、复明无望之时,故他只能以坚守民族气节之遗民自居。两组诗的主旨都是宣泄自己的孤苦之情、孤傲之意、孤愤之心,用意是表达自己"述往事,思来者"的心曲,但风格各异。《雁字诗》内容复杂,大致可分成三大类:第一类是抒发遗民情感,表达朱明王朝彻底灭亡之后内心的失落、伤痛、迷茫以及不肯同清朝新朝合作的态度;第二类是表达自己的学术倾向,状写自己读书之勤苦、著书之艰难;第三类是借雁字论及书法或绘画之作。② 杨春燕探讨王船山《洞庭秋诗》的意境,指出要体会王船山"以情写景""情景交融"的诗歌艺术风格,这组《洞庭秋诗》不可忽视,并用这种"以情写景""情景交融"方法分析诗中的情与景及其所构成的意境。③ 涂波是第一个专门研究王船山诗集《柳岸吟》的。首先他考察了《柳岸吟》的创作时间及创作心态。他认为,《柳岸吟》的写作时间可以确定于船山 50—60 岁之间,但如想落实到更准确的时间,我们可以参考集中有一首《为躬园题用念庵韵》,躬园即唐端笏,是船山老友,在衡阳马桥《唐氏五修族谱》(卷十一)中录有《船山先生酬须竹公诗并序》(这组诗也收在《柳岸吟》中),在序中提到船山作此诗时"方注《礼》",即此可知《柳岸吟》的写作时间可能与船山撰著《礼记章句》一书相仿佛,即在船山 55 岁之后,60 岁之前的 5 年中。他又分析了船山此时的创作心态:他的诗在这一时期也一反 50 岁之前的沧桑忧患、凝重凄苦,而变得有点洒脱诙谐、不

---

① 参见邓乐群《雁字写逸怀——从〈雁字诗〉看船山隐逸思想》,《船山学报》1988年增刊。
② 参见李生龙《王船山组诗〈题芦雁绝句〉〈雁字诗〉之创作主旨与复杂内蕴》,《湖湘论坛》2011 年第 3 期。
③ 参见杨春燕《难与此怀觅止境,横令此愁亘古今——试析王船山〈洞庭秋诗〉之意境》,《长沙民政职业技术学院学报》2003 年第 4 期。

拘一格。他的苦中作乐表现出强健的生命力和洒脱的儒者风范，在这一时期他喜读陈白沙、罗一峰等宋明隐儒的作品，并似乎在其中找到了生命中的知己，兴之所至，随口唱和，也就成为自然而然的事情了。其次，通过对诗作的具体分析确定了《柳岸吟》的基调。王船山《柳岸吟》收诗83首，收录了船山与宋明理学家唱和的集子，其唱和的对象包括邵雍、程颢、杨时、陈献章、罗伦、庄昶等，还有少量非唱和但因主题风格相近也被收入。通过对《和龟山此日不再得》《溪上晚步次闲来无日不从容韵》《和白沙》五言律8首及《为白沙六经总在虚无里解嘲》等诗的具体分析，指出《柳岸吟》的基调是亦道亦儒，方内方外。最后，船山的诗论亦受白沙的影响。其一，二人都认为"性情"为诗之本，"风韵"是诗之用。其二，二人都反对以议论为诗，并认为理学家诗不可有头巾气。其三，二人都强调本色自然。第四，船山晚年人生态度的改变。愈到老年，船山诗风也愈汗漫颓放。他既能直面、体味残酷的现实，又可以冷眼望天，指天骂神，诙谐烂漫，苦中作乐。① 王船山《落花诗》收《正落花诗》10首、《续落花诗》30首、《广落花诗》30首、《寄落花诗》10首、《落花诨体》10首、《补落花诗》9首，共99首。刘利侠对王船山《落花诗》的政治意识进行分析，指出《落花诗》政治意识形成的原因：（1）诗人在诗学上对诗歌"匡维世教"的社会功用的强调，及对"外周物理""情景相和"的美学境界的追求；（2）明清之际士大夫独特的政治情感与落花摇落、萧索的物理特征的契合。并对诗中蕴含的政治意识做了简单的分析和概括。② 李生龙研析了王船山《正落花诗》，指出王船山《落花诗》内蕴丰富，指向多元，但用典多而较生僻，颇为难懂；

---

① 参见涂波《王夫之与陈献章：以〈柳岸吟〉为中心》，《武汉科技学院学报》2006年第2期。
② 参见刘利侠《王夫之〈落花诗〉政治意识浅论》，《船山学刊》2010年第4期。

《落花诗》可分三类：一是借咏花自写心志，或直表倔强之品性，或追忆激越之怀抱，或状写不甘隐沦之衷曲、肝胆如铁之精神；二是于咏落花中插入史事，借叙史抒发舆图换稿、成败兴亡、世事沧桑之悲慨；三是咏落花以直抒其情愫，或以落花宣泄孤独无侣之郁闷，或以落花昭显独行其道之志行，或借落花谈禅说道，标示高蹈出世之玄想。① 伍光辉探讨了王夫之《和梅花百咏诗》的创作主旨，指出王夫之《和梅花百咏诗》作为一组咏物诗，或绘形拟神，寄托品格、气质；或以梅寓行，抒发人生遭际之感；或睹物伤情，抒发思国怀远之叹。王夫之通过咏梅寄寓自己的人生理想，隐含了作者的身世遭际，流露出自己的人生态度。组诗通过对梅花的歌咏，不仅完美地把握了梅花的外形和气质，而且融进了诗人自己的经历、情感和才思。达到了"内极才情，外周物理"的艺术境界。② 孔晨蓓探讨《和梅花百咏诗》中的思想感情，指出王夫之的《和梅花百咏诗》在延续前人"梅花百咏"组诗中对梅花高贵品质的吟咏之外，更是寄托了自己身为遗民的独特情怀，作为一名遁迹山野的隐者，王夫之虽然继承了传统隐士坚守自我的高洁品质，却在他的咏物诗中坚持以身任天下，流露出自己的入世之心；在《和梅花百咏诗》中，诗人通过对梅花的吟咏，在表达坚守自我的隐士情结之余，更多的是抒发自己身为遗民的尽忠之心、报国之志、复国焦虑及人生无奈。并通过对王夫之《和梅花百咏诗》的分析，深入体味他咏物诗中独特的思想情感和遗民情怀。③

---

① 参见李生龙《王船山〈正落花诗〉分类细读与研析》，《湖湘论坛》2014年第4期。

② 参见伍光辉《论王夫之〈和梅花百咏诗〉创作主旨》，2012年王船山学术研讨会论文集。

③ 参见孔晨蓓《王夫之〈和梅花百咏诗〉思想情感探析》，《剑南文学（经典阅读）》2013年第1期。

第四节　关于王夫之诗歌艺术特色的研究

对于王夫之诗歌的艺术特色，学界长期以来研究不多，多注重探讨王夫之诗歌的思想内容。即使有所论及王夫之诗的艺术特色，也多为兼而论之，也就是说研究者在论王夫之诗的思想内容、文化内涵和创作背景时，兼论一下王夫之诗的艺术特色。1983 年万松首先略论王夫之诗歌，对王夫之诗的艺术特色开始有所认识。① 1991 年谭承耕的《埋心不死留春色：论船山晚年的诗》中有论船山晚年诗的思想内容时论及诗的艺术特色。② 真正全面探讨王船山诗歌艺术特色的是谭承耕的专著《船山诗论及创作研究》。谭氏在该书中对船山诗的艺术特色分时期分题材进行了探讨。首先，著者指出船山早年的许多歌咏时令、描写自然风光的绝句诗写得清新隽永，于寥寥数语中，常能再现客观景物的特征，给人以美的享受，如《早春三首》。而船山《五十自定稿》中的一些田园诗与陶、王之作比较，则大有区别。船山不是写农村景物的恬静、幽适，借以表现封建时代某些知识分子所特有的隐逸情趣，而是真切地描写农村劳动的情景，表现农民的痛苦，表现农民生活中的喜悦、忧愁、情趣和爱好，自然也就表现出船山与劳动者同忧乐的感情，这里正表现了船山诗歌创作中人民性的光辉。如《南岳摘茶词十首》（辛丑）其一、其二、其三。其次，谭承耕指出船山"三藩之乱"时期的不少写景诗和咏物诗运用了比兴、象征的手法，如写景诗《咏雪》组诗、《残雪》，咏物诗《梅花四首》。还指出

---

①　参见万松《略论王夫之的诗歌》，《江汉论坛》1983 年第 12 期。
②　参见谭承耕《埋心不死留春色：论船山晚年的诗》，《船山学刊》1991 年创刊号。

第一章
王夫之诗歌创作研究回顾

晚年船山的许多写季节的诗，不仅写出了诗人的心理活动，还表现了一种哲理。如 1684 年的《初秋》和 1686 年写的三首《初秋》。而这一时期的一些写景诗则通过对自然风景的描写，以阐述人生哲理，达到了诗情与哲理的统一。最后，谭承耕从对比的角度对船山诗艺术特色做了分析概括，指出了船山晚年诗多用比兴、含蓄委婉的原因和神凝思属的意境与沉郁、顿挫、悲凉的总体艺术风格。船山将自己晚年的诗，与杜甫夔州以后诗相比，说："居恒谓杜甫夔州以后诗，大减初年光焰，予且自蹈之，减耶？未减耶？衰耶？未衰耶？思不属耶？神不凝耶？"船山晚年诗仍然是"神凝""思属"，光焰未减。虽有杜甫夔州以后诗的沉郁、悲怆，但并无萧飒之情，颇多慷慨之气。①

张兵对船山的创作特征也进行了一番探讨，他是从船山诗文化构成与创作特征这一角度来探讨船山诗的创作特征的。首先王船山的生平与思想，尤其是结合其诗歌创作揭示其内心世界。如论述船山晚年时说："顺治十四年（1657），船山从常宁西庄园迁回了南岳双髻峰的续梦庵，这对船山之心路历程而言，是一个重要的转捩点。系心时事的船山老人在幽栖著述的同时，每闻世态变化，心中总不免荡起微澜；但总的来看，晚年船山是在一种凄苦冷寂的心境中度过了自己的劫后余生。……读船山晚年诗，我们会明显发现，'愁''苦''泪''悲''枯''寂''冷''孤''哀''怨''忧'，乃至'断肠'等字眼触目皆是，而'残灯''孤枕''枯心'等意象亦频频出现。"其次探讨"船山的诗文化熏沐"。这一部分首先指出什么叫诗文化的熏沐，作者说："所谓诗文化的熏沐与孕化，对于身处特定时代、特定地域环境中的诗人而言，是一个既宽泛，又特指的命题。言其宽泛，是因为在一位独具创作个性而卓有成就的诗人身上，既有纵向的时间长河

---

① 参见谭承耕《船山诗论及创作研究》，湖南出版社 1992 年版，第 248 页。

里一切诗学积淀对诗人的孕育,又有横向空间环境中诗学氛围对诗人的感染;言其特指,是因为就一个生活在独特地域与家庭环境中的诗人而言,其所接受的最直接最浅近的诗学影响往往来自其近旁的父兄、师长、亲朋,而这种诗文化氛围的熏沐常常又呈现典型状态。船山的诗文化熏沐当然也包括这样两个方面。"然后主要论述船山的叔父王延聘对船山的影响。接下来讨论"船山诗学与诗艺之关系"。作者说:"从诗文化学的角度看,船山诗在内容上深受屈骚精神之感染,在艺术上则深受六朝、初唐诗风之孕化。屈骚人文精神对船山人格与诗格感染之情景,前也述及;至于船山对六朝诗之接受,除其叔父王延聘的直接促成外,当与诗人的审美趣味密切相关。船山的审美趣味在其诗学理论中有着完美的体现。也就是说,船山诗风、诗艺深受其诗学观的影响,船山诗是船山诗学观的有力实践。"张兵最后指出船山诗歌最突出的艺术特点,首先在于抒情的真挚与含蓄;其次,船山诗于情景、情理关系之处理亦颇见匠心。[①]

2000年以后,学界专论船山诗的艺术特色的文章逐渐多了起来。周念先生一辈子治船山诗歌,进入古稀之年仍很勤奋地进行研究。周念先生的《丹忱专在念时艰:读王夫之寓居南岳时的诗歌》论述王船山南岳诗的艺术特点时说:"王夫之在南岳所写的诗歌,语言风格多样。有的明白晓畅,如《即事》《飞来船》等;有的清新活泼,如《南岳摘茶词》;有的婉曲深沉,如《悼亡》《重过莲花峰为夏叔直读书处》等;有的质朴古淡,如《晓同叔直出寺拂读朱菊水所镌谭友夏岳游记》《山居杂体卦名》等。一般来说,叙事抒感与部分友情诗多用典故,景物诗多用白描。在表现手法上最突出的特点是善于活用

[①] 参见张兵《论船山诗文化构成与创作特征》,《聊城师范学院学报》(哲学社会科学版)1999年第1期。

故实，比喻新颖。"① 周念先尝试解读王船山《拟古诗十九首》（以下简称《拟古》），这组诗在创意方面是高于《古诗十九首》（以下简称《十九首》）：（1）《拟古》诗中没有表现消极、庸俗、颓废的思想；（2）《拟古》诗多寓有"故国之戚"，表现出船山坚定的民族气节；（3）《拟古》多回忆与不同友人的交谊，感情纯真深挚。《拟古》诗在体制、语言、表达方式上承袭《十九首》的特点：（1）内容单一，篇幅短小；（2）多用比兴手法，内涵丰富；（3）语言浅易，词意深婉。② 周念先先生不仅对船山的某一时期或某一类诗歌进行具体研究，而且还探讨船山诗中一些手法的运用，如典故的运用。周念先指出船山诗的艺术特色之一是善于运用典故，而且用典很多。船山诗集中1632首（包括《岳余集》与《忆得》中5首重复的）除了一些写景即事抒情小诗外，用了典故的诗有1331首，占全诗80%多。就体裁说，以近体七律和古体五言诗最多，前者占90%，后者占87%。船山诗用典的特点：一是典故出处及古籍非常广泛，如经史诸子、佛道家语、古典诗歌等；二是运用典故表达思想内容非常精确；三是运用典故方式非常灵活。阐述船山用典多的原因：一是船山传统文化根底深厚。二是船山从儒家的诗学观点出发，认为诗中的审美形象除了表现作者的意旨，还应有更丰富的内涵。三是为了避祸，他在诗中多用典故这一修辞手段则表达更为婉曲、隐蔽。最后指出船山诗用典的不足：首先由于他用典过多，有的多用僻典，使诗意表达晦涩，影响读者对它的理解。其次有些典故运用时有误植。③

---

① 参见周念先《丹忱专在念时艰：读王夫之寓居南岳时的诗歌》，《衡阳师范学院学报》2000年第4期。
② 参见周念先《解读王船山〈拟古诗十九首〉》，《衡阳师范学院学报》2003年第5期。
③ 参见周念先《广泛　精确　灵活——谈船山诗中典故的运用》，《衡阳师范学院学报》2004年第2期。

第二章

王夫之诗集编辑考

第一节　王夫之诗集序言注释

　　王夫之自编诗集大多有序，下面引用王夫之各诗集的序言并加以注释。

一　落花诗之序言及注释

正落花诗十首·序

　　庚子[1]冬初，得些庵[2]、大观[3]诸老诗，读而和之，成十首；以嗣有众什[4]，尊所自始，命之以正；雅[5]，正也；变，非正也。雅有变，变而仍雅，则当其变，正在变矣，是故得谓之正。

注：

　　[1] 庚子：清顺治十七年，公元1660年，王船山先生42岁。这年由南岳双髻峰徙居衡阳县金兰乡茱萸塘，蓬檐竹牖，植木九柱，编篾为壁，初造小室，名

曰败叶庐。庐取"败叶"之名,吟诗为"落花"之咏,其情一也。船山先生《永历实录·纪》云:"上在云南。李定国师溃,奉居永昌。""永历十五年,李定国奉桂王奔缅甸。"南明桂王,穷途末路,是否意味着明已真成落花,船山先生之心境如此。后而所谓正变之辨,似乎也透露出正统之正的强调,非唯艺文之术语辨正。

[2] 些庵:指郭都贤,著有《补山堂集》《些庵杂著》等书。查岳麓书社 2010 年所出《石村诗文集些庵诗钞》未见有咏落花之诗,或船山先生别有所本。

[3] 大观:大观,刘毓崧《王船山先生年谱》考证即尹民兴,字洞庭,一字大观。罗正钧《船山师友记》载:民兴字宣子,平阳(今湖北嘉鱼)人,崇祯初进士,授宁国知县,因为人所评,谪入福建按察司检校。后为周延儒从军赞画,周被遣,尹亦下吏除名,久之始释。南渡起故官,旋谢病归,流寓于泾,南都覆,据城坚守,后退走入闽,唐王授兵部郎中,行御史事,闽亡,卒于家。

[4] 众什:许多的诗篇。

[5] 雅:正也,引申为标准、规范。

续落花诗三十首·序

自冬徂夏[1],溯落沿开[2],拾意言以缀余,缓闲愁之屡互。夫续其赘矣,赘者放言者也。意往不禁,言来不御,闲或无托,愁亦有云,是以多形似之言,归于放[3]而已矣。

注:

[1] 自冬徂夏:船山先生《正落花诗》写于庚子年即清顺治十七年冬初,而此诗写于第二年夏天,故船山先生云"自冬徂夏"。然而,这一段时间,南明桂王愈来愈危,抗清形势愈来愈糟。言"闲愁",只是一种说法,用于掩饰,故后而言"放"。

[2] 溯落沿开:随着花落花开。

[3] 归于放:这些都是归属于排解闲愁的文字。这段话的意思是从冬天到夏天,花落花开,拾取一些抒发情感的话语来形成文字,舒缓内心那无限的闲愁。

续写这些无用的文字,便是释放内心的忧愁。情感一旦被触发便控制不住,文章一旦开始下笔便不能停止,闲愁无所寄托,内心又有许多忧愁,因此写了很多形似的文字,都是归属于排解闲愁罢了。

广落花诗三十首·序

《礼》曰:广鲁于天下[1]。鲁不有天下,广之以所未有也,以情广之也。迹所本无,情所得有,斯可广焉[2]。夫落悴而花荣,落今而花昔。荣悴[3]存乎迹,今昔存乎情。广花者,言情之都也,况如江文通所云"仆本恨人"[4]者哉。

注:

[1] 广鲁于天下:出自《礼记·明堂位第十四》,有云:"成王以周公为有勋劳于天下,是以封周公于曲阜,地方七百里,革车千乘,命鲁公世世祀周公以天子之礼乐。"又云:"《昧》,东夷之乐也;《任》南蛮之乐也。纳夷蛮之乐于大庙,言广鲁于天下也。"此句的意思是:把鲁国的文化在全国推广。此一组诗与《正落花诗》有所不同。《正落花诗》主要通过落花之咏而抒故国之思,而在《广落花诗》中就直接抒发其战斗之情,反映现实之状。

[2] 迹所本无,情所得有,斯可广焉:迹,留下的印子,痕迹。《聊斋志异·促织》中:"蹑入草间,蹑迹披求。"此句的意思是:寻找痕迹它好像是没有的,以情感来感受它又是存在的,这样才可以说"把鲁国的文化推广至天下"。

[3] 悴:憔悴;枯萎。《史记·屈原贾生列传》:"颜色憔悴,形容枯槁。"此句意思是:花开茂盛和花落枯萎存在于痕迹,今天和昨天的感受之别存在于心情。以今昔喻兴亡。

[4] 仆本恨人:出自南朝齐梁之际江淹的《恨赋》,文云:"试望平原,蔓草萦骨,拱木敛魂。人生到此,天道宁论。于是仆本恨人,心惊不已,直念古者,伏恨而死。"恨,忧愁、苦闷、伤感、郁结之意。意为:"我本来就是个苦闷、伤感的人。"此处暗指埋在心之深处的亡国之恨。

寄落花十首·序

天地指也，万物马也[1]，虾目水母[2]也，寓木宛童[3]也，即物皆载花形，即事皆含落意[4]。九方[5]专精而视无非骐骥者，苟为汗漫[6]，亦何方之有哉！八目十咏，犹存乎区宇之观也。

注：

[1] 天地指也，万物马也：语出《庄子·齐物论》："物无非彼，物无非是。自彼则不见，自知则知之。故曰：彼出于是，是亦因彼。彼是方生之说也。虽然，方生方死，方死方生；方可方不可，方不可方可；因是因非，因非因是。是以圣人不由而照之于天，亦因是也。是亦彼也，彼亦是也。彼亦一是非，此亦一是非，果且有彼是乎哉？果且无彼是乎哉？彼是莫得其偶，谓之道枢。枢始得其环中，以应无穷。是亦一无穷，非亦一无穷也。故曰：莫若以明。以指喻指之非指，不若以非指喻指之非指也；以马喻马之非马，不若以非马喻马之非马也。天地一指也，万物一马也。"此处言万物彼此相互联系，因果互涵，因此，不是花之物也有花形，所有发生的事都是花之落意；即使如九方皋那样的相马名家也有迷糊的时候，所写的十首诗分为八个类别，还是属于对事物的观察。

[2] 虾目水母：比喻人没有主见，人云亦云。《文选·郭璞〈江赋〉》："璅蛣腹蟹，水母目虾。"李善注引《南越志》："扞水母响无耳目，故不知避人。常有虾依随之。虾见人则惊，此物亦随之而没。"

[3] 寓木宛童：寄生在树木上的植物。《山海经·中山经》："又东北七十里，曰龙山，上多寓木。"郭璞注："寄生也，一名宛童。"

[4] 即物皆载花形，即事皆含落意：触眼皆是落花，落花皆有兴亡之意。

[5] 九方：指九方皋，古代传说中善相马者。

[6] 汗漫：漫无标准；不着边际。《新唐书·选举志上》："因以谓按其声病，可以为有司之责，舍是则汗漫而无所守。"

落花诨体十首·序

楚殿[1]滥觞[2]，赋成蛊胃；柏梁[3]步武，咏及妃唇。岂但工部[4]诙谐，黄鱼乌鬼[5]；抑且昌黎[6]悲愤，豕腹龙头[7]。诨有自来，言之无罪。乃凡前诸什，半杂俳词。徒此十章，显标诨誉。盖度彼参此之为尤，斯责实循名之有别也。

注：

[1] 楚殿：楚国宫殿。南朝陈徐陵《与齐尚书仆射杨遵彦书》："自永盟于楚殿，躬夺璧于秦庭。"唐人李中《云》诗："帝乡归莫问，楚殿梦曾频。"此小引言诙谐之诗的创作是有渊源的，杜甫与韩愈都写过这种诗，因此写了十首这样的诗来表示诙谐之誉。

[2] 滥觞：指江河发源处水很小，仅可浮起酒杯。北魏郦道元《水经注·江水一》："江水自此已上至微弱，所谓发源滥觞者也。"

[3] 柏梁：指《柏梁诗》。唐人元稹《唐故工部员外郎杜君墓系铭·序》："逮至汉武，赋《柏梁》诗而七言之体具。"宋人王应麟《困学纪闻·评诗》："韩子苍曰：'《柏梁》作而诗之体坏；《河梁》作而诗之意乖。'"

[4] 工部：指杜甫。

[5] 黄鱼乌鬼：唐代杜甫《戏作俳谐遣闷》诗之一："异俗吁可怪，斯人难并居。家家养乌鬼，顿顿食黄鱼。"仇兆鳌注："元微之《江陵》诗：'病赛乌称鬼，巫占瓦代龟。'自注云：南人染病，竞赛乌鬼，楚巫列肆，悉卖卜。"乌鬼之名见于此。

[6] 昌黎：指韩愈。

[7] 豕腹龙头：韩愈《石鼎联句》："龙头缩菌蠢，豕腹涨彭亨。"

补落花诗九首·序

九十维期，已合春阳之数；七言载咏，还拾花史[1]之遗。补束晳[2]之亡，义谐小己[3]；续灵均之九，无待门人。漏一成奇，将无才尽；亏虚乎百，良亦道穷。此帙之登，逢秋斯暮。月寒在夕，叶怨于枝。愁抽管而横陈，思纷纭而卒乱。或待良和伊始，佳藌[4]重荣。迓芳树之葳蕤，喧情旁发；邀勾芒之灵宠，胜事仍修。然则绍未济之终，彼其时也；嗣获麟之笔[5]，今何有焉。倘尔长乖，缄之永世。

注：

[1] 花史：花卉历史的简称，花卉发展的过程。于崇祯年间吴彦匡著《花史》，记载了五色茶花五魁茶及笔管茶等。此处明言写作之时"逢秋斯暮"，不是春天，不应是咏落花之时，虽不是获麟绝笔，然而其意也相近。

[2] 束晳：西晋文学家、文献学家、藏书家，字广微，阳平元城（今河北大名东）人。祖姓疎，因避难涉居沙鹿山南，去疎字足旁，改姓为束。以博学多闻、善为文辞而知名。少时游国学，作《玄居释》，张华见而奇之，召为掾，升著作佐郎，撰《晋书·帝纪》，迁博士。太康二年（281），汲郡人不准盗发魏襄王墓（或言安釐王墓），得竹书数十车，皆为科斗文，与秦篆不同，为魏国史书。

[3] 小己：一己，个人。《史记·司马相如列传》："《大雅》言王公大人而德逮黎庶，《小雅》讥小己之得失，其流及上。"宋人陈瓘《通州自便谢表》："乃公朝之盛事，岂小己之私荣。"

[4] 藌：同"花"。

[5] 获麟之笔：指春秋鲁哀公十四年猎获麒麟事。相传孔子作《春秋》至此而辍笔。

二 遣兴诗[1]之序言及注释

读甘蔗生[2]遣兴诗次韵[3]而和之·序

者回[4]自别，休道是望州亭[5]相见也。鸟道音书，无从通一线在。向者[6]有人著书，说西子湖[7]头，一佛出世，罢参[8]向南高峰去。心知其不然，湖光山色，尽一具粉骷髅，淡妆浓抹，和

31

哄者跛汉[9]不住。又安成程大匡[10]书来，说五老峰前，远公[11]延客，庶几或尔。乃今又在卢家[12]伫傺[13]西邻煨折脚铛[14]，春云入乱烟，不可拣取。大要在一瓠道人[15]鼻上弄鼻孔作痒，得此诗者又是一场憨儜[16]。今春有杜鹃花，不觉到铁墙拗，王君[17]延我入新斋，为他和石灰泥壁。忽拈一帙诗，没其所自得，教认取谁家笔仗。卒读久之，乃知是者跛汉。王君笑指石灰桶，说寻常谓道人认得行货，今乃充此物经纪，眯着眼看秤斛[18]耶。者是十三年前借山[19]在灵溪[20]所作，逢彼场中，作彼杂剧。今来则又别须改一色目，演马丹阳度刘行首[21]唱晓风残月矣。想者跛汉白椎又换。借山在一瓠鼻尖上安单[22]，一瓠在借山眉毛上厝[23]鼎。云净水干，黄龙出现，黄龙蜕角，水涨云飞。打破者皮疆界，是一是二，时节因缘，且与还他境语。于是为次韵而和之，不能寄甘蔗生也，为之凄绝，癸卯[24]六月望，茱萸塘[25]漫记。

注：

[1] 遣兴诗：是指那种托物起兴、抒发感慨的诗，以"遣兴"为题，比较早写遣兴诗的是唐代大诗人杜甫。

[2] 甘蔗生：指金堡，字卫公，别字道隐，浙江仁和人，他是船山的朋友。甘蔗生是道隐别字，详见《船山师友记》。

[3] 次韵：次用所和诗中的韵作诗，也称步韵。世传次韵始于白居易、元稹，称"元和体"。

[4] 者回：这回。

[5] 望州亭：建在高处可以俯瞰全州之景的亭台。

[6] 向者：唐代李朝威《柳毅传》："向者辰发灵虚。"

[7] 西子湖：指杭州西湖。古老的神话中有"西湖明珠自天降，龙飞凤舞到钱塘"的说法，西湖才有了"明珠"这雅号。关于"西湖"的名称最早始于唐朝。汉时称武林水、时圣湖；唐时称龙川、钱源、钱塘湖、上湖等。到了北宋，

诗人苏东坡当杭州太守时，他在《饮湖上初晴后雨》七绝中赞美西湖说："欲把西湖比西子，淡妆浓抹总相宜。"于是，西湖又多了个"西子湖"的美称。

[8] 罢参：禅林用语，罢休参禅之意。指禅林之中，参学者开悟，大事了毕之际，不再修道参禅。《碧岩录》第九十六则（大四八·二一九上）："尔若透得此三颂，便许尔罢参。"《景德传灯录》卷八（大五一·二六二上）："自罢参大寂，游至海昌。"

[9] 跛汉：指金堡，"跛汉"就是一个瘸腿的人，金堡被人诬陷下诏狱打断了一条腿，所以船山就戏称他为"跛汉"。"者"同"这"。"者跛汉"就是这跛汉。

[10] 安成：郡名。三国吴宝鼎二年（267）分豫章、庐陵、长沙等郡置。辖境相当今江西新余以西的袁水流域和永新、安福等县。隋开皇九年（589）废。治所在平都（今安福东南）。程大匡便是安成人。详见《船山师友记》。

[11] 远公：晋高僧慧远，居庐山东林寺，世人称为远公。唐代孟浩然《晚泊浔阳望庐山》诗："尝读远公传，永怀尘外踪。"

[12] 卢家：泛指富裕之家。唐代沈佺期《独不见》诗："卢家少妇郁金堂，海燕双栖玳瑁梁。"唐代刘方平《新春》诗："一花开楚国，双燕入卢家。"

[13] 仡僚：即仡佬族。《元和郡县志·江南道六·洛浦》："县东西各有石城一，甚险固，仡僚反乱，居人皆保其土。"

[14] 折脚铛：断脚锅。唐代段成式《酉阳杂俎·雷》："䮝然坠地，变成熨斗、折刀、小折脚铛焉。"

[15] 一瓠道人：王船山先生中岁称一瓠道人，更名壶，晚岁仍用旧名。

[16] 懡㦬：主要用在对机受挫时，这时少不了要说"一场懡㦬"，甚至它成了"受挫"的同义词，是一句非说不可的口头禅。

[17] 王君：王恺六，在铁墙坳建新居"绿凤楼"。

[18] 秤斛：秤，称物体重量的工具。斛，中国旧量器名，亦是容量单位。《前汉·律历志》："斛者，角斗平多少之量也。《又》量者跃于龠，合于合，登于升，聚于斗，角于斛，职在太仓，大司农掌之。"

[19] 借山：指金堡，借山是他的别字。

[20] 灵溪：灵溪洞，疑指灵栖洞。灵栖洞位于浙江建德市西南35公里，它由灵泉、清风、霭云三洞和灵栖石林组成，洞景面积达2万余平方米。三洞各具特色：灵泉洞以水见长，清风洞以风取胜，霭云洞以云雾称奇，灵栖石林以惟妙惟肖拟人状物的造型石景而引人入胜。

[21] 刘行首：元代杨景贤著《马丹阳度脱刘行首》，简称《刘行首》。此为神仙道化剧，剧写元代道家祖师王重阳遇唐明皇时管玉斝的女鬼求他超度，王令她先转世为妓女刘倩娇。20年后王的弟子马丹阳奉命来度刘出家，于是她摆脱鸨母和爱她的林员外的阻挠，出家修道，从而成仙。显然，此剧旨在度脱，宣扬出世思想。

[22] 安单：禅寺的成员通称清众。凡是受过具足戒的比丘，衣钵、戒牒俱全的游方僧人来到寺院，都可"挂单"，住在云水堂。挂单不限时日，因此有些人便会长年累月地住下去。住到一定时候，寺院认为这名僧人能严守戒律，持身清净，立志修行，总之是对他有了好印象，就可能将这位僧人由"暂停"转为"常住"，这就是"安单"。

[23] 厝：动词，安置。《列子·汤问》："帝感其诚，命夸娥氏二子负二山，一厝朔东，一厝雍南。"

[24] 癸卯：公元1663年，农历癸卯年，康熙二年，当时诗人是44岁。

[25] 茱萸塘：在衡阳县金兰乡高节里。

广遣兴·序

晓风残月[1]，唱彻了也。者皮腔鼓[2]雷惊花牙板，且未歇煞。还与找谭长真叹骷髅[3]。月永星闲，山长水远，暂与裴回[4]，姑为已止。究竟何如，石烂海枯，霜刀[5]割不得野马也。

注：

[1] 晓风残月：拂晓风起，残月将落。出自宋代柳永《雨霖铃》词："今宵酒醒何处，杨柳岸晓风残月。"原形容冷落凄凉的意境，这里指一种唱腔，应属于愚鼓或称渔鼓。

[2] 皮腔鼓：花腔鼓。后面雷惊花、牙板等都是指渔鼓。

[3] 谭长真叹骷髅：谭长真，初名玉，字伯玉。王重阳的弟子，"全真七子"之一。叹骷髅，道教与佛教中的一种仪式，道教在"放焰口"的法事中，要合唱"叹骷髅"。金代著名道人谭长真有《骷髅歌》："骷髅骷髅颜貌丑，只为生前恋花酒。巧笑轻肥取意欢，血肉肌肤渐衰朽。渐衰朽，尚贪求，贪财漏罐不成收。爱欲无涯身有限，至令今日作骷髅。作骷髅，尔听取，七宝人身非易做。须明性命似悬丝，等闲莫逐人情去。故将模样画呈伊，看伊今日悟不悟。"

[4] 裴回：彷徨，徘徊不进貌。《史记·吕太后本纪》："吕产不知吕禄已去北军，乃入未央宫，欲为乱，殿门弗得入，裴回往来。"

[5] 霜刀：雪亮锋利的刀。宋代张元干《醉花阴·咏木犀》词："霜刀剪叶呈纤巧，手捻迎人笑。云鬟一枝斜，小合幽窗，是处都香了。"

三 《和梅花百咏诗》之序言及注释

和梅花百咏诗·序

上湘[1]冯子振[2]，自号海粟，当蒙古时，以捭阖[3]游燕中，干权贵，盖倾危[4]之士也。然颇以文字自缘饰[5]，亦或与释中峰[6]相往还，曾和其梅花百咏。中峰出世[7]因缘[8]，为禅林[9]孤高者所不惬，于冯将有臭味之合耶。隆武丙戌[10]湘诗人洪业嘉伯修[11]、龙孔蒸季霞[12]、欧阳淑予[13]私和冯作各百首，欧阳炫其英，多倍之。余薄游[14]上湘，三子脱稿，一即相示，并邀余共缀其词。既已薄其所自出，而命题又多不雅驯[15]，惧为通人[16]所鄙，戏作桃花绝句数十首抵之，以示郑重。未几[17]，三子相继陨折[18]。庚寅[19]夏，昔同游者江陵李之芳广生[20]，相见于苍梧[21]，与洒山阳[22]之涕。李侯[23]见谓君不忘浮湘亭上，盍寻百梅之约，为延陵剑[24]耶。余感其言，将次[25]成之。会攸县[26]一狂人，亦作百梅恶诗[27]一帙[28]，冒余名为序。金溪[29]执为衅端[30]，将构[31]大狱[32]，挤余于死。不期暗香疏影[33]中，作此恶梦，因复败人吟兴[34]，抵今又十五年矣。今岁人日[35]，得季霞[36]伯兄[37]简卿[38]寄到伯修元稿[39]。潸然读已，以示欧子直[40]。子直欣然属和，仍从叟老汉为前驱被道。时方重定《读书说》良不暇及，乃怀昔耿耿[41]，且思以挂剑[42]三子者，挂剑广生。遂乘灯下两夕了之。湘三子所和旧用冯韵，以其落字多腐，又仿流俗[43]上马跌法，故虽仍其题而自用韵，亦以著余自和三子非和冯也。乙巳[44]补天穿日[45]茱萸塘记。

注：

[1] 上湘：旧有所谓"三湘"的说法，湘乡为"下湘"，湘潭为"中湘"，湘阴为"上湘"，合称"三湘"。冯子振为湖南攸县人，而攸县应属中湘，船山却称之"上湘"，也许别有所本。

[2] 冯子振：元代散曲名家，字海粟，自号瀛洲洲客、怪怪道人，湖南攸县人。相传其一夜间赋出百首咏梅诗篇，即《梅花百咏》。

[3] 捭阖：或开或合。战国游说家所使用的分化或拉拢的方法。《鬼谷子·捭阖》："捭阖者，以变动阴阳四时开闭，以化物纵横……此天地阴阳之道，而说人之法也。"《旧唐书·张濬传》："学鬼谷纵横之术，欲以捭阖取贵仕。"

[4] 倾危：狡诈。《史记·张仪列传》："夫张仪之行事甚于苏秦……要之此两人真倾危之士哉！"

[5] 缘饰：文饰、修饰。《史记·平津侯主父列传》："习文法吏事，而又缘饰以儒术。"

[6] 释中峰：即元代高僧明本禅师。明本禅师（1263—1323），元朝僧人。俗姓孙，号中峰，法号智觉，西天目山住持，钱塘（今杭州）人。

[7] 出世：到人世间。旧题唐柳宗元《龙城录·任中宣梦水神持镜》："此镜乃水府至宝，出世有期，今当归我矣。"

[8] 因缘：关系。宋代王谠《唐语林·补遗三》："太尉曰：'某不识此人，亦无因缘，但见风仪标品，欲与谏议大夫，何为有此事？'"

[9] 禅林：佛教寺院的别称。在此借代为众僧士。

[10] 隆武丙戌：南明唐王隆武二年，亦清顺治三年，即公元1646年。

[11] 洪业嘉伯修：洪业嘉，字伯修，湘乡人，明末清初诗人，与同邑龙孔蒸、欧阳淑、衡阳王夫之友善，互为唱和，著有《懒吟随草》。

[12] 龙孔蒸季霞：龙孔蒸，字季霞，生卒年不详，湘乡人。

[13] 欧阳淑予：明末清初文人，湖南湘乡人，生卒年不详。

[14] 薄游：漫游，随意游览。唐代李嘉祐《送王牧往吉州谒王使君叔》诗："细草绿汀洲，王孙耐薄游。"

[15] 雅驯：典雅纯正；文雅不俗。《史记·五帝本纪》："学者多称五帝，尚矣。然《尚书》独载尧以来；而百家言黄帝，其文不雅驯，荐绅先生难言之。"

[16] 通人：学识渊博通达的人。《庄子·秋水》："当桀纣而天下无通人，非知失也。"王先谦集解："贤人皆隐遁，非其智失也。"汉王充《论衡·超奇》："博览古今者为通人。"唐代贾岛《即事》诗："心被通人见，文叨大匠称。"

[17] 未几：没有多久；很快。《诗·齐风·甫田》："未几见兮，突而弁兮。"朱熹集传："未几，未多时也。"

[18] 陨折：损伤，损失，此处指不幸去世。

[19] 庚寅：此处指清顺治七年，公元1650年。

[20] 李之芳广生：即李芳先，明末江陵人。

[21] 苍梧：即苍梧县。今属广西壮族自治区梧州市，苍梧县位于梧州市北部，东毗广东省肇庆市。

[22] 山阳：晋人向秀经山阳旧居，听到邻人吹笛，不禁追念亡友嵇康、吕安，因作《思旧赋》。

[23] 李侯：即前面述及的李广生。

[24] 延陵剑：汉代刘向《新序·节士》载，春秋时延陵季子（吴公子季札）将出访晋国，带宝剑经过徐国，徐君观剑不言而色欲之。延陵季子为有晋国之使，未即献剑，然心已许之。及使晋返，而徐君已死。于是乃以剑挂徐君墓树而去。后用为不忘故旧的典实。

[25] 将次：将要；就要；刚刚。宋代周密《谒金门》词："屈指一春将次尽，归期犹未稳。"

[26] 攸县：现为湖南省株洲市辖县，明洪武二年（1369），改攸州为攸县，属长沙府，位于湖南省东南部，罗霄山脉中段武功山西南端。

[27] 恶诗：拙劣或猥贱的诗。

[28] 一帙：一册书。

[29] 金溪：即王化澄，字登水，江西金溪人。崇祯七年进士，授知县。隆武中，擢监察御史，巡按广东。

[30] 衅端：争端；事端。宋人王谠《唐语林·政事下》："今者，（南诏）虽起衅端，未深为敌，宜化以礼谊。"

[31] 构：构致；诬陷，陷害。

[32] 大狱：大牢，监狱。

[33] 暗香疏影：指梅花开放的梅林。

[34] 吟兴：吟诗的兴致。

[35] 人日：又称人节、人庆节、人口日、人七日等，每年农历正月初七是古老的汉族传统节日。传说女娲初创世，在造出了鸡、狗、猪、羊、牛、马等动物后，于第七天造出了人，所以这一天是人类的生日。汉朝开始有人日节俗，魏晋后开始重视。

[36] 季霞：即上述孔季霞。

[37] 伯兄：长兄。

[38] 简卿：孔季霞长兄的字。

[39] 元稿：即底稿。

[40] 欧子直：王夫之同时代好友。生卒年不详。王夫之曾作《元日过子直弈》："秋阴何来飞雨淙，杜陵叹之后尧江。井桐已落不知数，水鸟无愁聊自双。游屐几曾过柳岸，青尊只少对兰缸。犹传锦字开幽独，湿月穿云上小窗。"

[41] 耿耿：明亮，显著；鲜明。

[42] 挂剑：《史记·吴太伯世家》载：春秋时，吴王寿梦少子季札封于延陵，号延陵季子。他出使路过徐国，徐国国君很爱他的剑。季札已心许，准备回来时再送给他。等到回来时，徐君已死，季札就把剑挂在徐君墓上，表示不能因徐君已死而违背自己许剑的心愿。后以"挂剑"为怀念亡友或对亡友守信的典

故。亦以讳称朋友逝世。唐代王维《哭祖六自虚》诗:"不期先挂剑,长恐后着鞭。"

[43] 流俗:社会流行的平庸粗俗的风俗习惯。多含贬义。

[44] 乙巳:清康熙四年,即公元1665年。王船山先生居败叶庐。

[45] 补天穿日:晋人王嘉的《拾遗记》载:"江东俗号正月二十日为天穿日,以红缕系煎饼置屋上,谓之补天穿。"

四 《洞庭秋诗》之序言及注释

洞庭秋三十首遥和补山堂[1]作·序

落帆笙竹来,垂二十七年,湖量未忘者,记持耳。昔人评骘[2]画水,独以活水[3]为至,到记持中,何从有活水乎。是以据湖采邀秋容,一听之诸公,而仆时最晚出,抑不能为驯雅之音。但思拂得活水一两波,几不远作者。未审闲能勿疑殆。己酉[4]杪秋[5]记。

注:

[1] 补山堂:指郭都贤,字天门,号顽石,又号些庵,湖南益阳人。因其居于补山堂,且其所著有《补山堂集》,故称其为"补山老人"。

[2] 评骘:亦作"评陟"。评定,评论。唐代柳宗元《柳常侍行状》:"敢用评陟旧行,敷赞遗风。"集注引童宗说曰:"《说文》云:陟,定也,升也。陟,音质。"明代归有光《与沉敬甫书》之八:"曾见《顾恭人寿文》否?敬甫试取评陟,不知于曾子固如何?"

[3] 活水:有源头常流动的水。宋代苏轼《汲江煎茶》:"活水还须活火烹,自临钓石取深清。"

[4] 己酉:指清康熙八年(1669),船山先生50岁。

[5] 杪秋:晚秋。《楚辞·九辩》:"靓杪秋之遥夜兮,心缭悷而有哀。"唐代魏徵《暮秋言怀》:"首夏别京辅,杪秋滞三河。"明人刘基《九日舟行至桐庐》:"杪秋天气佳,九日更可喜。"

五 《雁字诗》之序言及注释

前雁字诗十九首·序

雁字之作,始倡于楚人。楚[1],泽国也,有洲渚,有平沙,有芦蒋菰荻[2],东有彭蠡[3]以攸居志,南有衡阳之峰[4],日所回翼也。故楚人以此宜为之咏叹。近则玉沙湖[5]补山老人[6]续唱,作者连轸,予病未能者,且十年矣。不期病中忽有阳禽[7]笔阵[8],如鸠摩罗什[9]两肩童子出现,因吟十九首。诸公于霜寒月苦,南天落翼之日,目送云翎。而仆于花落莺阑,炎威[10]灭迹之余,追惟[11]帛字。时从异轨[12],情有殊畛[13],短歌微吟不能长,斯之谓矣。故诸作者皆赋七言,而仆吟四十字。

注:

[1] 楚:楚国,又称荆、荆楚,中国历史上春秋战国时代的一个诸侯国。

[2] 芦蒋菰荻:都是水草名。芦,芦苇。蒋,一种菰类植物。菰,多年生草本植物,生在浅水里。荻,同"荻",多年生草本植物,生在水边,叶子长形,似芦苇,秋天开紫花,茎可以编席箔。

[3] 彭蠡:古泽薮名。即今鄱阳湖,在江西省北部。蔡沈《书传》谓:"彭蠡,鄱阳湖也。"

[4] 衡阳之峰:此处指回雁峰,传说雁至此峰不过,故音信阻隔,称"衡阳雁断"。元朝高则诚《琵琶记·官邸忧思》:"他乡游子不能归,高堂父母无人管。湘浦鱼沉,衡阳雁断,音书要寄无方便。"

[5] 玉沙湖:明朝时有玉沙湖。《沔阳县地名志》载:"沙湖早于隋唐建政。"一说:沙湖是一个很大的无名湖,北至汉水,南抵长江,方圆数百里;后来湖面逐渐缩小,淤积起了一片很大的沙滩,沙滩上有些沙粒呈玉石色,因此人们就把这个湖取名叫"玉沙湖",后改称"沙湖"。

[6] 补山老人:名郭都贤,字天门,益阳人,也是一位反清的遗民。无定居,流寓沔阳16年,筑补山堂。归里后,结草庐于桃花江,后以诗累,客死于

江陵之承天寺。祝发后号顽石,又号些庵。著有《补山堂集》《些庵杂著》等书。船山称为"补山老人",可能是因其所居之补山堂。

[7] 阳禽:指鸿雁。唐朝张说《岳州九日宴道观西阁》诗:"北风嘶代马,南浦宿阳禽。"

[8] 笔阵:比喻书法。谓作书运笔如行阵。清朝吴伟业《项黄中家观万岁通天法帖》诗:"此卷仍逃劫火中,老眼纵横看笔阵。"在此处指鸿雁在空中排成"人"字或"一"字形。

[9] 鸠摩罗什:一译"鸠摩罗什婆"或"鸠摩罗耆婆",简称"罗什"或"什",意译"童寿"。中国佛教四大译经家之一。原籍天竺,生于西域龟兹(今新疆库车)。后秦时至长安,共译出《大品般若经》《法华经》《维摩诘经》《金刚经》等经。

[10] 炎威:酷热的威势。唐朝刘禹锡《裴祭酒尚书见示寄王左丞高侍郎之什命同作诗》:"吟风起天籁,蔽日无炎威。"

[11] 追惟:亦作"追维"。追忆,回想。元朝刘祁《归潜志》卷十三:"追维旧事,为之恻怆。"

[12] 异轨:比喻不同的法度、规矩。明朝徐渭《天目狮子岩》诗:"说教虽异轨,俱以退让名。"

[13] 殊畛:不同的界限。

后雁字诗十九首·序

或曰,谓楚人宜吟雁字者,楚泽国也,有洲渚,有平沙,有芦蒋菰荑,东有彭蠡之泽以攸居[1]志,南有衡阳之峰,日所回翼也。过斯以往,孰妄言之,而孰妄听之乎。余曰可哉。嗣吟十九首,首四十字。

注:

[1] 攸居:出于《尚书·禹贡》"彭蠡既猪,阳鸟攸居"。攸居,即用以安居的意思。

题芦雁绝句·序

家辋川[1]诗中有画,画中有诗,此二者同一风味,故得水乳调和,俱是造未造、化未化之前,因现量[2]而出之。一觅巴鼻[3],鹞子[4]即过新罗国[5]去矣。八闽[6]晓堂上人[7]以芦雁为法事,即得芦雁三昧。亦即以芦雁为诗,正尔压倒元白[8]。余于画理,如痖人食饱,心知而言不能及。为师随拈若而首,师遇画著时,有与余诗相磕撰者,即以题之,不信非瓠道人[9]所写也。

注:

[1] 辋川:指唐代诗人王维。

[2] 现量:指感觉器官对事物的直接反映,犹指直觉。明代袁中道《心律》:"参禅有从现量入者,有从此量入者。从现量入者,其力强,故一得而不失。"

[3] 巴鼻:来由,根据。宋代陈师道《后山诗话》:"熙宁,有人自常调上书,迎合宰相意,遂丞御史。苏长公戏之曰:'有甚意头求富贵,没些巴鼻便奸邪。'"

[4] 鹞子:雀鹰,鹞的俗称。

[5] 新罗国:为中世纪时期存在于朝鲜半岛上的一个国家,后新罗被高丽所灭。

[6] 八闽:福建简称闽,在元代分为福州、兴化、建宁、延平、汀州、邵武、泉州、漳州八路,明改为八府,所以有八闽之称。

[7] 晓堂上人:福建人,姓杨,为祝圣寺上人。佛教称持戒严格而精于佛理者为上人。

[8] 元白:唐代诗人元稹、白居易的并称。元代辛文房《唐才子传·白居易》:"(白居易)与元稹极善胶漆,音韵亦同,天下曰元白。"

[9] 瓠道人:王夫之中年自号一瓠道人。

六　《六十自定稿》之序言及注释

六十自定稿·自叙[1]

境识[2]生则患不得，熟则患失之，与其失之也宁不得，此予所知而自惧者也。五十以前，不得者多矣。五十以后，未敢谓得，一往每几于失；中间不无力为檃括[3]，而檃括之难，予自知之，抑自提之。

诗言志，又曰，诗以道性情。赋，亦诗之一也。人苟有志，死生以之，性亦自定，情不能不因时尔。楚人之谓叶公子高[4]，一曰君胡胄[5]，一曰君胡不胄，云胄云不胄。皆情之至者也。叶公子高处此，殆有难言者。甲寅[6]以还，不期身遇之，或谓予胡胄，或谓予胡不胄，皆爱我者，谁知予情。予且不能自言，况望知者哉！

此十年中，别有《柳岸吟》，欲遇一峰[7]白沙[8]定山[9]于流连驰宕[10]中。学诗几四十年，自适舍旃[11]，以求适于柳风桐月，则与马、班、颜、谢[12]了不相应，固其所已。彼体自张子寿[13]《感遇》开之先，朱文公[14]遂大振金玉。窃谓使彭泽[15]能早知此，当不仅为彭泽矣。阮步兵[16]仿佛此意，而自然别为酒人。故和阮和陶各如其量，止于阮、陶之边际，不能欺也。

庚申[17]上巳湘西草堂记。

注：

[1] 自叙：《船山全书》校云："湘西草堂本此叙置《五十自定稿》前，盖当日《五十自定稿》《六十自定稿》《七十自定稿》同付剞劂，因而错订。中华体《校勘记》云：'此序原题庚申纪年，时王夫之已六十一岁，似以在《六十自定稿》之前为是。'金陵本置《六十自定稿》前，是也。"

[2] 境识：根境识，又作根尘识。即有发识取境之作用者，称为根；所缘

43

者,称为境;能缘者,称为识。五根、五境、五识等,称为前十五界;六根、六境、六识等,则称十八界。例如眼识以眼根为所依,色境为其所缘。又如意识以意根为所依,法境则为其所缘。见《俱舍论》卷一和卷十,以及《成唯识论》卷三。

[3] 檠括:约束矫正。

[4] 叶公:芈姓,沈氏,名诸梁,字子高,春秋末期楚国军事家、政治家,约生于公元前550年。因其被楚昭王封到古叶邑(今河南省平顶山市叶县旧县乡)为尹,故史称叶公。

[5] 胄:头盔,这里的意思是带上头盔。《左传》载,在白公作乱之后,叶公在蔡,方城之外皆曰:"可以入矣。"子高曰:"吾闻之,以险徼幸者,其求无魇,偏重必离。"闻其杀齐修也,而后入。白公欲以子闾为王,子闾不可,遂劫以兵。子闾曰:"王孙若安靖楚国,匡正王室,不顾楚国,有死不能。"遂杀之,而以王如高府。石乞尹门。圉公阳穴宫,负王以如昭夫人之宫。叶公亦至,及北门,或遇之,曰:"君胡不胄?国人望君,如望慈父母焉。盗贼之矢若伤君,是绝民望也,若之何不胄?"乃胄而进。又遇一人,曰:"君胡胄?国人望君,如望岁焉,日日以几。若见君面,是得艾也。民知不死,其亦夫又奋心,犹将旌君以徇于国,而又掩面以绝民望,不亦甚乎!"乃免胄而进。遇箴尹固帅其属将于白公。子高曰:"微二子者,楚不国矣。弃德从贼,其可保乎?"乃从叶公。使于国人以攻白公,白公奔山二缢,其徒微之。生拘石乞而问白公之死焉。对曰:"余知其死所,而长者使余勿言。"曰:"不言,将烹!"乞曰:"此事克则为卿,不克则烹,固其所也,何害?"乃烹石乞。王孙燕奔颍黄氏。

[6] 甲寅:康熙十三年,公元1674年,王夫之56岁,吴三桂反。

[7] 一峰:罗伦,字应魁,一字彝正,号一峰。吉安永丰人。家贫好学,樵牧挟书,诵读不辍。14岁即授徒于乡,以资养亲。明成化二年会试,对策万言,指切时弊,擢进士第一,授翰林院修撰。后因上疏论事,被贬为泉州市舶司副提举。复官后,改南京供职。不久以疾辞归,于金牛山筑室授徒,四方从学者甚众。又与胡居仁、张元祯、娄谅等于戈阳圭峰、余干应天寺等地讲学,开明代书院会讲之先声。强调教育作用,认为唯有发展教育,使人皆有学,才能达到士有

定习，民有定志，官有定守，国有定制。教育学生务实，认为成才多途，非必经科举，故凡来求学之士，欲研习性学者纳之，务举业者辞之。著有《五经疏义》《一峰集》《周易说旨》。其著述后被整理收入《四库全书》，各类文字14卷。

[8] 白沙：陈献章，字公甫，号实斋，别号碧玉老人、玉台居士、江门渔父、南海樵夫、黄云老人等。本是新会城北圭峰山下都会村人，少年时随祖父迁居白沙乡（今属江门市蓬江区）的小庐山下，故后人尊称为"白沙先生"。他是明代著名的思想家、教育家、书法家、诗人，其学说则称"白沙学说"或称"江门学派"。

[9] 定山：庄昶，应天府江浦县人，明成化二年（1466）进士，改庶吉士，授翰林检讨，官终南京吏部郎中，事具《明史》本传。庄氏生平出处有两件大事。一是在成化三年（1467）年底与章懋、黄仲昭一同奏上《培养圣德疏》，劝阻宪宗在上元节张灯内廷施放烟火，拒不奉诏捧场赋诗，从而招致廷杖二十的重惩，并谴谪桂阳州判官，幸遇言官论救，才改遣南京行人司左司副。此举使得庄氏与章、黄二人同获"翰林三君子"之美誉。二是庄氏居职行人司副三年后，父母相继去世，依例去职居家服丧，从此卜居家乡定山近30年，谈道授徒；本可悠游林下，终其天年，可是在晚年却禁不住大学士丘浚胁迫，起复行人司旧职，并迁南京吏部郎中。此举引发对他进退取舍的很大非议，从同时人陈献章到编纂《明儒学案》的黄宗羲，许多人对此都颇有微词。庄昶为理学名家，而理学家讲究的就是这一套居处行止的规范，将此视为人生大节，难怪陈白沙（献章）很惋惜地说他是被久病害昏了头脑，而黄宗羲在《明儒学案》中盖棺论定时更狠狠地挖苦说："先生殊不喜孤峰峭壁之人，自处于宽厚迟钝，不知此处却用得孤峰峭壁著也。"

[10] 骀宕：亦作骀荡。无所局限、拘束；放纵。

[11] 舍旃：《诗·唐风·采苓》"舍旃舍旃"笺："旃之言焉也。"

[12] 马、班、颜、谢：马，指司马迁；班，指班固；颜，指颜延之；谢，指谢灵运。

[13] 张子寿：张九龄，字子寿。

[14] 朱文公：朱熹，字符晦，一字仲晦，号晦庵、晦翁、考亭先生、云谷老人、沧洲病叟、逆翁，南宋江南东路徽州府婺源县（今江西省婺源）人，19岁进士及第，曾任荆湖南路安抚使，仕至宝文阁待制。为政期间，申敕令，惩奸

吏，治绩显赫。南宋著名的理学家、思想家、哲学家、教育家、诗人、闽学派的代表人物，世称朱子，是孔子、孟子以来最杰出的弘扬儒学的大师。

　　[15] 彭泽：指陶渊明，陶曾做彭泽县令。

　　[16] 阮步兵：指阮籍。

　　[17] 庚申：康熙十九年，公元1680年，王夫之62岁。

七　《忆得》之序言及注释

述病枕忆得·序

　　　　崇祯甲戌[1]，余年十六，始从里中[2]知四声[3]者问韵，遂学人口动。今尽忘之，其有以异于觳音[4]否邪？已而受教于叔父牧石先生，知比耦结构[5]，因拟问津北地[6]信阳[7]，未就而中改从竟陵[8]时响。至乙酉[9]乃念去古今而传己意。丁亥与亡友夏叔直避购索于上湘，借书遣日，益知异制同心，摇荡声情而檃括于兴观群怨[10]，然尚未即捐故习[11]。寻遘鞫凶[12]，又展转戎马[13]间，耿耿[14]不忘此事，以放于穷年[15]。昔在癸未春，有《漧涛园》[16]初刻，亡友熊渭公为序之。乱后失其锓木[17]，赖以自免笑悔。戊子后次所作为《买薇集》，已为土人弄兵者劫夺。此后则存《五十自定稿》中。凡前所作，所谓壮夫[18]不为，童子之技也，然恶知今之果有愈于童子否邪？昭公[19]既壮而有童心，抑不自知其童，况老而自知之智衰乎！今年病垂死，得友人熊男公疗之而苏，因教予绝思虑[20]以任气[21]之存去。愿思虑非可悬庋之物，寄之篱间壁上，无已从其不为心桎[22]者。因仿佛忆童年至丁亥[23]诗，十不得一而录之。乃以知余之未有以大异于童子，而壮夫亦奚以为。敕儿子勿将镜来，使知衰容白发。岁在丙寅末伏日[24]，船山述。

注：

　　[1] 崇祯甲戌：公元1634年，明崇祯七年，王夫之16岁。

[2] 里中：指同里的人。此指湖南衡阳吟诗之人。

[3] 四声：汉语字音的声调。古汉语字音的声调有平声、上声、去声、入声四种，总称"四声"。《南史·陆厥传》："汝南周颙善识声韵。约（沈约）等文皆用宫商，将平上去入四声，以此制韵，有平头、上尾、蜂腰、鹤膝。"

[4] 鷇音：比喻人言纷纭，是非难定。《庄子·齐物论》："其以为异于鷇音，亦有辩乎？其无辩乎？"

[5] 比耦结构：此指的是写诗吟对的方法。

[6] 北地：指明代李梦阳，他的籍贯是庆阳，古属北地。

[7] 信阳：指明代何景明，他是信阳人。李梦阳、何景明是明代"前七子"代表人物，故北地信阳并称。

[8] 竟陵：竟陵派，明代后期的一个文学流派。因为主要人物钟惺（1574—1624）、谭元春（1586—1637）都是竟陵人，故被称为竟陵派，竟陵派主张性灵说，是明末反对诗文拟古潮流的重要一派。

[9] 乙酉：清顺治二年，公元1645年，王夫之27岁。

[10] 兴观群怨：来自孔子对《诗》的社会作用的高度概括，是对《诗》的美学作用和社会教育作用的深刻认识，开创了中国文学批评史的源头。出自《论语·阳货》："子曰：'小子，何莫学夫《诗》？《诗》可以兴，可以观，可以群，可以怨；迩之事父，远之事君；多识于鸟兽草木之名。'"说明了诗歌欣赏的心理特征与诗歌艺术的社会作用。

[11] 故习：旧习俗；旧习惯。此指船山先生过去的诗风。

[12] 鞠凶：极大的灾祸。晋代挚虞《太康颂》："天难既降，时惟鞠凶。"

[13] 戎马：战乱，战争。北齐颜之推《颜氏家训·风操》："汝曹生于戎马之间，视听之所不晓，故聊记录，以传示子孙。"此鞠凶和戎马都意指船山先生的生平经历了许多的磨难和不平。

[14] 耿耿：心中挂怀，烦躁不安，心事重重。《诗·邶风·柏舟》："耿耿不寐，如有隐忧。"

[15] 穷年：终其天年；毕生。《战国策·齐策六》："使管仲终穷抑，幽囚而不出，惭耻而不见，穷年没寿，不免为辱人贱行矣。"

[16]《潇涛园》：船山先生早年的诗集，《潇涛园初集》。

[17] 锓木：锓板，刻书。宋人周煇《清波别志》卷中："甫锓木，亦以有不应言者，旋被旨毁板。"

[18] 壮夫：成年人，壮健的人。扬雄《法言·吾子》："或问：'吾子少而好赋？'曰'然。童子雕虫篆刻。'俄而曰：'壮夫不为也。'"

[19] 昭公：指鲁昭公。《史记》："昭公年十九，犹有童心。"

[20] 思虑：心思，心智。《墨子·公孟》："身体强良，思虑徇通。"

[21] 任气：谓处事纵任意气，不加约束。

[22] 心桎：内心受到束缚。《庄子·达生》："故其灵台一而不桎。"

[23] 丁亥：清顺治四年，公元1647年，王夫之29岁。

[24] 伏日：三伏的总称，一年中最热的时候。古代亦指三伏中祭祀的一天。《汉书·东方朔传》："伏日，诏赐从官肉。"颜师古注："三伏之日也。"

八 《七十自定稿》序言及注释

七十自定稿·序

曹孟德[1]言："老而好学者，唯孤与袁伯业[2]耳。"陆务观[3]以名其庵曰老学。伯业之学未可知，孟德务观之所好，则予既已知之矣。故老而所惧者学，尤所惧者好，好之不已，穷年无竟。秋未尽，蝉不能不吟，已则为螗螂[4]而已，如之何弗惧邪！六十以后，汗漫[5]不复似六十以前，如拾楮实[6]于败叶，逢之即掇。居恒谓杜陵夔州后诗[7]大减初年光焰，予且自蹈之。减邪，未减邪，衰邪，思不属邪，神不凝邪，抑惧而夺其好邪，不能自知，将孰从问之！其闲情事不容异于六十以前，世犹尔，吾犹故。吾奚异哉！其或不尽然者，观其愈入于汗漫可知已。过此以往，知不能更得十年，或夙习未蠲，复有汗漫之云。当随年以纪，要不敢以此为学。则使如务观九十，亦终于汗漫而已。戊辰[8]岁杪[9]戊辰日草堂自记。

注：

[1] 曹孟德：曹操，字孟德，小字阿瞒，沛国谯（今安徽亳州）人，东汉末年著名的军事家、政治家和诗人，三国时代魏国的奠基人和主要缔造者，后为魏王。其子曹丕称帝后，追尊他为魏武帝。

[2] 袁伯业：名遗，袁绍从兄，东汉末人。

[3] 陆务观：陆游，字务观，号放翁。汉族，越州山阴（今浙江绍兴）人，南宋诗人，著有《剑南诗稿》《渭南文集》《南唐书》《老学庵笔记》。

[4] 蜣蜋：俗称屎壳郎，属鞘翅目蜣螂科。

[5] 汗漫：广大，漫无边际。《淮南子·俶真训》："至德之世，甘瞑于溷澜之域而徙倚于汗漫之宇。"宋代文天祥《酹江月·南康军和东坡》词："空翠晴岚浮汗漫，还障天东半壁。"指渺茫不可知。《淮南子·道应训》："吾与汗漫期于九垓之外。"高诱注："汗漫，不可知之也。"

[6] 楮实：楮实子，又名谷（《诗经》），楮（《说文》），谷桑，楮桑（陆玑《诗疏》）等。

[7] 杜陵夔州后诗：对于杜甫晚年滞留夔州期间所作七言律诗，批评史上历来存有两种不同的声音。江西诗人黄庭坚认为很好，黄庭坚说："但熟观杜子美到夔州后古律诗……似欲不可企及，文章成就，更无斧凿痕，乃为佳作耳。"朱熹有不同观点："杜陵夔州以前诗佳，夔州以后自出规模，不可学。……杜诗初年甚精细，晚年横逆不可当，只意到处便押一个韵。……人多说子美夔州诗好，此不可晓，鲁直一时固自有所见，今人只觉鲁直说好，便却说好，如矮人看墙耳。"王夫之认为杜甫杜陵夔州后诗不好。

[8] 戊辰：清康熙二十七年，1688年，王夫之70岁。

[9] 岁杪：《礼记·王制》："冢宰制国用，必于岁之杪，五谷皆入，然后制国用。"郑玄注："杪，末也。"后谓年底为岁杪。

九　仿体诗序言及注释

仿昭代诸家体·序

居常谓与天同造者，迎之不见其首，随之不见其尾，适融而流,适结而止,其唯三百篇乎。过此以还,思必有津,笔必有径,非独至而不可至者也。江醴陵[1]自李都尉[2]至汤休上人[3],得其思与笔所起止,以相迎随,遂尔神肖,皆唯其津径尔。昭代三百年间,诗屡变矣[4]。要皆变其所变,徙倚于铢寸之顷。一羽而知全凤,亦知全鸡,其为翻本均也。偶为寻之,得三十八人,人仿一章。非必全乎形埒,想其用笔时[5],适如此耳。浅者循其一迹,以自树于宗风,一嚎而已。风可帆使也,雨可蜥蜴致也,日而后不可追也。孰其为日乎,吾不敢为夸父之逐矣。

注:

[1] 江醴陵:江淹,字文通,南朝著名文学家,卒时官至金紫光禄大夫,封醴陵伯,后人将其文集称为《江光禄集》或《江醴陵集》。

[2] 李都尉:李陵在汉武帝时曾任骑都尉,相传为苏李赠答诗的作者之一。

[3] 汤休上人:南朝宋释惠休,本姓汤,善属文,辞采绮艳,世祖命使还俗,官至扬州从事史。梁之钟嵘《诗品》称"惠休淫靡,情过其才"。

[4] 昭代三百年间,诗屡变矣:船山先生《明诗评选》卷四"五言古"李梦阳《赠青石子》评云:"要以平情论之,北地天才自出公安下,六义之旨亦堕一偏,不得如公安之大全。至于引情动思,含深出显,分胫臂,立规宇,驱俗劣,安襟度,高出于竟陵者,不啻华族之视侩魁,此皇明诗体三变之定论也。乃以一代宗工论之,则三家者,皆不足以相当。前如伯温、来仪、希哲、九逵,后如义仍,自足鼓吹四始。……三家之兴,各有徒众,北地之裔,怒声醉呓,掣如狂兕,康德涵、何大复而下,愈流愈莽;公安乍起,即为竟陵所夺,其党未盛,故其败未极,以俗诞坏公安之风矩者,雷何思、江进之数子而已;若竟陵,则普天率土干死时文之经生,拾沈行乞之游客,乐其酸俗淫佻不胜朱弦疏越之想。夕堂骂一代之诗,直取三家,置之是非之外,以活眼旁观,取其合者,其余一置而不论。聊尔长言,如廷尉就三家村判妇姑唇舌,多言数穷,吾其愧矣。"船山先生对明代诗歌的变化并不看好,所以下文才说这种变化是"徙倚于铢寸之顷",无足道也。

[5] 想其用笔时：此是介绍船山先生作"仿体诗"的目的：主要是揣摩原作者的构思，并不是要在形式方面模仿形似。这也是船山先生重要的诗学理念之一，即艺术上通过揣摩而求其神而非为形似，所以下文故有"浅者循其一迹，以自树于宗风"之语予以贬斥。

第二节　王夫之诗集编辑年份考

王船山先生一生创作了1660多首诗歌，他生前自己编过多种集子。

王船山于明崇祯十六年（1643），25岁时编辑刻印了一部《漧涛园初集》。这是一部诗歌集，也是船山先生唯一一部自编自刻的诗歌集。他在《述病枕忆得》中说："昔在癸未春，有《漧涛园》初刻，亡友熊渭公为序之。乱后失其锓木，赖以自免笑悔。戊子后次所作为《买薇集》，已为土人弄兵者劫夺。此后则存《五十自定稿》中。"①

《买薇集》是船山先生自己编辑的第二部集子，其内容很可能是诗歌。这部集子，因弄兵者劫夺而失去。王谱"清顺治六年己丑"（1649）条云："夏，公自桂林归南岳，理残书，携《买薇稿》至县西长乐乡石仙岭下耐园，侍谭太孺人养。土人弄兵，谋危公，几不免，劫家中所有去，《买薇稿》与焉。太孺人怛憨废食，公既得脱，太孺人谕令去衡，公复赴肇庆。"②据王夫之《述病枕忆得》之《序》中所云，《买薇集》编于戊子即清顺治五年（1648），也就是被人劫去的己丑年的前一年，所收诗歌主要是中举以后至戊子年所作的诗歌。

---

① 《王船山诗文集》下册，中华书局1962年版，第508页。王夫之自己称《买薇集》，王谱称《买薇稿》，笔者认为要以王夫之的说法为准。
② 参见王之春《王夫之年谱》，中华书局1989年版，第39页。

《岳余集》可能是王夫之第三部诗集。从《岳余集》所收诗歌来看，诗集中诗作主要为癸未、甲申两年所作的诗。集中共收诗 25 首，其中《即事》《寒甚下山访病儿存没道中逢夏仲力下竹舁慄不能语哀我无衣授之以絮归山有赋志感也》《闻郑天虞先生收复宝邵别家兄下山而西将以蜡杪往赴怆然而作》《月中晓发僧俗送者十三人皆攀泣良久余亦泣别》等诗均题"癸未匿岳"，而《黑山访址》《铁牛庵下忽不喜往》《玉门望狮子峰用旧作四韵》《恋响台》《繇恋响眺一奇石而上同夏叔直援石曲折遂得方址岿然可台》《晓同夏叔直出寺拂读朱菊水司寇所镌谭友夏岳记》《涌几》等诗均题"甲申重游"，可证其诗作于癸未、甲申这两年。由《买薇集》所收诗的创作年份，可推知，《岳余集》很可能是《买薇集》的部分内容，由于《买薇集》被劫，王夫之很可能将余下的有关南岳的诗歌单独编成集子。或许《岳余集》之得名也与此有关。这个集子编好后，王夫之很可能藏了起来，后来也没有再去管它，因此晚年由回忆而得的《忆得》所收诗中有一些与《岳余集》所收诗相重而字句略有异。刘谱于《岳余集》另有说法。刘谱清康熙十五年（1676）丙辰条云：

又按：《沅湘耆旧集》载此诗题只"寄友"二字，盖所见之本不同。邓氏因题中无年份可考，未知先生作此诗时已近六旬，谓："《晓同夏叔直出寺拂读朱菊水司寇所镌谭友夏岳记》一首、《霜度岳径》一首，并此一首，见《楚风补》。玩其体格，似不离竟陵习气，故《自定稿》中删去。盖先生早岁尚不以钟、谭为非，晚乃自辟町畦，吐弃一切。崇阳蒙正发诗有'爱听船山骂竟陵'之句，此其征也。"今考《晓同夏叔直出寺》一首作于甲申。《霜度岳径》一首未知何年，要必在乙酉编《岳余集》以前。二诗虽先生早年所作，然亦未尝模仿竟陵也。……《岳余集》内所载，《自定稿》内例不重收，并非有意删弃。至于此诗，《自定稿》不载，然先生晚年尚有《买薇稿》，今已逸去，安知非编列其中，无以决为删去。①

刘谱将《岳余集》《买薇稿》当作王夫之晚年所编，当是所据材料不足也。

船山先生的第四部诗集，不是《五十自定稿》，而是撰著于清顺治十八年辛丑（1661）的《落花诗》。《落花诗》共收6组诗99首。这6组诗是《正落花诗》10首、《续落花诗》30首、《广落花诗》30首、《寄落花诗》10首、《落花诨体》10首、《补落花诗》9首。这6组诗并不是在同一年创作的。据《正落花诗·序》，《正落花诗》作于庚子冬初，即清顺治十七年（1660），王夫之42岁。据《续落花诗·序》所云"自冬徂夏"可知《续落花诗》是作于庚子冬至辛丑夏这一段时间。《广落花诗》《寄落花诗》《落花诨体》未云写作时间。《补落花诗·序》云："此帙之登，逢秋斯暮。月寒在夕，叶怨于枝。"② 王谱将《补落花诗》确定于辛丑年九月。③ 这六组诗是由庚子冬初开始写至辛丑秋才完成，最后可能在辛丑冬编成定稿。

船山先生的第五部诗集是成于康熙二年癸卯（1663）的《遣兴诗》。《遣兴诗》由《读甘蔗生遣兴诗次韵而和之》76首和《广遣兴》58首组成。由《读甘蔗生遣兴诗次韵而和之》之《序》可知《读甘蔗生遣兴诗次韵而和之》写作于癸卯六月，即清康熙二年（1663）。《广遣兴》之《序》未言写作时间，王谱云："诗序未注年月，盖亦是年所作，故附于此。"④

第六部是成于清康熙四年乙巳（1665）的《和梅花百咏诗》。《和

---

① 《船山全书》第十六册，岳麓书社1996年版，第241—242页。
② 《王船山诗文集》下册，中华书局1962年版，第418页。
③ 参见王之春《王夫之年谱》，中华书局1989年版，第60页。
④ 同上书，第64页。

梅花百咏诗》由《和梅花百咏诗》和《追和王百谷梅花绝句十首》组成。由《和梅花百咏诗·序》可知,《和梅花百咏诗》写作于"乙巳补天穿日"。补天穿日,晋人王嘉的《拾遗记》载:"江东俗号正月二十日为天穿日,以红缕系煎饼置屋上,谓之补天穿。"由《追和王百谷梅花绝句十首》之《序》所云"因次其韵,亦得十首,出入于冬秋花月之期",可知《追和王百谷梅花绝句十首》写作于乙巳冬秋。《和梅花百咏诗》编定于清康熙四年乙巳冬。

第七部是编辑于清康熙八年己酉(1669)的《五十自定稿》。《五十自定稿》所收自清顺治五年戊子(1648)至清康熙七年戊申(1668)所作诗歌。王谱于清康熙八年己酉条云:"居败叶庐。辑戊子以来所作五古、近体诗,为《五十自定稿》。"又云:"《五十自定稿》五言古、五言绝句、五言近体、七言近体、七言绝句,皆始于戊子;余始于己丑、乙未、乙巳。"[1]

第八部是作于清康熙八年己酉的《洞庭秋诗》30首。据《洞庭秋诗·序》可知此组诗作于己酉年。刘谱清康熙八年己酉条云:

> 按:先生以壬午秋赴武昌乡试,路经洞庭。冬赴会试,由衡阳抵江西南昌,癸未春由南昌归衡阳,往返皆不由洞庭,嗣后未尝复至洞庭。自壬午至己酉,首尾二十七年,故序云:"落帆笙竹来,垂二十七年也。"[2]

第九部是编于康熙九年庚戌(1670)的《雁字诗》。《雁字诗》由《前雁字诗十九首》《后雁字诗十九首》《题芦雁绝句十八首》三组诗组成。《前雁字诗十九首·序》未言写作时间。《后雁字诗十九首·序》也未言写作时间。《题芦雁绝句十八首·序》还是未言明写作时

---

[1] 参见王之春《王夫之年谱》,中华书局1989年版,第71页。
[2] 《船山全书》第十六册,岳麓书社1996年版,第223页。

间。刘谱于清康熙九年庚戌（1670）条云：

> 按：……先生自记云"作者连轸，予病未能者且十年矣"，自庚戌上溯辛丑，首尾十年，知原唱作于辛丑、壬寅之际矣。
>
> 又按：此记言忽有阳禽笔阵，因吟十九首。《芦雁诗》自记云："题此经一年矣，乃赋《雁字》。"彼记作于是年秋冬之际，盖《芦雁诗》作于上年九月，《雁字诗》作于是年九月。此记言"花落莺阑，炎威灭迹"者，《雁字诗》与《落花诗》同一比兴，则"花落莺阑，炎威灭迹"八字亦系比兴，与上文"霜寒月苦，南天落翼"事同一例，非真作于夏月也。①

第十部是可能成于康熙十八年己未（1679）的《柳岸吟》。《柳岸吟》未有序。《六十自定稿·序》云："此十年中，别有《柳岸吟》，欲遇一峰白沙定山于流连驺宕中。"此处并未断言《柳岸吟》作于己未，只是说这十年中别有《柳岸吟》，其写作时间是宽泛的。刘谱将其定为此年，云：

> 按：《柳岸吟》一卷，系杂体诗，大都以韵语讲学。就中和康节、明道、龟山、白沙、定山、一峰、念庵诸作，固属宗旨显然，即命题无谈理字面，而其诗亦《击壤集》一派。较之《自定稿》中诸诗，格调气韵，迥然不同，故另编一卷也。②
>
> 又按：第一首云："七载相怜已久如，寸心未展只相于。"盖《柳岸吟》一卷皆讲学之诗，七年中从游诸子虽未书姓名，然卷中有《为躬园题》一首，《示唐须竹》一首。今考己酉岁先生年五十，唐氏迎先生住驳阁岩，为之剖析学术源流，是年有《读泾

---

① 《船山全书》第十六册，岳麓书社1996年版，第227—228页。
② 同上书，第249页。

阳先生虞山书院语录示唐须竹》七古一首,见《六十自定稿》,未收入《柳岸吟》外,其余六年,就卷中各诗所述时序推之,大约六更寒暑。然究未确证,存此说以俟考。①

第十一部是成于康熙十八年己未的《六十自定稿》。《六十自定稿·自叙》云:"五十以前,不得者多矣。五十以后,未敢谓得,一往每几于失;中间不无力为檗括,而檗括之难,予自知之,抑自提之。"刘谱据此确定《六十自定稿》编成于清康熙十八年己未。② 考《六十自定稿》所收诗所标年份最晚为己未。

第十二部可能是成于清康熙十八年己未前后的《编年稿》。《编年稿》无自序,也没有人考证其编成年份。《编年稿》所收诗为《己酉稿》《庚戌稿》《辛亥稿》《壬子稿》《癸丑稿》《甲寅稿》《乙卯稿》《丙辰稿》,起于王夫之51岁迄于王夫之58岁,恰在《六十自定稿》所收诗年代范围之内。因此,《编年稿》与《六十自定稿》有着一种内在的联系,至于是什么内在的联系,在没有确凿的证据之前是不能推断的。但是,有一种情况是值得注意,王夫之将一些有违碍的诗作如《广哀诗》等特意编进《编年稿》《分体稿》避免引起清朝当局的关注,似乎就是一种深意。由此看来,《编年稿》的编成是与《六十自定稿》编成的时间相先后,但不能确定是在其前或其后。

第十三部是成于康熙二十五年丙寅(1686)的《忆得》。据《述病枕忆得》之自序可知其编成之年为丙寅即清康熙二十五年。

第十四部是《分体稿》。《分体稿》所收诗最早是清康熙八年己酉王夫之51岁时写的诗,之后是写于清康熙十九年庚申(1680)王夫之62岁时的诗,然后是写于清康熙二十年辛酉(1681)、清康熙二十

---

① 《船山全书》第十六册,岳麓书社1996年版,第251页。
② 同上书,第249页。

一年壬戌（1682）、清康熙二十二年癸亥（1683）、清康熙二十三年甲子（1684）、清康熙二十四年乙丑（1685）、清康熙二十五年丙寅（1686）、清康熙二十六年丁卯（1687）的诗，迄于清康熙二十七年戊辰（1688）王夫之70岁。由此可断《分体稿》编成时间略早于《七十自定稿》，或为其70岁之年即清康熙二十七年戊辰。

第十五部是成于清康熙二十七年戊辰的《七十自定稿》。据《七十自定稿》之自序可知《七十自定稿》编成于清康熙二十七年戊辰王夫之70岁。但《七十自定稿》还收有王夫之71岁即清康熙二十八年己巳（1689）所写的《庶仙片纸见讯云年过七十未为非幸无容局促萦心既佩良规因之自广》五古一首、《野史刘生惜十年之别来访山中为写衰容赋赠》七律二首。由此可见，《七十自定稿》编定后仍有补充。

第十六部诗集为《姜斋诗剩稿》。《姜斋诗剩稿》共12首诗，除6首诗得到确定外，还有6首诗创作年份未定。王谱将《悼亡诗》系于清顺治三年丙戌（1646），云："《剩稿》未注年份，《家谱》附《墓志铭》后。因其有一'寒风落叶洒新阡'之句，故以为是年作。"① 王谱将《寄怀陈耳臣兼怀安福陈二止七律一首》系于清康熙十三年甲寅（1674），王谱云："《姜斋诗胜稿》未注年份，因本年有和陈耳臣诗，附题于此。"② 王谱将《戊戌岳后辱戴晋元来访今来复连榻旄檀口占》系于清康熙十四年乙卯（1675），云："公寓郡北旄檀林，戴先生日焕谒。《戊戌岳后辱戴晋元来访今来复连榻旄檀口占》诗有'荏苒十八年，梦中时一遇'及'同君宿郊庵，四目还相注'之句。"③《示侄孙生蕃》五古一系于清康熙二十六年丁卯，王谱云："《剩稿》有《孙生

---

① 参见王之春《王夫之年谱》，中华书局1989年版，第33页。
② 同上书，第83页。
③ 同上书，第84页。

蕃》诗,中有句云:'汝年正英妙。'生蕃公行三,幼重公子,辛亥生,时年十七,正合。故改作'蕃'。"《姜斋诗剩稿》所收诗创作年份跨度很大,很可能是王夫之于70岁前后将过去未编于各集的诗加以汇聚成册。

第十七部诗集为《仿体诗》。《仿体诗》编著于何时呢?或许可以从与之相关的《明诗评选》的编定时间找到线索。许多人注意到《仿体诗》与《明诗评选》的联系,更多是在意两者之间的区别,如涂波说:"在《仿昭代诸家体》一集中,作者拣明代诗家38人,一一选其名篇加以仿作。而把所仿拟的对象与评选相参看,可以见出创作与批评的某种背离。"① 又说:"据笔者统计,38首被仿诗中只有12首入了《明诗评选》,不到三分之一。"② 《仿体诗》与《明诗评选》在一些方面如对某些明代诗人的评价是有所不同,但更多的应该是相互之间的联系。从《仿体诗》的序言中所说的明代300年诗歌之变与反对诗坛的自树宗风与《明诗评选》中所反映出来的观点是一致的。从这一点来看,两者编撰的时间应该相去不远。王谱清康熙二十九年庚午(1690)云:"居湘西草堂。评选各诗文。"③ 又云:"《夕堂永日绪论序》:'阅古今人所作诗不下十万,经义亦数万首。既乘山中孤寂之暇,有所点定,因论其大约如此。'"④ 应该说,《明诗评选》编定于王夫之72岁之时,《仿体诗》很可能编定于此前不久。关于《仿体诗》写作年份,刘谱有另一种说法。刘谱于清康熙九年庚戌条云:"冬,作《仿体诗》一卷。"又云:

《夕堂戏墨》卷六《仿体诗》,其题云:"仿昭代诸家体。"序

---

① 参见涂波《王夫之诗学研究》,湖北人民出版社2006年版,第163页。
② 同上书,第165页。
③ 参见王之春《王夫之年谱》,中华书局1989年版,第126页。
④ 同上书,第126页。

云:"昭代三百年间,诗屡变矣。偶为寻之,得三十八人,人仿一章。"

按:三十八首皆七律,始于刘护军基《秋兴》,终于顾秀才开雍《恸哭》。序中未言年份。然《夕堂戏墨》九种,分为九卷,除末一种《杂赞铭》非一时所作,已移归《姜斋文集》外,其余八种,自《落花诗》至《愚鼓词》,皆以编成先后为序。《仿体诗》系第六种,在《雁字诗》后,《潇湘怨词》前。《雁字诗》编成于是年秋九月,《潇湘怨词》编成于下年,未署时月。然《拟古诗十九首》《拟阮步兵咏怀》二十四首皆作于是年。《仿体诗》题目相近,当亦同时所作,故知在是年冬。①

《夕堂戏墨》,据刘志盛对湘西草堂本原刻考证,为七种七卷。②包括《雁字诗》一卷、《落花诗》一卷、《和梅花诗》一卷、《洞庭秋诗》一卷、《前后愚鼓词歌》一卷、《仿体诗》一卷、《南窗漫记》一卷。《仿体诗》居《南窗漫记》之前,而《南窗漫记》作于清康熙二十七年戊辰王夫之70岁,也就是说《仿体诗》应作于是年或略早。《愚鼓词》作于何时呢?刘谱于"清康熙十年辛亥"条云:

按:《愚鼓歌》卷中三序未著年份,然前后愚鼓乐以后译前,自必作于一时。《十二时歌》既附于《愚鼓歌》卷末,序中又言"倚愚鼓而和之",谅亦同时所作。且序中"千里唇皮遥相乔赚""未吃药地药掇开药囊向一壁煮"等语,与《南窗漫记》所言正合。次密之韵《述怀》诗云:"别调相看更辄然。"即指《愚鼓歌》而言,故知作于是年也。③

---

① 《船山全书》第十六册,岳麓书社1996年版,第228页。
② 参见刘志盛、刘萍《王船山著作丛考》,湖南人民出版社1999年版,第25—26页。
③ 《船山全书》第16册,岳麓书社1996年版,第230页。

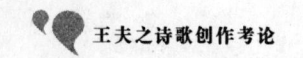

由《愚鼓词》推《仿体诗》写作的年份似乎时间跨度太大。

第三节　王夫之诗集编辑思想考

王夫之诗歌编辑思想，我们可以从王夫之各种诗集自序中找到，也可以通过对其诗集的编辑体例分析得出，还可以从王夫之其他的著述中寻绎。王夫之诗歌编辑思想具体有以下几个方面值得注意。

一　生命感与历史感的表达

王夫之曾自题楹联曰："六经责我开生面，七尺从天乞活埋。"这一楹联就是他的生命感与历史感的一种最好表达。从自然生命的角度来说，王夫之感到自己随时可能死也应该死。就王夫之而言，死就是殉其国，死得其所。然而于王夫之的责任而言，予"六经""开生面"亦是其不可逃遁的责任，因此，他的生命形式就是"活埋"或者随时面临生命的终结。这样一来，王夫之在编辑每部诗集时很可能会想到他编的就是最后一部。

人们在阅读王夫之诗歌的时候，不可能不产生一个非常大的疑问：为什么王夫之诗集有了《五十自定稿》后还会有《六十自定稿》《七十自定稿》。对于王夫之来说，他从来就没有想过自己能活多久。王夫之在《管大兄弓伯挽歌·序》说："今勿说弓伯兄之死，得年五十有二，考终于室，弓伯兄固久不期此。癸未贼投人于湘水，雁行相接，兄犯其不测，以保难弟之节，一死矣。戊子起兵不利，缧而系于潭狱，刻日就白刃者，一死矣。庚寅流难困病于岭海，犯难以护难弟于长林，一死矣。以身突其三死，而谁期为一者之考终。弓伯兄弄死如丸，死去弓伯兄如弩，复得此十三年于荒山榷径之中，兄余食而赘形视之。"① 他在说管弓伯多次要死而未死时或许就是说自己。王夫之在《广哀诗·序》中说："夫之自弱冠幸不为人厌捐，出入丧乱中，亦不知何以独存。"王夫之在《九砺之一》之序又云："贼购索甚亟摩娑，濒死者屡矣。得脱，匿黑沙潭畔，作《九砺》九章，九仿《楚辞》，砺仿宋遗士郑所南《心史》中诗。自屈大夫后，惟所南《心史》忠愤出于至性，与大夫相颉颃。愿从二子游，故仿之。大乱后尽失其稿，仅约略记忆其一，缘从贼者斥国为贼，恨不与俱碎，激而作此。"②

如果说王夫之在编《漧涛园初集》《买薇集》时还有少年炫才所为的意味的话，那么从编辑《岳余集》开始王夫之就感到生命之轻与历史之重。南岳躲藏的经历使他从死亡线上走了几遭，因此在其劫余而编著《岳余集》。根据上面对王夫之诗集编辑年份的考证，王夫之从40岁开始，每到整十岁的时候就是王夫之大力编辑诗集的时候。40岁前后有《落花诗》《遣兴诗》《和梅花百咏诗》。50岁前后有《五十自定稿》《洞庭秋诗》《雁字诗》。60岁前后有《柳岸吟》《六十自定稿》《编年稿》等。70岁前后有《忆得》《分体稿》《七十自定稿》《仿体诗》等。

二 表达自己的政治观点或忠贞之节

通过诗集的编辑来表达自己的政治观点，这在王夫之诗集编辑时可能是一个重要考虑的因素。他在《正落花诗十首·序》中说："庚子冬初，得些庵、大观诸老诗，读而和之，成十首；以嗣有众什，尊所自始，命之以正；雅，正也，变，非正也。雅有变，变而仍雅，则当其变，正在变矣，是故得谓之正。"此处所说的"正""变"，很容

---

① 《王船山诗文集》上册，中华书局1962年版，第186—187页。
② 《王船山诗文集》下册，中华书局1962年版，第521页。

易看成是艺术的"正变"观的讨论。实际上，这里隐含南明桂王为正统，南明的失败是汉族正统政权的失败，甚至为中华文化的危机。因此，《落花诗》之编乃有挽正统政权之意。这种意思在《广落花诗》之序也有表达，只不过在《广落花诗·序》将南明隐喻为"鲁"，将抒国亡之情隐喻为咏"落花"之情。

通过诗集编辑表达自己对于故国的忠贞之意，主要体现在《洞庭秋诗》和《雁字诗》的编辑上。王夫之在《洞庭秋三十首遥和补山堂作·序》中说："落帆笙竹来，垂二十七年，湖量未忘者，记持耳。昔人评鹭画水，独以活水为至，到记持中，何从有活水乎。是以掎湖采逸秋容，一听之诸公，而仆时最晚出，抑不能为驯雅之音。但思拂得活水一两波，几不远作者。未审闲能勿疑殆。"这一段话似乎只谈《洞庭秋诗》写作的缘起，却隐含不忘故国之思。楚为泽国，洞庭乃楚之大泽，而楚正是王夫之故国之隐喻。王夫之在其词作《菩萨蛮·桃源图》中说："桃花红映春波水，盈盈只在沅江里。湘江水下巴邱，湖西是鼎州。停桡相借问，咫尺花源近。三户复何人，长歌扫暴秦。"此处"三户"即"楚虽三户，亡秦必楚"中的"三户"。其忠于故国期待复兴故国之心是不言而喻的。《雁字诗》也是这种情况。

三 表达自己的艺术观点

诗本是艺术作品，诗集更是艺术作品的汇集，因而通过诗集来表现王夫之的艺术追求正是题中应有之义。具体说来，王夫之通过诗集的编辑而表达出来的艺术观点是比较多的。一是实现自己的"诗道性情"的艺术观点。王夫之《六十自定稿·自叙》中说："诗言志，又曰，诗以道性情。"《六十自定稿》就是王夫之自己"性情"的表达。二是重现量。王夫之在《题芦雁绝句·序》中说："家辋川诗中有画，画中有诗，此二者同一风味，故得水乳调和，俱是造未造、化未化之前，因现量而出之。一觅巴鼻，鹞子即过新罗国去矣。"三是表达对

"兴、观、群、怨"的重视与对竟陵诗风的不屑。王夫之在《述病枕忆得·序》中说:"崇祯甲戌,余年十六,始从里中知四声者问韵,遂学人口动。今尽忘之,其有以异于彀音否邪。已而受教于叔父牧石先生,知比耦结构,因拟问津北地信阳,未就而中改从竟陵时响。至乙酉乃念去古今而传己意。丁亥与亡友夏叔直避购索于上湘,借书遣日,益知异制同心,摇荡声情而檠括于兴观群怨,然尚未即捐故习。"[1] 四是通过模拟揣摩来提高自己的诗艺。王夫之在《仿昭代诸家体·序》中说:"偶为寻之,得三十八人,人仿一章。非必全乎形垺,想其用笔时,适如此耳。"

四 用游戏文字来掩饰自己的诉求

用游戏文字隐含诗集的真实思想内容掩盖自己的诉求,这是王夫之在诗集编辑时一种重要的思想。王夫之在《续落花诗三十首·序》中说:"自冬徂夏,溯落沿开,拾意言以缀余,缓闲愁之屡互。夫续其赘矣,赘者放言者也。意往不禁,言来不御,闲或无托,愁亦有云,是以多形似之言,归于放而已矣。"将诗集归之于"放""闲愁"就是一种掩饰。王夫之在《读甘蔗生遣兴诗次韵而和之·序》中说:"者回自别,休道是望州亭相见也。鸟道音书,无从通一线在。向者有人著书,说西子湖头,一佛出世,罢参向南高峰去。心知其不然,湖光山色,尽一具粉骷髅,淡妆浓抹,和哄者跛汉不住。又安成程大匡书来,说五老峰前,远公延客,庶几或尔。乃今又在卢家仡僚西邻煨折脚铛,春云入乱烟,不可拣取。大要在一瓠道人鼻上弄鼻孔作痒,得此诗者又是一场懡㦬。今春有杜鹃花,不觉到铁墙拗,王君延我入新斋,为他和石灰泥壁。忽拈一帙诗,没其所自得,教认取谁家

---

[1] 《王船山诗文集》下册,中华书局1962年版,第508页。

笔仗。卒读久之,乃知是者跛汉。王君笑指石灰桶,说寻常谓道人认得行货,今乃充此物经纪,眯着眼看秤斛耶。者是十三年前借山在灵溪所作,逢彼场中,作彼杂剧。今来则又别须改一色目,演马丹阳度刘行首唱晓风残月矣。想者跛汉白椎又换。借山在一瓠鼻尖上安单,一瓠在借山眉毛上厝鼎。云净水干,黄龙出现,黄龙蜕角,水涨云飞。打破者皮疆界,是一是二,时节因缘,且与还他境语。于是为次韵而和之,不能寄甘蔗生也,为之凄绝……"这一段戏剧化文字很好地掩盖了王夫之诗集中的真实想法。

五 用直接表达的方式揭示诗集之主题

王夫之在《寄落花十首·序》中说:"天地指也,万物马也,虾目水母也,寓木宛童也,即物皆载花形,即事皆含落意。九方专精而视无非骐骥者,苟为汗漫,亦何方之有哉!八目十咏,犹存乎区宇之观也。"此序中所说的"即物皆载花形,即事皆含落意"实明言本组诗的主题非是一般的咏落花而是咏由花而起的兴亡之情。王夫之在《和梅花百咏诗·序》中说:"上湘冯子振,自号海粟,当蒙古时,以捭阖游燕中,干权贵,盖倾危之士也。然颇以文字自缘饰,亦或与释中峰相往还,曾和其梅花百咏。中峰出世因缘,为禅林孤高者所不慊,于冯将有臭味之合耶。隆武丙戌湘诗人洪业嘉伯修、龙孔蒸季霞、欧阳淑予私和冯作各百首,欧阳炫其英,多倍之。余薄游上湘,三子脱稿,一即相示,并邀余共缀其词。既已薄其所自出,而命题又多不雅驯,惧为通人所鄙,戏作桃花绝句数十首抵之,以示郑重。未几,三子相继陨折。庚寅夏,昔同游者江陵李之芳广生,相见于苍梧,与洒山阳之涕。李侯见谓君不忘浮湘亭上,盍寻百梅之约,为延陵剑耶。余感其言,将次成之。会攸县一狂人,亦作百梅恶诗一帙,冒余名为序。金溪执为衅端,将构大狱,挤余于死。不期暗香疏影中，作此恶梦，因复败人吟兴，抵今又十五年矣。今岁人日，得季霞伯兄简卿寄到伯修元稿。潸然读已，以示欧子直。子直欣然属和，仍从臾老汉为前驱被道。时方重定《读书说》良不暇及，乃怀昔耿耿，且思以挂剑三子者，挂剑广生。遂乘灯下两夕了之。湘三子所和旧用冯韵，以其落字多腐，又仿流俗上马跌法，故虽仍其题而自用韵，亦以著余自和三子非和冯也。"用如此长的一段文字来说明《和梅花百咏诗》的创作缘起其真意是回顾明亡的一段历史，使人明白咏梅花百首非只咏梅花而已。

六 通过诗集编辑批评、总结自己的诗歌创作水平

王夫之在《六十自定稿·自叙》中说："境识生则患不得，熟则患失之，与其失之也宁不得，此予所知而自惧者也。五十以前，不得者多矣。五十以后，未敢谓得，一往每几于失；中间不无力为檃括，而檃括之难，予自知之，抑自提之。"无论是50岁以前写的诗还是之后所写的诗，王夫之都毫不犹豫地予以批评，因而诗集的编辑就是为了总结诗艺之用。王夫之在《七十自定稿·序》中说："六十以后，汗漫不复似六十以前，如拾楮实于败叶，逢之即掇。居恒谓杜陵夔州后诗大减初年光焰，予且自蹈之。减邪，未减邪，衰邪，思不属邪，神不凝邪，抑惧而夺其好邪，不能自知，将孰从问之！其闲情事不容异于六十以前，世犹尔，吾犹故。吾奚异哉！其或不尽然者，观其愈入于汗漫可知已。过此以往，知不能更得十年，或夙习未蠲，复有汗漫之云。当随年以纪，要不敢以此为学。则使如务观九十，亦终于汗漫而已。"王夫之对60岁以后所作的诗批评尤其严格。

第四节　王夫之诗集编撰体例

一　材料与编辑

（一）《漼涛园初集》《买薇集》的编辑体例

王船山于明崇祯十六年（1643）25岁时编辑刻印了一部《漼涛园初集》。王夫之在《述病枕忆得》中说："昔在癸未春，有《漼涛园》初刻，亡友熊渭公为序之。"《南窗漫录》云："渭公笃志正学，有《与李文孙论致知书》，破姚江之僻。为余序诗，以眉山、淮海为戒。"此集在王夫之早年就已逸去。其内容也不可考，但据《忆得》所存诗，乙亥、丙子、丁丑、己卯、庚辰、辛巳、壬午七年所作的诗很可能就被收于《漼涛园初集》之中。由现存这些诗来看，或者从王夫之青年时期第一次编辑诗集的情况来看，现存诗是按年编辑，但其编辑很可能是按诗体如五言古诗、五言绝句等进行的。这与他当时学习各种诗体是相适应的。

《买薇集》是船山先生自己编辑的第二部集子。这部集子，因弄兵者劫夺而失去。王谱"清顺治六年己丑"（1649）条云："夏，公自桂林归南岳，理残书，携《买薇稿》至县西长乐乡石仙岭下耐园，侍谭太孺人养。土人弄兵，谋危公，几不免，劫家中所有去，《买薇稿》与焉。太孺人怛愍废食，公既得脱，太孺人谕令去衡，公复赴肇庆。"[1]据王夫之《述病枕忆得》之序中所云，《买薇集》编

---

[1] 参见王之春《王夫之年谱》，中华书局1989年版，第39页。

于戊子即清顺治五年（1648），也就是被人劫去的己丑年的前一年，所收诗歌主要是中举以后至戊子年即癸未、甲申、乙酉、丙戌、丁亥年所作的诗歌。《忆得》所收的这五年的诗以及《岳余集》所收的诗很可能就是《买薇稿》的主要内容。由《岳余集》所收诗的许多诗题后有"径岳""癸未匿岳""甲申重游""出岳""寄岳"等语，说明《买薇集》的编辑有可能是按内容排列。

（二）《分体稿》《编年稿》《忆得》《岳余集》的编辑体例

《漧涛园初集》《买薇集》已逸失，其编辑体例实际情况如何，只能进行推测，很可能是不准确的。《分体稿》《编年稿》《岳余集》《忆得》被保存下来了，但认真分析其编辑体例，会发现这些集子都非常粗糙，显得更像一些被保存待编辑的原始文献材料。

首先我们来看《编年稿》《岳余集》《忆得》的编辑体例。《编年稿》，前面已推断其编成诗集的时间是清康熙十八年己未（1679）前后。《编年稿》所收诗被编为《己酉稿》《庚戌稿》《辛亥稿》《壬子稿》《癸丑稿》《甲寅稿》《乙卯稿》《丙辰稿》，起于王夫之51岁迄于58岁，恰在《六十自定稿》所收诗年代范围之内。从这一情况，笔者可以推测出两种情况，一是由此可以看出王夫之有一个习惯就是将写好的诗歌按年加以收集整理，二是《编年稿》为《六十自定稿》编辑成集以后余下的。因此，《编年稿》只是按年排列接近原始材料而已。

从《岳余集》所收诗歌来看，主要为癸未、甲申两年所作的诗歌。集中共收诗25首，其中《即事》《寒甚下山访病儿存没道中逢夏仲力下竹舁慄不能语哀我无衣授之以絮归山有赋志感也》《闻郑天虞先生收复宝邵别家兄下山而西将以蜡抄往赴怆然而作》《月中晓发僧俗送者十三人皆攀泣良久余亦泣别》等诗均题"癸未匿岳"，而《黑山访址》《铁牛庵下忽不喜往》《玉门望狮子峰用旧作四韵》

《恋响台》《繇恋响眺一奇石而上同夏叔直援石曲折遂得方址岿然可台》《晓同叔直出寺拂读朱菊水所镌谭友夏岳记》《涌几》等诗均题"甲申重游",可证其诗作于癸未、甲申这两年。或许此体就是以编年为主,但在"癸未"后加"匿岳"一语,似乎并非纯以编年编辑而有按主题分类的特点。结合《岳余集》很可能是《买薇集》的部分内容这一情况来看,《买薇集》的编辑体例是难以确考的。

《忆得》诗是因回忆而得的诗,故王夫之在《述病枕忆得·自序》中说:"因仿佛忆童年至丁亥诗,十不得一而录之。"忆童年至丁亥年每年所写的诗,当然是能回忆多少是多少,其编辑必须是逐年编辑。这种编辑体例就是材料呈现的本来面目。即使其中包含了《漰涛园初集》《买薇集》两集中的诗歌,但由此并不能准确地判断两集的编辑体例。

《分体稿》的情况有所不同。《分体稿》所收诗最早是清康熙八年己酉王夫之51岁时写的诗,之后是写于清康熙十九年庚申王夫之62岁时的诗,然后是写于清康熙二十年辛酉、清康熙二十一年壬戌、清康熙二十二年癸亥、清康熙二十三年甲子、清康熙二十四年乙丑、清康熙二十五年丙寅、清康熙二十六年丁卯的诗,迄于清康熙二十七年戊辰王夫之70岁。由此看来,《分体稿》似乎是按年份先后进行编辑,与《编年稿》有所相同。其实不然,这种年份是分别属于不同的类别。具体说来,《分体稿》划分了如下一些类别:卷一"五言古诗",卷二"乐府""歌行",卷三"五言律""排律""七言律",卷四"七言绝句""杂言诗"。这种按诗体分类的编辑体例是王夫之诗集最典范的形式,然而《分体稿》却不是典范形式的代表,它不过是《六十自定稿》与《七十自定稿》编辑完成以后的"边角料"。当然这不是从内容上的评定,而仅仅从编辑角度立论。

(三)《姜斋诗剩稿》的编辑体例

最难判断的是《姜斋诗剩稿》这一部诗集。《姜斋诗剩稿》共12

首诗,虽然有 6 首诗经后人考证可以确定其写作年份,还有 6 首诗创作年份待确定。从这一角度来说,该诗集的编辑绝对不是按年份编辑的。《姜斋诗剩稿》按诗体分成六类,分别是"五言古诗""七言古诗""七言律""五言绝句""七言绝句"。每一类下只有一首或两首诗。诗集中没有"五言律""排律""乐府""歌行"这些类别。或许,前此各种集子没有收的诗就剩下这些,只有五类,故名"诗剩稿"。

二 专集的编辑

王夫之诗集中专集是比较多的,计有《落花诗》《遣兴诗》《和梅花百咏诗》《洞庭秋诗》《雁字诗》《柳岸吟》《仿体诗》等。

这些专集可分为一个主题一次成形、一个主题多次创作、两种合编和不成于一时原并未有组诗名后编辑成集的四种情况。

第一种情况以《洞庭秋诗》《仿体诗》为代表。《洞庭秋诗》共 30 首,由自序和 30 首诗歌组成,可以说是一气呵成。当然这种一气呵成可以是在一个单元时间内完成,也可以是在几个单元时间内断断续续完成。《仿体诗》共 38 首,其体例为首先是自序,然后是诗题名,诗题名用尊称并标注原诗名,然后是诗歌正文。

第二种情况以《落花诗》《遣兴诗》为代表。《落花诗》是由《正落花诗》10 首、《续落花诗》30 首、《广落花诗》30 首、《寄落花诗》10 首、《落花诨体》10 首、《补落花诗》9 首这 6 组诗组成。这 6 组诗并不是在同一年创作的。据《正落花诗·序》,《正落花诗》作于庚子冬初,即清顺治十七年(1660),王夫之 42 岁。据《续落花诗·序》所云"自冬徂夏",可知《续落花诗》是作于庚子冬至辛丑夏这一段时间。《广落花诗》《寄落花诗》《落花诨体》未云写作时间。《补落花诗·序》云："此帙之登，逢秋斯暮。月寒在夕，叶怨于枝。"① 王谱将《补落花诗》确定于辛丑年九月。② 这6组诗是由庚子冬初开始写至辛丑秋才完成，最后可能在辛丑冬编成定稿。每一组诗都由自序和诗歌正文组成。《遣兴诗》由《读甘蔗生遣兴诗次韵而和之》76首和《广遣兴》58首组成。由《读甘蔗生遣兴诗次韵而和之》之序可知该组诗写作于癸卯六月，即清康熙二年（1663）。《广遣兴》之序未言写作时间，或许在同一年或稍后。其体例每一组诗都是由自序和诗歌正文组成。

第三种情况以《和梅花百咏诗》和《雁字诗》为代表。《和梅花百咏诗》由其诗题可知是由百首咏梅花的诗组成，前有自序，然而该诗集还收有《追和王百谷梅花绝句十首》。这显然是不同于《和梅花百咏诗》的另一种咏梅诗，但是王夫之还是将其收在集中，如此就符合前面所说的第三种情况。《雁字诗》的情况与《和梅花百咏诗》相类似。《雁字诗》由《前雁字诗十九首》《后雁字诗十九首》《题芦雁绝句十八首》三组诗组成。前两组诗为一种，后一种诗为另一种，但王夫之将其合编在一起。

第四种情况以《柳岸吟》为代表。《柳岸吟》由以下一些诗组成：《和龟山此日不再得》《溪上晚步次闲来无日不从容韵》《和白沙》2首、《为躬园题用念庵韵》2首、《读念庵诗次之》2首、《和白沙》2首、《鼾睡》7首、《咏怀次韵》3首、《次定山》3首、《和白沙钓濑与湛民泽收管诗示唐须竹》《三门滩感兴》3首、《露坐和白沙》《月坐和白沙》《和白沙中秋》《和白沙真乐吟效康节体》《和白沙》8首、《旅警》5首、《元日折梅次定山韵》《和白沙梅花》2首、《和白沙桃花》《和白沙》2首、《为白沙六经总虚无里解嘲》《和一峰虚中是神主》5首、《示两子》2首、《暑过友人新斋》6首、《读文中子》2首、《书陈

---

① 《王船山诗文集》下册，中华书局1962年版，第418页。
② 参见王之春《王夫之年谱》，中华书局1989年版，第60页。

罗二先生诗后》2首、《和一峰入道门》《和一峰读书楼》《和一峰扇和岩》《和一峰一览亭》《和白沙梅花》《和白沙怀古》《次康节韵质之》《见狂生诋康斋白沙者漫题》《读易赠熊体贞孙倩》8首、《示从游诸子》3首等。这些很难说是成于一时,应该是比较长的时间的诗作。另外,主题也不一,如《旅警》与《和白沙》主旨就有所不同。由此,可说明这个诗集是王夫之在这些诗完成后重新编定的,命名为《柳岸吟》。

三　合集的编辑

这里所谓合集是相对于专集而言的,在王夫之自编的诗集中有三种诗集:《五十自定稿》《六十自定稿》《七十自定稿》,可以称为总集。

《五十自定稿》目录如下:

四言诗

五言古诗

五言绝句

五言近体

排律

六言诗

七言近体

七言绝句

乐府

歌行

《六十自定稿》目录如下:

五言古诗

五言绝句

五言近体

排律

六言诗

七言近体

七言绝句

乐府

歌行

《七十自定稿》目录如下：

五言古诗

歌行

五言律

排律

七言律

五言绝句

七言绝句

由上可知，《五十自定稿》与《六十自定稿》编辑次序与内容基本相同，只是《五十自定稿》多了"四言诗"。《七十自定稿》与上两种合集差别比较大，"歌行"由末位前移至第二位，五言律与七言律仅隔"排律"，而五言绝句与七言绝句排在一起。《七十自定稿》这种目录与编辑时间相近的《分体稿》相同。《分体稿》的目录：卷一"五言古诗"，卷二"乐府""歌行"，卷三"五言律""排律""七言律"，卷四"七言绝句""杂言诗"。

这种合集的标准编辑体例应该首先是合集名，然后是自序，然后按四言诗、五言古诗、五言绝句、五言近体、排律、六言诗、七言近体、七言绝句、乐府、歌行等次序排列。

第三章

王夫之诗歌作品创作年份考及其纪事研究

王夫之诗歌创作年代的考证与确定,早在19世纪下半叶曾氏亲兄弟刻印《船山遗书》时刘毓崧就开始进行了,其成果见于《王船山先生年谱》。其后王之春组织人编撰《船山公年谱》,基本完成王夫之诗歌创作年份的确定。相对来说,刘毓崧的《王船山先生年谱》有更多值得称说的地方。一是在此之前从未有人做过此类工作,而刘氏为始,这就具有开创性。二是刘氏因校勘《船山遗书》对王夫之诗歌理解更深,因此在确定诗歌创作年份时显得证据更充分。下举几例,刘毓崧《王船山先生年谱》载:

清顺治三年丙戌:
编《莲峰志》五卷、《岳余集》一卷成。
按《莲峰志》称堵允锡为楚抚。《总序》云:"甲申春出自峰下,心不能忘,无岁弗至。"若作于乙酉,则不得用无岁不至之语;若作于丁亥,则桂王即位,允锡已加总制,不得但称楚抚。故知成于丙戌也。若《岳余集》之诗止于甲申,且附于《莲峰志》后,则亦成于是年矣。[1]

---

[1] 《船山全书》第十六册,岳麓书社1996年版,第196页。

清顺治五年戊子：

《河田营中夜望》一首。

……按此似因举兵乞援不应而作。①

清顺治十年癸巳：

是年诗有《癸巳元日左素公邹大系期同刘子参过白云庵茶话二首》。

按：诗意谓心欲往而时未可，与《章灵赋》同。②

清顺治十七年庚子：

按：《落花诗》另编一卷，系《夕堂戏墨》卷一。然非成于一时，故小引有"自冬徂夏"之语。又有"此帙之登，逢秋斯尽"之语，盖庚子冬初作，辛丑秋末编成也。③

清康熙元年壬寅：

按：是年诗大都为桂王而作。《长相思》第二首云……其词甚苦，其志尤可悲矣。④

王谱也有其特点。一是王谱在刘谱之后，王谱将刘谱的优胜之处全部接收。二是使用了刘谱没有使用的材料，如刘谱没有使用《忆得》，因而王谱确定的王夫之诗歌创作年份比刘谱要多。三是王谱在每一年后都概括地说"是年诗有"，将王夫之这一年创作的诗歌加以汇总。基于此，笔者对王夫之诗歌创作年份的确定主要是依据王谱。下面主要依据中华书局1962年版《王船山诗文集》考证王夫之诗作创作年份。

---

① 《船山全书》第十六册，岳麓书社1996年版，第176页。
② 同上书，第198页。
③ 同上书，第210页。
④ 同上书，第213页。

一 王夫之诗歌创作年份的考证与确定

王夫之生于明万历四十七年己未（1619），卒于清康熙三十一年壬申（1692），享年 74 岁。王夫之 17 岁开始写诗，直到 71 岁，一生创作了约 1660 首诗。由王谱我们可知，王夫之诗歌中有约 1652 首创作年份清楚或比较清楚，有 9 首诗歌待确定。具体如下：

明崇祯八年乙亥（1635），王夫之 17 岁，有 1 首诗。诗为《中秋里人张灯和牧石先生》七律 1 首。见《忆得》诗。

明崇祯九年丙子（1636），王夫之 18 岁，有 2 首诗。诗为《荡妇高楼月》五古 1 首、《黄鹄矶》五律 1 首。见《忆得》诗。

明崇祯十年丁丑（1637），王夫之 19 岁，有 2 首诗。诗为《初婚牧石先生示诗有日成博议几千行之句敬和》七绝 1 首，《夏日读史曳涂居闻松声怀夏叔直先生》1 首。见《忆得》诗。

明崇祯十二年己卯（1639），王夫之 21 岁，有 2 首诗。诗为《匡社初集呈郭季林管冶仲文小勇》五律 1 首、《刘子参计偕北上便寄奘中雪》五律 1 首。见《忆得》诗。

明崇祯十三年庚辰（1640），王夫之 22 岁，有 2 首诗。诗为《送伯兄赴北雍》五古 1 首、《月下步春溪樾径抵金钱冲访季林因与小饮》七绝 1 首。见《忆得》诗。

明崇祯十四年辛巳（1641），王夫之 23 岁，有 1 首诗。诗为《瀔涛园初构种竹环小轩杂植花卉盛夏遂已成阴逌然有作》五律 1 首。见《忆得》诗。

明崇祯十五年壬午（1642），王夫之 24 岁，有 7 首诗。诗为《上蔡威函先生》五古 1 首、《黄鹤须盟大集用熊渭公韵》五律 1 首、《舟发武昌留怀熊渭公李云田王又沂朱静源熊南吉》七律 1 首、《铜官》五律 1 首、《刘杜三驰书见讯书尾以歌者秋影见属答之》七绝 1 首、

《寿锡山高太夫人》七律1首、《朱亭晴寒寄小勇》五古1首。见《忆得》诗。

明崇祯十六年癸未（1643），王夫之25岁，有21首诗。诗为《上举主欧阳公》七绝1首、《欧阳公招游龙沙同刘曲溟周二丕泊齐年诸子寺有汤临川手题即用为起句》五律1首、《元旦泊章江用东坡润州韵》七绝2首、《舟止》五绝1首、《江行代记》七律8首、《九砺之一》五古1首、《寒雨过台源寺逢夏仲力下竹罩漾不得语仲力授以絮因赋二诗》五律2首（《岳余集》题作《寒甚下山访病儿存没道中逢夏仲力下竹舁慄不能语哀我无衣授之以絮归山有赋志感也》）、《闻郡司马平溪郑公收复邵阳别家兄西行将往赴之》七绝1首（《岳余集》题作《闻郑天虞先生收复宝邵别家兄下山而西将以蜡钞往赴怆然而作》）、《月中晓发僧俗送者十三人皆泣下感赋》（《岳余集》题作《月中晓发僧俗送者十三人皆攀泣良久余亦泣别》）五律2首，见《忆得》诗；《霜度函口》（既见于《岳余集》，又见于《忆得》诗，《忆得》次列明年）五律1首、《即事》（《岳余集》）七绝1首。

明崇祯十七年甲申，清顺治元年（1644），王夫之26岁，有21首诗。诗为《武冈道上人采青蒿而食时春尽向夏弥月不雨怆然有作》五律1首、《逢明王孙邀同冶仲小饮观伎即席赋赠王孙名祎黎书法妙绝精禅理比以请兵平乱几死于贼》七绝2首、《东安得欧阳叔敬弟诗见忆赋答》五古1首、《将营续梦庵登双髻峰半访址》五绝1首、《过铁牛山庵忽不欲入》（《岳余集》题作《过铁牛庵忽不喜往》）和《土门望狮子峰用旧作韵》（《岳余集》题作《玉门望狮子峰用旧作四韵》）五律2首、《恋响台眺一奇石而上同夏叔直缘石曲折又得一址岿然可台》（《岳余集》题作《繇恋响眺一奇石而上同夏叔直援石曲折遂得方址岿然可台》）五绝1首、《晓同叔直出方广寺步洗衲池读朱菊水司寇所镌谭友夏岳游记》（《岳余集》题作《晓同叔直出寺拂读朱菊水所镌谭友夏岳记》）五古1首、《湧几勒石》（《岳余集》题作《湧几》）五古1首，见《忆得》诗、《黑山访址》五绝2首、《纵马三十里晓及樟木市大江寒流荒崖野艇》七绝1首、《分寄方广避乱诸缁侣寄岳》七绝8首，见《岳余集》。

清顺治二年乙酉（1645），明福王宏光元年，明唐王隆武元年，王夫之27岁，有5首诗。诗为《续梦庵岸侧拈桃花示慈枝庵主》七绝1首、《堵牧游先生登岳拜二贤祠于方广垂问余兄弟避贼处将往寻访山僧以道险止行至郡以新诗见示感赋》七律1首、《堵公以黄石斋先生石刻垂赠纪公补庐先墓事有桐华之应诗以志之》五律1首、《耒阳曹伯实翁丈招同陈耳臣广文访杜少陵故墓》七律1首、《刘杜三将至于前溪渡题画扇见寄赋答》五律1首，见《忆得》诗。

清顺治三年丙戌（1646），明唐王隆武二年，王夫之28岁，有12首诗。诗为《送李天玉以广文行邑令之临武》五律1首、《盛夏奉寄章莪山先生湘阴军中》七律1首、《七言绝句》6首，见《忆得》诗。《悼亡》七绝4首，见《姜斋诗剩稿》（未标年份）。

清顺治四年丁亥（1647），明桂王永历元年，王夫之29岁，有16首诗。诗为《丁亥元日续梦庵用袁石公韵》七律2首、《祝融峰》五律1首、《飞来船》七绝1首、《石浪庵赠破门》七绝1首、《又雪》七律1首、《上湘剧饮阳山公宅上同李广生洪伯修龙季霞山公郎君郑石夜分归宿螽庆庵月上有作》七律1首、《淫雨弥月将同叔直取上湘间道赴行在所不得困车架山哀歌示叔直》七古1首、《萧一夔邀饮桐阴听叔直弹渔樵问答》五律1首、《仿杜少陵文文山七歌》7首，见《忆得》诗。

清顺治五年戊子（1648），明桂王永历二年，王夫之30岁，有11首诗。诗为《耒阳曹氏江楼迟旧游不至》七律1首、《永兴廖邓二君邀宿石角山僧阁是侍先君及仲兄碰斋游处》五律1首（未标年份），

《分界岭》五古1首、《浈峡谣》五绝5首、《清远城下忆湖湘旧泊》五律1首（未标年份）、《月斜》五律1首、《河田营中夜望》七绝1首。见《五十自定稿》。

清顺治六年己丑（1649），明桂王永历三年，王夫之31岁，有17首诗。诗为《晨发端州与同乡人别》五古1首、《苍梧舟中望系龙洲》五古1首（未标纪年）、《初入府江》五古1首（未标年份）、《佛山》五古1首（未标年份）、《春江古体》五律1首、《南中霜降》五律1首（未标纪年）、《杂诗》五古4首（未标年份）、《圆通庵初雨睡起闻朱兼五侍御从平西谒桐城阁老归病书戏赠》七律1首、《桂林偶怨》七绝1首、《自南岳理残书西归慈侍困于土人殆濒不免太孺人怛悢废食既脱谕令去此有作聊呈家兄》七绝1首（未标年份）、《长歌行》乐府1首、《独漉篇》乐府1首（未标年份）、《休洗红》歌行1首、《莫种树戏代山阴相公赠怀宁朱侍御》歌行1首（未标年份）。见《五十自定稿》。

清顺治七年庚寅（1650），明桂王永历四年，王夫之32岁，有12首诗。诗为《胡安人挽诗》五古1首、《晨发昭平县飞雨过驴脊峡上泊甑滩会月上有作》五古1首（未标年份）、《不寐》五律1首、《刘星端学士昭州初度时初出诏狱》五律1首（未标年份）、《李广生自黔阳生还归阙率尔吟赠并感洪一龙三阳太仆山公及郎君郑石诸逝者浮湘亭之游》七律1首、《答姚梦峡秀才见柬之作兼呈金道隐黄门李广生彭然石二小司马》七律1首（未标年份）、《五日小饮兼五舟中寄人时两上书忤时相俟谴命故及之》七律1首（未标年份）、《留守相公六衰仰同诸公共次方密之学士旧韵》七律2首（未标年份）、《石板滩中秋无月奉怀家兄》七律1首（未标年份）、《题彭然石舡壁》七绝1首、《康州谣追哭督府义兴相公是去秋同邹管二中舍会公地》歌行1首（未标年份）。见《五十自定稿》。

第三章
王夫之诗歌作品创作年份考及其纪事研究

清顺治八年辛卯（1651），明桂王永历五年，王夫之33岁，有7首诗。诗为《游子怨哭刘母》五古1首、《落日遣愁》五律1首、《偶闷自遣》七绝1首、《过涉园问季林疾遣作早梅》七绝4首（未标年份）。见《五十自定稿》。

清顺治九年壬辰（1652），明桂王永历六年，王夫之34岁，有3首诗。诗为《过西明寺追怀怡一上人示苍枝慈智》七绝2首、《小霁过枫木岭至白云庵雨作观刘子参新亭纹石留五宿刘云亭下石门石座似端州醉石遂有次作》五古1首（未标年份）。见《五十自定稿》。

清顺治十年癸巳（1653），明桂王永历七年，王夫之35岁，有5首诗。诗为《癸巳元日左素公邹大系期同刘子参过白云庵茶话》五律2首、《春尽》五律3首（未标年份）。见《五十自定稿》。

清顺治十一年甲午（1654），明桂王永历八年，王夫之36岁，有13首诗。诗为《哭李一超》五律1首、《再哭季林兼追悼小勇匡社旧游》五律1首（未标年份）、《晦日》五律2首（未标年份）、《夏夜》五律1首（未标年份）、《秦王卷衣》五绝1首、《长干曲》五绝1首（未标年份）、《白鼻騧》五绝1首（未标年份）、《江南曲》五绝1首（未标纪年）。见《五十自定稿》。《从子敉遘闵以后与予共命而活者七年顷余窜身猺章不自以必生为谋敉因留侍伯兄时序未改避伏失据掠骑集其四维方间道往迎已罹鞠凶矣悲激之下时有哀吟草遽佚落仅存》绝句4首（本组诗王谱失记）。

清顺治十二年乙未（1655），明桂王永历九年，王夫之37岁，有12首诗。诗为《春日书情》五古1首、《为晋宁诸子说春秋口占自笑》五绝4首、《八月梨花》五排1首、《读指南集》七律2首、《君子有所思行》乐府1首、《刷蕨行》歌行1首、《山居杂体两头纤纤》歌行1首（未标年份）、《山居杂体五杂俎》歌行1首（未标年份）。见《五十自定稿》。

79

清顺治十三年丙申（1656），明桂王永历十年，王夫之38岁，有13首诗。诗为《春尽从子敞寄山居雪咏绝句欸尔隔岁聊复和之》五绝1首、《重登双髻峰》五律1首、《二贤祠重读义兴相公诗感赋》五律1首（未标纪年）、《痛、哢、颤、寒、热、痒、哭、笑》五绝各1首（共8首，未标年份）、《新秋看洋山雨过》五排1首、《哭欧阳三弟叔敬沈湘》七绝1首。见《五十自定稿》。

清顺治十四年丁酉（1657），明桂王永历十一年，王夫之39岁，有14首诗。诗为《西庄园所居后岭前壑古木清沼凝阴返映念居此三载行将舍去因赋一诗》五古1首、《花咏》8首、《即事》五律1首（未标年份）、《小步》七绝1首、《吟得》七绝1首（未标年份）、《折杨柳》七绝1首（未标纪年）、《冬尽过刘庶先夜话效时》七律1首。见《五十自定稿》。

清顺治十五年戊戌（1658），明桂王永历十二年，王夫之40岁，有2首诗。诗为《明妃曲》七绝1首，《枯鱼过河泣》乐府1首。见《五十自定稿》。

清顺治十六年己亥（1659），明桂王永历十三年，王夫之41岁，有16首诗。诗为《山居杂体卦名》五古1首、《山居杂体吃口诗》五绝1首、《山居杂体药名》五律1首、《口字诗》五绝1首（未标年份）、《山居杂体县名》五律1首（未标年份）、《山居杂体建除》五排1首、《南岳摘茶词》七绝10首。见《五十自定稿》。

清顺治十七年庚子（1660），明桂王永历十四年，王夫之42岁，有11首诗。诗为《正落花》七律10首，见《落花诗》。《哭内弟郑恣生》歌行1首，见《五十自定稿》。

清顺治十八年辛丑（1661），明桂王永历十五年，王夫之43岁，有107首诗。诗为《续落花》七律30首、《广落花》七律30首、《寄咏落花》七律10首、《落花诨体》七律10首、《补落花》七律9首，见《落花诗》。《来时路悼亡》五古3首、《岳峰悼亡》五律4首、《哀管生永叙》五排1首、《续哀雨诗》七律4首、《初度日口占》七绝6首。见《五十自定稿》。

清康熙元年壬寅（1662），王夫之44岁，有40首诗。诗为《长相思》乐府2首（未标年份）、《来日大难》乐府2首、《为宋子主人送高渐离入秦》五绝1首、《迎秋》五律8首、《咏史》六绝27首（诗歌未注年份，语意似此年作）。见《五十自定稿》。

清康熙二年癸卯（1663），王夫之45岁，有63首诗。诗为《五言绝句》3首，见《五十自定稿》。《读甘蔗生遣兴诗次韵而和之》七律30首、《广遣兴诗》七律30首（诗序未注年月，盖亦是年所作），见《遣兴诗》。

清康熙三年甲辰（1664），王夫之46岁，有18首诗。诗为《感遇》五古11首、《寒日》五律1首（《五十自定稿》诗集中题作《寒月》）、《人日》七律1首、《又雪同欧阳子直》七律1首（未标年份）、《五日携敔儿同子直泊贤从哲仲小饮分得端字》七律1首（未标年份）、《即事有赠》七律1首（未标纪年）、《管大兄弓伯挽歌》歌行2首。见《五十自定稿》。

清康熙四年乙巳（1665），王夫之47岁，有121首诗。诗为《和陶停云赠芋岩初度》四言4首、《夏日端居》五古1首、《云山妙峰庵云是申泰芝炼丹处》五古1首（未标年份）、《恺六种凤仙花盈亩聊题长句》五排1首、《人日新晴》七律1首、《秋雨同子直》七律1首（未标年份）、《又雨》七律1首（未标年份）、《夜》七律1首（未标年份），见《五十自定稿》。《追和王伯穀梅花七言绝句十首》（附《和梅花百咏诗》后）。《和梅花百咏诗》百首。

清康熙五年丙午（1666），王夫之48岁，有7首诗。诗为《秋阴》五古1首、《咏百合》五绝1首、《早春》五律1首、《十二月入夜看月》五律 1 首（未标年份）、《结袜子》五绝 1 首（未标年份）、《欧子直自南岳返讯之》五古 1 首（未标年份）、《初九夜再赋》五律 1 首（未标年份）。见《五十自定稿》。

清康熙六年丁未（1667），王夫之 49 岁，有 31 首诗。诗为《四言杂诗》1 首、《古意》五古 1 首、《正月十六夜重赋》五律 1 首、《元日过子直弈》七律 1 首、《问芋岩疾》五古 1 首（未标年份）、《故孝廉李一超以怀贞穷愁死不及有嗣息元配林孺人披呔太孺人于瘅病中十四年不舍榻右猝遘危疾临终悲咽以不得躬亲大事为憾啼声未觉而逝余于一超不浅视道路感泣者自逾涯量裁二诗以将哀尤为太孺人愍悼焉》七律 2 首（未标年份）、《刘若启为余兄弟排难已招泛虎塘叙其家乘会当六帙帨辰欢宴之下遂允觌室敌儿》七律 1 首（未标年份）、《湖外遥怀些翁》七律 1 首（未标年份）、《寄怀青原药翁》七律 1 首（未标年份）、《竹枝词》七绝 10 首、《篓篌引》乐府 1 首、《忍俊》七绝 9 首（未标年份）、《避暑王恺六山庄会夕雨放歌》歌行 1 首。见《五十自定稿》。

清康熙七年戊申（1668），王夫之 50 岁，有 13 首诗。诗为《与唐须竹夜话》五律 1 首、《春日山居戏效松陵体》七律 6 首、《始晴》五律 1 首（未标年份）、《湄水月泛同芋岩》五律 1 首（未标年份）、《期徐蔚子虎塘迟至余暑病先归蔚子独留万绿池与若启月饮共相太息寄此谢之》七律 1 首（未标年份）、《答黄度长》七律 1 首（未标年份）、《得青原书》七律 1 首（未标年份）、《些翁补山堂诗和者数十人今春始枉寄次韵奉和并斅翁体》歌行 1 首。见《五十自定稿》。

清康熙八年己酉（1669），王夫之 51 岁，有 69 首诗。诗为《过芋岩不值》五律 1 首、《深秋望子直》五律 1 首（未标年份）、《因林塘小曲筑草庵开南窗不知复几年晏坐漫成呈桃坞老人暨家兄石崖先生同作》五律 6 首（未标年份）、《家兄观夫之抄稿云墨迹似先征君垂示以诗哀定后敬和四韵》五律1首（未标年份）、《同唐须竹游驳阁岩》七律1首、《昭阳庵同须竹夜话云乘木叶秋波探五老之胜因便送之》七律1首（未标年份）、《不揆五十齿满懿庵见过留同芋岩小酌》七律1首（未标年份）、《寄和些翁补山堂诗已就闻翁返石门复次原韵寄意》歌行1首、《粤奴初识雪》歌行1首（未标纪年）、《孤雁行和李雨苍》歌行1首（未标年份）、《读泾阳先生虞山书院语录示唐须竹》歌行1首（未标年份）、《听月楼倦客归山留别翠涛王孙》歌行1首（未标年份）、《效柏梁体诗寿王恺六》歌行1首（未标年份），见《六十自定稿》。《同须竹晏坐驳阁岩因而有作》五古1首、《大统历闰腊》七绝2首，见《编年稿》（王谱误为《分体诗》）。《洞庭秋》七律30首，见《洞庭秋诗》。《题芦雁绝句》七言18首，见《雁字诗》。

清康熙九年庚戌（1670），王夫之52岁，有172首诗。诗为《拟古》五言19首，《怀入山以来所栖伏林谷三百里中小有邱壑辄畅然欣感各述以小诗得二十九首》五绝，《拟阮步兵咏怀》82首（《六十自定稿》收24首、《编年稿》收58首）（未标年份）。《哭殇孙用罗文毅慰彭敷五丧子韵》七律2首、《齿落示敔子》七绝1首、《今日汉宫人》五律1首，见《编年稿》。《前雁字诗》五律19首、《后雁字诗》五律19首，见《雁字诗》。

清康熙十年辛亥（1671），王夫之53岁，有6首诗。诗为《偶望》七律1首、《极丸老人书所示刘安礼诗垂寄情见乎词愚一往吃呐无以奉达聊次其韵述怀》七律1首（未标年份）、《宿雪竹山同茹蘖大师夜话》七律1首（未标年份），见《六十自定稿》。《三月十一夜梦登天寿山》五律1首、《月坐怀须竹南岳》五古1首、《李雨苍年七十三矣书至期游南岳若必果者返寄驰望信宿》五古1首，见《编年稿》。

清康熙十一年壬子（1672），王夫之54岁，有17首诗。诗为《二中园纪事为懿庵作》五律2首、《刘庶仙五十初度即席同唐须竹》

七律2首、《闻极丸翁凶问不禁狂哭痛定辄吟二章》七律2首（未标年份）、《冬夕》七律2首（未标纪年）、《蚤春》七绝2首、《得须竹鄂渚信知李雨苍长逝遥望鱼山哭之》七绝2首（未标年份），见《六十自定稿》。《上巳》五古1首、《春晴》七律2首、《家兄期以中秋过败叶庐会恙不果吟见怀念逾月小愈袖诗下访适当闰望是夕人间谓为中秋夜坐不复对月敬和来篇奉酬》七古1首、《补山翁坐系没于江陵遥哭》五律1首，见《编年稿》。

清康熙十二年癸丑（1673），王夫之55岁，有19首诗。诗为《即事》五律1首、《晴步》五律1首、《咏菊答须竹》排律1首、《新秋同唐古遗须竹游钟武故城归坐小轩夜话》七绝1首、《咏雪》七律1首，见《六十自定稿》。《期须竹》五古1首、《家兄小筑耐园俯用夫之观生居韵病不能为偶句放时体叠前韵奉和》五古6首、《岁晚养疴》五古5首、《李供奉集有笑矣乎悲来乎二歌识者知为齐已赝作辞翰拿滞既良然矣亦由无情而气矜如扪天求月天不可扪月况可得若仆今者可以笑未其悲则已夙矣因为补之》歌行2首，见《编年稿》。

清康熙十三年甲寅（1674），王夫之56岁，有19首诗。诗为《上湘旅兴》五律5首、《舟中上巳同须竹》五律1首（未标年份）、《伊山》五律2首（未标年份）、《衡山晓发》五律2首（未标年份）、《陈耳臣老矣新诗犹丽远寄题雪诸咏随意和之》五律4首（未标年份）、《青草湖风泊同须竹与黄生看远汀落雁》五律1首、《送蒙圣功暂还故山》七律1首，见《六十自定稿》（王谱误为《五十自定稿》）。《安远公所遣都护刘君过寓庵问病诗以赠之》七古1首、《赠俞西崖谁园》五古1首，见《编年稿》。《寄怀陈耳臣兼怀安福陈二止》七律1首（《姜斋诗剩稿》未注年份，因本年有和陈耳臣诗，附题于此）。

清康熙十四年乙卯（1675），王夫之57岁，有54首诗。诗为《昭山》五绝2首、《东台山》五律1首、《残雪》七律4首、《草堂成》五律1首（未标年份）、《长沙旅兴》七律1首（未标年份）、《郡归书怀寄懿庵》七律1首（未标年份）、《走笔赠刘生思肯》七绝3首（未标年份）、《题林良枯木寒鸦图图有李宾之题句》七绝4首（未标年份）、《出郭赴李缓山之约桓伊山下遇雨》七律1首（未标年份）、《萍乡中秋同圣功对月》七律1首（未标年份）、《水口道中》七绝1首、《风泊中湘访张永明老将吊孙吕二姬烈死读辛卯以来诸公奖贞之篇放歌以言情孙吕事详故中舍管公记》歌行1首、《石流篇》乐府1首、《雉子游原泽篇》乐府1首（未标年份）、《门有车马客》乐府1首（未标纪年）、《夜坐吟》乐府1首（未标年份）、《豫章行》乐府1首（未标年份）、《顺东西门行》乐府1首（未标年份）、《猛虎行》乐府1首（未标年份）、《短歌行》乐府1首（未标年份），见《六十自定稿》。《长沙旅兴》七律1首、《江春望落日》五古1首、《三十六湾初见新绿》五古1首、《夜泊湘阴追哭大学士华亭伯章文毅公》七律1首、《湖水》五律1首、《赠程奕先》五古1首、《三月七日所闻》七律1首、《拜蔡功祠》五古1首、《次李缓山见寄韵即用其体书怀驰答》五古1首、《和程奕先长沙怀古》五古3首、《观涨》五古1首、《与李缓山章载谋同登回雁峰次缓山韵》七律1首、《渌湘杂兴》五古6首、《萍乡中秋同蒙圣功看月》七律1首、《留别圣功》七律1首、《代出自蓟北门》乐府1首、《邻东西门行》乐府1首，见《编年稿》。《戊戌岳后辱戴晋元来访今来复连榻旃檀口占》五古1首，见《姜斋诗剩稿》。

清康熙十五年丙辰（1676），王夫之58岁，有19首诗。诗为《早起草堂寓目牵牛花追忆懿庵》五律1首、《春夕同章载谋看月》七律1首、《先秋一日作》七律1首（未标年份），见《六十自定稿》（王谱误为《五十自定稿》）。《人日有寄》七律1首、《雨中过蒙圣功斗岭》五绝6首、《中秋同圣功庶仙翠涛颂竹饮听月楼诸公将送予下湘》七律1首、《风泊昭山夹病中放歌》七古1首、《涟江夕泛》五古1首、《褚公池》五古1首、《懿庵七十初度余留滞长沙不遂山中欢笑已乃溯涟访祝述怀》五古1首、《楠园翠涛诸公作瓶菊诗命仆和作》五律4首,见《编年稿》。

清康熙十六年丁巳(1677),王夫之59岁,有9首诗。诗为《新秋望载谋》五律2首、《重登回雁峰》七律1首、《遣怀》七律4首(未标年份)、《桐城余兼尊昔为青原侍者归素以来崎岖岭外相值见访为录前寄极丸老人诗仍次原韵赠之》七律1首、《箜篌引》乐府1首,见《六十自定稿》。

清康熙十七年戊午(1678),王夫之60岁,有22首诗。诗为《寄徐蔚子》五律1首、《小楼雨枕》七律4首、《戏作七夕词》七绝3首、《梅阴塚》歌行1首、《春山漫兴》七律7首(未标纪年)、《同须竹送芋岩归窆竟小艇溯湘转郡城》七律2首(未标年份)、《梅花》七绝4首(未标年份),见《六十自定稿》。

清康熙十八年己未(1679),王夫之61岁,有96首诗。诗为《避乱石鸡村同载谋小憩》五绝4首、《送载谋归吴淞》五律2首、《咏木鱼》七律2首、《闻圣功讣遽赋》五律1首(未标年份),见《六十自定稿》,《柳岸吟》一卷87首。

清康熙十九年庚申(1680),王夫之62岁,有19首诗。诗为《翠涛携诸子游瞻云阁》五古1首、《过李为好山居信宿》五律2首(未标年份)、《伏日》五律1首(未标年份)、《腊月一日寒雪有作》五律1首(未标年份)、《见诸生咏瓶中芍药聊为俪句示之》排律1首、《唐如心见过》七律2首(见《七十自定稿》,王谱未注明)。《始春试笔》五律4首、《不雨》五律1首、《重挽圣功》五律1首(未标年份)、《李叔晦秋信云同周令公来访未果》五律1首(未标年份)、《题翠涛新筑》五律4首(未标年份),见《分体稿》。

第三章
王夫之诗歌作品创作年份考及其纪事研究

清康熙二十年辛酉（1681），王夫之63岁，有40首诗。诗为《春尽有会而作》五古1首、《将夕》五律1首、《始冬寓目》五古1首（未标纪年）、《复病》五律1首（未标年份）、《示刘李二生》五律1首（未标年份）、《得嘉鱼李西华兄弟书追忆雨苍》五律1首（未标年份）、《中秋向夕自观生居同刘生小步归草堂月上》五律2首（未标年份）、《元夕》七律1首、《春兴》七律3首（未标纪年）、《南天窝授竹影题用徐天池香烟韵》七律6首（未标年份）、《春月歌》歌行1首（未标年份）、《来者之日歌》歌行1首（未标年份），见《七十自定稿》（最后两首定为此年，不知王谱依据为何）。《广哀》五古19首，《后剧蕨行》歌行1首，见《分体稿》。

清康熙二十一年壬戌（1682），王夫之64岁，有26首诗。诗为《和周履道对春雪》五古1首、《和高季迪风雨》五古1首（未标纪年）、《春初雨歇省家兄长夏庵□□□□中惘然有作》五古6首（未标年份）、《熊男公过访》五古1首（未标年份）、《偶题》五律1首，见《七十自定稿》。《忽忆》五律2首、《治尹始春为邵阳游有赠》五律1首（未标年份）、《剖香橼感恨》五律2首（未标年份）、《六月二十二日》五律1首（未标年份）、《五日同刘蒙两生小饮》五律1首（未标年份）、《万峰韬长老去年寄书有不愿成佛愿见船山之语闻其长逝作此悼之》五律1首（未标纪年）、《当暑沉疴》五律2首（未标纪年）、《偶成》五律2首（未标年份）、《夜》七律1首、《怀须竹》七律1首（未标年份）、《后行路难》乐府1首、《东飞伯劳歌》乐府1首（未标年份），见《分体稿》。

清康熙二十二年癸亥（1683），王夫之65岁，有62首诗。诗为《寒雨归自别峰庵寄同游诸子》五古1首（未标纪年）、《人日》五律1首、《初秋》五律3首（未标年份）、《先开移丹桂一株于窗下作供为赋十六韵》排律1首、《咏风戏作艳体》排律1首（未标纪年），见

《七十自定稿》。《田家始春杂兴》五古 3 首（未标年份）、《夕凉》五古 2 首（未标年份）、《游仙诗》五古 8 首（未标年份）（以上三题均未标纪年，不知其依据为何）。《连雨言情》七律 1 首、《九日同熊男公与中涵存孺于礼集二如精舍》七律 2 首（未标年份）、《病》七律 3 首（未标年份）、《为芋岩定遗稿感赋》七律 2 首（未标年份）、《八月初六夜病不得寐有会而作》七律 1 首（未标年份）、《得安成刘敉功书知举主黄门欧阳公溘逝已三年矣赋哀》七律 4 首（未标年份）、《七言绝句八首》（标年份的只有绝句 2 首）、《香橼》七绝 1 首（未标年份）、《遣病》七绝 8 首（未标年份）、《桃花流水引》七绝 6 首（未标年份）、《诺皋》七绝 3 首（未标年份）、《读碧云集感赋》七绝 3 首（未标年份），见《分体稿》。

清康熙二十三年甲子（1684），王夫之 66 岁，有 23 首诗。诗为《瓜圃夕凉》五古 2 首、《冬日晚照书怀》五古 1 首（未标年份）、《岁早》五律 1 首、《客至》五律 1 首（未标年份）、《初夏》五律 2 首（未标年份）、《待于礼》五律 1 首（未标年份）、《先开过问病赠之》五律 1 首（未标年份）、《冬夕》五律 1 首（未标年份）、《徐合素自南来抵郡城远讯船山代书答之尊世父闇公从海上卒于岭表廿余年矣因寓我尚为人之叹》七律 1 首、《五日前一夕唐如心以近诗见问病废夜读久矣即夕口占寄意》七律 1 首（未标年份）、《寄周令公》七律 1 首（未标年份）、《病起连雨》七律 4 首（未标年份）、《水仙》七绝 1 首、《代书寄衡山戴晋元》七绝 2 首（未标年份），见《七十自定稿》。《大墙上蒿》乐府 1 首、《树中草》乐府 1 首（未标年份）、《咏风》排律 1 首，见《分体稿》。

清康熙二十四年乙丑（1685），王夫之 67 岁，有 70 首诗。诗为《西冈望南岳》五古 1 首、《秋雨延旦晓起有作》五古 1 首（未标年份）、《雨夕梦觉就枕戏效昌黎体近梦》五古 1 首（未标纪年）、《吟已

第三章
王夫之诗歌作品创作年份考及其纪事研究

犹不得曙再次前韵广之》五古 1 首（未标年份）、《红叶》五律 2 首、《代书答舌剑韬》七律 1 首、《宿明溪寺山僧导游珍珠岩》七律 1 首（未标年份）、《秋兴》七律 1 首（未标年份）、《辛酉日遣怀》五绝 4 首、《罂粟》五绝 1 首（未标年份）、《相思子》五绝 1 首（未标年份）、《山月歌》七绝 1 首、《白云歌》七绝 5 首（未标年份）、《杂咏》七绝 4 首（未标年份）、《又雪》七绝 1 首（未标年份）、《送刘生辑夏归省重庆》七绝 1 首（未标年份），见《七十自定稿》。《偶然作》五古 5 首、《石门有靖康勒字》五古 1 首（未标年份）、《冰林》七律 10 首（未标年份）、《初秋》七律 3 首（未标年份）、《惊秋》七律 1 首（未标年份）、《白雀》七律 4 首（未标年份）、《朱鹭》乐府 1 首、《君马玄》乐府 1 首（未标年份）、《战城南》乐府 1 首（未标年份）、《艾如张》乐府 1 首（未标年份）、《圣人出》乐府 1 首（未标年份）、《上邪》乐府 1 首（未标年份）、《上之回》乐府 1 首（未标年份）、《雉子斑》乐府 1 首（未标年份）、《翁离孙》乐府 1 首（未标年份）、《思悲翁》乐府 1 首（未标年份）、《巫山高》乐府 1 首（未标年份）、《上陵》乐府 1 首（未标年份）、《芳树》乐府 1 首（未标年份）、《有所思》乐府 1 首（未标年份）、《临高台》乐府 1 首（未标年份）、《远期》乐府 1 首（未标年份）、《四言杂诗》3 首，见《分体稿》。

清康熙二十五年丙寅（1686），王夫之 68 岁，有 40 首诗。诗为《早春余雪属目偶成》五律 1 首、《玩月》排律 1 首、《昔梦》七律 1 首、《夏夕》五律 1 首（未标纪年）、《为家兄作传略已示从子敔》五律 1 首（未标年份）、《雨余小步》七律 1 首（未标年份）、《初月》七律 1 首（未标年份）、《冬日书怀》七律 1 首（未标年份）、《五言绝句》8 首，见《七十自定稿》。《种瓜词》五古 8 首、《柳枝词》七绝 4 首、《乐府》七绝 5 首（未标纪年）、《诸皋》七绝 7 首（未标年份）、《便江李尔雅尊人震隅先生先君同谱执友乙酉夫之侍先君避兵于便馆其宅上尔雅方垂髫同侍近乃通问山中为先兄志墓侄敞修谢因感怀寄讯》七律1首（未标年份）、《小除夕写悲是日为烈皇圣诞先舅氏谭星猷先生亦以是日生括众哀为一章》七律1首（未标年份），见《分体稿》。

清康熙二十六年丁卯（1687），王夫之69岁，有47首诗。诗为《翠涛喜雨见怀病枕赋答》五古1首，《冬日杂兴》五古2首（未标年份）、《元夕独坐》五律1首、《晦夕》五律1首（未标年份）、《四月一日》五律1首（未标年份）、《秋日杂咏》五律6首（未标年份）、《遣闷》五律2首（未标年份）、《翠涛过草堂问病》七律2首、《夏日喜何诣得见过》七律1首（未标年份）（原次《翠涛过草堂问病二首》后），《侄敏五十》七律2首（未标年份）、《重过三座山与故人罗君遇赠之》七律1首（未标年份）、《宿别峰庵庶仙策杖来慰时方从哭送先兄归垄返》七律1首（未标年份）、《寄题翠涛新斋》歌行1首、《仿李邺侯天覆吾歌广其意示于礼》歌行1首（未标年份），见《七十自定稿》。《读史》五古4首、《送伯兄归垄巳夕宿男公山庄》五古1首（未标年份）、《写恨》七律2首、《即事》七律7首（未标年份）、《仲冬壬辰云是长至》七律1首（未标年份）、《为谁》七绝4首、《安成欧阳喜翁霈先师黄门公弟也守志约居惠问遥奖于六衮之年驰情寄寿述往永怀示孤贞之有自也为得十七韵》排律1首、《北风行》乐府1首，见《分体稿》。《示侄孙生蕃》五古1首（未标年份），见《姜斋诗剩稿》。

清康熙二十七年戊辰（1688），王夫之70岁，有32首诗。诗为《始夏》五古1首、《小步》五律1首、《社前一日雪》七律1首、《咏归燕》五古1首（未标年份）、《燕》五律1首（未标年份）、《夏夕》五律1首（未标年份）、《落日》五律1首（未标纪年）、《二十四日又雪》七律1首（未标年份）、《罗桐侯受业先兄存没依轸倍于余子春初过慰衰老怆然酬赠》七律1首（未标年份）、《寄题先兄祠屋》七律2首（未标年份）、《崇祯癸未贼购捕峻亟先母舅玉卿谭翁以死誓脱某兄

第三章
王夫之诗歌作品创作年份考及其纪事研究

弟于虎吻谢世以来仰怀悲哽者三十余年翁孙以扇索敏侄书字缀为哀吟代书苦不能请先兄俯和益以老泪盈盈承睫不止》七律1首（未标年份）、《别峰庵二如表长老类知予者对众大言天下无和峤之癖者唯船山一汉愧不克任而表师志趣于此征矣就彼法中得坐脱其宜也诗以吊之》七律1首（未标年份）、《冬山即事》七律4首（未标年份）、《敢筑土室授童子读题曰蕉畦口占示之》五绝4首（未标年份），见《七十自定稿》。《感怀》五古1首、《孟冬书怀》五古4首（未标年份）、《翠涛将下武昌恭省昭王洎诸故侯园墓驰书留别因感怆赠送》五古1首（未标年份）、《偶作》七律1首、《野田黄雀行》乐府1首、《乌栖曲》乐府2首（未标年份）、《绍古鸡鸣歌》歌行1首，见《分体稿》。

清康熙二十八年己巳（1689），王夫之71岁，有3首诗。诗为《庶仙片纸见讯云年过七十未为非幸无容局促萦心既佩良规因之自广》五古1首、《野史刘生惜十年之别来访山中为写衰容赋赠》七律2首，见《七十自定稿》。

由上可知，王谱对于王夫之创作年代的确定主要依据以下几点：

一是根据诗歌所标明的干支纪年或者在序言中言明的年份。王夫之将其诗标上年份的甚多，开卷即是。在小序中言明创作时间的也不少。王谱云："《洞庭秋诗》题注：'遥和补山堂作。'《序》：'己酉秋抄记。'"[1]

二是诗歌本身并未标明干支纪年，但依据其在诗集中处于前后两个干支纪年的位置予以推定。

王谱中还有证据不充分的情况。如《田家始春杂兴》五古3首、《夕凉》五古2首、《游仙诗》五古8首，以上三题均未标纪年，却系于清康熙十二年癸丑。查《分体稿》卷一"五言古诗"，列于《田家

---

[1] 参见王之春《王夫之年谱》，中华书局1989年版，第72页。

始春杂兴》之前的是《广哀诗》,作于辛酉年,列于《游仙诗》之后的《偶然作》,作于乙丑年,中间隔了几年:壬戌、癸丑、甲子。显然不能直接将前三首诗系于癸丑。如别有所据,王谱未言。《春月歌》歌行1首、《来者之日歌》歌行1首,王谱将系于清康熙二十年辛酉,未言其依据。

三是根据诗歌所记内容推定。

王谱将《悼亡诗》系于清顺治三年丙戌(1646),云:"《剩稿》未注年份,《家谱》附《墓志铭》后。因其有一'寒风落叶洒新阡'之句,故以为是年作。"①《咏史六绝二十七首》系于康熙元年壬寅,诗歌本身未注年份。王谱云:"未注年份,语意似今年作。"②《广遣兴诗》系于康熙二年癸卯。王谱云:"诗序未注年月,盖亦是年所作,故附于此。"③王谱将《戊戌岳后辱戴晋元来访今来复连榻旃檀口占》系于清康熙十四年乙卯(1675),云:"公寓郡北旃檀林,戴先生日焕谒。《戊戌岳后辱戴晋元来访今来复连榻旃檀口占》诗有'荏苒十八年,梦中时一遇'及'同君宿郊庵,四目还相注'之句。"④罗正钧则有不同意见,云:"正钧按:《剩稿》一诗,则晋元始谒在戊戌,下距丙辰首尾相隔已十八年,故诗有'荏苒十八年,梦中时一遇'之语。"⑤《示侄孙生蕃》五古一系于清康熙二十六年丁卯,王谱云:"《剩稿》有《孙生蕃》诗,中有句云:'汝年正英妙。'生蕃公行三,幼重公子,辛亥生,时年十七,正合。故改作'蕃'。"⑥

四是根据未标年份的诗歌与其他诗歌的关系来确定。

王谱将《寄怀陈耳臣兼怀安福陈二止七律一首》系于清康熙十三

---

① 参见王之春《王夫之年谱》,中华书局1989年版,第33页。
② 同上书,第63页。
③ 同上书,第64页。
④ 同上书,第84页。
⑤ (清)罗正钧:《船山师友记》,岳麓书社1982年版,第167页。
⑥ 参见王之春《王夫之年谱》,中华书局1989年版,第118页。

年甲寅，王谱云："《姜斋诗剩稿》未注年份，因本年有和陈耳臣诗，附题于此。"① 将《柳岸吟》一卷87首系于清康熙十八年己未，云："《六十自定稿序》：'此十年中，别有《柳岸吟》云云，究莫定为何年所作，故附于此。'"②

未知创作年份的有：《分体稿》卷三五言律《后不雨》，七言律《送须竹之长沙》2首、《立秋日得蒋九英见讯书及闵雨之叹》。《五十自定稿》五言古诗《冬遇》。《姜斋诗剩稿》共12首诗，除6首诗得到确定外，《重过莲花峰为夏叔直读书处》，罗正钧《船山师友记》定为壬辰年③；《同欧子直刘庶仙登小云山》，罗正钧《船山师友记》定为甲辰年④，其理由不详。剩下4首诗创作年份未定。

二 王夫之诗歌关于王夫之生平事迹的记载

（1）王夫之跟随叔父学诗学史之事。明崇祯八年乙亥王夫之有《中秋里人张灯和牧石先生》七律一首。这首诗是现保存的王夫之最早的诗。王夫之在《述病枕忆得》中说："崇祯甲戌，余年十六，始从里中知四声者问韵，遂学人口动。今尽忘之，其有以异于縠音否邪。已而受教于叔父牧石先生，知比耦结构……"⑤ 这段文字即明白地说出是16岁从叔父牧石先生学诗，并在第二年17岁的时候写出了和诗，证明确有此事。明崇祯丁丑年王夫之19岁有《夏日读史曳涂居闻松声怀夏叔直先生》（《忆得》）。王夫之的叔父牧石先生和易而方介，恬于荣利，博识，工行楷书、古诗。晚筑室垌外，号曳涂居，莳花植药，怡然忘物。曳涂居为叔父的居所，在此读史当

---

① 参见王之春《王夫之年谱》，中华书局1989年版，第83页。
② 同上书，第96页。
③ （清）罗正钧：《船山师友记》，岳麓书社1982年版，第83页。
④ 同上书，第145页。
⑤ 《王船山诗文集》下册，中华书局1962年版，第508页。

然会得到叔父的指点。

（2）王夫之结婚之事。王夫之的结发妻子为陶氏，但是关于这次婚姻记载很少。王夫之诗歌所记就成了非常宝贵的材料。明崇祯十年丁丑王夫之有《初婚牧石先生示诗有日成博议几千行之句敬和》（《忆得》）。此诗题明言此年初婚，也就表白他是此年结婚。刘谱明崇祯十一年戊寅按："《七十自定稿》内《侄敏五十》七律二首作于丁卯。其第二首云：'五方授室尔悬弧，一幅当年燕喜图。'据此，则敏生于陶孺人来归之际矣。"① 刘毓崧未见《忆得》诗，不能确定王夫之初婚于明崇祯十年丁丑，而推测于明崇祯十一年，于理有据，推断合理，但或是王夫之记忆有误，或以约数而称，刘谱推断的时间与《初婚牧石先生示诗有日成博议几千行之句敬和》所记年份相隔一年。

（3）王夫之与郭凤跹、管嗣裘、文之勇等组织"匡社"，立志匡扶社稷之事。因是年诗有《匡社初集呈郭季林管冶仲文小勇》，其有"良宵霜月好"之句。郭凤跹，字季林，衡阳人。管嗣裘，字冶仲，崇祯壬午举人，曾寻从桂王于桂林，为中书舍人。文之勇，字小勇，崇祯贡生。

（4）王夫之送伯兄入国子监之事。伯父石崖公应诏北上，入国子监。明崇祯十三年庚辰诗有《送伯兄赴北廱》，其有"二月暄气新"及"珍重清湘流"之句。但伯兄入国子监后，因武夷公、谭太孺人年老，无日不垂思亲之泪。请告归，不许，遂不复请而归。

（5）王夫之与长兄王介之在武昌应乡试及北上参加会试之事。明崇祯十五年壬午，王夫之24岁，以"春秋"第一中式第五名举人，长兄王介之中式第四十名，同榜举人。中举之事诗歌并未有记载，但由武昌返衡，由衡北上参加会试均有诗记其事。《忆得》诗集中于是

---

① 《船山全书》第十六册，岳麓书社1996年版，第155页。

第三章
王夫之诗歌作品创作年份考及其纪事研究

年有《黄鹤须盟大集用熊渭公韵》五律1首、《舟发武昌留怀熊渭公李云田王又沂朱静源熊南吉》七律1首、《朱亭晴寒寄小勇》五古1首。《忆得》诗集中于明崇祯十六年癸未年,有《上举主欧阳公》七绝1首、《欧阳公招游龙沙同刘曲溟周二丕泊齐年诸子寺有汤临川手题即用为起句》五律1首、《元旦泊章江用东坡润州韵》七绝2首、《舟止》五绝1首、《江行代记》七律8首,记北上会试在南昌及由南昌返回等事。

(6) 王夫之与兄王介之匿岳及拒绝张献忠招募之事。明崇祯十六年癸未(1643),王夫之兄弟由南昌返回后,遇张献忠攻占衡阳,慕名招王夫之、王介之兄弟入幕襃赞军务,二人拒之,渡函口,迳岳奔命,匍匐匿莲花峰下草舍中之事。是年《忆得》诗集有《九砺》五古1首,序中记载:"贼购索甚急,濒死者屡矣。得脱,匿黑沙潭畔,作九砺九章。"《忆得》还有《霜度函口》一首,诗注云:"径岳"以证之。《岳余集》有《即事》《寒甚下山访病儿存没道中逢夏仲力下小竹舁慄不能语哀我无衣授之以絮归山有赋志感也》《闻郑天虞先生收复宝邵别家兄下山而西将以蜡杪往赴怆然而作》《月中晓发僧俗送者十三人皆攀泣良久余亦泪别》四首诗诗题后标有"癸未匿岳",说明躲藏在南岳期间,王夫之写如何躲进南岳,或写下山访病儿或下山找明军。至于拒张献忠招降并救父一事,诗中无载。

(7) 王夫之营续梦庵居南岳之事。明崇祯十七年甲申(1644),王夫之闻国变痛不欲生,写《悲愤诗》百韵,以抒发自己的心境,《悲愤诗》原、续韵均佚。是年诗有《将营续梦庵登双髻峰半访址》五绝1首、《过铁牛山庵忽不欲入》(《岳余集》题作《过铁牛庵忽不喜往》)、《土门望狮子峰用旧作韵》五律2首(《岳余集》题作《玉门望狮子峰用旧作四韵》)、《恋响台眺一奇石而上同夏叔直缘石曲折又得一址峭然可台》(《岳余集》题作《䜣恋响眺一奇石而上同夏叔直援

95

石曲折遂得方址岿然可台》）五绝1首、《晓同叔直出方广寺步洗衲池读朱菊水司寇所镌谭友夏岳游记》（《岳余集》题作《晓同叔直出寺拂读朱菊水所镌谭友夏岳记》）五古1首、《涌几勒石》（《岳余集》题作《涌几》）五古1首，见《忆得》诗。《黑山访址》五绝2首、《纵马三十里晓及樟木市大江寒流荒崖野艇》七绝1首、《分寄方广避乱诸缁侣寄岳》七绝8首，见《岳余集》。第二年，乙酉年，王夫之仍居续梦庵。是年诗有《续梦庵岸侧拈桃花示慈枝庵主》《堵牧游先生登岳拜二贤祠于方广垂问余兄弟避贼处将往寻访山僧以导险止至郡以新诗见示感赋》。

（8）王夫之举义兵于南岳方广寺之事。举兵之事，发生于清顺治五年戊子，诗歌中并没有直接记载，相关的诗有2首。一首为《耒阳曹氏江楼迟旧游不至》，诗有"韩城公子椎空析"之句隐含其意。一首为《河田营中夜望》。两首均见《五十自定稿》。

（9）王夫之从往岭外之事。王夫之从往岭外期间写了不少的诗。清顺治五年戊子有《分界岭》《浈峡谣》《清远城下忆湖湘旧泊》，见《五十自定稿》。清顺治六年己丑有《晨发端州与同乡人别》五古1首、《苍梧舟中望系龙洲》五古1首、《初入府江》五古1首、《佛山》五古1首、《春江古体》五律1首、《南中霜降》五律1首、《杂诗》五古4首、《圆通庵初雨睡起闻朱兼五侍御从平西谒桐城阁老归病书戏赠》七律1首、《桂林偶怨》七绝1首、《长歌行》乐府1首、《独漉篇》乐府1首、《休洗红》歌行1首、《莫种树戏代山阴相公赠怀宁朱侍御》歌行1首。见《五十自定稿》。清顺治七年庚寅诗有《湖安人挽诗》五古1首、《晨发昭平县飞雨过驴脊峡上泊甑滩会月上有作》五古1首、《不寐》五律1首、《刘星端学士昭州初度时初出诏狱》五律1首、《李广生自黔阳生还归阙率尔吟赠并感洪一龙三阳太仆山公及郎君郑石诸逝者浮湘亭之游》七律1首、《答姚梦峡秀才见东之作兼呈金道隐黄门李广生彭然石二小司马》七律1首、《五日小饮兼五舟中寄人时两上书忤时相俟谴命故及之》七律1首、《留守相公六衮仰同诸公共次方密之学士旧韵》七律2首、《石板滩中秋无月奉怀家兄》七律1首、《题彭然石舠壁》七绝1首、《康州谣追哭督府义兴相公是去秋同邹管二中舍会公工地》歌行1首。见《五十自定稿》。

（10）王夫之闻明桂王被执之事。清康熙元年，王夫之居败叶庐，闻明桂王被执，续《悲愤诗》百韵，已佚。作《长相思》乐府，其一有云："年华讵足惜，肠断受恩时。"其二有云："他生就君结。"除此以外，还有《来日大难》乐府2首、《为宋子主人送高渐离入秦》五绝1首、《迎秋》五律8首、《咏史》六绝27首，均见《五十自定稿》，似都与桂王之死有关。

（11）王夫之与石崖公同被难，刘公象贤为之"排难"之事。清康熙六年，王夫之与兄王介之由于平日的言行举止表现了与清朝不合作甚至反清的倾向，如不剃发、不用清朝皇帝称号，因而被人控告，幸有友人刘象贤的帮助。刘象贤，子若启，湘乡人，崇祯壬午举人。鼎革后，隐居深山，著书以终。刘象贤排难之事不见于其他资料记载，仅见于王夫之七律诗《刘若启为余兄弟排难已招泛虎塘叙其家乘会当六帨帨辰欢宴之下遂允贶室于敌儿》。

（12）王夫之病，都护刘公省问之事。清康熙十三年甲寅，公有疾，寓僧寺。都统刘公省问。是年诗有《安远公所遣都护刘君过寓存庵问病诗以赠之》。

（13）吴三桂反清之事。此事，自清康熙十三年甲寅王夫之56岁至清康熙十八年己未王夫之61岁，王夫之诗未有明确记载此事，但正如王敔所撰《大行府君行述》所云："吴三桂之抗命也，一时伪将招延，亡考坚避不出，或泛舟渌、湘间，访故人以避之。"此后五年诗歌记游、怀人等诗歌都与此事有关。甲寅年诗有《上湘旅兴》五律5

首、《舟中上巳同须竹》五律1首、《伊山》五律2首、《衡山晓发》五律2首、《陈耳臣老矣新诗犹丽远寄题雪诸咏随意和之》五律4首、《青草湖风泊同须竹与黄生看远汀落雁》五律1首、《送蒙圣功暂还故山》七律1首,见《六十自定稿》(王谱误为《五十自定稿》)。《安远公所遗都护刘君过寓庵问病诗以赠之》七古1首、《赠俞西岩谁园》五古1首,见《编年稿》。《寄怀陈耳臣兼怀安福陈二止》七律1首,见《姜斋诗剩稿》。乙卯年诗有《昭山》五绝2首、《东臺山》五律1首、《残雪》七律4首、《草堂成》五律1首、《长沙旅兴》七律1首、《郡归书怀寄懿庵》七律1首、《走笔赠刘生思肯》七绝3首、《题林良枯木寒鸦图图有李宾之题句》七绝4首、《出郭赴李缓山之约桓伊山下遇雨》七律1首、《萍乡中秋同圣功对月》七律1首、《水口道中》七绝1首、《风泊中湘访张永明老将吊孙吕二姬死读辛卯以来诸公奖贞之篇放歌以言情孙吕事详故中舍管公记》歌行1首、《石流篇》乐府1首、《雉子游原泽篇》乐府1首、《门有车马客》乐府1首、《夜坐吟》乐府1首、《豫章行》乐府1首、《顺东西门行》乐府1首、《猛虎行》乐府1首、《短歌行》乐府1首,见《六十自定稿》。《长沙旅兴》七律1首、《江春望落日》五古1首、《三十六湾初见新绿》五古1首、《夜泊湘阴追哭大学士华亭伯章文毅公》七律1首、《湖水》五律1首、《赠程奕先》五古1首、《三月七日所闻》七律1首、《拜蔡功祠》五古1首、《次李缓山见寄韵即用其体书怀驰答》五古1首、《和程奕先长沙怀古》五古3首、《观涨》五古1首、《与李缓山章载谋同登回雁峰次缓山韵》七律1首、《渌湘杂兴》五古6首、《萍乡中秋同蒙圣功看月》七律1首、《留别圣功》七律1首、《代出自蓟北门》乐府1首、《邵东西门行》乐府1首,见《编年稿》。《戊戌岳后辱戴晋元来访今来复连榻旅檀口占》五古1首,《姜斋诗剩稿》。

(14)生平交游记事。清康熙二十年辛酉,王夫之63岁,王夫之作《广哀诗》记生平交游 19 人，其人其事都在诗中有所反映。当然，王夫之生平交游远不止 19 人，但这 19 人肯定是王夫之一生中很重要的朋友。

（15）王夫之悼万峰韬长老之事。清康熙二十一年（1682），悼万峰韬长老。是年诗有《万峰韬长老去年寄书有不愿成佛愿见船山之语闻其长逝作此悼之》，其云："瞿塘烟棹在，洣水接湘川。"瞿塘峡，在四川夔州府。洣水，出酃县，流经茶陵，至攸与攸水合。万峰韬长老，盖蜀人，住持于酃、茶、攸三县间之山寺。

（16）王夫之居湘西草堂，病，友人来访之事。康熙二十三年（1684）三月，王夫之犹病，徐公和素以书自郡城来讯。十二月，先开上人来问疾。是年诗有《先开过问病赠之》。康熙二十五年（1686），王夫之居湘西草堂。春正月，疾未愈。熊公男公疗之而愈。是年诗《述病枕忆得》："今年病垂死，得友人熊男公疗之而苏。"康熙二十八年己巳（1689）九月，刘思肯来访，为王夫之再写小照。这是给他第二次画像，第一次画像是康熙十四年二月，王夫之在长沙水陆洲遇见刘思肯时。是年诗有《野史刘生惜十年之别来访山中为写衰容赋赠》。

王夫之诗歌纪事上举 16 事，只是例证而已。实际上，王夫之诗歌所记之事是远多于 16 事的，甚至可以说，刘谱、王谱纪事的主要依据就是王夫之诗歌。

第四章

《广哀诗》与王夫之的文学交游考

第一节 《广哀诗》注释及其所咏内容分析

一 《广哀诗》注释

广哀诗序　辛酉[1]

追平生交游，凋替[2]之频仍[3]，老栖岩谷[4]，惟病相耦[5]而已。夫之自弱冠[6]幸不为人厌捐，出入丧乱[7]中，亦不知何以独存。诸所哀者，或道在死，或理不宜死，及其时相萃会，以靖其心，以安其命。而不肖[8]独参差[9]孑然[10]者，蔑论箴石[11]，即告语[12]亦杜口[13]矣。德业、文章[14]、志行，自有等衰[15]，非愚陋所敢定，抑此但述哀情，不以隐显[16]为先后，因长逝之岁月序之。杜陵《八哀诗》[17]，窃尝病其破苏、李、陶、谢之体[18]，今乃知悲吟不暇为工，有如此者。

第四章
《广哀诗》与王夫之的文学交游考

注：

[1] 辛酉：清康熙二十年（1681），王夫之63岁。

[2] 凋替：凋谢，亦指死亡。

[3] 频仍：连续不断，频繁发生。

[4] 岩谷：犹山谷。《素问·六元正纪大论》："土郁之发，岩谷震惊。"

[5] 相偶：共处；在一起。南朝梁江淹《思北归赋》："况北州之贱士，为炎土之流人，共魍魉而相偶，与蟏蛸而为邻。"

[6] 弱冠：古代男子20岁行冠礼，表示已经成人，但体还未壮，所以称作弱冠，后泛指男子20岁左右的年纪。左思《咏史》："弱冠弄柔翰，卓荦观群书。"

[7] 丧乱：死亡祸乱。后多以形容时势或政局动乱。《诗·大雅·云汉》："天降丧乱，饥馑荐臻。"

[8] 不肖：自己的谦称。《战国策·齐策二》："今齐王甚憎张仪，仪之所在，必举兵而伐之。故仪愿乞不肖身而之梁。"

[9] 参差：蹉跎，指自己年岁已老。唐朝李白《送梁四归东平》诗："莫学东山卧，参差老谢安。"

[10] 孑然：孤立，孤单。清朝蒋士铨《桂林霜·再遣》："夫抛妇，子撇娘，此身孑然存若亡。"

[11] 箴石：石制的针，古代治病之具，这里名词活用为动词，表示治疗伤痛的意思。《山海经·东山经》："高氏之山，其上多玉，其下多箴石。"郭璞注："可以为砭针治痈肿者。"

[12] 告语：告诉，述说。《史记·滑稽列传》："至为河伯娶妇时……幸来告语之，吾亦往送女。"

[13] 杜口：闭口，不言。《汉书·杜周传》："天下莫不望风而靡，自尚书近臣子皆结舌杜口，骨肉亲属，莫不股栗。"

[14] 文章：才学。《后汉书·韩棱传》："肃宗尝赐诸尚书剑，唯此三人特以宝剑……寿明达有文章，故得汉文。"韩愈《苗氏墓志铭》："夫人年若干，嫁河南法曹卢府君，讳贻，有文章德行。"宋代张齐贤《洛阳缙绅旧闻记·少师佯

101

狂》:"时僧云辨,能俗讲,有文章,敏于应对。"

[15] 等衰:犹等差,等次。《左传·桓公二年》:"天子建国,诸侯立家,卿置侧室,大夫有贰宗,士有隶子弟,庶人工商各有分亲,皆有等衰。"

[16] 隐显:默默无闻和名扬远近。指失意和得意。这里指权势和名声地位的高低。《北史·儒林传下·刘炫》:"隐显人间,沉浮世俗。"

[17]《八哀诗》:杜甫伤悼王思礼、李光弼、严武、汝阳王李琎、李邕、苏源明、郑虔、张九龄等八人所作的五言古诗八首。

[18] 苏、李、陶、谢之体:中国古代一般是"苏李""陶谢"并称。"苏李"指苏武、李陵,"苏李诗"在《文选》《古文苑》中均有所载。由于这批诗大都是五言诗,所以有人认为它们是五言诗的创始之作。这批诗在六朝已被疑为拟作或赝品。南朝宋颜延之认为,"李陵众作,总杂不类,元是假托,非尽陵制"(《太平御览》卷586引《庭诰》)。刘勰则据汉成帝诏命刘向校录歌诗300余篇的记载(《汉书·艺文志》)指出,"辞人遗翰,莫见五言,所以李陵、班婕妤见疑于后代"(《文心雕龙·明诗》)。此后,自北宋苏轼至近代许多学者,从苏武、李陵事迹、诗中地域、避讳以及诗的风格等不同方面论证其伪,当可成为定案。"苏李诗"大体是东汉桓帝、灵帝时期的无名氏作品,被视作五言诗成熟的一个标志。这些诗,风格朴质,表现了深厚的感情与内容,与同被萧统收入《文选》中的"古诗十九首"韵味相近,一直受到后代诗人的重视。同类风格与体裁的古风诗作被称为"苏李体"。钟嵘《诗品》评李陵诗为上品,《文选》择优选录,杜甫也说"李陵苏武是吾师"(《解闷十二首》)。唐元稹《杜工部墓系铭序》:"苏子卿、李少卿之徒尤工为五言,虽句读文律各异,而词意简远,指事言情,自非有为而为,则文不妄作。"宋秦观《韩愈论》:"苏武、李陵之诗长于高妙。"宋苏轼《跋黄子思诗》:"苏李之天成。""陶、谢"指陶渊明、谢灵运,苏轼《书黄子思诗集后》:"苏李之天成,曹刘之自得,陶谢之超然,盖亦至矣。而李太白、杜子美以英玮绝世之姿,凌跨百代,古今诗人尽废;然魏晋以来,高风绝尘,亦少衰矣。李杜之后,诗人继作,虽间有远韵,而才不逮意。"

熊文学寔[1]字渭公,黄冈人。癸未[2]武昌陷,赴通山王府

第四章
《广哀诗》与王夫之的文学交游考

莲池死。

　　黄鹤高楼秋，酹酒邀江月。当时慷慨人，荏苒埋白骨。子静如凝冰，心警言愈讷。示我濂溪莲[3]，清池喷秘馞[4]。寻芳诚有径，可造众香窟[5]。勿用学秦观[6]，眉山[7]同汨没。生死四十秋，奉此为津筏[8]。欲言人不知，时语唐端笏[9]。辄淫辙怀愿[10]，如彼妖星孛[11]。浮采悦初机[12]，驰骤[13]赴颠蹶。我友片言存，步趋力苦竭。辕驹[14]渐踌蹬[15]，赖此枢恤勿[16]。况子非空言，高节岸突兀。皎洁秋泉清，荷沼幽香发。谈笑涵碧流，临难无仓卒[17]。三楚[18]二千里，降贼竟崩厥。妖狐媚益工，封豕[19]尾益揭。谁为傅幽贞[20]，金管[21]勒丰碣[22]。

注：

[1] 熊文学寔：字渭公，黄冈人，移居武昌，嗜古学，龙喜邵子《皇极书》，破言未来事。崇祯十六年元旦，尽以所撰《性理格言》《图书悬象》《大易参》诸书付其季弟曰："善藏之。"城破前一日，贻书云路，言："明日当觅我某树下。"及期行树旁，贼追至，跃入荷池以死。出自《明史·忠义传》。

[2] 癸未：明崇祯十六年（1643），王夫之25岁。

[3] 濂溪莲：濂溪，指北宋著名理学家周敦颐，曾撰《爱莲说》说。

[4] 秘馞：香气浓郁。李邕《秦望山法华寺碑》："异香秘馞，神钟仿佛。"

[5] 香窟：弥布香气的洞室。宋朝陶穀《清异录五窟》："同舍生刘垂……曰：有钱当作五窟室，吴香窟尽种梅株，秦香窟周悬麝脐，越香窟植岩桂，蜀香窟栽椒，楚香窟畦兰。四木草各占一时，余日入麝窟，便足了一年，死且为香鬼，况于生乎！"

[6] 秦观：字少游，一字太虚，扬州高邮人。少豪隽慷慨溢于文辞。举进士不中，强志盛气，好大而见奇，读兵家书与己意合。见苏轼于徐，为赋黄楼，轼以为有屈、宋之才，又介其诗于王安石，石亦谓清新似鲍、谢。轼勉以应举，为亲养，始登第。调定海主簿，蔡州教授；元祐初，轼以贤良方正荐于朝，除太学博士，校正秘书省籍。迁正字，而复为兼国史院编修官，上日有者。承风望指，

103

候伺过失。既而无所得，则以谒告写佛书，为罪削秩。徙郴州，继编管横州，又徙雷州。徽宗立，复宣德郎放还，至藤州出游光华亭，为客道梦中长短词。索水欲饮，水至笑视之而卒。先自作挽词，其语哀甚，读者悲伤之。年五十三，有文集四十卷。出自《宋史·文苑传云》。

[7] 眉山：宋代文学家苏轼的代称。苏轼为四川眉山人，故称。

[8] 津筏：渡河的木筏。喻引导人们达到目的的门径。唐朝韩愈《送文畅师北游》诗："开张箧中宝，自可得津筏。"

[9] 唐端笏：字须竹，一字躬园，衡阳人，明季诸生，性至孝，父母有疾，侍医药终夜不解带。亲终，附生附棺，纤毫不苟，以此见赏于王夫之。其名屡见船山集中，盖船山受业弟子中所倚为奔走后先者也。夫之没，筑室山中以终。所著有《惭说》《悔说》。出自《小腆纪传》。

[10] 轼淫辙怀愬：轼，指苏轼；辙指苏辙。王夫之在《读通鉴论》中说："若夫轼者……酒肉也，佚游也，情夺其性者久矣……而轼之淫邪也勿论已。"

[11] 星孛：是我国古代对彗星的称呼。《春秋》："秋七月，有星孛入于北斗。"

[12] 初机：意谓初学之人。《碧岩录》第二则（大四八·一四一中）："久参上士不待言之，后学初机直须究取。"此类初学佛道者，又称为初学，或初心、初发心。

[13] 驰骤：驰骋，疾奔。《韩非子·外储说右下》："造父御四马，驰骤周旋，而恣欲于马。"

[14] 辕驹：指车辕下不惯驾车之幼马，亦比喻少见世面、器局不大之人。《史记·魏其武安侯列传》："今日廷论，局趣效辕下驹。"

[15] 蹭蹬：险阻难行。北魏杨衒之《洛阳伽蓝记·正始寺》："若乃绝岭悬坡，蹭蹬蹉跎。泉水迂徐如浪峭，山石高下复危多。"

[16] 恤勿：搔摩。《礼记·曲礼上》："国中以策彗恤勿，驱尘不出轨。"郑玄注："恤勿，搔摩也。"

[17] 仓卒：急忙急迫。《汉书·王嘉传》："今诸大夫有材能者甚少，宜豫畜养可成就者……临事仓卒迺求，非所以明朝廷也。"

第四章
《广哀诗》与王夫之的文学交游考

[18] 三楚：战国楚地疆域广阔，秦汉时分为西楚、东楚、南楚，合称三楚。《史记·货殖列传》以淮北、沛、陈、汝南、南郡为西楚；彭城以东，东海、吴、广陵为东楚；衡山、九江、江南、豫章、长沙为南楚。

[19] 封豕：比喻贪暴者。《左传·昭公二十八年》："实有豕心，贪惏无餍，忿颣无期，谓之封豕。"

[20] 幽贞：指高洁坚贞的节操。张之洞《读史绝句》："伯玉幽贞孤竹咏，延清鲠直老松诗。"

[21] 金管：亦作"金琯"。指金属制的吹奏乐器。南朝梁江淹《萧被侍中敦劝表》："结象珥于前衡，奏金管于后阵。"

[22] 丰碣：纪功颂德的石碑。张说《唐故处士河南元公碣铭》："表建丰碣，追扬茂尘。"

　　文明经之勇[1]字小勇，丁亥[2]蓝山遇乱兵死。

　　雷雨动新竹，兰若[3]灯影摇。波光闭寒帏，论艺终长宵。握交亦有始，耦俱[4]立清标[5]。平塘涵双影，归鸟相迎邀。遂及木叶秋，鄂渚[6]雄风骄。睥睨万里江，银涛簸岩峣[7]。北望黄金台[8]，郭隗[9]时见招。丧乱悲公子，山川闲渔樵[10]。九疑[11]哭湘灵[12]，归魂识鹏妖[13]。颈血诚有托，何必非松乔[14]。所憾委荒草，未能生蕙蕉。商丝[15]既中绝，朱弦[16]谁共调。

注：

[1] 文明经之勇：指的是文之勇。字小勇，衡阳人，明季恩贡生。丁亥，蓝山遇寇死。出自《船山师友记》。

[2] 丁亥：清顺治四年（1647），王夫之29岁。

[3] 兰若：指寺院。梵语"阿兰若"的省称。意为寂净无苦恼烦乱之处。唐朝杜甫《谒真谛寺禅师》诗："兰若山高处，烟霞嶂几重。"

[4] 耦俱：指相处融洽。语出《左传·僖公九年》："送往事居，耦俱无猜。"

[5] 清标：谓清美出众。

[6] 鄂渚：相传在今湖北武昌黄鹤山上游三百步长江中。隋置鄂州，即因渚得名。世称鄂州为鄂渚。《楚辞·九章·涉江》："乘鄂渚而反顾兮，欸秋冬之绪风。"王逸注："鄂渚，地名。"

[7] 岩峣：山高峻貌。曹植《九愁赋》："践蹊隧之危阻，登岩峣之高岑。"

[8] 黄金台：古台名。又称金台、燕台。故址在今河北省易县东南北易水南。相传战国燕昭王筑，置千金于台上，延请天下贤士，故名。唐李白《古风》之十五："燕昭延郭隗，遂筑黄金台。"

[9] 郭隗：战国时燕国人，燕昭王客卿，他以让燕昭王"筑台而师之"，为燕国招来许多奇人异士，终于使得燕国富强，故事千百年来脍炙人口，传诵不绝。

[10] 渔樵：指隐居。南朝梁刘孝威《奉和六月壬午应令》："神心重丘壑，散步怀渔樵。"

[11] 九疑：山名。在湖南宁远县南。《史记·五帝本纪》："葬于江南九疑，是为零陵。"

[12] 湘灵：古代传说中的湘水之神。《楚辞·远游》："使湘灵鼓瑟兮，令海若舞冯夷。"

[13] 鵩妖：鵩，古书上说的一种不吉祥的鸟，形似猫头鹰，又名山鸮，因夜鸣声恶，古称之不祥之鸟。贾谊曾写《鵩鸟赋》，云："单阏之岁兮，四月孟夏，庚子日斜兮，鵩集予舍。"此处应指此事。

[14] 松乔：泛指隐士或仙人。唐朝白居易《早冬游王屋寄温公周尊师中书李相公》诗："若不为松乔，即须作皋夔。"

[15] 商丝：商弦。唐朝李贺《李夫人》诗："翩联桂花坠秋月，孤鸾惊起商丝发。"

[16] 朱弦：泛指琴瑟类弦乐器。唐朝太宗《春日玄武门宴群臣》诗："清尊浮绿醑，雅曲韵朱弦。"

　　大学士章公旷[1]字于野，号峨山，华亭人。赠华亭伯，谥文毅。丁亥[2]死事[3]于永州。

第四章
《广哀诗》与王夫之的文学交游考

钓舫泊湘阴，痛哭波声撼。灵旗[4]闪宵空，湖风卷荻菼[5]。归来卧荒山，泪堕杨花糁。公子相向悲，北云仍黯黮[6]。相送旋吴淞，生计益惨淡。国亡家何有，知公无回览。凄凉任东里，徒增孝标感。忆昔侍暑坐，萧斋[7]题认胆。血汁溅千秋，岂翳一时感。书生言无私，微语[8]公但颔[9]。既忧夏屋攲[10]，复念春馌[11]噉[12]。因之荐狂言[13]，屑尔勤铅椠[14]。覆败[15]愚所知，同舟自汶暗。从公骑箕尾[16]，戢志填泥涵。尚口[17]既穷困，群心故习坎[18]。塞臆奄颓龄[19]，坐视[20]皇天惨[21]。

注：

[1] 大学士章公旷：指的是章旷。章旷字于野，别号峨山，华亭人。崇祯丁丑进士，永历元年官至武英殿大学士、兵部尚书督恢复诸军，诸军争溃不可合，旷知事不可为，慷慨悲愤不粒食毙。出自《船山师友记》。

[2] 丁亥：清顺治四年（1647），王夫之29岁。

[3] 死事：死于国事。《明史·姜汉传》："奭当嗣职，帝以汉死事，特进一官，为都指挥佥事。"

[4] 灵旗：战旗。出征前必祭祷之，以求旗开得胜，故称。《史记·孝武本纪》："其秋，为伐南越，告祷泰一，以牡荆画幡日月北斗登龙，以象天一三星，为泰一锋，名曰'灵旗'。为兵祷，则太史奉以指所伐国。"

[5] 菼：初生的荻。

[6] 黯黮：昏暗不明。《楚辞·九辩》："彼日月之照明兮，尚黯黮而有瑕。"

[7] 萧斋：寺庙、书斋。元朝辛文房《唐才子传·道人灵一》："故有颠顿文场之人，憔悴江海之客，往往裂冠裳，拨赠缴，杳然高迈，云集萧斋。"

[8] 微语：犹微词。清朝王士禛《池北偶谈·谈艺一·高司寇诗》："旷怀久矣推先辈，微语还堪悟后贤。"

[9] 颔：点头。

[10] 攲：古同"欹"，倾斜。

[11] 馌：给在田间耕作的人送饭。

[12] 噇：众人吃东西的声音。

[13] 狂言：狂直之言。汉代蔡邕《上封事陈政七事》："郎中张文，前独尽狂言，圣听纳受，以责三司，臣子旷然，众庶解悦。"

[14] 铅椠：指写作、校勘。唐朝韩愈《送无本师归范阳》诗："老懒无斗心，久不事铅椠。"

[15] 覆败：倾覆败亡。《后汉书·邓禹传》："是时三辅连覆败。"

[16] 骑箕尾：指去世。

[17] 尚口：徒尚口说。《易·困》："有言不信，尚口乃穷也。"孔颖达疏："处困求通，在于修德，非用言以免困；徒尚口说，更致困穷。"

[18] 习坎：第二十九卦。《象》曰：习坎，重险也。水流而不盈。行险而不失其信。维心亨，乃以刚中也。行有尚，往有功也。天险不可升也，地险，山川丘陵也。王公设险，以守其国。险之时，用大矣哉！

[19] 颓龄：衰老之年。晋代陶潜《九日闲居》诗："酒能祛百虑，菊为制颓龄。"

[20] 坐视：坐着观看。南朝宋鲍照《代陈思王〈京洛篇〉》："坐视青苔满，卧对锦筵空。"

[21] 憯：残暴。

夏孝廉汝弼[1]字叔直，己丑[2]避宁远山中，幽愤而卒。

百言无一知，知者还荏苒[3]。君心虽狷急[4]，良志固不俭。赪面[5]争危疑，张目视柔谄。莲花峰顶云，万片苍绿染。朱张[6]入清梦，听者或疑魇。践之以孤游，九死无怍歉。鲸鲵[7]播狂涛，游鱼皆溃渰[8]。缥缈车驾山，哀歌凌绝崦[9]。一从斯人没，大造[10]生皆忝[11]。群族[12]纷进前，何者谌一睐[13]。鲁郊无生麟[14]，投笔置褒贬。

注：

[1] 夏孝廉汝弼：指的是夏汝弼，字叔直，衡阳人，诸生，性倜傥，与王夫

第四章
《广哀诗》与王夫之的文学交游考

之兄弟友善，均为明末遗民，为避清廷缉害而隐匿于湘乡衡阳边界。出自《船山师友记》。

[2] 己丑：清顺治六年（1649），王夫之31岁。

[3] 荏苒：形容愁苦连绵不绝。宋代张炎《解连环·孤雁》词："谁念旅愁荏苒，谩长门夜悄，锦筝弹怨。"

[4] 狷急：急躁；对事情不能容忍。《后汉书·范冉传》："以狷急不能从俗，常佩韦于朝。"

[5] 赪面：古代某些少数民族以赤色涂脸，谓之"赪面"。这里指清兵。唐朝元稹《缚戎人》诗："边头大将差健卒，入抄禽生快于鹘。但逢赪面即捉来，半是边人半戎羯。"

[6] 朱张：这里应指朱熹、张栻。

[7] 鲸鲵：比喻凶恶的敌人。《左传·宣公十二年》："古者明王伐不敬，取其鲸鲵而封之，以为大戮。"杜预注："鲸鲵，大鱼名，以喻不义之人吞食小国。"

[8] 渰：惊走。

[9] 绝巘：极高的山峰。

[10] 大造：指天地，大自然。南朝宋谢灵运《宋武帝诔》："业盛曩代，惠侔大造，泽及四海，功格八表。"

[11] 忝：辱，有愧于。

[12] 群族：指生存在一起的同类。唐朝刘长卿《山鸜鹆歌》："朝去秋田啄残粟，暮入寒林啸群族。"

[13] 睒：窥视。

[14] 麟：古代传说中的一种动物，像鹿，全身有鳞甲，有尾。古代以其象征祥瑞，亦用来喻杰出的人物。《春秋》："哀公十有四年春，西狩获麟。"

　　太傅瞿公式耜[1]字在田，号稼轩，常熟人。庚寅[2]留守桂陵，城陷死之。

　　公死天下知，不借青史[3]字。携手江陵公[4]，同归钟山侍。从来乱贼臣，未必安篡弑。迟回[5]须臾间，俄顷千尺坠。追惟别公时，砌草承履綦[6]。白镝[7]已飞攒[8]，辕门[9]犹鼓吹。不复问苍天，微闻[10]责偾帅[11]。冬雷层云[12]裂，丹血飞霡洒。天怒自愤盈[13]，公心如游戏。玉镜[14]映练江，东皋[15]荇藻地。清欢卜良夜，寸心讬玄寄。后死非鄙心，全归夫何愧。孰知西台客，半向犬豕[16]媚。道广固不谋，任物自醒醉。俯念奔行阙[17]，孤洒忧天泪。声影不相即，荐剡[18]已先至。遽上拂衣章，非敢为嫌避。去就容孤欹，欢好益曲遂[19]。脉脉有幽期[20]，清苦函莲蕙[21]。矢之以盖棺[22]，犹恐深怍愧。白日虞山[23]心，悬光[24]照薜荔。

注：

[1] 太傅瞿公式耜：指的是瞿式耜，字起田，号稼轩、耘野，又号伯略，汉族，江苏常熟人，明末诗人、民族英雄，南明政治人物。崇祯一朝官至户科给事中。晚年参加抗清活动，拥立桂王朱由榔。清顺治四年，城破被捕，与张同敞同在桂林风洞山仙鹤岭下英勇就义。出自《瞿式耜年谱》。

[2] 庚寅：清顺治七年（1650），王夫之32岁。

[3] 青史：古代以竹简记事，故称史籍为"青史"。南朝梁江淹《诣建平王上书》："俱启丹册，并图青史。"

[4] 江陵公：张同敞，南明官员，字别山，江陵人，张居正曾孙。明崇祯时，任中书舍人。崇祯十五年，奉命慰问湖广诸王。后去福建投南明唐王，任指挥佥事。南明永明王时，授侍讲学士；后升任兵部右侍郎，总督诸路军务。清兵南下时，他出师迎战，身先士卒。清顺治七年，清兵破严关，他与瞿式耜同被俘，囚禁40多天，被杀。出自《湖北历史人物辞典》。

[5] 迟回：迟疑，犹豫。

[6] 履綦：足迹，踪影。

[7] 镝：箭头，亦指箭。汉朝贾谊《过秦论》："收天下之兵，聚之咸阳，销锋镝。"

[8] 攒：凑集。嵇康《琴赋》："复叠攒仄。"

[9] 辕门：领兵将帅的营门。此处应该是指战事前的准备情景。

[10] 微闻：隐约听到。宋朝岳珂《桯史·天子门生》："高宗更化，微闻其事。"

[11] 偾帅：败军之帅。

[12] 层云：一种云形，其特点是水平伸展范围较大，并且比层积云或卷层云的高度较低。范仲淹《南京书院题名记》："或峻于层云，或深于重渊。"

[13] 愤盈：愤恨至极。

[14] 玉镜：比喻明月。唐朝张子容《璧池望秋月》诗："满轮沉玉镜，半魄落银钩。"

[15] 东皋：瞿式耜于明崇祯末年罢官后，筑室虞山下，曰东皋，莳花药，读书其中。后瞿式耜留守桂林筑别馆于桂林东岸，张同敞颜曰小东皋。

[16] 犬豕：比喻鄙贱之人。唐朝杜牧《送沈处士赴苏州李中丞招以诗赠行》："处士常有言，残虏为犬豕。"

[17] 行阙：行宫前的阙门，亦借指行宫。唐朝司空图《丁巳元日》诗："日随行阙近，岳为寿觞晴。"

[18] 荐剡：指推荐人的文书。明朝沈德符《野获编·督抚·秦中丞》："盖一时西台诸公痛恨之，遂坐永锢，至今人惜之，荐剡不绝于公车。"

[19] 曲遂：曲意顺从。《北史·元子思传》："臣顺专执，未为平道，先朝曲遂，岂是正法！"

[20] 幽期：隐逸之期约。南朝梁沈约《答沈麟士书》："冀幽期可托，克全素履。"

[21] 莲薏：莲子中青心，味苦，性寒，无毒，可入药。

[22] 盖棺：指身故。宋朝苏轼《提举玉局观谢表》："臣敢不益坚素守，深念往愆……盖棺未已，犹怀结草之心。"

[23] 虞山：江苏省常熟市境内的一座山，横卧于常熟城西北，北濒长江，南临尚湖，因商周之际江南先祖虞仲（即仲雍）死后葬于此而得名。虞山东南麓伸入古城，故有"十里青山半入城"之誉。

[24] 悬光：高空下照之光，多指月光。隋人卢思道《日出东南隅行》："初月正如钩，悬光入绮楼。"

少傅严公起恒[1]字秋冶,山阴人,寓籍[2]真定。辛卯[3]以抗孙可望[4]被害。

天风号万木,不动独摇草。霾云蔽平野,上有白日杲[5]。翦烛侍黄阁[6],良夕披怀抱。万里依岭云,倾心付肝脑[7]。妒诼相嫌猜,亡命就傜僚。回首苍梧[8]烟,雪涕[9]长不燥。所悲违九阍[10],未忍矜四皓[11]。魑魅不可群,非公言未早。终迷具茨驾[12],永恨田横[13]岛。北海未先亡,灾精讵枯槁。剧哉弃蜂螫,谁辨食髓媚。公生固不谋,公死即善道。随地洒碧血,黄屋依羽葆[14]。长笑睨吴霖,持兹谢金堡[15]。南海珠还池,湘江清涤藻。太守贫而乐,方伯[16]慈为宝。硕德[17]及丹心,千秋足扬攉[18]。微生附宫墙,下交遗纻缟[19]。长夜一永诀,余命遂衰老。猛虎负贞骨,幽眷知天保[20],精爽何所凭,吾其溯玄昊[21]。

注:

[1] 少傅严公起恒:指严起恒,字震生,一字秋冶,浙江山阴人。崇祯四年辛未进士,授刑部侍郎,在广东任职。明亡后,罢居南宁。桂王时,擢拔为太仆卿,不久晋为户部侍郎,又升户部尚书、吏部尚书。永历四年二月,孙可望在贵州自称秦王,严起恒与吴贞毓皆竭力反对,可望怀恨在心。是年十一月,孙可望派贺九义带兵五千人,杀害严起恒和杨鼎和以及兵科给事中刘尧珍、吴霖、张载述等五人,投其尸于水,当天吴贞毓出差在外得免。出自《明史·列传第一百六十七》。

[2] 寓籍:谓寄籍客居。宋朝曾巩《上齐工部书》:"有同进章适来言曰进也。执事礼以俟士,明以伸法令之疑。适也寓籍于此,既往而受赐矣。"

[3] 辛卯:清顺治八年(1651),王夫之33岁。

[4] 孙可望:明清之际陕西延长人。小名旺儿,张献忠义子,军事人物,原为流寇,后参加南明势力,最后降清。出自《清代人物传稿》。

[5] 杲:明亮。南朝宋简文帝《南郊颂》:"如海之深,如日之杲。"

[6] 黄阁:汉代丞相、太尉和汉以后的三公官署避用朱门,厅门涂黄色,以

第四章
《广哀诗》与王夫之的文学交游考

区别于天子。汉朝卫宏《汉旧仪》卷上:"听事阁曰黄阁。"

[7] 肝脑:借指身体或生命。汉司马相如《喻巴蜀檄》:"是以贤人君子,肝脑涂中原,膏液润野草而不辞也。"

[8] 苍梧:苍梧县位于广西东部,桂浔、两江汇合地区,环抱桂东中心城市梧州市,"遥连五岭,总纳三江",素有"广西水上门户"之称。

[9] 雪涕:擦拭眼泪。此处应为王夫之回想严起恒被杀害之事,泪流不止。

[10] 九阍:喻朝廷。宋朝曾巩《答葛蕴》诗:"春风吹我衣,暮召入九阍。"

[11] 四皓:泛指隐居不仕、年高望重的人。

[12] 具茨驾:典出《庄子·徐无鬼》,文云:黄帝将见大隗乎具茨之山,方明为御,昌寓骖乘,张若、诏朋前马,昆阍、滑稽后车。至于襄城之野,七圣皆迷,无所问途。适遇牧马童子,问途焉,曰:"若知具茨之山乎?"曰:"然。""若知大隗之所存乎?"曰:"然。"黄帝曰:"异哉小童!非徒知具茨之山,又知大隗之所存。请问为天下。"小童曰:"夫为天下者,亦若此而已矣,又奚事焉!予少而自游于六合之内,予适有瞀病,有长者教予曰:'若乘日之车而游于襄城之野。'今予病少痊,予又且复游于六合之外。夫为天下亦若此而已。予又奚事焉!"黄帝曰:"夫为天下者,则诚非吾子之事,虽然,请问为天下。"小童辞。黄帝又问。小童曰:"夫为天下者,亦奚以异乎牧马者哉!亦去其害马者而已矣!"黄帝再拜稽首,称天师而退。

[13] 田横:秦末群雄之一,原为齐国贵族,在陈胜吴广大泽乡起义后,田横与兄田儋、田荣也反秦自立,兄弟三人先后占据齐地为王。后汉高祖刘邦统一天下,田横不肯称臣于汉,率五百门客逃往海岛,刘邦派人招抚,田横被迫乘船赴洛,在途中距洛阳三十里地自杀。海岛五百部属闻田横死,亦全部自杀。

[14] 羽葆:帝王仪仗中以鸟羽连缀为饰的华盖。亦泛指卤簿或作为天子的代称。清朝顾炎武《赠黄职方师正》诗:"元臣举国降,羽葆蒙尘狩。"

[15] 金堡:字道隐,又字卫公,别号冰还道人,顺治九年至广东雷峰寺,从天然和尚正式受戒,改名今释,字澹归,又号舵石翁。浙江杭州人。明万历四十二年(1614)生,清康熙十九年卒,年67岁。崇祯十三年进士,任山东临清知县。南明永历朝任礼科给事中。清兵破桂林,落发为僧,法名性因。后在韶州

113

创丹霞寺,自为住持。出自《澹归大师年谱》一卷(稿本)。

[16] 方伯:殷周时代一方诸侯之长,后泛称地方长官。汉以来之刺史,唐之采访使、观察使,明清之布政使均称"方伯"。《礼记·王制》:"天子百里之内以共官,千里之内以为御,千里之外设方伯。"

[17] 硕德:大德。元朝王恽《淇州创建故周府君祠碑铭》:"其丰功硕德,具载墓碑,兹不复云。"

[18] 扬搉:商榷;评论。《宋史·张观传》:"诚愿陛下听断之暇,宴息之余,体貌大臣,以之扬搉。"

[19] 纻缟:纻衣与缟带。《左传·襄公二十九年》,"聘于郑,见子产,如旧相识。与之缟带,子产献纻衣焉。"后因以"纻缟"为友朋交谊之典。

[20] 天保:谓上天保佑,使之安定。北周庾信《哀江南赋》:"嗟天保之未定,见殷忧之方始。"

[21] 玄昊:上天,苍天。晋葛洪《抱朴子·广譬》:"是以惠和畅于九区,则七曜得于玄昊。"

管中翰嗣裘[1]字冶仲,说李定国[2]迎跸拒孙可望[3]不果。甲午[4]遇害于永安州。

昴毕[5]南北街,牛女[6]东西涯。分合各有故,精灵终不欺。之子自跞弛[7],吾生本钝迟。岳阴[8]义愤激,崧台俯仰悲。雨雪封层峦,风潮荡绋缌[9]。蘙灯语自协,迷影闻者疑。骀宕吐丹虹,交映为雌霓。临歧一执手,毕命成参差。君速沅芷驾,白日照幽思。秘计誓斋粉,吾君在忧危。子行固捐胆[10],吾聊忍攒眉[11]。事左果致命,天坏难独支。哀哉负密约,非但泣长离。欲传幽蠁心,未许流俗窥。魂爽倘梦遇,落日回坤维[12]。

注:

[1] 管中翰嗣裘:指的是管嗣裘,字冶仲,衡阳县人。中崇祯壬午乡举。张献忠陷衡州,购索人士充伪吏,嗣裘走匿深山,献忠促令捕杀之,其兄弟嗣箕为

应捕代死，会献忠去，得免。而己游广东。遂遁归南岳，与行人王夫之举义于衡山。战败军溃，走行在，授中书舍人，奉敕至平乐。广西陷，匿川山中，冬月负败絮，采苦菜以食。出自《船山师友记》。

[2] 李定国：字宁宇，陕西榆林人。明末农民起义领袖，南明将领，抗清民族英雄。明崇祯三年，从张献忠起义于米脂，被张献忠收为义子。1631—1636年，随张献忠转战于晋、豫、楚、陕诸省。杀敌无数，屡获战功。出自《清史稿·李定国传》。

[3] 孙可望：明清之际陕西延长人，小名旺儿，张献忠义子，军事人物，原为流寇，后参加南明势力，最后降清。出自《清代人物传稿》。

[4] 甲午：清顺治十一年（1654），王夫之36岁。

[5] 昴毕：昴宿与毕宿的并称。同属白虎七宿，古人以昴毕为冀州的分界。《史记·天官书》："奎、娄、胃，徐州。昴、毕，冀州。"

[6] 牛女：牵牛、织女两星。晋人潘岳《西征赋》："仪景星于天汉，列牛女以双峙。"

[7] 跅弛：放荡不循规矩。《汉书武帝纪》："夫泛驾之马，跅弛之士，亦在御之而已。"

[8] 岳阴：衡山北面方广寺，这里指在方广寺的起义失败。

[9] 绋䌫：绳索和带子。多指挽船、系船所用。《诗·小雅·采菽》："泛泛杨舟，绋䌫维之。"

[10] 捐胠：意指死去。

[11] 攒眉：皱眉，表示不愉快。宋苏轼《正月一日雪中过淮谒客回作》诗之二："攒眉有底恨？得句不妨清。"

[12] 坤维：指大地之中央，正中。《隋书·礼仪志一》："四方帝各依其方，黄帝居坤维。"

李孝廉跨鳌[1]字一超，避山中，乙未[2]卒。

昔从岭海归，未知慈日阴。毒痛[3]息苟延，釐粉[4]报益窨。情知无麦舟[5]，微望垂执绋[6]。狂奔叩颡血，旁观争笑哂[7]。车笠[8]盟者谁，恩礼[9]亦何忍。感君独雪涕，慰勉相援引。赤贫无炙鸡，觊缕[10]谢不敏。白发待孀慈，膳粥唯蔬笋[11]。荼檗交相怜，存亡皆遵闵[12]。君本酒人雄，飞扬越规准[13]。折节从幽栖[14]，嵲屼[15]全玄鬓。劲羽难重铩[16]，壮岁笃危疢[17]。迢递[18]阻重山，死别泪枯尽。周亲[19]翻覆云，交道[20]楼阁蜃。流目送归鸿，杜口结寒蚓。

注：

[1] 李孝廉跨鳌：指的是李跨鳌，字一超，衡阳人，父亲早逝，十五成诸生。经乱世，奉母避祁、韶山中。母病，日集方书，亲治医药。年四十卒，无嗣，临终前尽毁所著诗文，唯作书贻友人，与母相属云。出自《衡阳县志》。

[2] 乙未：清顺治十二年（1655），王夫之37岁。

[3] 毒痛：痛楚；苦痛。汉朝应劭《风俗通·穷通·太傅汝南陈蕃》："从者击亭卒数下，亭长闭门，收其诸生人客，皆厌毒痛。"

[4] 虀粉：粉末；碎屑。这里指粉身碎骨。《陈书·傅縡传》，"蹈汤炭，甘虀粉，必行而不顾也。"

[5] 麦舟：为赙赠助丧之典。清朝梁章钜《归田琐记·北东园日记诗》："我正大声劝诫是，《麦舟》应续画图新。"

[6] 执绋：手持缰绳，指牵牛之典。《礼记·少仪》："牛则执纼，马则执靮。"

[7] 笑哂：笑。元朝刘君锡《来生债》第一折："暗评跋，忽笑哂，则被这钱使作的喏如同一个罪人。"

[8] 车笠：指贵贱贫富不移的深厚友谊。清朝黄宗羲《祭冯辂卿文》："升沉虽异，车笠无忘。"

[9] 恩礼：旧谓尊上对下的礼遇。清朝吴敏树《先考行状》："府君待诸孤弟，尤有恩礼。"

[10] 觊缕：指事情的原委。唐朝李德裕《〈次柳氏旧闻〉序》："璟曰：'某祖芳，前从力士问觊缕。'"

[11] 蔬笋：僧家素食。引申为生活很艰苦。宋朝王明清《挥麈后录》卷二：

第四章
《广哀诗》与王夫之的文学交游考

"康节云：'野人岂识堂食之味，但林下蔬笋，则尝噢耳。'"

[12] 遘闵：亦作"遘愍"，遭遇忧患。晋人陆云《答兄平原》诗之五："衔艰遘愍，困瘁殷忧。"

[13] 规准：规则；准则。明宋濂《无旨禅师授公碑铭》："龙华之阿，有塔如笋，砾石镌文，为世规准。"

[14] 幽栖：隐居。唐朝白居易《与僧智如夜话》诗："懒钝尤知命，幽栖渐得朋。"

[15] 嶕屼：高峻的山。元朝安如山《曹将军》诗："屯兵洮水源，千里斧截截。浩荡排烟旻，西极安嶕屼。"

[16] 铩：古代一种长矛。汉朝贾谊《过秦论》："鉏耰棘矜，非铦于钩戟长铩也。"

[17] 疢：热病，亦泛指病。《说文》："疢，热病也。亦作疹。"

[18] 迢递：高峻貌。南朝齐谢朓《郡内高斋闲坐答吕法曹》诗："结构何迢递，旷望极高深。"

[19] 周亲：至亲。

[20] 交道：接触，往来。宋朝范仲淹《祭陕府王待制文》："何交道之斯笃，曾不易于险易。"

欧阳文学惺[1]字叔敬，与予为中表兄弟，少予二岁。丙申[2]溺湘水。

漾漾[3]湘江波，逝者悲相接。哀哉王延寿[4]，遂蹈蛟龙劫。与子总角交[5]，中外有枝叶。槭馆覆新蕤，春园飞绀蜨[6]。对读渔樵书，倦整苎衣褶。万端[7]片语存，千秋寸意摄。知予自清狂[8]，规子勿拘怯。不然依陇亩[9]，亦可舒眉睫。要之心所期，遂尔[10]韵相叶。追忆无返魂[11]，衿泪如新浥。同游有余子，变态纷重叠。合离生日暮，背憎[12]等婢妾。亦既叛幽冥[13]，何因念腐鲰[14]。书卷已萧条，人间无素业[15]。

117

注：

[1] 欧阳文学惺：指的是欧阳惺。字叔敬，衡阳诸生，比王夫之小两岁。与王夫之是表兄弟关系。出自《船山师友记》。

[2] 丙申：清顺治十三年（1656），王夫之38岁。

[3] 漾漾：水波漂荡的样子。清纪昀《阅微草堂笔记·如是我闻四》："便觉身如一叶，随风漾漾欲飞。"

[4] 王延寿：字文考，一字子山，东汉人。王逸之子，曾游鲁国，作《鲁灵光殿赋》。建和中，溺死于湘水，年仅二十多岁。出自《后汉书·文苑传》。

[5] 总角交：童年相交的好友。

[6] 蜨：蝶。

[7] 万端：亦作"万耑"。形容方法、头绪、形态等极多而纷繁。《史记·魏公子列传》："公子患之，数请魏王，及宾客辩士说王万端。"

[8] 清狂：放逸不羁。晋左思《魏都赋》："仆党清狂，怵迫闽濮。"

[9] 陇亩：田地。唐朝杜甫《兵车行》："纵有健妇把锄犁，禾生陇亩无东西。"

[10] 遂尔：于是乎。《魏书·刘芳传》："窃惟太常所司郊庙神祇，自有常限，无宜临时斟酌以意，若遂尔妄营，则不免淫祀。"

[11] 返魂：回生，复活。唐温庭筠《马嵬驿》诗："返魂无验青烟灭，埋血空生碧草愁。"

[12] 背憎：谓背地里憎恨。《诗·小雅·十月之交》："噂沓背憎，职竞由人。"

[13] 幽冥：阴间。《文选·曹植〈王仲宣诔〉》："嗟乎夫子，永安幽冥；人谁不没，达士徇名。"

[14] 鲰：古代用以骂人的话，意谓短小愚陋的人。

[15] 素业：清白的操守。唐刘长卿《哭陈歙州》诗："千秋万古葬平原，素业清风及子孙。"

南岳僧性翰[1]丙申[2]没。

第四章
《广哀诗》与王夫之的文学交游考

畴昔天狼骄，窜身[3]潭龙吻。蛰龙不我攫，亲旧但笑听。飞云护杖屦，匿影度岘巘。侧闻莲花峰[4]，去之云中近。缁素[5]不相疑，泥滓[6]为拭抆。羹芋[7]或相贻，雪罂偶同捃。不足恤死生，依之全曲谨[8]。往来遂频数，登眺蠲疾[9]忿。杂心非谢客，妙悟[10]异庞蕴。为有神骏赏，激扬忠愤隐。行歌方亢爽，社稷已虀粉[11]。烧灯[12]相向悲，坐待钟声殷。义旗同崎岖，愤败无郁菀。笑指楼阁烬，一如暮落槿。垂死犹致声，心魂[13]尚合吻。潭云空凄迷[14]，回望增悲悯。

注：

[1] 南岳僧性翰：指的是性翰，字凝然，南岳方广寺僧。方广寺崇祯戊辰火，己卯，督学使王公永祚澄川属僧凝然性翰。壬午，学使梁溪高公世泰汇旃益命之，性翰出其衣钵资粮，以南明隆武元年乙酉十一月十二日再造。出自《莲峰志·沿革门》。

[2] 丙申：清顺治十三年（1656），王夫之38岁。

[3] 窜身：藏身。唐代崔峒《刘展下判官相招以诗答之》："窜身如有地，梦寐见明君。"

[4] 莲花峰：位于衡山南岳大庙西40里，状如莲花，方广寺建于"莲花心"。

[5] 缁素：指僧俗。僧徒衣缁，俗众服素，故称。北魏郦道元《水经注·颍水》："水中有立石，高十余丈，广二十许步，上甚平整。缁素之士，多泛舟升陟，取畅幽情。"

[6] 泥滓：泥渣。

[7] 羹芋：用芋头蒸煮的一种羹。

[8] 曲谨：谨小慎微。宋王安石《王深父墓志铭》："故不为小廉曲谨以投众人耳目，而取舍、进退、去就必度于仁义。"

[9] 蠲疾：治愈疾病。明杨珽《龙膏记·酬咏》："他金丹蠲疾，既投续命之胶；玉薤临风，又吐惊人之语。"

[10] 妙悟：犹言神悟。宋代严羽《沧浪诗话·诗辩》："大抵禅道惟在妙悟，诗道亦在妙悟。"

[11] 齑粉：粉末；碎屑。常用以喻粉身碎骨。《陈书·傅縡传》："蹈汤炭，甘齑粉，必行而不顾也。"

[12] 烧灯：元宵灯会。宋代蔡絛《铁围山丛谈》卷一："国朝上元节烧灯盛于前代，为彩山峻极而对峙于端门。"

[13] 心魂：心神、心灵。南朝梁江淹《杂体诗·效左思〈咏史〉》："百年信荏苒，何用苦心魂！"

[14] 凄迷：景物凄凉迷茫。宋代辛弃疾《贺新郎·赋水仙》词："烟雨凄迷僝僽损，翠袂摇摇谁整？"

郑生显祖[1]字忝生，襄阳冢宰公继之之从孙，予内弟也。从予学，略成文章。庚子[2]殁。

莺花[3]媚春日，荣光[4]如新沐。送子归荒阡，独向杜鹃哭。瘴雨[5]无冬春，寄身豺虎窟。天骄蹂秦关，降吏相迫束[6]。我躬不自阅[7]，念尔骋逾憨。寒云凝席帽[8]，扶携返幽谷。残书久零乱，缀拾授尔读。草线觅玄珠[9]，顾笑多感触。危语相箴砭[10]，长跽[11]愿夏朴，念恤[12]千金躯，觳[13]羽自鸾族。太宰秉天钧，清忠传世笃。哀郢[14]远泪征，洒泪岘山[15]曲。天风摧弱草，坠叶悲乔木。为义不克终，清宵愧幽独[16]。

注：

[1] 郑生显祖：指的是郑兴祖，字忝生，襄阳人。吏部尚书郑继之（明朝吏部尚书郑继之，字伯孝，襄阳人。嘉靖四十四年进士）的从孙，王夫之妻子郑氏的弟弟。出自《船山师友记》。

[2] 庚子：清顺治十七年（1660），王夫之42岁。

[3] 莺花：莺啼花开，泛指春日景色。唐朝杜甫《陪李梓州等四使君登惠义寺》诗："莺花随世界，楼阁倚山巅。"

[4] 荣光：指花木的光泽。宋朝苏轼《哨遍·春词》词："正溶溶养花天气。一霎暖风回芳草，荣光浮动，掩皱银塘水。"

[5] 瘴雨：指南方含有瘴气的雨。前蜀李珣《南乡子》词："行客待潮天欲暮，送春浦，愁听猩猩啼瘴雨。"

[6] 迫束：谓狭窄地段。清朝刘大櫆《游碾玉峡记》："溪水自西北奔入，每往益杀，其中旁陷迫束，水激而鸣声琮然为跳珠喷玉之状。"

[7] 我躬不阅：语出《诗·小雅·小弁》，文云："我躬不阅，遑恤我后。"

[8] 席帽：古帽名。以藤席为骨架，形似毡笠，四缘垂下，可蔽日遮颜。清朝钱谦益《客途有怀吴中故人》诗："青袍奉母谁知子？席帽趋时自有人。"

[9] 玄珠：比喻贤才或宝贵的事物。宋黄庭坚《和苏子瞻》诗："翰林贻我东南句，窗间默坐得玄珠。"

[10] 箴砭：石针治病。后借喻为纠谬；规谏。

[11] 长跽：长跪。

[12] 念恤：挂念忧虑。宋王安石《与沉道原书》之三："肿疡虽未溃，度易治，不烦念恤。"

[13] 鷇：需母鸟哺食的雏鸟。

[14] 郢：古代楚国的都城，在今湖北省江陵县附近。

[15] 岘山：在湖北襄阳县南。又名岘首山。东临汉水，为襄阳南面要塞。

[16] 幽独：静寂孤独，亦指静寂孤独的人。唐朝杜甫《久雨期王将军不至》诗："天雨萧萧滞茅屋，空山无以慰幽独。"

　　管文学嗣箕[1]字弓伯，甲辰[2]没。

　　飘摇岭海[3]舟，瘴黑大风苦。君家[4]令兄弟，回首阴野土。剥蟹吸甜雪，摘橘欸香乳。酒酣吊湘灵，湖海遥吞吐。忆出潭州狱，辛勤谢豺虎。死窜付谈笑，归计[5]有酸腐。诛茅[6]傍溪峒[7]，慰籍脱刀斧[8]。西归就蒸湄，接宇开蓬户[9]。游僮时把钓，归雁有同数。紫蕨咀春膏[10]，浊酒劳风雨。寂寞宿草[11]悲，闭户[12]夕阳坞，蕌韭[13]复何心，荒烟[14]蔽春圃[15]。

注：

[1] 管文学嗣箕：指的是管嗣箕，字弓伯，衡阳诸生。以弟嗣裘并以文行见称，好纵酒，傲岸，人莫测也。流寇得嗣箕，索其弟，嗣箕诡言："死矣。"乃送嗣箕湘潭，系之狱。嗣箕谈笑晏如。两月，寇遁，得归。后嗣裘从王死，嗣箕则益托于酒，居乡中，绝不与诸人往还，以寿终。出自《衡阳县志》。

[2] 甲辰：清康熙三年（1664），王夫之46岁。

[3] 岭海：指两广地区。其地北倚五岭，南临南海，故名。

[4] 君家：敬词，犹贵府、您家。《玉台新咏古诗》："非为织作迟，君家妇难为。"此处指管氏之家。

[5] 归计：回家乡的打算、办法。

[6] 诛茅：引申为结庐安居。庞树松《檗子书来约游》诗："到此倘嫌山水浅，人间何地可诛茅。"

[7] 溪峒：旧时对我国西南地区某些少数民族聚居地的统称。明徐光启《农政全书》卷二："父椎牛骨，而子渐之，溪峒土人数十年而食假鬼。"

[8] 刀斧：刀和斧子。古代刑具，亦借指严刑。唐陈陶《草木言》诗："常忧刀斧劫，窃慕仁寿乡。"

[9] 蓬户：用蓬草编成的门户。指穷人居住的陋室。《庄子·让王》："原宪居鲁，环堵之室，茨以生草，蓬户不完。"

[10] 春膏：春天肥沃的泥土。元朝任士林《吉祥草赋》："方其根移露本，盆壅春膏，拟紫茎之逞瑞，伉兰蕙于亭皋。"

[11] 宿草：指墓地上隔年的草，用为悼念亡友之词。唐戴叔伦《赠康老人洽》诗："多识故侯悲宿草，曾看流水没桑田。"

[12] 闭户：指人不预外事，刻苦读书。《文选·任昉〈天监三年策秀才文〉》："闭户自精，开卷独得。"

[13] 剪韭：古人以春初早韭为美味，故以"剪春韭"为召饮的谦词。清朝龚自珍《与吴虹生书》："今年尚未与阁下举盃，春寒宜饮，乞于明日未刻过敝斋剪韭小集。"

[14] 荒烟：弥漫的烟雾。

[15] 春圃，春日的园圃。唐陈子昂《晚次乐乡县》诗："野戍荒烟断，深山古木平。"

刘孝廉惟赞[1]字子参，祁阳人，避隐山中，丙午[2]告终。

松石青鬣纹[3]，危亭[4]绿钱壁。遥怨空山[5]空，深林锁幽阒。结伴逃天刑[6]，数子争的砾[7]。尘心中夜动，机械同墙闑。君死遂纷纭，君存犹愧怒[8]。清名岂虚邀，道丧匪长戚。果然芳草萎，丛薄乱鸣鴂[9]。念昔奔端州[10]，与子相昂激。啮指痛不忘，破胆血欲沥。无能救倾厦，徒尔悲素蔑。纬恤[11]各自知，墓泪但交滴。岂繄挟策游，亦冒沙中击。吾君鼎湖[12]灵，赫赫自昭晰。盖棺事[13]良难，后死心尤惕。清沼败荷孤，莲心函苦茋[14]。

注：

[1] 刘孝廉惟赞：指的是刘惟赞，字子参，祁阳人，崇祯己卯举人。性刚介尚气。癸未之乱，与衡州同知郑丰元督义勇，歼贼魁。乙丑，徒步诣南明桂王所在地。国变后，以中书屡征不就。隐居西春之石门庵，榜曰白云。其地在祁、邵之郊，宅旁有鲤鱼山。所常往还者，王船山、邹艮峰、郭季林诸人外，莫能见也。日坐崖中，吟咏自适，与世事绝。一夕，梦陈忠洁公遗以书，抚膺涕泣曰："澹元其召我矣！"未几，遂卒。出自《沅湘耆旧集》小传。

[2] 丙午：清康熙五年（1666），王夫之48岁。

[3] 青鬣纹：冰裂纹，也就是开片原，是古代龙泉青瓷中的一个品种，因其纹片如冰破裂，裂片层叠，有立体感而称之。

[4] 危亭：耸立于高处的亭子。唐白居易《春日题乾元寺上方最高峰亭》诗："危亭绝顶四无邻，见尽三千世界春。"

[5] 空山：幽深少人的山林。唐朝韦应物《寄全椒山中道士》诗："落叶满空山，何处寻行迹？"

[6] 天刑：刑罚。唐朝韩愈《答刘秀才论史书》："夫为史者，不有人祸，则有天刑。"

[7] 的砾：光亮、鲜明貌。唐朝李邕《崧台石室记》："有巨石皆似蹲兽之类，叠花仰空，的砾琼脂，色如截肪。"

[8] 怒：忧郁，伤痛。《诗·小雅·小弁》："我心忧伤，怒焉如捣。"

[9] 鸠：伯劳鸟，《广韵》："鹃鸠，春分鸣则众芳生，秋分鸣则众芳歇。"

[10] 端州：位于广东省中部偏西，西江中下游北岸。

[11] 纬恤：忧虑国事。《左传·昭公二十四年》："抑人有言曰：蓥不恤其纬，而忧宗周之陨。"

[12] 鼎湖：原名顶湖；鼎湖山是岭南四大名山之首。

[13] 盖棺事：盖棺事已，人死了，事情才算完结。泛指终身坚持或追求某种事业。唐朝杜甫《自京赴奉先县咏怀五百字》："盖棺事则已，此志常觊豁。"

[14] 菂：古代指莲子。宋欧阳修《祭薛质夫文》："茎华虽敷，不菂而枯。"

　　青原极丸老人前大学士方公以智[1]字密之，桐城人。国亡披缁，称愚者智，字无可，一号墨历。壬子[2]卒于泰和[3]。

　　青原千里书，白发十年哭。遥问皖江滨，青冢何时筑？八桂歌笑中，狂简意不属。国破各崎岖，间关[4]鉴幽独[5]。相知不贵早，阅世任流目[6]。遥讯金简峰，如搜禹书[7]读。北山念张罗[8]，秋水浴孤鹜。远舒摩顶[9]臂，欲授金鸡[10]粟。山心自别存，慈渡劳深祝。烹煮南华[11]髓，调和双行[12]粥。一意保孤危，为君全臣仆。螺江[13]空杳霭，蝼屈[14]方阻缩。缄此方寸珠，伫傺[15]困幽谷。已矣无能宣，曾冰介乔木。

注：

[1] 方公以智：指的是方以智，字密之，号曼公，又号鹿起，别号龙眠愚者，反清失败，出家，改名大智，自称极丸老人，字无可，别号弘智，人称药地和尚。出自《方以智晚节考》。

[2] 壬子：清康熙十一年（1672），王夫之54岁。

[3] 泰和：地名，指泰和县。

[4] 间关：形容旅途的艰辛，崎岖、辗转。

[5] 幽独：默然独守。陈子昂《感遇》诗："幽独空林色，朱庭冒紫茎。"

[6] 流目：浏览；放眼随意观看。唐朝钱起《题玉山村叟屋壁》诗："涉趣皆流目，将归羡在林。"

[7] 禹书：传说中禹所制书体或所书字迹，即钟鼎书或蜾匾篆。

[8] 张罗：张设罗网以捕鸟兽。《战国策·东周策》："譬之如张罗者，张于无鸟之所，则终日无所得矣。"

[9] 摩顶：《法华经》谓释迦牟尼佛以大法付嘱大菩萨时，用右手摩其顶。后为佛教授戒传法时的仪轨。

[10] 金鸡：佛教用以譬喻达摩的谶语。谓佛法东来。《景德传灯录·道一禅师》："西天般若多罗，记达摩云：震旦虽阔无别路，要假侄孙脚下行。金鸡解衔一颗米，供养十方罗汉僧。"

[11] 南华：《庄子》，亦称《南华经》，道家经典之一，为庄周及其后学的著作集。

[12] 双行：应指"两行"，战国庄子用语。指对一切事物听其然，也不必知其所以然。语见《庄子·齐物论》："是以圣人和之以是非而休乎天均，是之谓两行。"意思是说，圣人总是听任是与非自然而然地达到天然的均齐（即无差别），这叫作"两行"。

[13] 螺江：水名。也称螺女江。在福建省福州市西北。宋朝葛长庚《寄三山彭鹤林》："瞻彼鹤林，在彼长乐嵩山之上，螺江之角。"

[14] 蠖屈：比喻人不遇时，屈居下位或退隐。晋代潘尼《赠侍御史王元贶》诗："蠖屈固小往，龙翔迺大来。"

[15] 怡傀：闲缓貌。《文选·马融》："或乃植持缤繯，怡傀宽容。"

刘孝廉象贤[1]字若启，湘乡人，丁巳[2]没。

虎塘清歌歇，败荷金风窜。游舫[3]栖绿蛙，过之肠已断。篱落[4]牵牛花，朱碧[5]纷斓嫚。清秋[6]自畴昔，独坐成浩叹[7]。从来慎经过，酒坐[8]尤扼腕[9]。于君不惜欢，讵取簪裾乱。君非山巨源[10]，我友嵇中散[11]。知尔花下尊[12]，无异柳阴[13]锻。华胄亘长沙，赤社分炎汉。积累记云仍，珍重讬月旦[14]。一为振衣歌，悲响星河烂。从君罡幽壤[15]，函情罢游玩。带甲[16]终陆沉，青鬓[17]垂银蒜。涟水自东流，何因返湘岸。

注：

[1] 刘孝廉象贤：指的是刘象贤，字若启，号懿庵。崇祯壬午举人，少孤力学，事母孝谨。里居抚群从，笃姻友，见义勇为。与王船山先生交好。诗格高老，可匹《潇涛园》诸作，惜不见全集。出自《沅湘耆旧集》小传。

[2] 丁巳：清康熙十六年（1677），王夫之59岁。

[3] 游舫：即游船。宋朝苏轼《有以官法酒见饷者因用前韵求述古为移厨饮湖上》："游舫已妆吴榜稳，舞衫初试越罗新。"

[4] 篱落：即篱笆。晋葛洪《〈抱朴子诗〉自叙》："贫无僮仆，篱落顿决。荆棘丛于庭宇，蓬莠塞乎阶雷。"

[5] 朱碧：犹言丹青。明朝唐寅《梨花》诗："一箱朱碧漫纷纭，独惜梨花一段云。"

[6] 清秋：明净爽朗的秋天。唐朝杜甫《宿府》诗："清秋幕府井梧寒，独宿江城蜡炬残。"

[7] 浩叹：大声叹息。唐朝王勃《益州夫子庙碑》："命归齐去鲁，发浩叹于衰周。"

[8] 酒坐：犹酒席。三国魏嵇康《家诫》："若会酒坐见人争语，其形势似欲转盛，便当亟舍去之，此将斗之兆也。"

[9] 扼腕：用一只手握住另一只手腕，表示振奋、惋惜、愤慨等情绪。宋朝陆游《〈傅给事外制集〉序》："每言房，言畔臣，必愤然扼腕裂眥，有不与俱生之意。"

[10] 山巨源：山涛，字巨源，西晋河内怀县（今河南武陟西）人。是历史上著名的"竹林七贤"中的老大。山涛小时候就成了孤儿，家里很穷，但从不自

卑自弃、怨天尤人，而且从那时起就表现得极有气量，与同龄的孩子相比，有一种卓尔不群的气质。

[11] 嵇中散：嵇康，字叔夜，三国魏谯郡铚（今安徽省濉溪县）人，著名的文学家、思想家、音乐家。"竹林七贤"之一，与阮籍齐名，并称嵇阮。曾娶曹魏宗室女，官曹魏中散大夫，故世称嵇中散。后为钟会构陷，被司马昭处死。出自《世说新语·容止》。

[12] 下尊：指味淡质差的酒。《汉书·平当传》："使尚书令谭赐君养牛一，上尊酒十石。"

[13] 柳阴：指枝叶茂密的柳林。宋朝苏轼《三月二十日开园》诗之二："西园牡籥夜沉沉，尚有游人卧柳阴。"

[14] 月旦：指旧历每月初一。南朝宋刘义庆《世说新语·雅量》："顾和始为扬州从事，月旦当朝，未入顷，停车州门外。"

[15] 幽壤：犹地下；九泉之下。唐朝元稹《谕宝》诗："镆铘无人淬，两刃幽壤铁。"

[16] 带甲：披甲的将士。明朝何景明《大梁行》："带甲连营杀气寒，君王推毂将登坛。"

[17] 青鬓：借指年轻人。唐朝许浑《送客自两河归江南》诗："遥羡落帆逢旧友，绿蛾青鬓醉横塘。"

李孝廉国相[1]字敬公，避隐桃坞[2]，戊午[3]告终。

桃坞千树花，春风花乱飞。种桃客已逝，四海无春晖。凤昔姿狂游，不知交是非。亦有衔崖谷，岂但侈轻肥。心迹杂缁白[4]，琴书挟阱机。亘天[5]耀白月，乃知众星微。疾莩[6]无长语，倏然[7]安永归。蓬径[8]凝冰雪，幽香闷蘸䤈。俗客[9]不敢哭，钦君建德威。送子清湘滨，湘皋[10]有钓矶[11]。钓竿空绰约，古今钓者稀。含悲临野水，湿云湮葛衣。悠悠万年内，与君愿不违。默塞[12]无与言，归来长撑扉。

注：

[1] 李孝廉国相：指的是李国相，字敬公，一字芋岩，原籍富平。崇祯壬午，以衡籍举于乡，遂为衡阳人。性醇挚，外和内刚。人莫窥其涯际。晚筑小室，植桃数枚，称桃坞老人。性与道和，读书讽咏，得大旨而已。出自《衡阳县志》。

[2] 桃坞：地名，在衡阳县湘西村一带。

[3] 戊午：清康熙十七年（1678），王夫之60岁。

[4] 缁白：僧俗人士。缁指僧徒，白指俗人。南朝梁王僧孺《忏悔礼佛文》，"必欲洗濯臣民，奖导缁白"。

[5] 亘天：横贯天空。

[6] 疾革：病情危急。明朝宋濂《故资善大夫方公神道碑铭》："公疾革，上遣中使问所欲言。"

[7] 翛然：形容无拘无束貌；超脱貌或自由自在的样子。明朝归有光《南云翁生圹志》："翁为人有风致，可谓翛然于生死之际，则予之所谓命者，又不足为翁道也。"

[8] 蓬径：指灌木、灌丛垂直投影面的直径。

[9] 俗客：指尘世间人，与神仙或出家、隐逸之人相对。唐朝李复言《续玄怪录·李卫公靖》："靖俗客，非乘云者，奈何能行雨？"

[10] 湘皋：湘江水边的高地，岸。

[11] 钓矶：钓鱼时坐的岩石。清朝杜濬《送友》诗之一："送客停桡傍钓矶，江风初起浪花稀。"

[12] 默塞：缄默，沉默。唐无名氏《隋炀帝海山记》："帝母先是梦龙出身中，飞高十余里，龙堕地，尾辄断。以其事奏于帝，帝沉吟默塞不答。"

  雪竹山道者智霨[1]字茹蘖，昆明人，本姓张，以乡举任衡山令。己未[2]没于嘉兴之杨坟。

  弥天无洁士[3]，匿者之莲邦。虽从肤发毁，犹异稽颡降。所疑耽乔宇[4]，还欲建旌幢。丹霞来岭表，意气凌韩泷。金碧填顽

第四章
《广哀诗》与王夫之的文学交游考

石，熠耀杂宝钅工[5]。曾欲讯青原，刹竿[6]当摧撞。埋心委泥絮[7]，朽骨何轵蒽。金钱来奡从，嚎食分鸲鹆。余腥[8]为香饭，空有愧老厖。晚交雪竹山，澡涤清冷淙。经年断盐豉，长夜藉稿秅。破衲拥残火，松炬[9]明纸窗。密语无标榜，率志[10]捐杂厖。杨坟劳记莂[11]，虚舟[12]自离桩。一丝存暗淡[13]，万古全愚惷。忆师尹南岳，辛勤渡盘江。聊为存衣冠，非但脱矛钅九。深夜偶追惟[14]，荼檗茹满腔。不知飘然志，遂泛嘉禾[15]舡。死诀不相闻，洒涕日千双。

注：

[1] 雪竹山道者智霈：指的是释智霈。字茹蘖，昆明人。本姓张，以乡举任衡山令，国变祝发为浮屠。出自《王船山先生南岳诗文事略》(23)卷二。

[2] 己未：清康熙十八年（1679），王夫之61岁。

[3] 洁士：操守清白的人。三国魏应璩《报东海相梁季然书》："顿弥天之网，收万仞之鱼。"

[4] 矞宇：谲诡。杨倞注："矞与谲同，诡诈也。"宇，未详；或曰，宇，大也，放荡恢大也。

[5] 钅工：环状金属装饰物。《方言九》："车钅工谓之锅，或谓之锟。"

[6] 刹竿：刹柱。寺前的幡竿。清朝唐孙华《东林寺》诗："刹竿无倾颓，莲宇复增拓。"

[7] 泥絮：沾泥的柳絮。比喻沉寂之心。

[8] 余腥：指吃剩的食物。明朝方孝孺《畸亭记》："逐逐于众人之后，求其余腥残秽以自饫。"

[9] 松炬：指松明炬。唐朝皮日休《入林屋洞》诗："忽然白蝙蝠，来扑松炬明。"

[10] 率志：行践其志。晋陆机《演连珠》之十二："臣闻忠臣率志，不谋其报；贞士发愤，期在明贤。"

[11] 记莂：佛教语。指佛为弟子预计死后生处及未来成佛因果、国名、佛

129

名等事。南朝梁简文帝《善觉寺碑铭》："已于恒沙佛所，经受记莂。"

[12] 虚舟：无人驾驭的船只。何景明《内篇》之一："故阽壑之阻，盗贼弗怨；虚舟之触，褊心弗怒：无意也。"

[13] 暗淡：不明显；不鲜明。清朝俞樾《春在当随笔》卷一："墨色暗淡，纸质亦多损坏。"

[14] 追惟：亦作"追维"。追忆；回想。宋朝陈鹄《耆旧续闻》卷七："追惟英华之言，欲取所遗香蓺之。"

[15] 嘉禾：生长奇异的禾，古人以之为吉祥的征兆，亦泛指生长茁壮的禾稻。《礼斗威仪》曰："人君乘土而王，其政升平，则嘉谷并生。"

蒙谏议正发[1]字圣功，崇阳人，己未[2]没。

聚散心不属，人生岂转蓬。倾心与君吐，不畏多言穷。脱死诏狱[3]日，妻子累清空。泉台[4]闻此语，畴昔有苦衷。百战相出入，九庙[5]函怨恫。愿君舍悲恋[6]，奋气为丹虹。楚王[7]有荒台[8]，马殷[9]有幽宫。志士千秋怀，灭散随春风。我狂君不忌，非但爱雕虫。投我漆园[10]吟，点窜姿愚蒙[11]。每与知者言，浊世[12]孰昭聋。唯余船山叟，烟草吟荒蛮。羸病[13]无参苓，奄息恐不充。岂期亚父憾，遽发彭城痈。太阿[14]一销蚀，孰者知王融[15]。萧条斗岭山，遗孤[16]未成童。维燕飞蛉塀[17]，瞑烟沉蒙茏[18]。谁能为荀息[19]，只自悲翟公[20]。迢递徒望哭，远岫迷霜枫。

注：

[1] 蒙谏议正发：指的是蒙正发，字圣功，明湖北崇阳人。崇祯末年纠集地主武装与张献忠起义军对垒，逐走义军设置的崇阳知县。清顺治二年（1645），清兵占江夏（武昌）后，赴长沙依何腾蛟，任推官，奉命随章旷驻军湘阴，后官兵部司务、户科给事中。南明永明王奔南宁后，他与留守瞿式耜守桂林。清兵占桂林时，投水被救，后隐衡阳（一说后降清于衡阳），闭户屏迹以终，年六十二，

第四章 《广哀诗》与王夫之的文学交游考

葬于斗山。出自《三湘从事纪》。

[2] 己未：清康熙十八年（1679），王夫之61岁。

[3] 诏狱：关押钦犯的牢狱。《明史·刑法志一》："或本无死理，而片纸付诏狱，为祸尤烈。"

[4] 泉台：墓穴，亦指阴间。唐朝骆宾王《乐大夫挽辞》之五："忽见泉台路，犹疑水镜悬。"

[5] 九庙：指帝王的宗庙。古时帝王立庙祭祀祖先，有太祖庙及三昭庙、三穆庙，共七庙。王莽增为祖庙五、亲庙四，共九庙。后历朝皆沿此制。清朝顾炎武《井中心歌》："有宋遗臣郑思肖，痛哭元人移九庙。"

[6] 悲恋：慈悲顾恋；悲哀依恋。南朝梁萧子良《净住子·礼舍利宝塔门》："然则现于涅槃者，复是增发悲恋之心。"

[7] 楚王：楚国的君王。文学作品中多指在阳台梦遇巫山神女的楚怀王或楚襄王。清朝侯方域《过江秋咏》之八："昨夜楚王云入梦，多时屈子芰为裳。"

[8] 荒台：此处指"楚王台"。相传为楚襄王梦遇神女处。清朝高咏《归舟作》诗："江上群山拥髻螺，楚王台畔榜人歌。"

[9] 马殷：字霸图，上蔡人，公元907-930年在位，后唐天成五年病卒。终年79岁，葬于衡州（今衡阳市区附近），史称武穆王。出自《新五代史》卷66"楚世家"。

[10] 漆园：古地名。战国时庄周为吏之处。唐朝蒋防《至人无梦》诗："翛然碧霞客，那比漆园人。"

[11] 愚蒙：亦作"愚曚"。愚昧不明。唐朝杜甫《杜鹃行》："谁言养雏不自哺，此语亦足为愚蒙。"

[12] 浊世：混乱的时世。明朝孙仁孺《东郭记·媒妁之言》："他翩翩浊世风标湛，是豪雄好驾鸾骖。"

[13] 羸病：衰弱生病。唐朝韩偓《伤乱》诗："交亲流落身羸病，谁在谁亡两不知。"

[14] 太阿：古宝剑名。相传为春秋时欧冶子、干将所铸。明朝沈采《千金记·会宴》："太阿初出匣，光射斗牛寒。"

131

[15] 王融：字元长，南朝齐文学家，"竟陵八友"之一，琅邪临沂（今属山东）人。王导七世孙，王僧达之孙，王道琰之子，王俭从侄。出自《南齐书·王融传》。

[16] 遗孤：死者遗留下来的孤儿。

[17] 羚瑈：孤单貌。南朝梁武帝《孝思赋》序："年未鬇龀，内失所恃，余喘羚瑈，奶媪相长。"

[18] 茫：草名。即水莝。《管子·地员》："其山之浅，有茫与斥。"

[19] 荀息：生年不详，卒于晋献公二十六年，名黯，息为表字，春秋时代晋国大夫。本姓原氏，称原氏黯。曲沃晋武公灭翼后，任武公大夫。荀息为人忠诚，足智多谋，又是武公旧臣，当然为献公所器重。忠心耿耿事献公近30年，是当时晋国的肱股之臣。出自《左传·鲁庄公二十八年》。

[20] 翟公：西汉邟县（今陕西渭南市临渭区）人。汉武帝元光五年到元朔二年任廷尉，宾客盈门；贬后，门庭冷落；后复职，宾客又欲前往。翟公于是在大门张贴告示说："一死一生，乃知交情。一贫一富，乃知交态。一贵一贱，交情乃见。"

唐处士克峻[1]字钦文，己未[2]没。

往昔君梦征[3]，欢笑为我述。宛如儿得乳，不忧复捐失[4]。男儿生带发，如戴青天日。自然心所安，于君见昭质[5]。天情屡簸荡，君泪如泉溢。非无面欺客，心荼口自密。明珠[6]与飘瓦，投我情难必。矧我鲜民[7]悲，穷年自衔恤[8]。垂涕述先子，婉娩视群侄。闲堂春燕飞，砌草蓟容膝[9]。罄折[10]侍清欢[11]，浊酒列茅栗[12]。昊天无返照[13]，从尔得委悉[14]。寸草负阳晖[15]，手泽[16]无余笔。君复归泉台[17]，流传谁得宝。冰雪送空山，含愁长卧疾。

注：

[1] 唐处士克峻：指的是唐克峻，字钦文，衡阳人，文学凤之孙。天性敦

笃，执亲丧，慎终如礼。于时草泽起家至大位者相项背，或怂恿出仕，则笑而不答，暇则寓目书史以自怡。出自《逸文·唐钦文墓志》。

[2] 己未：清康熙十八年（1679），王夫之61岁。

[3] 梦征：犹梦兆。清朝钱泳《履园丛话·梦幻·南游梦》："旋署松江府知府，州人遮道送别，公避之，由北门登舟，然后知梦征之乃如此也。"

[4] 捐失：放弃；丧失。汉朝扬雄《百官箴·豫州牧箴》："靡哲靡圣，捐失其正。"

[5] 昭质：明洁的品质。《楚辞·离骚》："芳与泽其杂糅兮，唯昭质其犹未亏。"

[6] 明珠：喻忠良的人。《楚辞·刘向〈九叹·忧苦〉》："伤明珠之赴泥兮，鱼眼玑之坚藏。"

[7] 鲜民：无父母穷独之民。清朝钱之青《鲜民悲罔极也》诗："鲜民不如死，我生遭不造。"

[8] 衔恤：含哀；心怀忧伤。汉朝张衡《思玄赋》："王肆侈于汉庭兮，卒衔恤而绝绪。"

[9] 容膝：仅能容纳双膝。多形容容身之地狭小，亦指狭小之地。《韩诗外传》卷九："今如结驷列骑，所安不过容膝；食方丈于前，所甘不过一肉。以容膝之安，一肉之味，而殉楚国之忧，其可乎？"

[10] 磬折：形容声音抑扬宛转。《文选·潘岳〈笙赋〉》："诀厉悄切，又何磬折？"李善注："磬折，言其声若磬形之曲折也。"

[11] 清欢：清雅恬适之乐。唐朝冯贽《云仙杂记·少延清欢》："陶渊明得太守送酒，多以春秋水杂投之，曰：'少延清欢数日。'"

[12] 茅栗：茅栗是壳斗科植物，为壳斗科植物茅栗的总苞或树皮或根。

[13] 返照：夕照；傍晚的阳光。唐朝刘长卿《碧涧别墅喜皇甫侍御相访》诗："荒村带返照，落叶乱纷纷。"

[14] 委悉：详细知晓。唐朝赵元一《奉天录》卷三："顾视城中，无不委悉。"

[15] 阳晖：日光。唐朝杨衡《游陆先生故岩居》诗："深林无阳晖，幽水转鲜碧。"

[16] 手泽：犹手汗。后多用以称先人或前辈的遗墨、遗物等。宋朝李清照《〈金石录〉后序》："今手泽如新，而墓木已拱。"

[17] 泉台：墓穴，亦指阴间。清朝周亮工《哭黄济叔》诗："海屿书方寄，泉台客不回。"

二 《广哀诗》所咏内容分析

诗题上明确注明为"辛酉"，可知此诗作于此年。此年为清康熙二十年，公元1681年。这一年王夫之63岁。此诗收入《分体稿》卷一。而《六十自定稿》编于上一年即庚申年，也就是说这首诗是不收入《六十自定稿》的。笔者在第二章已说过，《分体稿》所收诗最早是清康熙八年己酉王夫之51岁时写的诗，之后是写于清康熙十九年庚申王夫之62岁时的诗，然后是写于清康熙二十年辛酉、清康熙二十一年壬戌、清康熙二十二年癸亥、清康熙二十三年甲子、清康熙二十四年乙丑、清康熙二十五年丙寅、清康熙二十六年丁卯写的诗，迄于清康熙二十七年戊辰王夫之70岁。由此可断《分体稿》编成时间略早于《七十自定稿》，或为其70岁之年即清康熙二十七年。《广哀诗》成于《六十自定稿》编好之后，不能收入《六十自定稿》，可《七十自定稿》中也未收入。《七十自定稿》不收的原因是什么呢？没有任何材料能加以说明。由王夫之自己作的小序可知，此诗的创作动机是王夫之感慨生平交游多半亡去，自然生出的怀念与哀悼之情，这种感情是强烈的。这种强烈的感情又是对当时清朝政权的反抗。或许诗歌抒发的就是这种情感而使之不便于收入用来流传的《七十自定稿》中。

根据王夫之在小序中所述："德业、文章、志行，自有等衰，非愚陋所敢定。"诗歌并不是对所咏人物方方面面的评价。那《广哀诗》写的是什么呢？在该组的小序着重指出这些被歌咏的人物的死，他们或道不应死，或理不宜死。这些已亡故的友人中死于非命的有熊渭

第四章
《广哀诗》与王夫之的文学交游考

公、文之勇、瞿式耜、严起恒等,这些人物的死是诗中歌咏的重要内容。写熊渭公的死:"示我濂溪莲,清池喷骹醇","谈笑涵碧流,临难无仓卒"。熊渭公是武昌城被农民起义军攻破后赴通王府莲池中投水而亡。写文之勇之死:"颈血诚有讬,何必非松乔。所憾委荒草,未能生蕙蘅。"文之勇死蓝山乱兵之手。写瞿式耜之死:"携手江陵公,同归钟山侍。……迟回须臾间,俄顷千尺坠。……丹血飞霰洒。"瞿式耜是被杀于桂林风洞山仙鹤岭。写严起恒之死:"妒诼相嫌猜,亡命就傜僚。"严起恒被孙可望手下之将用铜椎击杀之。写管嗣裘之死:"子行固捐胠,吾聊忍攒眉。事左果致命,天坏难独支。"这些人或许是属于"理不宜死"。诗中其他人或不知所终,或死于郁郁而终,或自然亡故。其中,自然亡故居多,因此,这些人如何死亡在这些诗歌中并不是重要的内容。那么重要内容是什么呢?换句话说,咏了每个人物的什么呢?从诗的歌咏来看,更多的是因他们的死而引起的感叹。

除了写如何亡故或因亡故而引发的感叹外,诗中主要写所咏人物与王夫之的关系以及他们自己一生最重要的事迹。写熊渭公,写了共同参加的黄鹤楼诗酒会,还间接记了熊渭公之言,"示我濂溪莲",似乎是讲修养;"勿用学秦观,眉山同汩没",是指其诗学观点。写文之勇主要写"论艺终长宵,握交亦有始"。咏章旷,主要写二事:一是写湘阴祭祀,其子归吴淞;二是写忆昔侍坐,言调和南北军事。咏夏汝弼,主要写二事:"帧面争危疑"和"践之以孤游"。咏瞿式耜,主要写"携手江陵公,同归钟山侍"与桂林城共存亡的就义之举;还写瞿式耜对王夫之推荐的知遇之恩。咏严起恒,写他忧劳国事:"蓺烛侍黄阁,良夕披怀抱";写他的遭遇:"妒诼相嫌猜,亡命就傜僚。"咏管嗣裘,写共同起义之事,"岳阴义愤激,崧台俯仰悲";亦写他"君速沉芷驾"。咏李跨鳌,写他对慈母之孝:"昔从岭海归,未知慈

· 135 ·

日陨"以及隐居全节:"君本酒人雄","折节从幽栖"。咏欧阳惺,主要写两人密切关系:"与子总角交","对读渔樵书","要之心所期,遂尔韵相叶"。咏南岳僧性翰,歌咏两人一生的交往:"畴昔天狼骄,窜身潭龙吻","羹芋或相贻","义旗同崎岖","垂死犹致声"。咏郑显祖,咏王夫之对其教育:"残书久零乱,缀拾授尔读"以及郑显祖的不幸夭折:"天风摧弱草。"咏管嗣基,主要写往事:"忆出湘潭狱。"及其隐居:"西归就蒸湄。"咏刘惟赞,写隐居"结伴逃天刑"和往事"念昔奔端州"。咏方以智,写相识:"相知不贵早。"写隐居后方以智对王夫之的关切与关怀:"慈渡劳深祝"。咏刘象贤,写两人相知甚深:"于君不惜欢",寻常聚会忧国情深。咏李国相,写他的交游很广,性格外和内刚。咏智霑,歌颂他"虽从肤发毁,犹异稽颡降";亦写他"曾欲讯青原,刹竿当摧撞";还写他于艰难生活中的坚守,"经年断盐豉"。咏蒙正发,所咏之事:一是"倾心与君吐";二是"脱死诏狱日";三是"我狂君不忌,非但爱雕虫";四是"遗孤未成童"。咏唐克峻,所咏之有:一是"往昔君梦征,欢笑为我述"。二是不剃发:"男儿生戴发,如戴青天日"。三是"天情屡簸荡,君泪如泉溢"。四是"垂涕述先子,婉娩视群侄"。

  王夫之认为所咏对象的德业、文章、志行自有等,不敢定,只抒发哀情,依据他们死去的时间为先后。体例仿杜甫《八哀诗》,杜甫原诗破苏、李、陶、谢之体,而王夫之更是在悲吟之时没有那么多讲究,不受诗体的束缚。歌咏人物,于其情事不加罗列,刻意选取。总的来说,《广哀诗》情感抒发既自然真挚,在个人遭遇的言说之中又意蕴深邃。

第四章 《广哀诗》与王夫之的文学交游考

第二节 王夫之的文学交游考

关于王夫之文学交游考辨，刘毓崧、罗正钧都曾做过这方面的工作。一见于刘毓崧的《王船山先生年谱》，一见于罗正钧的《船山师友记》。但是，这两部著作显然都不是着眼于王夫之的文学交游而是将视野放之于广泛的社会交游。从王夫之自己的著述来看，对于王夫之文学交游考证有助的，一是王夫之诗集尤其是收之于《分体稿》中的《广哀诗》，二是《南窗漫记》。下面对王夫之文学交游的考辨是以王夫之自己的著述为主，辅以刘毓崧、王之春、罗正钧的著述。《广哀诗》共写了19人，其中未发现李跨鳌、性翰、郑显祖、智需、唐克峻5人与王夫之有诗歌唱和，因此，他们不列入王夫之的文学交游考察范围。《南窗漫记》所提到的友人除了王朝聘、梁东铭、王澄川、张凤翔、管元心、法智、张家玉、云壑等人外，都与王夫之有诗歌唱和，属于王夫之文学交游考察范围。罗正钧《船山师友记》搜罗人物广泛，但并不着眼于王夫之的文学交游，因此有相当一部分人不列入王夫之的文学交游考察名单。此外，还有一些人不见于任何关于王夫之文学交游的记载，但论其理却应属于王夫之文学考察交游的范围，如钱谦益、吴伟业、谭友夏等。钱、吴两人做过王夫之的乡试主考官，两人又是名诗人，因此，对成长期的王夫之应该是有影响。谭友夏虽与王夫之无交集，但青年王夫之追随竟陵并有崇拜谭友夏之举，如此谭友夏当属王夫之的文学交游考察之列。

一　王夫之从往岭南之前的文学交游考

王延聘，王夫之叔父，字蔚仲，号牧石，衡阳诸生。有诗数百首，均佚。王夫之《武夷先生行状》云："仲父牧石翁，讳延聘，文名孝誉与先君相颉颃。晚退筑幽居，吟咏自适。诗绍黄初、景龙，视公安、竟陵蔑如也。"王延聘是王夫之的诗歌启蒙老师。王夫之在《述病枕忆得·序》中说："崇祯甲戌，余年十六，始从里中知四声者问韵……遂学人口动。今尽忘之，其有以异于瞉音否邪。已而受教于叔父牧石先生，知比耦结构。"王延聘的文学水平如何呢？王夫之在《南窗漫记》中有所记载，文云：

> 牧石翁有诗数百首，乱后无一存者。《忆得》《三十六湾》一首："千里平湖水，支分六六湾。风横帆影乱，壑断舻声间。南北迷乡望，纡回滞客颜。湘灵愁倚瑟，徙倚碧云间。"

王夫之还与牧石翁有诗歌唱和。明崇祯八年乙亥王夫之 17 岁作《中秋里人张灯敬和叔父牧石先生》，诗云：

> 谁寄笙歌闹九衢，绛云深处有金枢。
> 鸾回碧汉临明镜，龙向江天护宝珠。
> 旧识东风开火树，新从西爽醉芙蕖。
> 落梅莫诧行歌好，天竺香飘桂影疏。

明崇祯十年丁丑王夫之 19 岁作《初婚牧石先生示诗有日成博议几千行之句敬和》：

> 闲心不向锦屏开，日日孤山只弄梅。
> 冷蕊疏枝吟未稳，愧无博议续东莱。

第四章
《广哀诗》与王夫之的文学交游考

王介之，字石子，一字石崖，号耐园，又号碰斋，王夫之之兄。明崇祯壬午与王夫之同举于乡。明亡后，王介之遁山中，鹑衣草冠40余年，遭乱播迁不出永、邵之境。儒生或往往从质经义，更以和易，为乡人所归。自以遗民，深匿其迹，与王夫之异居，徒声相闻而已。著有《周易本义质》《春秋四传质》。王介之于王夫之而言是兄而兼师之关系，王夫之从王介之启蒙，因此，王介之对王夫之的影响也是巨大的。王介之肖其父为人方正严谨，诗文不是其长，可也进行过诗歌创作，甚至也与当时诗人有来往。王夫之在《家世节录》中说："崇祯初，文士类以文社相标榜，夫之兄弟亦稍与声气中人往还……"[1]兄弟二人诗歌往还不是很多，但两人相知甚深，王夫之在《石崖先生传略》中说："……故其题座右曰：'到老六经犹未了，及归一点不成灰。'自此以迄于今，则所谓不能言、不忍言、不欲言也。"[2]

钱谦益，明末清初著名诗人。王夫之于明崇祯六年癸酉15岁时首次与两个兄长王介之、王参之赴武昌应乡试。王谱云：

　　正考官钱谦益，副考官张第元。首题：《君子思不出其位》。次题：《修道之谓教》。三题：《尧舜之知而不徧物急先务也》。[3]

虽然说，一个是正考官，一个是不中举的考生，两者不会有什么交集，但钱谦益作为一个名人，尤其是一个名诗人，对青年王夫之绝对是有影响的。《明诗评选》卷二"歌行"汤显祖《边市歌》评语云："叙议诗不损风韵，以元、白形之，乃知其妙。钱受之谓公诗变而之香山、眉山，岂知公自有不变者存。"[4]

吴伟业，明末清初著名诗人。王夫之于明崇祯九年丙子18岁时

---

[1] 《王船山诗文集》上册，中华书局1962年版，第107页。
[2] 同上书，第21页。
[3] 参见王之春《王夫之年谱》，中华书局1989年版，第8页。
[4] （清）王夫之：《明诗评选》，文化艺术出版社1997年版，第65页。

第二次与两个兄长王介之、王参之赴武昌应乡试。王谱云：

> 正考官吴伟业，副考官宋玫。首题：《焕乎其有文章》。次题：《天之所覆地之所载》。三题：《易其田畴薄其税敛民可使富也》。①

吴伟业作为一个名人，尤其是一个名诗人，如同钱谦益，对青年王夫之肯定是有影响的。

谭友夏，名元春，字友夏，号鹄湾，别号蓑翁。湖广竟陵人。天启间乡试第一，与同里钟惺同为"竟陵派"创始人，论文重视性灵，反对摹古，提倡幽深孤峭的风格，所作亦流于僻奥冷涩，有《谭友夏合集》。王夫之《述病枕忆得·序》云："崇祯甲戌，余年十六，始从里中知四声者问韵，遂学人口动。今尽忘之，其有以异于鷇音否邪。已而受教于叔父牧石先生，知比耦结构，因拟问津北地信阳，未就而中改从竟陵时响。"② 王夫之与谭友夏虽未谋面，但年轻的王夫之是谭友夏的追随者，故云："改从竟陵时响。"王夫之《晓同夏叔直出方广寺步洗衲池读朱菊水司寇所镌谭友夏岳游记》诗云：

> 曲径纤幽光，知有高人趾。昨宵话寒河，清赏摘云髓。弱筱念杖藜，茸苔想屐齿。日出寒烟收，一石俯清泚。朝暾不相舍，历历字可纪。夏子发笑言，循池屡经此。似有神护蔽，珍重以须子。山川无秘惜，今昔相炫累。何以答古人，双影恋流水。

谭友夏游南岳，留下了文《游南岳记》和诗《出岳路》《衡岑同异寄报蔡敬夫朱无易二公》《洗衲池》《方广路》《出方广》，其中出《出方广》为七言律诗，其他为五言。王船山似仿这首七言律诗。谭

---

① 参见王之春《王夫之年谱》，中华书局1989年版，第9页。
② 《王船山诗文集》下册，中华书局1962年版，第508页。

友夏《出方广》云:"溶溶水木澹多思,长叹声如良友离。素蝶黄花春尽日,暗泉深树雨来时。将横石上过驯鹿,欲湿桥边立子规。去住飘然吾夙昔,白云生满下山迟。"王夫之《仿体诗》中《谭解元元春岳游》一诗云:"不知猿鸟至何方,叶叶晴容发静光。潭黑龙能深定力,苔新云亦恋幽香。泉于草树情偏挚,日以森寒影倍长。始觉向来湘艇上,孤危错拟露锋铓。"王夫之《明诗评选》卷七"七言绝"选谭元春《安庆》一首,诗云:"安庆临江浒,城高比塔高。汉文来代邸,何有打城劳?"船山先生评云:"疏亮中有橐括。友夏尚能为此,伯敬不能也。"又云:"人自有幸不幸,如友夏者,心志才力所及,亦不过为经生为浪子而已,偶然吟咏,或得慧句,大略于贾岛、陈师道法中依附光影,初亦何敢以易天下。古今初学诗人,如此者亦车载斗量,不足为功罪也。无端被一时经生浪子,挟庸下之姿,妄篡《风》《雅》,喜其近己,翕然宗之,因昧其本志而执牛耳,正如更始称尊,冠冕峨然,而心怀忸怩,谅之者亦不能为之恕已。伯敬自是种性入魔,佛出世亦不能度。友夏为其所摄,狂谬中尚露本色,得良友夹持之,几可与陈仲醇、程孟阳并驱;其不能尔,且不至作'蛇虎夜深求忤度''估客孝廉伴不问''遥天峰没却如空'等语,而伯敬公然为之,曾无愧耻。言钟、谭者,不可不分泾中之渭也。"

高世泰,字汇旃,江苏无锡人,崇祯中举进士,官礼部郎中。明崇祯十四年辛巳王夫之23岁时,高世泰为湖南提学佥事岁试衡郡,列王夫之为一等。文评有云:"忠奸义胆,情见乎辞。"虽然与高世泰交往不多,但王夫之一生都视高世泰为自己的恩师。《南窗漫记》云:

> 高汇旃先生选士于濂溪书院课习之,省试后,慰诸不第者以诗,一联云:"鸟自嘤乔木,鱼无羡武昌。"敦友谊,薄荣名,人师之语也。

记住老师写的诗,并以诗祝高太夫人寿。王夫之《寿锡山高太夫人》诗云:

> 惠水清泉沁玉肥,灵苗春长润芳菲。
> 四朝型典征彤史,七泽文章戏彩衣。
> 聊采松枝擎五粒,敢因带草拜双闱。
> 传家忠孝师门事,宝婺流光护紫微。

蔡凤,字威函,官刑部郎中,籍贯俟考。蔡凤于明崇祯十五年以刑部郎中官职巡按湖南刑狱,征文会课予王夫之以特奖。王夫之是年写有《上蔡威函先生先生讳凤以比部郎钦恤楚刑征文课枉见特奖期于鄂城相待诗以志感》,诗云:

> 天下方凋落,物情感一春。自公衔帝命,万里无冤民。法律时方亟,诗书道易宾。秋官非击隼,司寇重书麟。泣罪车方下,谈经志已伸。沿湘行采采,刘楚已蓁蓁。自省虫吟苦,方含觳语淳。时名心未许,古学世多瞋。鹊抵空林玉,蜗萦篆壁银。成弘愁泛驾,郑卫忍横陈。一顾盐车汗,如逢纵壑鳞。从兹登作者,不负叹幽人。笑语仙舟洽,吹嘘锦字频。所期良郑重,自警敢逡巡。报命归天阙,含情记汉滨。方期收国士,益用广皇仁。未觉嚬眉妨,还疑织素新。白萍秋色里,试问采莲津。

欧阳霖,王夫之《永历实录·刘季矿传》载:"欧阳霖初名介,字方然,初名介。以泸溪教谕升北流知县,擢户科给事中。车驾幸肇庆,请西出桂林,与杜永和廷争,弃官归里,闭户食贫,不通人事。"[①] 明崇祯十五年壬午王夫之24岁,与兄长王介之、王参之赴武

---

① 《永历实录》,《船山全书》第十一册,岳麓书社1996年版,第503页。

第四章
《广哀诗》与王夫之的文学交游考

昌应乡试。王谱云:"是科正考官:翰林院郭公之祥;副考官:兵科给事中孙公承泽。首题:《请益曰无倦》;次题:《义者宜也》;三题:《其为人也好善足乎曰好善优于天下》。同考泸溪县学教谕欧阳公霖阅荐。"① 武昌会面后王夫之北上会试途经南昌又一次与欧阳霖会面。王夫之在南昌专门写了一首诗给欧阳霖,另写与老师及同学在南昌游龙沙。王夫之《上举主欧阳公》诗云:

阳六律,阴六吕,能节众乐音,不能使众乐举。呜呼乎!三苗未格七政乱,支祁横流夷羊舞。圣人拊髀命后夔,笙钟雷鼓悬笋簴。夫也身为君山斑纹竹,吟秋风兮江之渚。非无仰登东序心,湘一湄兮汉一屿。遥闻期我海峤音,夫子实弹方子琴。顾我欲将刺船去,覆容与兮跻我于竦峙之危岑。是时秋月炤黄鹄,哀弦一弹废众吟。师渡江兮夫归岳,西风木叶江烟邈。自幸不奏郁轮袍,但侍延陵陈舞箾。蒸湘寒雨霜叶飞,口不言思心自觉。流者匪湘峙匪衡,高深因师失其卓。彼一时兮楚之陲,此一时兮吴之涯。浮沙涌雪北风烈,何以使我忘饥疲。与闻仙乐鸣云际,振彻凡耳清心脾。亦曾闻蹑七十二峰螺黛顶,至此若遂失峨巍。呜呼乎!敢不自珍以答师,周崙雅兮汉铙吹。扫天狼兮长彗,舞九辩兮云旗。明堂玉简从封禅,方今圣人待者谁?九韶再奏两阶羽,孤乌有情惟凤知。

王夫之《欧阳公招游龙沙同刘曲溟周二丕泊齐年诸子寺有汤临川手题即用为起句》诗云:

池开沙月白,门对杏榆青。墨脱蜗盎重,木乔鸟睍深。
昔贤传雪泛,久旅爱冬晴。离乱集师友,兹游未可轻。

---

① 参见王之春《王夫之年谱》,中华书局1989年版,第15页。

章旷，王夫之《广哀诗》云："大学士章公旷字于野，号峨山，华亭人。赠华亭伯，谥文毅。丁亥死事于永州。"王谱"崇祯十五年壬午"条云："同考沔阳知州章公旷，长沙推官蔡公道宪出闱见公，引为知己，以忠义相砥砺。"①王敔《大行府君行述》云："乙酉以还，湖广兵烽塞野，大旱赤地。督帅贵池何公讲腾蛟屯湖南，制相宜兴堵公讲胤锡屯湖北。李自成死九宫山，余党以降为名，蹂躏潜汉，号忠贞营。二公安置无术，而不相协。亡考知湖上之败必由此，走湘阴，上书于司马华亭章公旷，指画兵食，且谏其调和南北，以防溃变。公报以本无异同，不必过虑。亡考塞默而退。"②《广哀诗》记此事亦云："书生言无私，微语公但颔。"因是师生关系，王夫之冒昧地向章旷进言，虽无效果，但也尽了一己之力。两者交往虽不多，但王夫之对章旷应该充满了崇敬之情。王夫之有两首诗与章旷有关。丙戌年也就是王夫之向章旷进言的这一年，王夫之作《盛夏奉寄章峨山先生湘阴军中》，诗云：

> 戎车六月正闲闲，救日朱弓向月弯。
>
> 铜马已闻心匪石，巴蛇敢恃骨成山。
>
> 中原冠带壶浆待，闽海丝纶衮戟颁。
>
> 师克在和公自省，丹忱专在念时艰。

乙卯年王夫之57岁时作《夜泊湘阴追哭大学士华亭伯章文毅公》诗，诗云：

> 残烟古堞接湖平，认是湖南第一城。
>
> 云闪灵旗魂四索，波摇旅梦月三更。

---

① 参见王之春《王夫之年谱》，中华书局1989年版，第8页。
② 《船山全书》第十六册，岳麓书社1996年版，第71页。

第四章
《广哀诗》与王夫之的文学交游考

愁中孤掌群眉妒，身后伤心九庙倾。

近筑巴丘新战垒，可能抉目看潮生。

王夫之《南窗漫记》云：

> "河山无地求弓剑，臣子何心饱稻秔"，"灭绝耳根犹有恨，破除心事倍多情"。章文毅公守湘阴时作也，见之巴陵李天玉兴玮扇头。天玉，公门人，摄临武令，城陷死之。①

王夫之年轻时写诗赠章旷肯定想得到对方的指点，章旷也可能对他进行了指点，故而王夫之对章旷的诗作也特别关注。

堵允锡，字仲缄，别号牧游，江苏宜兴人，中崇祯癸酉乡举，丁丑就公车，赐进士，授兵部主事，晋员外郎，迁长沙知府，与推官蔡道宪以志义廉隅相奖勉。宏光元年，改提督湖广学政。南明桂王朝拜兵部尚书、武英殿大学士，后愤恨成疾，卒于浔州。堵允锡与王夫之并无师生关系，但交往还多于章旷，虽不入《广哀诗》，但王夫之著述中关于堵允锡记载比较多。主要有四事。

一是堵允锡为学政时主动看望王夫之兄弟。《南窗漫记》云：

> 堵牧游先生游南岳，问余兄弟避寇处，于方广道中有句云："双溪溅水鸣丝竹，一壁初晴负画图。"②

还与王夫之有诗歌唱和。《莲峰志·名游门》云："王夫之曰：自谭寒河后，近之游者，有吾师高汇旃先生世泰，今楚抚堵公允锡……堵游以宏光乙酉暮春，踏新雨，问余兄弟匿迹处……下岳，举诗相示，索和。"③《莲峰志》卷五"诗"之中收堵胤锡《听碪有感》

---

① 《船山全书》第十五册，岳麓书社1996年版，第879页。
② 同上。
③ 《船山全书》第十一册，岳麓书社1996年版，第631页。

《谒朱张二夫子祠》5首、《冒雨游方广中道喜晴》等。堵氏前两首均是五言,后一首是七言。堵胤锡《冒雨游方广中道喜晴》云:

> 危磴垂萝人径少,盘蹊觅路鸟声呼。
> 满头薄雾通天气,一背初晴负画图。
> 万壑中开云树暗,四山层簇雨连孤。
> 千年涧里潺潺水,流到人间听有无。①

王夫之亦为此赋诗《堵牧游先生登岳拜二贤祠于方广垂问余兄弟避贼处将往寻访山僧以道险止行至郡以新诗见示感赋》,诗云:

> 軥轮鸟道嫩蒲分,岳气相迎一片云。
> 忠孝去天原咫尺,山川与道互氤氲。
> 先贤梦授河图秘,南国将评九辩文。
> 独向孤峰怜破壁,雪中踪迹混□麎。

二是赠王夫之以黄石斋《礼问》石刻,或许还指点王夫之治礼。王夫之有诗《堵公以黄石斋先生〈礼问〉石刻垂赠纪公补庐先墓事有桐华之应诗以纪之》,诗云:

> 当世道谁尊,川流赴海门。鼎钟勒至性,草木识亲恩。
> 上相墨衰绖,中原黑癉昏。抡才将报国,惟孝塞乾坤。

三是向南明桂王举荐。王夫之《乞终丧疏》云:"与中书舍人管嗣裘起义,事败,逃死行阙,前督辅臣堵允锡误以庶常荐臣。"

四是堵允锡予王夫之以军谣十首令传之。《南窗漫记》云:

> 牧游先生于德庆舟中授余军谣十首,令传之,其题则《月家

---

① 同上书,第681页。

第四章 《广哀诗》与王夫之的文学交游考

乡》《马儿女》《雨浆洗》《风晒晾》《笔先锋》《口打仗》《报疟疾》《棋金丹》《血筵席》《菅十殿》,备丧乱艰危之状;天下之不支,公心之徒苦,俱于此乎传之。流离中遽失其稿,唯忆其《菅十殿》云:"乌云覆眼血牙红,九殿不及十殿凶。九殿披枷还带索,十殿披毛更戴角。生生死死九殿中,慎勿吃他犬豕药。"①

王夫之曾经想投奔堵允锡,他在《惜余鬓赋》自跋中云:"丁亥夏,仿少陵、文山作七歌与夏叔直氏,将奔辰、沅,求义兴堵公所在效死。"王夫之后来还写了两首诗纪念堵允锡。一首名《康州谣追哭督府义兴相公是去秋同邹君管二中舍曾公地》,诗云:

可怜康州城,泷水从南来。龙旗翩翩去何籙,苍梧迷密云不开。秋风起,秋叶飞,旗翩翩,去不归。乌头黑,雀头白,城上飞,声哑哑。羽林军,神厩马,昨日零羊溪,今日康江下。杨花自飞鸟自栖,相公白旌清浔西,康州城下生蒺藜。

一首名《二贤祠重读义兴相公诗感赋》,诗云:

谢傅青山志,羊昙旧见招。千秋余版榤,孤榭托云霄。
弦望何时合?杜蘅今已凋。清浔二千里,遗恨在《军谣》。

郭都贤,字天门,益阳人。明天启二年进士,授行人。天启七年充顺天乡试同考官,得史可法等17人,升吏部文选司员外。明崇祯十二年督学江西,十四年分守岭北道,十五年巡抚江西。明亡落发为僧,号顽石,又号些庵,益茹苦,流寓沔阳十六载,归里后,结庐于桃花江,复以诗累客死于江陵之承天寺。著有《补山堂集》《些庵杂著》等。王夫之与郭都贤交游可能始于王夫之北上会试的南昌之行。

---

① 《船山全书》第十五册,岳麓书社1996年版,第881页。

罗正钧《船山师友记》云:"……先生壬午赴计偕至南昌,其时些庵正官江西巡抚,证以《编年稿》哭些庵诗第一首云:'章门悲节落,谒署忆交贫。道广公应忘,邻孤痛自真。'则先生与些庵盖始相见于南昌也。"① 正因为与王夫之早就相识,因此,郭都贤在隐居时还与王夫之有往来。《衡阳县志·流寓·郭都贤传》云:"世乱,祝发居庐山,客回雁峰,居数月,瓢笠杖履,萧然自如。有物色之者,辄谢曰:尔误也。一夕,留诗寄郡人邹统鲁、王夫之等,遂泛棹而去,寻栖于玉沙湖,额其堂曰补山。"② 王夫之与郭都贤唱和诗歌比较多。《五十自定稿》有二首。一首丁酉年作的诗《湖外遥怀些翁》,诗云:

心心长不断湖天,满月孤星旧有缘。
野烧三叉余幸草,湘流九面悯胶船。
寒深鹤带尧年雪,海阔龙分佛口涎。
闻说当机唯一指,皈心欲扣逆流舷。

另一首戊申年作的诗《些翁补山堂诗和者数十人今春始枉寄次韵奉和并学翁体》,诗云:

当其为人不知虎,何妨疑虎能生羽。罗刹刀兵诸天花,此土强名之为雨。山非山,湖非湖,无弦之琴知音孤。凭空结架飞楼琼岛八千仞,东海之西疑有无。肃慎之矢其长咫,公孙见鸡有三耳。清波不犯自垂纶,何但胸中五岳起。东藏郓讙龟阴之田西虞芮,倒影晶天无表里。有虞之婿吮毫腐,九疑云霾十疑补。非公拄杖划破苍梧烟,下士痴将修眉黛茎数。我不出门登公堂,公勿

---

① (清)罗正钧:《船山师友记》,岳麓书社1982年,第60页。
② 转引自(清)罗正钧《船山师友记》,岳麓书社1982年,第60页。

· 148 ·

第四章 《广哀诗》与王夫之的文学交游考

谓我精神荒。别峰凝紫鸟道碧,从门入者徒彷徨。

《六十自定稿》有己酉年王夫之51岁时写的诗《寄和补山堂诗已就闻翁返石门复次元韵寄意》,诗云:

无字之碑谁帝虎,无弦之琴谁官羽。角尖不挂羚羊痕,随意天花散春雨。我公昔浮玉沙湖,湖上突出孤山孤。补山未了公南返,螺髻修眉半有无。下士之见不越咫,谓公勤勤补山耳。支祈平吞江南之云江北梦,息壤欲埋何处起。公笑卷山山为藏,青苍缩入椰杯里。折脚铛中水不腐,煮烂烦弥将芥补。湖南空有青莲七十二万茎,总不入公补处数。无土不现补山堂,峥嵘日月开幽荒。飞来之峰弹指已过洞庭水,北山愚公嗟彷徨。

《编年稿》有壬子年写的诗《补山翁坐系没于江陵遥哭二首》,诗云:

将公无死易,大地置公难。疑谤原非妄,悲歌亦久酸。
苾刍檀荫冷,松径菊田残。莫间灵岩笛,哀弦自别弹。

章门悲节落,谒曙忆交贫。道广公应忘,邻孤痛自真。
隆阴谁旦昼,泉路有君臣。补山旧宾客,几问落花津。

熊渭公,王夫之《广哀诗》云:"熊文学寔,字渭公,黄冈人。癸未武昌陷,赴通山王府莲池死。"罗正钧《船山师友记第六·熊渭公》云:"又按:先生早岁,外间会文之友,莫著于渭公。"[①] 王夫之何年与熊渭公结识的呢?王谱将其系于明崇祯十二年己卯王夫之21岁,云:"时公与黄冈熊公、李公以默会文课议,不犯一时下圆熟语,

---

① (清)罗正钧:《船山师友记》,岳麓书社1982年版,第89页。

149

复不生入古人字句,取精炼液,以静光达微言……案:《南窗漫记》:'壬午乡试,渭公以禫制不预,逾年遂行。流寇之难,云田以沦落不偶。'故以会文为是年事。"① 关于熊渭公,王夫之《南窗漫记》还有一则记载,文云:

> 壬午初秋,黄冈王又沂源曾、熊渭公会同人于黄鹤楼,与者百人,各拈韵赋诗。渭公作四言,末章云:"试望木末,好花翩翩。清明佳气,勃发楹前。"渭公以禫制不与秋试,为同人祝也,命意不落凡近。清明者,岂科名足以当之?渭公笃志正学,有《与李文孙论致知书》,破姚江之僻。为余序诗,以眉山、淮海为戒。著《纬恤》一帙,皆四言也,有云:"帝命元老,黄屋左纛。黄屋左纛,命之莫保。"以追刺武陵相荆襄偾事而死也。②

王夫之与熊渭公的交往,会盟赋诗为一事。对此事,王夫之还有一诗为证。王夫之《黄鹤须盟大集用熊渭公韵》诗云:

> 古人已往,不自我先,中原多故,含意莫宣。酒气撩云,江光际天。阳鸟南征,连冀翩翩。天人有策,谁进席前。

熊渭公还给王夫之诗集作序。王夫之《述病枕忆得·序》云:"昔在癸未春,有《潇涛园》初刻,亡友熊渭公为序之。"③ 可能是在言谈中更大的可能是在诗序,熊渭公将诗学观点介绍给了王夫之,故《广哀诗》中有云:"寻芳诚有径,可造众香窟。勿用学秦观,眉山同汨没。生死四十秋,奉此为津筏。欲言人不知,时语唐端笏。轼洿辙怀懑,如彼妖星孛。浮采悦初机,驰骤赴颠蹶。我友片言存,步趋力

---

① 参见王之春《王夫之年谱》,中华书局1989年版,第11—12页。
② 《船山全书》第十五册,岳麓书社1996年版,第877页。
③ 《王船山诗文集》下册,中华书局1962年版,第508页。

苦竭。"熊渭公片言而王夫之终生遵行，影响不可不谓大。武昌雅会，王夫之还相识了李云田、王又沂、朱静源、熊南吉等。是年，王夫之有《舟发武昌留怀熊渭公李云田王又沂朱静源熊南吉》，诗云：

> 武昌官柳旧森森，汉北青峰落日衔。
> 风起一江千叠水，云低两岸半收帆。
> 难忘清赏皆成恨，欲敛归心未易缄。
> 渺渺湖光千里白，漫随南雁望霜函。

李以笃，字云田，别号老荡子，湖广汉阳人；性坦率，嗜读书，九经诸子百家，纵横案间；天启、崇祯间，竟陵钟、谭之说行，幽微僻涩，天下向风，以笃独超然谢去，其不随流俗俯仰如此；惜仅以诗鸣，著有《菜根堂》《醉白堂集》。① 罗正钧按云："《感旧集》补传作以笃，当是云田后所更名。云田系汉阳人，亦见廖氏《楚诗纪》。徐电发《续本事诗》云：云田才高沦落，龚芝麓为赋《老荡子行》。《吴梅村集》亦有《老荡子失意行赠李云田》。《续论外编》与渭公均属诸黄冈，盖传写者脱去'汉阳'二字也。"② 王夫之与李云田相识，应该与熊渭公相识于同一时间。王源曾，字又沂，黄冈人。黄鹤楼之集，是王又沂与熊渭公主之。朱静源、熊南吉，生平俟考。

王夫之于熊渭公、李云田等人的文学交往印象很深，在晚年的《广哀诗》中有所表现，已见前引。另在《夕堂永日绪论外编》中还有所表示，文云：

> 昔与黄冈熊渭公、李云田以默作一种文字，不犯一时下圆熟语，复不生入古人字句，取精炼液，以静光达微言。所业未竟，

---

① （清）罗正钧：《船山师友记》，岳麓书社1982年版，第90页。
② 同上。

而天倾文丧,生死契阔,念及只为哽塞。①

夏汝弼,王夫之《广哀诗》云:"夏孝廉汝弼字叔直,己丑避宁远山中,幽愤而卒。"王夫之《家世节录》云:"先君于后进以文字求点定,所鉴别俱为名孝廉,有郭季林凤跕、夏叔直汝弼诸人。"② 夏汝弼为王夫之之父王朝聘的学生,因而与王夫之的关系非同一般。丁丑年王夫之19岁作《夏日读史曳涂居闻松声怀夏叔直先生》诗,诗云:

高斋永昼送清喧,别巘微凉透柳轩。
潮水孤琴传海岛,中峰长啸发苏门。
涟漪碧浪摇运气,环佩天风动月魄。
自彻冰壶消暑色,不劳河朔倒芳樽。

甲申年王夫之写了2首与夏汝弼同游南岳的诗。一首为《恋响台眺一奇石而上同夏叔直援石曲折又得一址岿然可台》,诗云:

身随落叶高,足尽奇响力。
同是一潺湲,泉端不可识。

另一首为《晓同夏叔直出方广寺步洗衲池读朱菊水司寇所镌谭友夏岳游记》,已为前所引。丁亥年南明桂王至武冈,王夫之与夏汝弼同赴,因雨困山上,有诗《淫雨弥月将同叔直取上湘间道赴行在所不得困车架山哀歌示叔直》咏其事,诗云:

天涯天涯,吾将何之?颈血如泉欲迸出,红潮涌上光陆离。涟水东流资水北,精卫欲填填不得。丰隆尔既非兕抑非虎,昼夜狂呼呼不止。牵帅屏翳翻银潢,点滴无非蓄血髓。行滕裹泥如柿

---

① 《船山全书》第十五册,岳麓书社1996年版,第870页。
② 《王船山诗文集》上册,中华书局1962年版,第109页。

油，芒屦似刀割千耳。两人相将共痛哭，休留夜啸穿林木。自有生死各有乡，我独何辜陷穹谷。残兵如游虿，偾帅如骇鹿。荒郊无烟三百里，封狐瘦狗渐相扑。但得龙翔乘雨驾天飞，与君同死深山愿亦足。

还有一诗《萧一夔邀饮桐阴听叔直弹渔樵问答》记两人在山中弹琴，诗云：

> 破壁能容得，开尊复屡邀。云飞随鸟度，雨定看虹消。
> 偶尔躅幽怨，相将慰寂寥。冰弦聊此日，随分谱渔樵。

王夫之与夏汝弼是同学，又共同经历劫难，因而其友情比一般的朋友要深厚。王夫之《述病枕忆得·序》云："丁亥与亡友夏叔直避购索于上湘，借书遣日，益知异制同心，摇荡声情而檠括于兴观群怨，然尚未即捐故习。"① 两人一起切琢诗艺。后来，王夫之一直未能忘记夏汝弼。壬辰年，王夫之有《重过莲花峰为夏叔直读书处》一诗，诗云：

> 山阳吹笛不成音，凄断登临旧碧岑。
> 云积步廊春袖湿，灯寒残酒夜钟深。
> 山河憾折延陵剑，风雨长迷海上琴。
> 闻道九峰通赤帝，松杉鹤羽待招寻。

辛酉年王夫之《广哀诗》组诗中有专咏夏叔直之诗。

郭凤跖，字季林，一作季陵，衡阳人，中明崇祯壬午举人。乱后隐居石狮岭下，竹坞药栏，日吟啸其中以自娱。有《涉园集》，不传。郭凤跖与夏汝弼等曾受业于王夫之之父，与王夫之同年中举，两人之

---

① 《王船山诗文集》下册，中华书局1962年版，第508页。

间来往比较频繁。王夫之《南窗漫记》中有二则记郭凤跹事。文云：

> 郭季林有《涉园草》一帙，竟陵体也。其有意致者，良自洒然，为摘录之："性情皆有托，不但得为人。即如彼风雨，孰知非周亲？至德不碍己，岂复以等伦？"《观赛》；"天山不可名，云气与之平。暑退石苔润，凉生树叶轻。细德蝉翼寂，遥感雁来声。澹尔平林际，深黄半熟橙。"《秋雨》；"万山环列一茅亭，兀立横空出杳冥。闻说高人长饮此，只堪独醉不堪醒。"《过刘子参山亭》。①

> "岂非天下士，所重世间名。令我南原上，长吟忆耦耕。"此季林见怀诗也。余度岭孤心，虽未能见谅；然季林自率其退静之情，殷勤以相规正，固自不忍忘之。季林名凤跹。②

己卯年，王夫之21岁时与郭凤跹、管嗣裘、文小勇建匡社。有《匡社初集呈郭季林管冶仲文小勇》一诗记其事，诗云：

> 我识古人心，相将在一林。以南偕雅篇，意北任飞吟。
> 莫拟津难问，谁言枉可寻。良宵霜月好，空碧发笙音。

另有三诗与郭凤跹有关。一诗《月下步春溪樾径抵金钱冲访季林因与小饮》，写于庚辰年王夫之22岁时，诗云：

> 青藤漏月月如丝，一径霜华润草滋。
> 夜打酒家门未起，寒梅惊落两三枝。

另一首诗《过涉园问季林疾遣作早梅诗四首》，写于辛卯年王夫之33岁时，诗云：

---

① 《船山全书》第十五册，岳麓书社1996年版，第883页。
② 同上书，第884页。

> 雨轻偶破山云出，花浅时闻小径香。
> 总是村烟开不彻，尽教无月也昏黄。
> 晚香消尽寒香接，无日无花不早开。
> 莫依文殊能问病，现身天女出檐来。
> 江南塞北总阑珊，幽谷嫣然一破颜。
> 无数明玑垂屋角，牵萝何必卖珠还。
> 先机买隐君能早，后着投生我自痴。
> 也共巡檐吟不了，耐他冷蕊共疏枝。

第三首诗《再哭季林兼追悼小勇匡社旧游》，写于甲午王夫之36岁时，诗云：

> 古寺青溪路，东窗隔一峰。缘花忘柳径，驱酒试苹风。
> 墨冷袜材客，巾残垫角雄。余生悲梦赋，不与勒新宫。

由王夫之诗可知至迟于王夫之22岁就与郭凤跕相识，至王夫之36岁哭悼郭凤跕，二人相交有十多年，交情不浅，郭凤跕曾劝王夫之退隐不要去岭南从桂王，事后王夫之也以为然。

文之勇，王夫之《广哀诗》云："文明经之勇字小勇，丁亥蓝山遇乱兵死。"文之勇与熊汝弼、郭凤跕一同受业于王夫之之父王朝聘，又与王夫之、郭凤跕、管嗣裘一同创立匡社，其与王夫之的关系非同一般。《南窗漫记》云：

> 亡友文小勇之勇有句云："人谁从问字，风不可开门。"于江西宗派体中，自居胜地；而其荒凉寒苦之状，简傲绝俗之致，亦概可见矣。小勇所居，僦郊外一破屋，每旦待籴而炊，而长日一卷，啸傲自如。斯人亡后，戚戚忧贫，未壮而气衰者，成乎风

俗，不复知此风味矣。①

王夫之的诗有三首与文之勇有关。一首是《匡社初集呈郭季林管冶仲文小勇》，另一首是《再哭季林兼追悼小勇匡社旧游》，均在前面被引。另一首诗名《朱亭晴寒寄小勇》，写于壬午年王夫之 24 岁北上参加会试的路上，诗云：

> 小水无瀫波，孤山无峻质。岳势以麓增，湘流以蒸匹。
> 而庐其下人，矧可无良昵。江皋轻别子，向北背寒日。
> 良由亲发颁，觅禄古所述。两桨击涧流，遥山正荒出。
> 野烧乱夕晖，密迩孤麜逸。眷言思君子，欲语衷非一。
> 亲老复善病，旦夕倚苓术。有兄姜桂性，以恶为仇疾。
> 岁尽怀征人，向晓霜风栗。父兄或强欢，母泪时已滴。
> 弃家从万里，羞与达者鹥。时望冰霜晨，或于腊元吉。
> 屣响扣柴门，就之课稷秋。庭间人迹少，藉以慰忼恤。
> 屈伸自天存，离合见疏密。怜此行者情，敢不拜诚实。

虽然此诗多述己之志，谈及两人关系不多，但王夫之选择文之勇作为倾诉的对象至少说明两人情感甚笃。两人趣味相投，学业相长。《柳岸吟·鼾睡》第四首有云："为报泉台旧知己，侬非刘向与扬雄。"自注：亡友文小勇以二子相奖。《广哀诗》有云："波光闭寒帷，论艺终长宵。"

管嗣裘，王夫之《广哀诗》自注云："管中翰嗣裘字冶仲，说李定国迎跸拒孙可望不果。甲午遇害于永安州。"罗正钧《船山师友记》云：

---

① 《船山全书》第十五册，岳麓书社 1996 年版，第 876 页。

第四章
《广哀诗》与王夫之的文学交游考

正钧按：冶仲与先生居同里闬，早岁过从最密。按《病枕忆得》己卯年"匡社初集"诗题，有呈冶仲之语。《莲峰志·沿革门》，乙酉十一月再造，先生与冶仲均与其役……其同举义兵，《乞终丧免阁试疏》云：奉父遗命，武夷先生以丁亥十一月没，考《章灵赋》注云："举兵不利，遂由郴桂入粤。先世既以从王起家，胡为释此不图而吝南征之策也？戊子冬，既至行阙，所见尤为可忧。"[①]

王夫之与管嗣裘定交甚早，过从甚密，文字是有一些来往，但更多是政治上的交往。

欧阳惺，王夫之《广哀诗》自注云："欧阳文学惺字叔敬，于予为中表兄弟，少予二岁。丙申溺湘水。"王夫之与欧阳惺一起长大，故《广哀诗》有云："与子总角交，中外有枝叶。槛馆覆新荑，春园飞绀蝶。对读渔樵书，倦整苎衣褶。"两人有诗歌往返，诗艺上可能有所交流。甲申年，王夫之26岁时写《东安得欧阳叔敬弟诗见忆赋答》，诗云：

> 古人性为情，今人口其耳。生今愧古人，与子同所耻。
> 南来泛孤舟，含愁睨江水。八桂悬天末，落叶随所止。
> 蓬心延北望，中夜剑光死。谁能怜哀歌，击筑悲宋子。
> 读君尺鲤书，珍重念行李。中云侧理满，未尽心纷诡。
> 击楫意不伸，巨浪终难弭。草檄颖易秃，奋袖臂欲痿。
> 夕风摇霜树，南雁鸣汀沚。勉矣恤初心，千秋腾力始。

丙申年，王夫之写《哭欧阳三弟叔敬沈湘丙申》一诗悼念欧阳惺，诗云：

---

① （清）罗正钧：《船山师友记》，岳麓书社1982年版，第54页。

· 157 ·

菖雨苹风杜若香，怀沙千古吊潇湘。

迟回怕唱招魂曲，不信人间别已长。

通眉旧是玉楼仙，昌穀春消野竹烟。

誓倒奚囊传好句，人间差有外兄贤。

荆榛小径对春溪，月上芭蕉碧影迷。

池馆山阳留不得，愁来唯伴野猿啼。

枯木难消只赋心，散愁长欲寄知音。

调孤雌霓休文句，哭碎零床子敬琴。

瓣香洒血气奔雷，采葛歌声击筑哀。

十四年来争一死，英雄消受野棠开。

南荣枝叶各相当，抛玉挥金意共长。

岸谷消沉羊叔子，推恩无分到中郎。

刘自煜，刘友光原名自煜，字杜三，攸县人。南明丙子举人，入清为沙河知县，升行人，未赴卒。刘杜三，不知何时何故与王夫之相识，但王夫之著述少有关于刘杜三记载。《南窗漫记》云：

> 刘杜三自烨虽早托胎于竟陵，而不全堕彼法，往往有深秀之句。其将入闽应召，径衡，有夜宿前溪去郡三十里见寄诗："飘零吾久矣，离乱欲何之？愁绝遥天暮，哀余斫地时。南音同在耳，西爽独支颐。相见情无限，何能尽所思。"固自恻恻，警人不昧。

> 杜三后有寄予山中诗，亦足增人怆然之怀："病鹤无枝带箭飞，经年芜秽惜渔矶。绕床行脚同香饭，哀筑当筵仍故衣。筑室喜闻名士并，望门真被酒佣非。一蛇雾隐南天远，绵上何人问割腓。"[①]

[①] 《船山全书》第十五册，岳麓书社 1996 年版，第 881—882 页。

第四章
《广哀诗》与王夫之的文学交游考

壬午年王夫之24岁写《刘杜三驰书见讯书尾以歌者秋影见属答之》，诗云：

> 君有清歌付雪儿，遥将红豆寄南枝。
> 海棠漫倚西川锦，自是无诗到李宜。

乙酉年王夫之写《刘杜三将至于前溪渡题画扇见寄赋答》，诗云：

> 野渡寒云乱，冬郊草尚青。停车随雁阵，寄梦到渔汀。
> 卧病逢摇落，闲愁半醉醒。明朝相劳问，时事不堪听。

由王夫之的诗来看，王夫之与刘杜三的交往始于王夫之中举之前，最后诗歌往还于王夫之27岁。可见刘杜三只是王夫之早期有诗歌交往的人。

洪业嘉，字伯修，湘乡人；少以文雄，喜交游、吟咏，与同邑龙孔蒸、欧阳予私称湘三诗人，但屡厄于有司；甲乙之乱，当事者犹缘饰开闱试士，伯修复见遗，乃浩然远引，循南岳归；丁亥死于乱兵。龙孔蒸，字季霞，湘乡人；明崇祯壬午举人；流寇破长沙，籍捕绅士授伪职，走匿山中，或携瓢酒登绝巘，悲歌竟日；与同县洪伯修业嘉、湘潭王山长岱友善，自号笔樵，作《悠悠笔樵夫》四首以见志；丁亥，溃兵掠湘乡，携家避石板桥；以护母故，遂及于难。欧阳予私，湘乡人，欧阳镇之子，有才名，曾和《百梅诗》，一夕得二百首。欧阳镇，字山公，明崇祯壬午举人，湘中称诗者，推为老宿。[①]

《南窗漫记》记有关事云：

> 上湘洪伯修业嘉与同邑龙季霞孔蒸以吟咏相尚，摆脱凡近，往往得霜鹤唳空之致。丙戌，开楚闱于衡阳，伯修落第，归径岳

---

① 参见王之春《王夫之年谱》，中华书局1989年版，第29—30页。

后，赋诗六章，寄意弘远，视唐人"榜前潜下泪，众里却嫌身"，如鳌欲耳。如云"峒云无故常飞雨，蕙帐何心独嗜兰"，既俯仰卓然矣；至云"雕弓白马三军客，碧杜青蘅一港风"，忧世之心，视杜陵为尤蕴藉。又云："自有古今皆作客，河山相看不相知。曹刘咄咄三分耳，孙阮仙仙一啸时。"此岂经生心肾中所能有此种性者？未几为乱兵所害。何从更得斯人，与游大雅哉！

季霞与王山长岱夜话诗云："窃听谁窗外，琅然动壁琴。"盖季霞欲与湖上作者矫竟陵纤弱之习，追踪大雅，而有志无时，与伯修同时遇害，悲夫！

丁亥春，余以穷愁客上湘，日与伯修、季霞、欧阳予私淑、江陵李广生芳先痛饮忘昏晓。一夕渡涟水，就宿僧舍，斜月未沉，碧波流映。余举杨大年以"镜中人似面前人"对"水底月如天上月"，语犯合掌，而意味短浅。季霞曰："何似'鬓边霜作镜中霜'？"余代云："梦中身是故乡身。"①

王夫之与龙孔蒸、欧阳镇是壬午举人，因此王夫之游上湘时自然与他们有联系，进行诗艺切琢，有了浮湘亭之游。此事《南窗漫记》有记载，在《和梅花百咏诗》之自序中也有言及，文云：

隆武丙戌湘诗人洪业嘉伯修、龙孔蒸季霞、欧阳淑予私和冯作各百首，欧阳炫其英，多倍之。余薄游上湘，三子脱稿，一即相示，并邀余共缀其词。既已薄其所自出，而命题又多不雅驯，惧为通人所鄙，戏作桃花绝句数十首抵之，以示郑重。未几，三子相继陨折。②

---

① 《船山全书》第十五册，岳麓书社1996年版，第880—881页。
② 《王船山诗文集》下册，中华书局1962年版，第444页。

第四章
《广哀诗》与王夫之的文学交游考

刘惟赞，《广哀诗》自注云："字子参，祁阳人，避隐山中，丙午告终。"《沅湘耆旧集》小传云：

> 性刚介尚气。癸未之乱，与衡州同知郑逢元督义勇，歼贼魁。国变后，以中书屡征不就。隐居西舂之石门庵，榜曰白云。其地在祁、邵之郊，宅旁有鲤鱼山。所常往还者，王船山、邹艮峰、郭季林诸人外，莫能见也。日坐崖中，吟咏自适，与世事绝。一夕，梦陈忠洁公遗以书，抚膺涕泣曰："澹元其召我矣！"未几，遂卒。

王夫之与刘惟赞相识比较早，己卯年王夫之21岁时有《刘子参计偕北上便寄奚中雪》，诗云：

> 得第总如君，吾将复论文。老生悲管辂，童子悔扬云。
> 硕鼠江南咏，清人河上军。天人如献策，莫但颂临汾。

辛卯年王夫之33岁有《游子怨哭刘母》，诗云：

> 北风吹凝云，游子行不息。易挽游子车，难驻桑榆色。
> 车轮遽已远，流光太相逼。游子岂不知，退心荡凭轼。
>
> 凭轼日以远，流光日以晚。夜望曷旦鸣，夕待牛羊返。
> 寒风动明烛，疑见游子饭。夜梦绩晨愁，九秋成偃蹇。
>
> 偃蹇不相期，迟暮岂自持。昔为倚阁欢，今为绝命思。
> 讵怨游子去，翻怜游子悲。啾啾孤鸟鸣，飀飀垂风丝。
> 丝断不复理，鸟鸣哀难止。三年九春绝，衰草凌霜靡。
> 行行向隧道，邑邑歌蒿里。掩涕会有时，苍天终何已。

这年还有《小霁过枫木岭至白云庵雨作观刘子参新亭纹石留五宿

刘云亭下石门石座似端州醉石遂有次作》，诗云：

> 松级偶晨登，樾馆聊夕止。轻裾挟余滋，溪烟宛方起。
> 夫君碧云期，良会伫难委。凌霄岂有扪，步秀方可纪。
> 流耳延雨声，惊华粲石理。架阁驳微霄，初英散新紫。
> 云观权众木，神楼耸弱水。仙游亦在区，魏榭空云绮。
> 淹宿有余清，实归载留喜。
>
> 三岁度岭行，薄言观世枢。壮心销流丸，林泉聊据梧。
> 归心存醉石，取似在枌榆。江湖忧已亟，神尻梦可趋。
> 漆史称昔至，周臣怀旧都。流止互相笑，外身理不殊。
> 委形凭大化，中素故不渝。兴感既有合，触遇孰为拘。
> 海尘无定变，聊崇芳兰躯。

罗正钧《船山师友记》云：

> 正钧按：《病枕忆得》一诗，子参与先生缔交甚早。其徒步上疏，以永历三年春，是岁已丑，先生正亦以上年冬至阙，故《广哀诗》有"念昔奔端州，与子相昂激"之句。《观新亭纹石》诗注云："似端州醉石。"则亦往时所同寓目而感触及之也。辛卯为顺治八年（按：是年桂王在梧州）称永历五年，是年先生由粤返楚。刘氏《年谱》云："辛卯间侨寓祁阳，与刘舍人惟赞所居邻近，时相往还。"稽考至为精确。[1]

在王夫之的早年，他的文学交游有长辈、师长与同学、朋友。长辈有其父王朝聘、叔父王延聘，在文学方面对王夫之影响最大的是叔父王延聘，人称牧石先生。师辈有钱谦益、吴伟业、高世泰、欧阳

---

[1] （清）罗正钧：《船山师友记》，岳麓书社1982年版，第104页。

霖、章旷、堵胤锡等，在文学方面对王夫之影响最大的是堵胤锡。王夫之的同学、朋友有熊渭公、李云田、夏汝弼、文之勇等，在文学方面影响最大的是熊渭公。

二　王夫之岭外归来后定居衡阳金兰乡之前的文学交游考

戊子年30岁从往岭外，至庚子年42岁定居衡阳县金兰乡高节里，王夫之在这10余年间到处奔波，经历的事、结识的人都比较多，于其诗艺亦有大进。所结交的人有瞿式耜、方以智、蒙正发、金堡、刘湘客等。

瞿式耜，王夫之《广哀诗》自注云："太傅瞿公式耜字在田，号稼轩，常熟人。庚寅留守桂陵，城陷死之。"《南窗漫记》云：

> 太傅瞿公筑别馆于桂林东岸，宫詹张公题春帖云："当阶古树思尧叟，隔岸江山忆伏波。"桂林道上松，宋陈尧叟所种；桂林东门外有伏波试剑石，故云。二忠遗笔，流传人间，自有传之者，此亦吉光片羽。[①]

王夫之与瞿式耜先未谋面，但得瞿之荐举，被奸人陷害后瞿积极营救，出狱后王夫之又依瞿留桂林。除在政治上一些往来外，两人应在诗艺上有所切琢。庚寅年，王夫之有《留守相公六袠仰同诸公共次方密之学士旧韵》一诗，诗云：

> 千古英雄此赤方，漓江南下正汤汤。
> 情深北阙多艰后，兴寄东皋信美乡。
> 进酒自吹松粒曲，裁诗恰赋芰荷裳。
> 萧森天放湘累客，得倚商歌待羽觞。

[①] 《船山全书》第十五册，岳麓书社1996年版，第885页。

> 凉生恰恰桂江天，万里吴臬秋信传。
> 月拟上轮分海晕，风初过岭霁蛮烟。
> 珊戈数转三襄影，花坞凭留七月仙。
> 莫讶维州争论丞，河山清晏自平泉。

方以智，《广哀诗》自注云："青原极丸老人前大学士方公以智字密之，桐城人。国亡披缁，称愚者智，字无可，一号墨历。壬子卒于泰和。"王夫之与方密之相识于广西，其后一直通音讯，甚至方以智劝王夫之与他一同出家。应该说，学问、诗艺等方面，王夫之受方以智影响甚大。王夫之在广西与方密之有交往，可证上所引庚寅年所作《留守相公六袠仰同诸公共次方密之学士旧韵》和己丑年所作《圆通庵初雨睡起闻朱兼五侍郎从平西谒桐城阁老归病以赠》。所谓桐城阁老就是指方密之。其后两人一直有来往。丁未年，王夫之49岁写有《寄怀青原药翁》一诗，诗云：

> 霜原寸草不留心，一线高秋入桂林。
> 哭笑双遮∴字眼，官商遥绝断纹琴。
> 情知死地非长夜，屡卜游魂得返吟。
> 唯有寻思归计好，黄金装额怕春深。

戊申年，王夫之50岁，写《得青原书》一诗，诗云：

> 青原题书寄南岳，经年霜雪中回还。
> 夕阳秋雨各津涘，鸟道别峰许跻攀。
> 西台江水流清泚，东林菡苕开斑斓。
> 春鸿社燕皆旦夕，不碍幽忧长闭关。

两人的交往，还见于《南窗漫记》，文云：

方密之阁学逃禅洁已，授觉浪记莂，主青原，屡招余将有所授，诵"人各有心"之诗以答之；意乃愈迫，书示吉水刘安士诗，以寓从臾之至。余终不能从，而不忍忘其缱绻，因录于此："药铛口口一炉煎，霜雪堆头纸信传。松叶到春原堕地，竹花再种更参天。纵游泉石知同好，踏过刀枪亦偶然。何不翻身行别路，瓠落出没五湖烟？"①

王夫之回赠诗《极丸老人书所示刘安礼诗垂寄情见乎词愚一往呐吃无以奉答聊次其韵述怀》云：

洪炉滴水试烹煎，穷措生涯有火传。
哀雁频分弦上怨，冻蜂长惜纸中天。
知恩不浅难忘此，别调相看更蹴然。
旧识五湖霜月好，寒梅春在野塘边。

王夫之所说的"别调"或许就是王夫之《愚鼓词》的《和青原药地大师十二时歌》，诗云：

药地十二时歌，原不作鼓楼上牌子标他榜样。虽云渠自有拍板摇槌，亦但欲活者死，死者活耳。到此一枝箭射人也用，射马也用，但虑其不能没石饮羽也。千里唇皮，遥相乔赚，瓠道人倚愚鼓而和之，不道未吃药地药，便掇开药囊向一壁也煮。

子，今日风光昨日死，万古难消一炷香，此。
丑，北斗阑干君见否？胡李四唤黑张三，有。
寅，梅花谢后始知春，青山欲衔半边日，新。
卯，觌面金乌看过饱，老鼠云何怕猫儿，爪。

---

① 《船山全书》第十五册，岳麓书社1996年版，第887页。

辰，饭甑肚皮谁主宾？热羹汤荡冷喉咙，亲。
巳，彻骨钻心半个字，屋漏分明滴寒灰，渍。
午，弹丸跳上紧绷鼓，急速凝眸在那边，苦。
未，只有山羊知草味，陈枝新叶苦甜酸，胃。
申，早来粥饭见无因，老年牙齿见锅焦，屯。
酉，莫道闭门遮百丑，哞哞篱下带金铃，狗。
戌，背面日头当面出，脊梁何罪北灯光，屈。
亥，江豚又把秋风拜，一日功成也是天，坏。

壬子年，王夫之54岁，听说方以智卒，写诗一首《闻极丸翁凶问不禁狂哭痛定辄吟二章》，自注云："传闻薨泰和萧氏春浮园。"诗云：

长夜悠悠二十年，流萤死焰烛高天。
春浮梦里迷归鹤，败叶云中哭杜鹃。
一线不留夕照影，孤虹应绕点苍烟。
何人抱器归张楚，余有南华内七篇。
三年怀袖尺书深，文水东流隔楚浔。
半岭斜阳双雪鬓，五湖烟水一霜林。
远游留作他生赋，土室聊安后死心。
恰恐相逢难下口，灵旗不杳寄空音。

五年后，丁巳年，王夫之59岁仍在怀念方以智，作诗《桐城余兼尊昔为青原侍者归素以来崎岖岭外相值见访为录前寄极丸老人诗仍次原韵赠之》云：

沙上鸿踪昔岁心，蝶楼鹤语旧时林。
已知罢钓能忘饵，何必登床更碎琴。

第四章
《广哀诗》与王夫之的文学交游考

月影偶留传雁字，秋声不断有蝉吟。

闲愁杜口从君语，为受青原记荊深。

严起恒，王夫之《广哀诗》自注云："字秋冶，山阴人，寓籍真定。辛卯以抗孙可望被害。"王夫之诗集中虽不见两人唱和，但王夫之对严起恒既佩服其为人，也喜爱其诗。在诗艺方面王夫之应受到严起恒的影响。《南窗漫记》记其事云：

太傅山阴严公于端州行宫阁内书芭蕉叶云："臣节唯知怀一冷，王言不敢亵双温。"于时有卿贰蒙温者，但得一褒语，因诋公不知典故，票拟失辞，云"九卿例得双温"，盖竞躁之妄言耳。故公书此以见意。黄冈晏云章奉常需明作排律二十韵，以《内阁芭蕉》为题，余和之，今皆忘矣。唯记晏作一联云："天情垂湛露，海气避严霜。"余亦有句云："甘露忧多变，绿云望已长。"①

蒙正发，王夫之《广哀诗》自注云："字圣功，崇阳人，已未没。"蒙正发在南明时被称为"五虎"之一，并陷狱，王夫之为此而上疏，几陷入不测。两人有此经历，后蒙正发晚年又定居衡阳南乡斗岭，两人过从甚密。甲寅年，王夫之56岁，作《送蒙圣功暂还故山甲寅》诗云：

秋风淫淫吹我衣，送君言归君欲归。

不知天地消偪侧，已觉江山忘是非。

疏星照水方昨夜，凉日当襟返翠微。

青山料理勿取次，留之待我慰调饥。

---

① 《船山全书》第十五册，岳麓书社1996年版，第884页。

乙卯年，王夫之57岁，作《萍乡中秋同圣功对月》诗云：

> 白头还作他乡客，不负青天只月明。
> 自笑渔樵非泛宅，聊听鸿雁有新声。
> 晶瓶浸魄一双影，玉镜当心无限情。
> 莫为银蟾增怅恨，孤清直上即瑶京。

乙卯年，还有二诗与蒙圣功有关。一首为《萍乡中秋同蒙圣功看月》，诗云：

> 百年看月又今宵，昨夜疏云洗沆寥。
> 渌水章江分影碧，牙旌戍火接星遥。
> 寒枝难拣惊乌树，落叶谁填乌鹊桥。
> 一枕冰魂随故剑，飞光犹涌子胥潮。

这首诗与上一首《萍乡中秋同圣功对月》题目多一字异一字，但两首诗用韵不同，从其所标地点及中秋节令及观月之事，似为同题材之作。另一首为《留别圣功》，诗云：

> 远送始知君送客，归人还念未归人。
> 兴亡多事天难定，去住皆愁梦未真。
> 宝剑孤鸣惊背珥，画图遥惜老麒麟。
> 铙吹落日暄丹嶂，西望湘烟泪眼新。

丙辰年，王夫之58岁，作《雨中过蒙圣功斗岭》五首，诗云：

> 君徙吴西归，吴西接楚东。云何成迢递，令我思无穷。
> 博望屯烧未，舟中指在无。君言非不早，夹水一军孤。
> 自有真豪杰，临危授玉骢。将军诚下士，乌莫不知空。

第四章
《广哀诗》与王夫之的文学交游考

鸟道行已屡,龙渊老自灵。乾坤日洒血,君莫羡渔汀。
二百里无山,到来青插天。东行渡湘水,碧涌万重莲。
夕雨万条碧,晴云一线天。与君昨夜语,山鬼泣窗前。

同年又作《中秋同圣功庶先翠涛须竹饮听月楼诸公将送予下湘》一诗云:

今宵犹对家山月,江阁同倾送远杯。
牧笛西清怨良夕,金戈北望接黄埃。
宗天一碧涵江合,极浦微波倒影回。
果有琼楼归去路,羽衣何遽不仙才。

王夫之《南窗漫记》记蒙正发请王夫之订正其诗,文云:

蒙圣功给事正发《欸乃声》九十首,曾授余订之。其警句则有:"片帆影挂前川月,透枕霜清五夜钟。""药市藏名嫌有价,鸥群不乱信忘机。""荆台不乐呼先辈,高阁从来束腐儒。""千里孤身分两地,一天雪意酿同云。""潭经积雪波增力,树过重阳叶尽凋。""更拟卜居迁赤甲,遥怜知己在丹霞。"(丹霞,澹归所居。澹归者,金道隐堡)"尽简图书藏一叶,并装风雨过三门。""临流苍壁沾衣翠,隔岸悬崖当画看。""高峰影浸寒潭黑,绝壁光生晚照红。""明犀照水终嫌逼,宝剑沉渊免再探。""小桨不惊浴鹜稳,回潭时积落花深。"讵可不谓句意双到?①

己未年,王夫之61岁,作《闻圣功讣遽赋》诗云:

闲愁生死外,回首故人无。南望墟烟迥,西飞片鸟孤。

---

① 《船山全书》第十五册,岳麓书社1996年版,第888页。

169

藤花开独坐，萝月照霜须。泉下□□泪，艰难付钓徒。

庚申年，王夫之 62 岁，作《重挽圣功》，诗云：

诏狱名犹在，烧屯事益疑。故心聊自致，唯子不吾欺。
天道无求剑，神州愈乱丝。金风还似昨，湘水泛舟时。

金堡，字卫公，别字道隐，浙江仁和人，南明桂王朝被称为"五虎"之一下诏狱，出狱后依瞿式耜，瞿式耜殉国后，祝发为僧，自号澹归，甘蔗生、借山均道隐别字。王夫之与金堡结识于南明桂王朝，两人均有被陷下狱的经历，王夫之一直对金堡有着不同一般的感情，在其后半生与金堡有诗歌往来，相互间亦有诗艺方面的探讨。在岭外，王夫之有一首诗涉及金堡，其诗见《五十自定稿》，诗题曰《答姚梦峡秀才见柬之作兼呈金道隐黄门李广生彭然石二小司马》，诗云：

遥求勾漏寻灵饵，却背仙坛访上元。
初服偶然抛竹箨，融情一倍感芳荃。
云畦过雨怀红药，春泛消愁畏绿尊。
千古英雄无死处，酒徒高唱感夷门。

罗正钧认为王夫之与金堡在岭外酬唱甚多。[①] 考王夫之《五十自定稿》庚寅年《胡安人挽诗》序中有"宫詹唐诚以次金黄门堡韵七言四章付余属和"之语，两人是有酬唱。有关王夫之与金堡在岭外的交往，在《南窗漫记》亦有记载，文云：

"挑灯说鬼亦无聊，饱食长眠未易消。云压江心天浑噩，虱居豕背地宽饶。祸来只有胶投漆，病在生憎蝶与蕉。岁得狂朋争

---

① （清）罗正钧：《船山师友记》，岳麓书社1982年版，第48页。

第四章
《广哀诗》与王夫之的文学交游考

一笑，虚舟虚谷尽逍遥。"金卫公堡诏狱后足折卧舟中，余往省之，书此见示。时余拜疏忤群小怒，亦将谢病入山矣。①

其后，作于癸卯年王夫之45岁时的《读甘蔗生遣兴诗次韵而和之·序》中谈到读了金堡《遣兴诗》后和作一首，但为无由寄给金堡而感心伤。王夫之对金堡的诗歌水平也予以肯定，他在《夕堂永日绪论外编》中说："后起如沈去疑、倪伯屏、金道隐……亦各亭亭独立，分作者一席。"② 金堡死后，王夫之还填词予以悼念。《鼓枻初集》中有"闻丹霞谢世遥为一哭"填《尉迟杯》一首。

朱嗣敏，字兼五，直隶怀宁人；颇工诗，善行书；以诸生参江西吕大器军谋，用功授衡阳教谕；中湖南丙戌举，严起恒奏授中书舍人；历粤、楚军中，改御史，监焦琏、曹志建军，擢金都御史；方受命，桂林陷，嗣敏崎岖走贺县，入志建军中，鼓励志建固守不降；未几，以疾卒。罗正钧认为朱嗣敏以衡阳教谕得举，想其时王夫之已与之相识，后皆从王岭外，故过从谈宴为更密也。③ 这只是一种推测。如果在衡阳时两人关系密切的话，朱兼五以诗鸣，王夫之与之应该有唱和，但王夫之诗集没有此类作品。两人的唱和主要在岭外。己丑年王夫之31岁时有《圆通庵初雨睡起闻朱兼五侍御从平西谒桐城阁老归病书戏赠己丑》，诗云：

秋井拖阴柳色阑，疏云开碧整归鞍。

梧桐新坠平津苑，鸂鶒遥飞御史滩。

愁里关山江北杳，尊前星汉粤天寒。

棋枰应尽中原略，莫遣苍生属望难。

---

① 《船山全书》第十五册，岳麓书社1996年版，第851页。
② 同上书，第877页。
③ （清）罗正钧：《船山师友记》，岳麓书社1982年版，第64页。

171

这一年还有《莫种树戏代山阴相公赠怀宁朱侍御》，诗云：

> 莫种树，树长青扶疏。竭来九子凤，故是白门乌。
>
> 白门乌，柏台乌。欲啼不啼天未晓。
>
> 街鼓冬冬星欲稀。还向羽林六外飞。

庚寅年王夫之有《五日小饮兼五舟中寄人时两上书忤时相俟遣命故及之》，诗云：

> 垂垂江上瘴云飞，也听莲舟挝鼓归。
>
> 炎海蛟龙吞楚客，绿云烟水吊湘妃。
>
> 故园蒲草空盈把，过岭笳声尚合围。
>
> 哀些远凭清思抑，目前殊觉解人稀。

刘湘客，字客生，别号端星，陕西富平人；少为名诸生，慷慨有当世志，在南明隆武、永历为官，后被称为"五虎"之一下诏狱，后出狱，桂林陷后被李定国光复又陷，刘湘客匿贺县山中，未几，卒。庚寅年王夫之有《刘端星学士昭州初度时初出诏狱》，诗云：

> 昭州迁谪地，清洌道乡泉。过岭金风缓，当秋暑日悬。
>
> 重开初度酒，莫诵四愁篇。萧艾吾何有，灵椿正大年。

罗正钧按云："《南窗漫记》引述畴昔所辱赠示之作，有刘学士湘客，则同在梧州时尚多酬赠。"[①]

张同敞，字别山，江陵人，张居正曾孙；崇祯时，任中书舍人。崇祯十五年，奉命慰问湖广诸王。后去福建投南明唐王，任指挥佥事。南明桂王即位后，授侍讲学士；后升任兵部右侍郎，总督诸路军务。清兵南下时，他出师迎战，身先士卒；清顺治七年，清兵破严

---

① （清）罗正钧：《船山师友记》，岳麓书社1982年版，第50页。

关，桂林陷，他与瞿式耜同被俘，囚禁 40 多天，被杀。《南窗漫记·引》云：

> 生无记持性。人往往谓不然。此亦何庸欺者？尝读《太极图说》至三百巡，隔夕而忘。畴昔所辱赠示之作，如张别山先生、刘端星中丞湘客、金道隐黄门堡、刘浣松太史明遇及上湘龙季霞孔蒸、余杭姚梦峡湘，皆苦思索不得一章，其他可知也。①

《衡州府志·游寓·张同敞传》云：

> 奉使粤西，两寓衡阳，与举人管嗣裘、邹统鲁、王夫之相雅善。②

考王夫之诗集没有与张别山唱和之作，但如前所引王夫之记忆中有过张别山赠诗，只是忘记了。这说明王夫之与张同敞是有过诗歌交往的。

姚湘，字梦峡，余杭人；杭陷，不肯剃发；随金堡出，漂泊楚、粤；丁时魁欲官之，湘骂曰："吾死为大明一秀才足矣！何用此腐鼠为？"诗文亦亢爽有奇气。王夫之《五十自定稿》中庚寅年有《答姚梦峡秀才见柬之作兼呈金道隐黄门李广生彭然石二小司马》。两人有诗歌唱和。

李芳先，字广生，江陵人。熊兴麟巡按贵州，黔土扰乱，迟回未赴，留黔阳山中。已与兵部主事李芳先同被执，遂系解常德；舟至中途，守者饮其志义，宽械系。夜静守者酣寝，芳先蹴兴麟起，与谋去，兴麟曰："死，吾分也。君勉去，吾精爽驰赴武陵刀下矣！"芳先执手垂涕而去，已复归阙。王夫之与李芳先是旧识。《和百梅百咏·序》云：

---

① 《船山全书》第十五册，岳麓书社 1996 年版，第 873 页。
② 《衡州府志》，岳麓书社 2008 年版，第 524 页。

庚寅夏，昔同游者江陵李之芳广生，相见于苍梧，与洒山阳之涕。李侯见谓君不忘浮湘亭上，盍寻百梅之约，为延陵剑耶。余感其言，将次成之。会攸县一狂人，亦作百梅恶诗一帙，冒余名为序。金溪执为衅端，将构大狱，挤余于死。不期暗香疏影中，作此恶梦，因复败人吟兴，抵今又十五年矣。今岁人日，得季霞伯兄简卿寄到伯修元稿。潸然读已，以示欧子直。子直欣然属和，仍从叟老汉为前驱袯道。时方重定《读书说》良不暇及，乃怀昔耿耿，且思以挂剑三子者，挂剑广生。遂乘灯下两夕了之。①

王夫之《五十自定稿》庚寅年有《李广生自黔阳生还归阙率尔吟赠并感洪一龙三阳太仆山公及郎君郑石诸逝者浮湘亭之游》，诗云：

　　涟水东流落月横，浮湘亭上似三生。
　　汉庭旧节归华表，粤道旄旗乱早莺。
　　酒侣垂杨悲墓合，世情蛱蝶到春惊。
　　如君豪气殄淮海，恨到消沉泪亦倾。

彭燄，字然石，湖北孝感人；思致明敏，工行草书，南明桂王永历，官兵部郎中。王夫之《五十自定稿》庚寅年有《题彭然石舸壁》，诗云：

　　旧曾相识此扁舟，江黑云低对戍楼。
　　象帝祠前秋似叶，伏波山下月如钩。

罗正钧《船山师友记》云：

　　正钧按：《自定稿》庚寅年有《胡安人挽诗》一首，序云：

---

① 《王船山诗文集》下册，中华书局1962年版，第444页。

第四章
《广哀诗》与王夫之的文学交游考

小司马彭然石燚,征其元配胡安人殉节诗。答姚梦峡诗题亦有"兼呈彭然石小司马"之语,盖官行人时相酬唱之友也。①

刘近鲁,字庶先,一字庶仙,衡阳人,仕履无考。罗正钧考《广阳杂记》确定刘近鲁曾受业于王夫之之父王朝聘。② 两人还是儿女亲家,王夫之大儿子王攽娶刘近鲁之女。丁酉年王夫之39岁时至小云山访刘近鲁阅读其藏书。此年作《冬尽过刘庶先夜话效时丁酉》,诗云:

> 端目莲花瓣里来,幻身真作冻蜂猜。
> 世如棋弈辘轳劫,话到文章婪尾杯。
> 三公叔夜龙鸾客,兀者郑侨斥鹦才。
> 金销石泐寻常事,惭愧寒香一径梅。

王夫之《小云山记》云:

> 予自甲辰始游,嗣后岁一登之不倦。友人刘近鲁居其下,有高阁,藏书六千册,导予游者。③

甲辰年王夫之46岁时有《同欧子直刘庶仙登小云山》七律一首。壬子年王夫之54岁有《刘庶仙五十初度即席同唐须竹》七律二首。丁卯年王夫之69岁时有《宿别峰庵庶仙策杖来慰时方从哭送先兄归垄返》,诗云:

> 幂幂苍烟护小桥,回峰斜引上方遥。
> 归禽邀日沈平楚,宿露冷风润绿蕉。
> 白发共怜灯影瘦,青山未遣泪痕消。

---

① (清)罗正钧:《船山师友记》,岳麓书社1982年版,第66页。
② 同上书,第145—146页。
③ 《王船山诗文集》上册,中华书局1962年版,第42页。

凭君昨日山阳笛，吹彻寒冰慰柳条。

己巳年王夫之71岁时有《庶仙片纸见讯云年过七十未为非幸无容局促萦心既佩良规因之自广》，诗云：

素云方西飞，归鸟仍南征。迁流无止势，蠕动况有情。
天宇敞寥廓，虚牖延孤清。竹素涵前古，静对终吾生。
故交惠尺书，整襟拜投琼。奖以息吹万，因之返素精。
寓形良有涯，勿为化所惊。

《鼓枻初集》有"寿刘庶仙"《瑞鹤仙》词一首。

三 王夫之定居衡阳县金兰乡之后的文学交游考

庚子年，王夫之42岁，定居衡阳县金兰乡高节里。在此期间往来的主要是两类人，一是遗民，二是学生。与官员的联系仅有一次，是在甲寅年王夫之55岁时，当时王夫之赠诗给安远公所遣的刘都护，诗题为《安远公所遣都护刘君过寓存问诗以赠之》，诗收《姜斋诗剩稿》。

李国相，《沅湘耆旧集》之《桃坞老人李国相小传》云："字敬公，号芊岩，原籍富平。尝应募随都督刘綖平、杨应龙，以功赴部听叙，下三峡，舟覆，负母出巨浪中，功牒漂失，因浪迹湘、衡间。崇祯壬午，以衡籍举于乡，遂为衡阳人。张贼陷衡，遍索荐绅，强以为伪职，不赴者死。芊岩引刀刲两臂，示不可用，得免。鼎革初自南岳转徙山谷，岁更其处。晚筑小室，植数株，称桃坞老人。著《逸斋费词》二卷，均佚。"王夫之虽与李国相同为崇祯壬午举人，可能有所闻问，但联系不是很多，但在王夫之定居衡阳县金兰乡以后，居处相近,《衡阳新志·山水志》称"船山南二里有桃坞,李国相隐居之地"[①],两者来往密切,唱和甚多。王夫之《五十自定稿》有三首诗与李国相有关。乙巳年王夫之47岁时有《和陶停云赠芋岩五十初度乙巳》,诗云:

> 蒸蒸良稼,涤涤灵雨。滋淯以荣,严威莫阻。
> 君子不遐,如琴在抚。无念古人,空尔延伫。
> 道延今者,爰如鸿蒙。靡明靡日,靡流靡江。
> 如彼暗室,召晖于窗。匪君子任,其孰能从。
> 有梅有梅,霜裹其荣,人恤尔寒,尔怡予情。
> 不愆日迈,不负月征。维仁引年,以保尔生。
> 乔乔豫章,执彼斧柯。匪不日劳,许许维和。
> 天期不假,物望实多。蘧生知化,日益云何。

丁未年王夫之49岁有《问芋岩疾》,诗云:

> 二仲浴清肌,三五养妙婴。相顾云已敛,待尔月将盈。
> 化碧既乖期,伫鹤方含情。狞龙诚就辔,画虎何足烹。
> 袅烟自离合,泛舟无回萦。念彼非心竟,释兹若羽轻。
> 黄芽抽别颖,金蘂有冬荣。元笈君已授,勿为吝玉笙。

戊申年王夫之50岁有《湄水月泛同芋岩》,诗云:

> 泛宅非今日,清欢任偶携。滩光月影上,山色晚霞西。
> 极目随移棹,生涯试杖藜。江洲无载酒,还似武陵溪。

《六十自定稿》有四首诗与李国相有关。己酉年王夫之51岁有

---

① 转引自(清)罗正钧《船山师友记》,岳麓书社1982年版,第113—114页。

《过芊岩不值己酉》，诗云：

> 隐几非畴昔，天游各徜徉。古槐珠蕊熟，曲岸蓼红香。
> 晴稻收云白，秋瓜切粉黄。呼炊忘主客，撰屦已斜阳。

还有《不揆五十齿满懿庵见过留同芊岩小酌》，诗云：

> 枫阴荻岸晚烟开，鹤膝逡巡践碧苔。
> 隔岁相看颜似旧，衰年无据漏仍催。
> 清宵疏雨喧梧叶，草阁归云腻竹胎。
> 薄遣新欢消夙昔，临觞聊罢筑声哀。

戊午年王夫之 60 岁作了《同须竹送芊岩归窆竟小艇溯湘转郡城有作》一诗，说明李国相死于这一年。甲子年王夫之 66 岁时作《为芊岩定遗稿感赋》，诗云：

> 岳峰南下就桃津，霜鬓难消一故人。
> 疗肺藕根秋后节，埋心蕉叶雪中春。
> 井函有字唯思赵，箭镞无书肯帝秦。
> 酝酿元声存怨诽，桧曹风旧续三齒。

> 文章止自斩名根，赤炭红炉信口吞。
> 白发千丝传典训，深衣几幅画乾坤。
> 巡簷梅蕊寒笼袖，欹枕槐阴月到门。
> 应笑船山知己未，鸿踪沙上觅残痕。

这年王夫之为李国相定遗稿，诗中指出王夫之定居衡阳县金兰乡有很大的原因是为了李国相，所谓"岳峰南下就桃津，霜鬓难消一故人"。此证两人感情之深，交谊之厚。

第四章
《广哀诗》与王夫之的文学交游考

王恺六，衡阳人，生平无考。罗正钧《船山师友记》云：

> 《遣兴诗》序后注茱萸塘记，中云看杜鹃花不觉到铁墙坳。则恺六山庄，相距不远，又张菊人书有云：恺六又极言姜斋近日著述甚密，故得深悉先生近状，而恺六之为人亦可想见矣，惜其名与事迹无考。①

乙未年王夫之 37 岁有《避暑王恺六山庄会夕雨放歌》，诗云：

> 杨梅塞前杨梅熟，草覆溪流绕南麓。
> 雷声昨夜破疏星，片片余云留岳足。
> 云留云去争新晴，蕉叶回风绿倒倾。
> 吹灯相照两含情，良宵不负新凉生。
> 我不能饮君不歌，华月山云光奈何。
> 电漾金液雷颤牖，浮云上头悬北斗。
> 放棹唯寻杜景贤，倚藤长爱支离叟。
> 就君销夏借君闲，无归之客身阑珊。
> 稻脚将圆子鱼长，高枕无心谋往还。

壬寅年王夫之 44 岁写《遣兴诗》，其自序中提到王恺六。乙巳年王夫之 47 岁时有《恺六种凤仙花盈亩聊题长句》，诗云：

> 光风何处好，槛径启朝阳。竹里天凝绿，梅村月旧黄。
> 名花拼物玩，小品眷幽芳。蕉露分长润，苔茵荫午凉。
> 学仙初羽化，字凤欲歌狂。茎脆空清入，阴圆碧霭张。
> 欲言鹦咮曲，如舞蝶襟忙。紫晕飞初日，华吹结绀霜。
> 凝丹猩褯血，浅素雪添香。不解邢憎尹，终谐鹂侣皇。

---

① （清）罗正钧：《船山师友记》，岳麓书社 1982 年版，第 113 页。

> 分妍矜色色，薄袂共洋洋。蝾臂虽多妒，蒉尖得上妆。
> 素轮宜晚拍，义甲惜春藏。小觫娇旋怒，多灵敛亦翔。
> 清琴蛇腹古，丸药蔻胎康。瑞约宜男早，心同栀子长。
> 闲居人自雒，至止客怀湘。相约秋光里，娟娟誓不忘。

己酉年王夫之 51 岁时有《效柏梁体寿王慨六》，诗云：

> 铁墙拗头绿凤栖，就君踏花踩香泥。君今僦宇当湘西，阳禽回翼空凄迷。人生即久如踯梯，骎骎不舍相攀携。我旬过五君始跻，欲呼苍天问端倪。谁为龙翁配虎妻，活秉煎之如婴啼。东兔藏金西木鸡，战酣四壁休鼓鼙。得之圜中一刀圭，与君分吞如糇餦。倒骑白卫驰丹霓，俯听螗蛄声益低。长笑尔曹延蟢蛴，睨高欲就终无稽。我摘月华沁心脐，君胸洞开消日镄。斫麟为脯尧韭齑，团星作饼甘露醍。命鸾歌啭如黄鹂，羿妻婉娈出金闺。疑贞疑谑相嘲诋，然后与君归湘溪。岳为部娄湘成蹊，三皇五帝重摄提。如此与君终不暌，乃称丈夫心交缔。非炎索箕寒就炷，短歌隆隆苍虬嘶，千春万朔留品题。

刘象贤，《广哀诗》自注云："字若启，湘乡人，丁巳殁。"刘象贤号懿庵，所居虎塘颇胜，作俭德堂于其中，日与同志讲学；清康熙六十年入祀乡贤祠；诗格高老。罗正钧《船山师友记》云：

> 正钧按：谱序所言，若启与先生昆弟相交甚早，而先生丙戌、丁亥游湘乡，与湘三子倡和，若启未见名字。岭表归后，十数年转徙郴、邵山谷，足迹未至湘乡。至丁未，若启招游虎塘，始屡见先生诗集。观诗首句云："此生相聚太从容，海徙山移乱后逢。"则从前疏阔可知。若启丙辰年七十，盖长于先生十有二岁，而同年友善，并以高蹈著节，患难之余，申以婚媾。丁未至

第四章 《广哀诗》与王夫之的文学交游考

丁巳十年中,过从几无虚岁,宜没后尤悼之不已。①

《武夷先生行状》云:"敔娶湘乡举人刘象贤女。"丁未年王夫之49岁时有《刘若启为余兄弟排难已招泛虎塘叙其家乘会当六袠悦辰欢燕之下遂允贶室子敔儿》,诗云:

> 此生相聚太从容,海徙山移梦后逢。
> 急难情深矰缴缓,根株心许茑萝封。
> 百年初识团圞相,双径从看偃盖松。
> 拟煮丹砂回白首,年年吹笛上嵩峰。

戊申年王夫之50岁时有《期徐蔚子虎塘迟至余暑病先归蔚子独留万绿池与若启月饮共相太息寄此谢之》,诗云:

> 稻花风转接鬵吹,系辔萧条占桧枝。
> 画扇红牙前夕酒,青山白雪几年诗。
> 千秋花表留仙语,一曲沧浪鼓枻悲。
> 为惜君愁须缓缓,相逢知有泪双垂。

己酉年51岁时有《不揆五十齿满懿庵见过留同芉岩小酌》一诗。壬子年王夫之54岁时有《二中园纪事为懿庵作》,诗云:

> 入阁几重重,双开曲径通。穿风分柳径,随藓度兰风。
> 鱼服双绯盛,花阶九锡崇。居然成缘野,何必蔡州功。
>
> 万折历嵯峨,天轮小邵窝。书声花影月,曲尾柳莺歌。
> 看弈人无倦,临觞政不苛。清泉四十八,何处着风波。

---

① (清)罗正钧:《船山师友记》,岳麓书社1982年版,第120页。

乙卯年王夫之57岁时有《郡归书怀寄懿庵》，诗云：

雨滞花残不解飞，此身无主更无依。
乾坤何梦到清昼，生死难忘只翠微。
卷幞棋终归燕缓，敲尊歌阕荐鱼肥。
如君贫病真天上，莫惜清秋共钓矶。

丙辰年王夫之58岁时有《早起草堂寓目篱间牵牛花追忆懿庵》，诗云：

秋色生空外，微晴始素晖。篱花深碧紫，风蔓小霏微。
酒坐怀迎目，林轩怅启扉。故心犹宛尔，何事岁华违。

这一年还有《懿庵七十初度余留滞长沙不遂山中欢笑已乃泝涟访祝述怀》，诗云：

湘山护涟水，黄润沐霜液。东皋知不遥，丹叶古琴宅。
菊樽开已缓，杞实犹堪摘。延年有真理，慎静炼生魄。
阅世如浮烟，抱道引虚白。乔木无近枝，唐松垂东碧。
我心君所怜，飞鸟留沙迹。渔舟笑解缆，兵气清昨夕。
已得入寥天，追随访云册。芝草定何人，珍重酬幽客。
怀葛在窗枕，汤武睨局弈。天秋为我秋，刀圭无旁益。
即此游钧天，谁劳注仙籍。

欧大生，字子直，衡阳人，清康熙中贡生。罗正钧《船山师友记》云：

正钧按：《衡阳县志·选举表》，子直为永州教授欧从陲子。《百梅诗集》作于乙巳。先生自顺治十七年庚子定居湘西，朝夕过从者，如刘若启象贤、李芋岩国相、刘庶仙近鲁诸人，皆一时

第四章
《广哀诗》与王夫之的文学交游考

遗老。此外则子直为最著。观《百梅诗》序自称老汉,《自定稿》各诗亦皆留连景物之词,子直盖同里后学,而其志趣有足重者,故时从先生游也。①

王谱称甲辰年王夫之46岁时欧大生从游门下②。这一年王夫之有三首诗与欧子直有关。一是《同欧子直刘庶仙登小云山》,诗云:

青天下镜倒晴空,战垒仙坛碧万丛。
终遣屈平疑邃古,谁从阮籍哭英雄。
大荒落日悬疏槛,五岭孤烟带远虹。
孤坐上方钟磬里,消沉无泪洒羊公。

二是《又雪同欧子直》,诗云:

溪边林外转霏微,几处新莺禁不飞。
即次青春欺白发,丁宁酒力试寒威。
连天朔雪悲明月,昨日西清忆落晖。
为报春光多蕴藉,来朝一倍报芳霏。

三是《五日携攽儿同子直洎贤从哲仲小饮分得端字》,诗云:

今年五日尚余寒,蒴蒴菖风摆露难。
雨歇罩鱼垂柳径,人归赍酒白云端。
丹心彩笔三湘事,霜鬓朱颜一镜看,
彭泽无田供秫米,何须粔籹饱龙餐。

乙巳年47岁时王夫之撰《和梅花百咏诗·序》云:"今岁人日,

---

① (清)罗正钧:《船山师友记》,岳麓书社1982年版,第145—146页。
② 参见王之春《王夫之年谱》,中华书局1989年版,第64页。

得季霞伯兄简卿寄到伯修元稿。潸然读已,以示欧子直。子直欣然属和,仍从臾老汉为前驱被道。"① 这一年还有《秋雨同子直》,诗云:

> 秋阴何来飞雨淙,杜陵叹之后尧江。
> 井桐已落不知数,水鸟无愁聊自双。
> 游屐几曾过柳岸,青尊只少对兰缸。
> 犹传锦字开幽独,湿月穿云上小窗。

丙午年王夫之48岁时有《欧子直自南岳返讯之》,诗云:

> 灵壑有冬荣,幽人时晏出。天物无孤清,闲情自相匹。
> 徘徊度飞鸟,乘凌俯落日。虚旷断不穷,丹碧绚非一。
> 夕宿抱余爽,各言纷欲悉。岂吾濠上情,言眺双径逸。
> 神晤遗形区,于焉记良昵。

己酉年王夫之51岁时有《深秋望子直》,诗云:

> 萧萧夕吹外,云敛一痕青。杖履随天地,山川见典型。
> 借棋迟书纸,酿酒已登瓶。但觉闲情损,归舟忆洞庭。

唐端笏,字须竹,一字躬园,衡阳人,明季诸生。徐令素《唐躬园墓志铭》云:

> 躬园讳端笏,字须竹,至性人也。孝于其亲,服勤色养。父母有疾,朝夕不解带,药与泪俱进……以此为船山所先生所知赏。滇师抗命之年,章公子载谋游粤西不得归,因游于船山之门而问礼,躬园旦夕与偕,知躬园甚深。尝为余言,躬园欲访庐

---

① 《王船山诗文集》下册,中华书局1962年版,第444页。

第四章
《广哀诗》与王夫之的文学交游考

山，求安成陈二止先生觐、欧阳怀云先生霖宗事之，船山先生许焉，以父病不果行。又极丸老人以书订船山同住青原，船山不欲往，遣躬园行，达彼此之意。迎船山住驳阁岩，为剖析源流，因知有朱陆同异，及后来心学之谬。船山示以《思问录》内外编及《柳岸吟》《周易》内外传诸书。先生长逝后，筑室山中，以绎所学。所著《惭说》《悔说》，其言悲，其志固，卓乎远也。

唐端笏以丙午年始见王夫之，其年王夫之48岁，居败叶庐，罗正钧考唐端笏才为弱冠。[①] 此后26年唐端笏一直追随王夫之左右。相对王夫之来说，唐端笏与之是亦生亦友的关系，两人的诗艺切琢不少，而王夫之诗集中涉及唐端笏的诗开卷即是。戊申年王夫之50岁时有《与唐须竹夜话》，诗云：

> 九春初歇雨，花展不相期。踏藓亦何适，临风久系思。
> 秋毫分九级，火电掣双眉。不与通消息，含情更待谁。
>
> 鼎鼎千秋意，劳劳夜语传。六经谁楚汉，一击试鹰鹯。
> 偶觉空群马，人疑泛月船。名心消已尽，无望古今怜。

己酉年王夫之51岁时有《同唐须竹游驳阁岩》，诗云：

> 昨日初收梅雨天，青空四幕碧光圆。
> 微风引袂分溪草，断嶂当眉露岳连。
> 片石偶然留太古，同心无待问他年。
> 斜晖已长青松影，尚惜苔茸映绿烟。

此年还有《昭阳庵同须竹夜话云乘木叶秋波探五老之胜因便送

---

① （清）罗正钧：《船山师友记》，岳麓书社1982年版，第165页。

之》，诗云：

> 尽觉当年不易谈，披云蹑石意犹贪。
> 袖图有迹传何画，血字无心锢井函。
> 白日只今原不损，青山向后定谁堪。
> 知君欲访匡庐瀑，摘去莲花池上参。

此年还有《读泾阳先生虞山书院语录示唐须竹》，诗云：

> 泾阳先生不复作，泾阳遗编悬高阁。彩虹垂天漫璀璨，大造徒尔鼓空橐。永陵之季狂澜惊，倒吹枯瓠为玉笙。平地跃起攫光影，失足犹漫夸轻清。先生两足不妄插，矗立欲撑银汉倾。鸟舌无从说鸟梦，人头定可作人鸣。毫发析作千万片，一丝独飞挂匹练。亭亭万岁终不欹，世人皆见莫能见。呜呼乎！吾不知麟衰凤去将谁传，区区下界萦寒烟。秉烛对读过深夜，诘旦赤日生高天。

辛亥年王夫之53岁时有《月坐怀须竹南岳》，诗云：

> 绿润浮澄光，摇曳林塘间。今怀非畴昔，物宇相昭鲜。
> 凉魂从安舒，绪风微夤缘。静籁不相舍，素意五孤骞。
> 吹瓢亡疑心，行歌有独弦。知子岣嵝阴，遥遥接清玄。

壬子年王夫之54岁有《刘庶仙五十初度即席同唐须竹》，诗云：

> 未解平生因底事，华筵诗思不相通。
> 逢君县弧聊莞笑，垂老临觞偶自容。
> 竹塾午窗双总草，梅花小阁一春风。
> 童心几皱恒河水，何必襄城问小童。

第四章
《广哀诗》与王夫之的文学交游考

半语逢人吞不得，于君烧烛耐春寒。
年华穀运有如此，谱样翻新孰与看。
但祝和羲留万转，长披黄袄到三竿。
华山呼取坠驴客，共说当年行路难。

癸丑年王夫之 55 岁时有《期须竹》，诗云：

悠悠重悠悠，冈如明星光。抱心不得语，空天徒茫茫。
岂繄秦与越，音徽隔殊方。出门睨广野，仰视飞鸟翔。
食宿各有区，日夕亦得将。滞情夙所捐，相望何恨恨。
尽已寸言间，君子敦天常。

此年还有《咏菊答须竹》，诗云：

选芳宜隐秀，经岁得秋情。苗浅春滋弱，心微露贮轻。啼莺无醒梦，飞絮谢思萦。雨泱浮光上，吹喧逸态呈。螽憎痕屡剔，丝系玉防倾。爱惜消长日，从容养静萌。荷风熏晚绿，蕉雾洒孤荣。叶叶容迟上，亭亭有独擎。艰难出畏景，珍重享西清。紫葆光初透，珠胎润已莹。竹枝留上番，梅影剪疏横。专气邀金液，丰仁长玉婴。星榆方历历，云朵遂盈盈。土德先推王，冰心亦保贞。有时浴紫水，终不炫丹猩。香外幽难似，薰余静不撄。肃然登鼻观，嗒尔偃心旌。龙脑凝谁妒，蒼葡逸未平。霄空霜一色，天迥月三更。倦赏愁寒夕，邀欢暂晚晴。袂辞歧路把，目厌满堂成。桂酿聊孤酌，蕈丝小佐羹。催开辞羯鼓，过访待绥笙。已事开三径，端居爱九名。同床犹各梦，顾影易魂惊。身后从冰雪，魂归返日精。摧芳宁问落，涤月不辞烹。君意如相念，殷勤访夕英。

甲寅年王夫之 56 岁时有《青草湖风泊同须竹与黄生看远汀落

雁》，诗云：

> 荻芽沉绿影，汀际合晶光。遥识归鸿集，从知梦泽长。云移千点曙，风转一行将。凝立迷烟树，轻迁动夕阳。参差香尾乱，珍重羽衣凉。陈列龙沙白，书成太古苍。修眉涵镜曲，仙桂缀蟾光。沙起帘钩荡，洲平瑟柱张。涛惊聊静婉，野旷恣疏狂。酣寝云田腻，栖心蕙圃香。气斾三楚国，神带九秋霜。整翮聊烟水，回翔岂稻粱。浣纱人伫久，垂钓客情忘。悽怨依筠泪，闲愁托杜芳。经寒知柳色，访旧忆莲房。北望关云紫，西清落照黄。息机非倦止，清警正遥望。平展纹波縠，轻浮玉照肪。遥天开画苑，活谱写潇湘。

此年还有《舟中上巳同须竹》，诗云：

> 客思荡如何，心知令序过。韶吹先闻□，花信绪风和。
> 瑶草从谁拾，落英念已多。盈盈双白鸟，著意浴清波。

戊午年王夫之60岁时有《同须竹送芋岩归窆竟小艇溯湘转郡城有作》，诗云：

> 谁将今古作浮烟，人各为心亦自怜。
> 饮泣当年闻国变，埋心摇夜但天全。
> 青编无字酬双泪，赤县何时慰九泉。
> 千计不如归尺土，飘零人在钓鱼船。
>
> 断云影里溯湘隈，回首荒阡半亩才。
> 纵使君还生几岁，可容春去有重来。
> 寒灰堕地皆千载，老病逢人但一哀。
> 不是躬园相识久，孤山错拟万株梅。

第四章
《广哀诗》与王夫之的文学交游考

庚申年王夫之62岁时有《送须竹之长沙》，诗云：

> 木叶横飞江上烟，愁人愁问泛湘船。
> 萍花小泊生洲草，鸥鸟中分水影天。
> 夜雨易惊新蝶梦，寒光犹射旧龙渊。
> 殷勤尽拾江山泪，归乡丹枫哭墓田。
>
> 江门会荐瓣香哀，早念今生不更来。
> 蜃气翻空云闪霍，鸿飞掠月影徘徊。
> 百年酬死唯霜鬓，当日闲愁有钓台。
> 北渚送君传九辨，灵旗凭拂墓云开。

壬戌年王夫之64岁时有《怀须竹》，诗云：

> 怜君屡泛潇湘水，渺渺苍烟问客心。
> 戎马十年犹过迹，藤萝当日有知音。
> 桃波缓棹杨花扑，枫岸收帆雁影沉。
> 知而南天回首望，暮云无际一林深。

《柳岸吟》中有《为躬园题用念庵韵》，诗云：

> 历历有此躬，何求而不得。即此欲得心，分明无疑惑。
> 受来非彼来，应去亦不去。云行而雨施，皆予措躬处。

还有《和白沙钓濑与湛民泽收管诗示唐须竹》，诗云：

> 遥山写出虚无画，孤笛吹来雪月吟。
> 不是逢人难口说，湘流清浅祝融深。

朱翠涛，明王孙，寓居衡阳。罗正钧《船山师友记》云：

> 正钧按：《自定稿》各诗，翠涛与先生往还者殆将二十年。《听月楼倦客归山》诗云："楼前湘水赋碧玉，细细纹波送远秋。"《寄题翠涛新斋》诗云："湘西开竹馆，绿净清溪源。"《六十自定稿》：丁巳《新秋望章载谋》诗有云："芳草王孙在，闲愁付杖藜。"自注："时载谋授馆于翠涛。"又《鼓棹集》"寄题翠涛山居"一首有云："画骏不临松雪谱。"自注："因忆赵子昂不类，遂及之。"合《七十自定稿》"翠涛将下武昌恭谒昭王及诸侯园墓"之语观之，则翠涛应是太宗子楚昭王支裔，乱后寓居衡阳，而其志节又有大过人者。其名与世系俟考。①

除上所提到的诗歌外，王夫之诗集中与朱翠涛有关的诗还有一些。庚申年王夫之62岁时有《翠涛携诸子游瞻云阁有作见寄遥答》，诗云：

> 嘉游成畴昔，企叹奄方今。金闺郁龙种，玉山宛鸾吟。
> 迟向深秋兴，摇荡先春心。足知襟带敞，遂及松桧阴。
> 大云峙霜萼，虚室函霄岑。缅彼鹤上客，所怀玉浆斟。
> 声息坠人间，羁绁逮幽林。无乃大还诀，犹为陆海沉。
> 宁含衣中珠，抚兹弦外琴。天问故难酬，孤心还自谌。
> 愿言云关闭，勿惊雪发侵。

丁卯年王夫之69岁有《翠涛过草堂问病》，诗云：

> 稻露垂珠远望平，疏风疏雨葛衣轻。
> 枫林摄摄消残暑，禅室登登待早晴。

---

① （清）罗正钧：《船山师友记》，岳麓书社1982年版，第123页。

第四章 《广哀诗》与王夫之的文学交游考

话到闲愁无一字，碁终残局笑双征。
因君莞尔加餐饭，不问参苓托死生。

江楼十载故心违，池影相看上雪肥。
银汉未倾怜酒尽，金风欲避倩云围。
尊生为嘱悲欢损，惜别悬知伴侣稀。
观荻送君归下渼，西清一雁贴天飞。

这一年还有一首是所引《寄题翠涛新斋》，诗云：

湘西开竹馆，绿净清溪源。垂钓不在鱼，读书欲忘言。

这一年还有《楠园翠涛诸公作瓶菊诗命仆和作辄成四首》只剩残篇，诗云：

秋径谢商风，闲房试暖融。艳从窗月浅，芳倚槛下阙。

《鼓棹初集》有"翠涛以新诗见怀，作此答之"《苏幕遮》一首，"寄题翠涛山居"《贺新郎》一首。《鼓棹二集》有"翠涛作煨榾柮诗索和，以词代之"《渔家傲》六首。"翠涛六秩，每句戏用采色字"《沁园春》一首。由此，王夫之与朱翠涛进行了比较多的诗艺交流。

李占解，字雨苍，嘉鱼人；大崖先生承箕裔孙，明季举人；早与金正希、尹洞庭、熊鱼山齐名；明亡后，不应公车，年七十三卒。己酉年王夫之51岁时有《孤雁行和李雨苍》，诗云：

当年回雁峰头住，雁影云开天际路。夫君缥缈雁峰心，遥寄湖南烟雨渡。谁知白雁杳寒沙，断使青峰遮日暮，日暮云迷雁阵哀，逢君千里雁书来。欲分宝瑟银筝怨，似向沙明水碧回，一水

191

盈盈乌石戍，千秋渺渺楚云台（楚云台乃白沙留雨苍五世祖大崖先生读书而筑）。楚云台高芳草齐，湘干北望鹧鸪啼。虞卿著书亦何有，建阳卖卜还自迷。瘦影难双矰缴满，寒更欲警露霜凄。清霜白露飞不前，亭亭片月当高天。前身忆住青龙寺，血迹还埋古井边。遥飞尺帛君边去，沙上鸿踪隔暝烟。

壬子年王夫之54岁时有《得须竹鄂渚信知李雨苍长逝遥望鱼山哭之》七绝五首，诗云：

> 孤雁哀吟带泪飞，南询雁岫钓鱼矶。
> 寻常雁塔称兄弟，鱼稻汀洲各拣肥。
> 一期生死有千秋，欲语逢人蕝舌休。
> 刚遣西风吹片叶，黑云栖断洞庭舟。
> 青原罢棹石门寒，柳岸霜风月已残。
> 欲转金轮须换面，红炉别铸紫金丹。
> 赤壁雄风百战酣，新安碧血洒江南。
> 大观绰板先君歇，凄绝吴江老蘖庵。
> 白杨哀草楚云天，孺子生刍莫螟烟。
> 忍泪欲弹须剪烛，霜风偏缓上滩船。

辛亥年王夫之53岁时有《李雨苍年七十三矣书至期游南狱若必果者返寄驰望信宿》，诗云：

> 泳泳洞庭水，迢迢诸葛台。盈盈秋波生，扬舲中流哀。
> 夫君远游心，南望日悠哉。朱鸟自畴昔，佳人屡沿洄。
> 炎海梦江门，金筒授大崖。岂无宝薵浆，颐尔灵傀胎。
> 壮士无暮年，玄云为旦开。白日信相借，朱陵心所怀。

第四章
《广哀诗》与王夫之的文学交游考

辛酉年王夫之 63 岁时有《得嘉鱼李西华兄弟书追忆雨苍》，诗云：

湖水阻青鞋，南游吊大崖。探书苍水绝，藏史血函埋。
遗怨留鸿字，孤吟闭鹿柴。郎君勤慰藉，难遣老夫怀。

《南窗漫记》云：

"揭来祁连风，雁行吹忽断。南北各天涯，惊魂落空弹。沙漠严寒难久客，遥望衡阳孤岫隔。洞庭秋水眇愁余，日落长汀芦花白。欲望从之烟水迷，谁向深林送飞帛？开函读之泪横流，一别二十有八秋。鸿飞冥冥千仞外，稻粱满野非所求。孤雁孤飞孤自哀，多君兄弟共裴回。独我此心无可语，深秋梦逐雁峰来。"嘉鱼李雨苍占解己酉寄余此诗，云欲涉湖相访，时年七十矣。阅两岁遂长逝，不果所至。雨苍，大崖先生裔孙，国亡后不应公车。唐须竹为余过其家省之，萧清户庭，犹楚云台风味也。楚云台，白沙筑于岭南，以馆大崖者。[①]

综上所论，王夫之一生可以分为三个大的阶段：王夫之从往岭南之前的岁月；王夫之岭外归来后定居衡阳金兰乡之前的岁月；王夫之定居衡阳县金兰乡之后的岁月。每个阶段都有不同的文学交游，这些诗文之友，对王夫之的诗歌创作水平的提高均产生不同的影响。

[①]《船山全书》第十五册，岳麓书社 1996 年版，第 886 页。

第五章

王夫之《广落花诗》探析

　　《落花诗》是王夫之先生生前所编的诗集中编辑比较早的。曾被他的次子王敔以《夕堂戏墨》①之名加以刻印。《夕堂戏墨》在清乾隆年间遭查禁。直到曾国藩开局刻《船山遗书》这两部诗集才流传于世。此后，有两种本子流传，一是民国时期商务印书馆影印本《姜斋诗文集》，二是新中国成立后中华书局编辑出版的《王船山诗文集》。未有人给这两种诗集作注释，研究的人也不是很多。刘利侠对王夫之《落花诗》的政治意识进行分析，指出《落花诗》政治意识形成的原因：一是诗人在诗学上对诗歌"匡维世教"的社会功用的强调，以及对"外周物理""情景相和"的美学境界的追求；二是明清之际士大夫独特的政治情感与落花摇落、萧索的物理特征的契合。刘利侠并对《落花诗》中蕴含的政治意识作了简单的分析和概括。②李生龙研析了王船山《正落花诗》，指出王夫之《落花诗》内蕴丰富，指向多元，但用典多而较生僻，颇为难懂。《落花诗》可分三类：一是借咏花自写心志，或直表倔强之品性，或追忆激越之怀抱，或状写不甘隐沦之

---

① 《夕堂戏墨》七种七卷：《雁字诗》一卷、《落花诗》一卷、《和梅花诗》一卷、《洞庭秋诗》一卷、《前后愚鼓词歌》一卷、《仿体诗》一卷、《南窗漫记》一卷。草堂刻本卷端题："夕堂戏墨，男敔校，私淑门人曾荣向订梓。"此种编辑可能完成于船山先生自己，而王敔只是袭用。

② 参见刘利侠《王夫之〈落花诗〉政治意识浅论》，《船山学刊》2010年第4期。

第五章
王夫之《广落花诗》探析

衷曲、肝胆如铁之精神；二是于咏落花中插入史事，借叙史抒发舆图换稿、成败兴亡、世事沧桑之悲慨；三是咏落花以直抒其情愫，或以落花宣泄孤独无侣之郁闷，或以落花昭显独行其道之志行，或借落花谈禅说道，标示高蹈出世之玄想。[①] 以上研究，尤其是李生龙先生的关于《正落花诗》的研究，为《落花诗》和王夫之诗歌解读提供了一种扎实的研究方法——通过文本细读而揭示文本的意义从而产生了重要的影响。当然，这些研究对于王夫之的《落花诗》的研究还只是开始。王夫之的《落花诗》包括《正落花诗》10首、《续落花诗》30首、《广落花诗》30首、《寄落花诗》10首、《落花诨体》10首、《补落花诗》9首，共99首。李生龙先生只分析了《正落花诗》10首，而其他研究者只是泛泛的分析，因此有必要从更广和更深的方面探讨《落花诗》。

第一节 《广落花诗》的创作题旨

王夫之在《广落花诗》前有自序，文云：

> 《礼》曰：广鲁于天下。鲁不有天下，广之以所未有也，以情广之也。迹所本无，情所得有，斯可广焉。夫落悴而花荣，落今而花昔。荣悴存乎迹，今昔存乎情。广花者，言情之都也，况如江文通所云"仆本恨人"者哉。[②]

欲解决《广落花诗》创作题旨问题就必须正确解读这一小引。欲

[①] 参见李生龙《王船山〈正落花诗〉分类细读与研析》，《湖湘论坛》2014年第4期。
[②] 《王船山诗文集》下册，中华书局1962年版，第410页。

正确解读这一小引还必须解决两个问题:一是"广鲁于天下"是什么意思,二是"广花者"是什么意思。《礼记·明堂位》云:

> 昔者周公朝诸侯于明堂之位:天子负斧依南乡而立;三公,中阶之前,北面东上。诸侯之位,阼阶之东,西面北上。诸伯之国,西阶之西,东面北上。诸子之国,门东,北面东上。诸男之国,门西,北面东上。九夷之国,东门之外,西面北上。八蛮之国,南门之外,北面东上。六戎之国,西门之外,东面南上。五狄之国,北门之外,南面东上。九采之国,应门之外,北面东上。四塞,世告至。此周公明堂之位也。
>
> 明堂也者,明诸侯之尊卑也。
>
> 昔殷纣乱天下,脯鬼侯以飨诸侯。是以周公相武王以伐纣。武王崩,成王幼弱,周公践天子之位以治天下;六年,朝诸侯于明堂,制礼作乐,颁度量,而天下大服;七年,致政于成王;成王以周公为有勋劳于天下,是以封周公于曲阜,地方七百里,革车千乘,命鲁公世世祀周公以天子之礼乐。
>
> 是以鲁君,孟春乘大路,载弧韣;旗十有二旒,日月之章;祀帝于郊,配以后稷。天子之礼也。季夏六月,以禘礼祀周公于大庙,牲用白牡;尊用牺象山罍;郁尊用黄目;灌用玉瓒大圭;荐用玉豆雕篹;爵用玉琖,仍雕,加以璧散璧角;俎用梡嶡;升歌《清庙》,下管《象》;朱干玉戚,冕而舞《大武》;皮弁素积,裼而舞《大夏》。《昧》,东夷之乐也;《任》,南蛮之乐也。纳夷蛮之乐于大庙,言广鲁于天下也。
>
> ……
>
> 凡四代之服、器、官,鲁兼用之。是故,鲁,王礼也,天下传之久矣。君臣,未尝相弑也;礼乐刑法政俗,未尝相变也,天

第五章
王夫之《广落花诗》探析

下以为有道之国。是故，天下资礼乐焉。①

由这段文字可知，《礼记·明堂位》是讲以明堂为中心的礼乐制度，所谓"明堂也者，明诸侯之尊卑也"。这种礼乐制度是周公制作，为表彰周公的贡献周成王封周公于曲阜，命鲁公世世祀周公以天子之礼。所以鲁君在祭祀的时候用的是天子之礼，"纳夷蛮之乐于大庙，言广鲁于天下也。"此处明言，鲁国虽然是诸侯国，但它用天子之礼，鲁国就有了对天下的影响。在这个意义上来说，就是"广鲁"，也就是王夫之所说的"鲁不有天下，广之以所未有也"。这种"广之以所未有也"，难道仅仅是王夫之所说的字面上的"情"吗？似乎不能这样理解。这段文字后面又说："凡四代之服、器、官，鲁兼用之。是故，鲁，王礼也，天下传之久矣。君臣，未尝相弑也；礼乐刑法政俗，未尝相变也，天下以为有道之国。是故，天下资礼乐焉。"这里强调了鲁国用的是王礼，在天下传之久，因而"广鲁"就应该是广天子的礼乐，也可以说是广天下之所以为天下的道统。

从小引来看，"广花者"之意是非常清楚的。王夫之说："广花者，言情之都也。"意思是指广"花"之情。这种"花"难道就是指自然界的"花"吗？这"情"就是指花开、花落所引发的人之情吗？显然不能作如此之解。一方面，诗中的"花"是指自然界的花，而诗人之情也与花开花落有关。另一方面，诗中的"花"也不仅仅指自然界的花，而是有某种寓意。这种寓意联系王夫之所处时代才可明了。王夫之在明亡后曾举行过反清的起义，在南明桂王朝做过官，虽说因为政治斗争而被迫离开南明桂王朝廷，但始终心系之。南明朝廷的任何消息都可以使他激动。他写《落花诗》正是南明朝廷危在旦夕之时的关口：南明主力被击垮，桂王被迫逃窜缅甸。王夫之此时咏落花就

---

① 《周礼·仪礼·礼记》，岳麓书社1989年版，第406—408页。

是咏明之亡。因此，"广花"就是"广鲁"，"广鲁"就是广"正统"之故国"明朝"覆亡之悲情。这种"情"不是一般的哀情而是"恨"意。如此《广落花诗》的题旨就明白显现了。

第二节　《广落花诗》的思想内容

一　直接回忆战斗岁月，反映现实斗争，抒发反清复明之志

《广落花诗》其四云：

> 我所思兮在桂林，征鸿回翼杜鹃喑。
> 荔丹谁遣霜风吹，珊紫长依海水深。
> 言鸟娇能怜蔻孕，舶香妒不损檀心。
> 从过庾岭闻羌管，雨替风凌直到今。

诗中所说的"桂林"并不是一个普通的地名，而是明末清初时反清力量的聚集地，南明大臣瞿式耜、张同为反清而献出宝贵的生命，王夫之更是在此见证了这一切。王敔《大行府君》记王夫之在南明王朝事云：

> 时粤仅一隅，而国命所系，则瞿公与少傅严公讳起恒实砥柱焉。行阙驻肇庆，纪纲大坏，骄帅外讧，宦幸内恣，视江、闽之覆辙而更甚，赖给谏公堵同丁公时魁、刘公湘客、袁公彭年、蒙公正发等主持振刷，而内阁王化澄、悍帅陈邦傅、内竖夏国祥等交害之，指为五虎，交煽中官，逮狱廷杖，将置之死。亡考邀同榜中舍管公讳嗣裘走诉严公曰："诸君弃坟墓，捐妻子，从王于刀

第五章
王夫之《广落花诗》探析

剑之下，而党人假不测之威而杀之，则君臣义绝而三纲斁，虽欲效南宋之亡，明白慷慨，谁与共之？"劝公匍匐为诸君请命。缇骑掠诸君舟，仆妾惊泣，亡考正色诃止之。继诸君以严公哀请得不死，而党人雷得复诬参严公。亡考抗疏指内阁王化澄结奸误国，疏凡三上。化澄恚甚，嗾私人吴贞毓、万翱、许玉凤辈交攻亡考，将构不测。亡考愤激咯血，因求解职。有忠贞营降帅高必正慕义解救之，乃得给假。高必正者，原名一功，闯营所称制将军者是也。时傍论遂有假必正兵力奉严君以清君侧者，亡考亟止之，且以其人国仇也，不以私恩释愤，终不往见。返桂林，依瞿公馆焉，闻谭太孺人病，闻道归衡，而太母已殁。①

"征鸿"，意为"远飞的大雁"，宋李清照《念奴娇》："征鸿过尽，万千心事难寄。""杜鹃"，又叫杜宇、子规、催归。它总是朝着北方鸣叫，六七月鸣叫声更甚，昼夜不止，发出的声音极其哀切，所以叫杜鹃啼归。唐李白《蜀道难》："又闻子规啼夜月，愁空山。蜀道之难难于上青天，使人听此凋朱颜！"首两句意谓我不时思念在桂林的岁月，那种刻骨铭心之痛，竟使擅长远飞的大雁不得不回转、啼血的杜鹃也无法鸣叫。三、四句意思是荔枝虽红经霜风吹后难久存，珊瑚紫色也被遮蔽在深深的海水之中，似乎往事已被忘却。"言鸟"，能模仿人语的鸟。《文选·左思》："畾貁㹞于蔓草，弹言鸟于森木。"注云："言鸟，鹦鹉之属。"②"舶香"，经大海船运而来的异域香料，带着生物的腥气。"檀心"，浅红色的花蕊。五、六句似指能说话的鸟和带有腥气的香都不会影响花儿开放，意指一切按其原有规则进行。"庾岭"，山名，即大庾岭，为五岭之一，在江西省大庾县南。岭上多植

---

① 《船山全书》第十五册，岳麓书社 2011 年版，第 71—72 页。
② 《文选》，上海古籍出版社 1986 年版，第 188 页。

梅树,故又名梅岭。"羌管"即羌笛,是出自古代西部羌族的一种簧管乐器,古老的六声阶双管竖笛。此处应是用典,典见宋范仲淹《渔家傲》:"羌管悠悠霜满地。人不寐,将军白发征夫泪。"最后两句是说自从过了大庾岭以后,经风冒雨的战斗就没有停过。这是一首回忆自己的战斗经历并强调自己战斗意志的诗。

其十三云:"人生自古皆惶恐,天下如今半绿林",直接写当时的社会现实。诗云:

> 干净青莎一片阴,君无去此豢饥禽。
> 人生自古皆惶恐,天下如今半绿林。
> 瞳日终风舟泛泛,水深河大雨淫淫。
> 旧家枝叶同乡土,好听黄鹂作羽吟。

"青莎",即莎草,多年生草本植物,地下块根名香附子,可供药用。《楚辞·淮南小山〈招隐士〉》:"青莎杂树兮,薠草靃靡。"洪兴祖补注引《本草》:"莎,古人为诗多用之,此草根名香附子,荆襄人谓之莎草。""饥禽",饥饿的禽鸟,此处指敌人。"惶恐",语出南宋文天祥《过零丁洋》,原诗云:

> 辛苦遭逢起一经,干戈寥落四周星。
> 山河破碎风飘絮,身世浮沉雨打萍。
> 惶恐滩头说惶恐,零丁洋里叹零丁。
> 人生自古谁无死?留取丹心照汗青。

颔联应是暗引文天祥之诗,糅"人生自古谁无死"与"惶恐滩头说惶恐"二句为一句,指出面对生死人皆恐惧,为下句张本。"绿林",西汉末,新市人王匡、王凤等聚集在绿林山中,至七八千人,王莽天凤四年起事,号下江兵。绿林位于湖北当阳东北。事见《汉

第五章
王夫之《广落花诗》探析

书》卷九九下《王莽传》及《后汉书》卷二一《刘玄传》。[①] 后来以绿林泛指结伙聚集山林之间反抗政府或抢劫财物的有组织集团。颔联的意思是：从古到今人们面对死亡威胁时都是惶恐不安的，为形势所逼，当今天下多半都成了反叛者。这是直接反映现实的状况。"曀日"，曀，《说文》："终风且曀。"《释名》："阴而风曰曀。曀，翳也，言云气掩翳日光使不明也。"曀日，太阳被掩翳。"泛泛"，漂浮貌；浮行貌。《诗小雅·采菽》："泛泛杨舟，绋纚维之。""淫淫"，流落不止貌。《楚辞·大招》："雾雨淫淫，白皓胶只。"颈联意指形势恶劣，前行艰难。尾联谓隐居旧乡聆听鸟鸣。

其五云：

> 踏草情阑长绿苔，南园近日赏心灰。
> 红牙倦理迎头拍，绿髓唯倾婪尾杯。
> 茵聚凭将挥蜀锦，蜡封留取贮商罍。
> 典刑犹在谁堪托，玉茗聊看隔岁胎。

"踏草"犹言"踏青"。"赏心"意谓游赏之心。首联意指心情不好，没有意绪踏青赏园。"红牙"，乐器名，檀木制的拍板，用以调节乐曲的节拍。如《宋史·吴越钱氏世家》云："红牙乐器二十二事。""绿髓"，指好酒。"婪尾杯"在此处应指满场敬酒后最后一杯酒。婪尾，酒巡至末座。唐苏鹗《苏氏演义》卷下："今人以酒巡匝为婪尾。"颔联意谓奏乐、饮酒皆无心情。此诗的基调是"赏心灰"而恨意长。"蜀锦"是指四川成都所出产的锦类丝织品，它与南京的云锦、苏州的宋锦、广西的壮锦一起，并称为"中国的四大名锦"。唐杜甫《白丝行》："缫丝须长不须白，越罗蜀锦金粟尺。"南宋陆游《初夏》：

---

① 参见（汉）班固《汉书》，中华书局 1962 年版。

"越罗蜀锦吾何用,且备幽人卒岁衣。"此处指绿草成茵。"商罍"在此处应指商代产的罍。罍,大型盛酒器和礼器,流行于商晚期至春秋中期。体量略小于彝,罍有方形和圆形两种,方形罍出现于商代晚期,而圆形罍在商代和周代初期都有。《诗经·周南·卷耳》有:"我姑酌彼金罍,维以不永怀。"颈联意思指好景徒有,好酒封存。"典刑",常刑。《书·舜典》:"象以典刑。"孔传:"象,法也。法用常刑,用不越法。"《史记·五帝本纪》云:"五岁一巡狩,群后四朝。遍告以言,明试以功,车服以庸。肇十有二州,决川。象以典刑,流宥五刑,鞭作官刑,扑作教刑,金作赎刑。眚灾过,赦;怙终贼,刑。"① "玉茗",白山茶花的别称。陆游《眉州郡燕大醉中间道驰出城》诗:"钗头玉茗妙天下,琼花一树真虚名。"末联似言国家法宪还在,但谁值得接受此重托?谁能重整河山?我只知道来年的白山茶花会开得更好。

其七云:

等是殉春亦待勘,摽梅难比二桃甘。
风流有主堪捐佩,雨涕无从得解骖。
蕢英雨阶辞舜殿,芳阑九畹萎江潭。
汤阴衣溅丹痕苦,僵李徒劳代亦惭。

王夫之自注云:

尧阶蕢英,虞不复生,岂亦悲禅代耶。

《召南·摽有梅》:"摽有梅,其实七兮;求我庶士,迨其吉兮。" "二桃",原指二个桃子,此处用典。春秋时,齐相晏婴以二桃赐三勇

---

① (汉)司马迁:《史记》(一),中华书局1959年版,第24页。

士(公孙接、古冶子、田开疆),使其争功而先后自杀。唐李白《梁甫吟》用此典云:"力排南山三壮士,齐相杀之费二桃。"明陈子龙《赠孙克咸》诗用此典云:"轩冕甘为五鼎烹,壮士翻为二桃弃。"首联谓同样殉春也是值得探究的:是梅熟而落还是二桃争甘,其寓意是如其招揽贤士还不如使其内斗。"捐佩",亦作"捐珮"。抛弃玉佩。语本《楚辞·九歌·湘君》:"捐余玦兮江中,遗余佩兮醴浦。"南朝宋颜延之《祭屈原文》:"访怀沙之渊,得捐珮之浦。""雨涕",落泪,流涕。唐元稹《诲侄等书》:"吾每念此言,无不雨涕。""解骖",解脱骖马赠人。谓以财物救人困急。《史记·管晏列传》:"越石父贤,在缧绁中。晏子出,遭之涂,解左骖赎之。"颔联意思指有风采的君主是值得祭奠的,却无从挽救。"蓂荚",古代传说中的一种瑞草。它每月从初一至十五,每日结一荚;从十六至月终,每日落一荚。所以从荚数多少,可以知道是何日。一名历荚。《帝王世纪》:"尧时有草夹阶而生,每月朔生一荚,厌而不落,月半则生十五荚。自十六日起,一荚落,至月晦而尽。月小则余一荚,厌而不落。""九畹",兰花。《楚辞·离骚》:"余既滋兰之九畹兮,又树蕙之百亩。"王逸注:"十二亩曰畹。"一说,田三十亩曰畹,见《说文》。后即以"九畹"为兰花的典实。颈联尧时的历荚不能复生,兰花也只能投掷江潭。"汤阴",是指岳飞,岳飞是河南汤阴人,故名"汤阴",史书载岳母在其背刺"精忠报国"之字。"僵李",僵,枯死;李树代替桃树死。此处是指新朝代替旧朝,因其不符其统故谓之"僵"。尾联谓岳飞矢志尽忠于恢复事业,不属于正统的人士想要取代应该感到惭愧。

其十云:

飞光煎寿簸英雄,鬼艳仙才委巷风。
白也魂归关塞黑,虞兮骓泣固陵红。

> 玉楼赋笔还天上,铁束经函锢井中。
> 多幸天年樗眼白,微眠长日据毡绒。

"飞光",飞逝的光阴。"鬼艳仙才",超凡脱俗的才华。宋人王得臣《麈史》卷中云:"庆历间,宋景文诸公在馆,尝评唐人之诗,云'太白仙才,长吉鬼才',其余不尽记也。"首联谓英雄也经不起岁月蹉跎,最好的诗才也常被埋没在陋巷。"白也",白,指唐诗人李白;也,助词,无义。语出唐杜甫《春日忆李白》诗:"白也诗无敌。""关塞",边关;边塞。《墨子·号令》:"数使人行劳赐守边城关塞、备蛮夷之劳苦者。""虞兮骓泣",用项羽《垓下歌》典,原诗云:"力拔山兮气盖世。时不利兮骓不逝。骓不逝兮可奈何!虞兮虞兮奈若何!"虞姬自刎别霸王,骓马在旁边哀鸣。虞姬为西楚霸王项羽爱姬,常随项羽出征。"固陵",在今河南太康南。公元前202年,刘邦追项羽至此。宋石孝友《水调歌头》:"心契匡庐猿鹤,泪染固陵松柏,一衲且蒙头。"颔联的意思是:李白死在流放的夜郎,僻远的边塞也变得黑暗了,虞姬在乌江自刎,宝马骓在旁边哭泣,鲜血染红固陵。"玉楼赋笔",辛弃疾曾撰《玉楼春·戏赋云山》,词云:"何人半夜推山去?四面浮云猜是汝。常时相对两三峰,走遍溪头无觅处。西风瞥起云横渡,忽见东南天一柱。老僧拍手笑相夸,且喜青山依旧住。"此句似指此事。"铁束经函锢井中",此句指南宋末年郑所南铁函藏井中之事。郑所南之事表达了遗民永不忘恢复故国的坚强意志。

其九云:

> 并门闭目奈愁生,幔卷帘垂两不平。
> 百岁回头三月雨,万端到耳一声莺。
> 贯休死爱香风吹,和靖难忘疏影横。
> 删抹艳根须有此,荷丝虽铩也相萦。

第五章 王夫之《广落花诗》探析

"并门",指并州。宋李纲《谢赐御筵表》:"适犬戎之犯顺,骑绕并门;驱虎士以遄征,军连代北。"首联意指静坐家中忧愁顿起。"万端",头绪极多而纷乱。形容方法、头绪、形态等极多而纷繁。颔联是说在阴雨中想了许多被莺啼惊醒。"贯休",唐末五代僧人,能诗善书,又擅绘画。"和靖",指和靖先生,本名林逋,北宋杭州孤山人,著名词人。因其终生不娶,膝下无子,以梅为妻鹤为子,故而有人给他梅妻鹤子之盛名。颈联意谓贯休、林逋均有自己的爱好。"删抹",谓删除,勾掉。元张可久《红绣鞋·西湖雨》云:"删抹了东坡诗句,糊涂了西子妆梳。""荷丝",即藕丝。唐崔国辅《杭州北郭戴氏荷池送侯愉》诗:"折花赠归客,离绪断荷丝。"此处荷丝亦是"思",怎么铩也不能断绝,其情不在艳而在恨。尾联以荷丝喻故国之思,表面上似指情思不断,实际上却有生命不息反抗不已之意。

二 或讽刺苟且偷生,或讥刺新朝之立,或斥责残杀义士

其二十八云:

> 风末雨余悄欲停,须臾如慕诉春听。
> 白日不肯香流水,黄昏取次乱飞萤。
> 舜华得计避霜色,汉柏偶尔逃天刑。
> 三归台上荡舟相,旖旎居然夭性灵。

首联意谓风雨欲停未停的时分,仿佛向春天言说着自己的心事。"取次",随便,任意。晋葛洪《抱朴子·祛惑》:"此儿当兴卿门宗,四海将受其赐,不但卿家,不可取次也。"颔联意思是落花未落在水面上似乎不让流水染上香味,黄昏来临的时候萤火虫到处乱飞。"舜华",指木槿花,出自《诗经·郑风·有女同车》:"有女同车,颜如舜华。""霜色",白色。唐周贺《赠神遘上人》诗:"道情淡薄闲愁

205

尽，霜色何因入鬓根。""天刑"，上天的法则。《国语·鲁语下》云："少采夕月，与大史、司载纠虔天刑。"韦昭注："刑，法也。"颈联是说木槿花颜色鲜艳，汉柏郁郁葱葱。"三归台"，位于今山东省平阴东阿，春秋时为齐鲁交界处。公元前662年，管仲为了使齐国民众信服自己的改革和治理措施，便让齐桓公多赐他家业齐桓公允准管仲便在他的府中筑三归之台。"性灵"，内心世界，泛指精神、思想、情感等。尾联是说"三归台"游乐似乎很有精彩之处但使其精神受损。在明朝倾覆之时，谁能逃过打击，谁又能奢谈民心归附，除了投降分子，只有那些苟且偷生之徒在夸夸其谈。

其十一云：

> 蜀国海棠七宝妆，扬州红药一楼香。
> 阿婆夜葬雷塘曲，花蕊春望玉垒长。
> 雨意迷留争冷暖，云鬟消受到兴亡。
> 阅人多矣青青树，猎取秦封偃盖凉。

"七宝妆"，指用多种宝物装饰。唐人李峤《床》诗："玳瑁千金起，珊瑚七宝妆。"《宋史·舆服志一》："东都旧制，辇饰以玉，裙网用七宝，而滴子用真珠。""红药"，芍药。首联意思是说像花一样美丽的女子，令人流连忘返。"雷塘"，地名，在江苏扬州城北。隋唐时为风景胜地，隋炀帝死于江都，李渊建唐以后，以帝王之礼将隋炀帝葬于此。唐罗隐《炀帝陵》："君王忍把平陈业，只博雷塘数亩田。"明朝夏完淳《大哀赋》："扬州歌舞之场，雷塘罗绮之地。""玉垒"，指玉垒山。在四川省理县东南，多作成都的代称。晋左思《蜀都赋》："廓灵关以为门，包玉垒而为宇。"刘逵注："玉垒，山名也，湔水出焉。在成都西北岷山界。"颔联是说隋炀帝葬在雷塘，花蕊夫人死在蜀中。"云鬟"，借指年轻貌美的女子。宋晁补之《绿头鸭·韩师朴相公会上观佳妓轻盈弹琵琶》词:"算从来、司空惯,断肠初对云鬟。"颈联意谓美女生死关乎王朝的兴亡。"偃盖",车蓬或伞盖。喻指圆形覆罩之物。晋葛洪《抱朴子·仙药》:"五德芝,状似楼殿,茎方,其叶五色各具而不杂,上如偃盖,中常有甘露,紫气起数尺矣。""阅人多矣"实指朝代不同人也不同了,易代之意显矣。尾联意谓挺立无数年的松树犹如久立多朝不倒的大臣。诗中点明贪图享受的帝王无视国家的兴亡,那些立朝的大臣也是名节不保。

其六云:

> 春王推戴诧魁功,生杀乘权速转蓬。
> 落魄早知亏月满,取精应悔竭春忠。
> 杨梅孔雀丹心别,金谷河阳白首同。
> 新绿可知霜刃在,尽情还与逼残红。

王夫之自注云:

> 文举、德祖虽殒贼手,所繇与安仁、季伦之殉南风,远矣。下首广此,如嵇绍者,不死晋焉可也。

"春王",指正月。按《春秋》体例,鲁十二公之元年均应书"春王正月公即位",有些地方因故不书"正月"二字,后遂以"春王"指代正月。《春秋·定公元年》云:"元年春王。"杜预注:"公之始年不书正月,公即位在六月故。"汉班固《东都赋》:"春王三朝,会同汉京。"《旧唐书·文苑传下·刘蕡》:"鲁定公元年春王不言正月者,《春秋》以其先君不得正其终,则后君不得正其始,故曰定无正也。""转蓬",随风飘转的蓬草。《后汉书·舆服志》:"上古圣人,见转蓬始知为轮。"首联的意思是:有推戴之功、有着生杀予夺之权转瞬间却很快失去。颔联意谓早知有覆败的一天,应该后悔过于尽忠。"金谷河阳",即金谷二十四友,河阳一县花。金谷二十四友,西晋时期的一个文学政治团体,依附于鲁国公贾谧,其中比较出名的成员有潘岳、陆机、陆云、石崇等。他们经常在石崇的金谷园活动。河阳一县花,唐白居易《白帖》卷七七:"潘岳为河阳(今孟州市)令,满植桃李花,人号曰'河阳一县花'。"潘岳做河阳县令时,满县栽花。颈联谓心不同但他们死亡的结局相同。"逼残红",表面上是指催花谢,实际上是另有深意,指清初汉族投降者威逼同胞。尾联敌人的锋刃会屠杀一切,愚蠢的人还在逼迫自己的同类。王夫之自注中指出孔融、杨修之死与潘安、石崇等之死不同,孔、杨是为了维护汉朝的权威,而潘、石等人是内部倾轧。而嵇绍却不应该为晋惠帝死,因为嵇绍其父为了曹魏而死于司马氏之手。尾联申明这首诗其旨在蔑视那些只顾倾轧而不顾国家安危的人,暗指南明王化澄等擅权误国。

三 或讽刺贪图享受误国,或抒写故国思念之痛

王夫之《广落花诗》中有一些诗或讽刺贪图享受误国,或抒写故国思念之痛。

其二十六云:

> 江渚山椒洽比邻,分飞接迹劳逡巡。
> 关河万里戎王子,楚汉千年虞美人。
> 沈炯自泣茂陵树,庾信长哀江南春。
> 人间有恨皆摇落,那向西园泪眼频。

"接迹",足迹前后相接,形容人多。唐赵璘《因话录·征》:"铜乳之臭,并肩而立,接迹而趋。""逡巡",因为有所顾虑而徘徊不前或退却。汉贾谊《新书·过秦论上》:"逡巡而不敢进。"首联指落花飘飞似徘徊不定。"戎王子",花草名。唐杜甫《陪郑广文游何将军山

林》诗之三:"万里戎王子,何年别月支。异花开绝域,滋蔓匝清池。"王嗣奭释:"花名'戎王子'。"《朱子语类》:"此中尝有一人在都下,见一蜀人遍铺买戎王子,皆无。曰:'是蜀中一药,为《本草》不曾收。'""虞美人",唐玄宗时教坊曲名,后用为词调。《乐府诗集》卷五十八《琴曲歌辞·力拔山操》序:"按《琴集》有《力拔山操》,项羽所作也。近世又有《虞美人》曲,亦出于此。"李煜《虞美人》为亡国后所作。《历代诗余·词话》引《乐府纪闻》:"后主归宋后,与故宫人书云:'此中日夕只以眼泪洗面。'每怀故国,词调愈工……其赋《虞美人》有云:'问君能有几多愁,恰似一江春水向东流。'旧臣闻之,有泣下者。"颔联用两典指落花远飞,亡国恨深。"沈炯",字初明,一作礼明,南朝梁武康(今浙江德清县)人,沈瑀孙。沈炯少有俊才,为时所重。现有《汉魏六朝百三家集》辑有《沈炯集》。"茂陵",西汉五陵之一,是西汉武帝刘彻的陵墓,规模最大的西汉帝王陵。所在地原属汉代槐里县茂乡,故称茂陵。"庾信",字子山,小字兰成,北周时期人。南阳新野(今属河南)人。他自幼随父亲庾肩吾出入于萧纲的宫廷,后来又与徐陵一起任萧纲的东宫学士,成为宫体文学的代表作家,他们的文学风格,也被称为"徐庾体"。后奉命出使西魏,在此期间,梁为西魏所灭。北朝君臣一向倾慕南方文学,庾信又久负盛名,因而他既是被强迫,又是很受器重地留在了北方,官至车骑大将军、开府仪同三司,北周代魏后,更迁为骠骑大将军、开府仪同三司。时陈朝与北周通好,流寓人士,并许归还故国,唯有庾信与王褒不得回南方。所以,庾信一方面身居显贵,被尊为文坛宗师,受皇帝礼遇,与诸王结布衣之交,一方面又深切思念故国乡土,因此作《哀江南赋》。颈联用两典喻对故国的思念。尾联直抒"人间恨"。

其八云:

桃蹊莫但昔春过,任遣余芳恨亦多。

> 月白风清秋不浅,参横斗转夜如何。
> 丹枫万点飘霜紫,残雪千峰消素螺。
> 临水登山皆荐泪,定情意不在双蛾。

"桃蹊",指桃树众多的地方。隋江总《修心赋》:"果丛药苑,桃蹊橘林。"唐韩愈《闻梨花发赠刘师命》诗:"桃蹊惆怅不能过,红艳纷纷落地多。"宋朱熹《云谷二十六咏·竹坞》:"悄蒨桃蹊北,萧掺竹坞深。""参横斗转",北斗转向,参星打横。指天快亮的时候。《宋史·乐志》:"斗转参横将旦,天开地辟如春。"宋朝苏轼《六月二十日夜渡海》诗:"参横北斗欲三更。""丹枫",经霜泛红的枫叶。唐李商隐《访秋》诗:"殷勤报秋意,只是有丹枫。"宋陆游《秋晚杂兴》诗:"漠漠渔村烟雨中,参差苍桧映丹枫。"颈联上句写秋景,下句写冬景。"双蛾",指美女的两眉。蛾,蛾眉,借指美女。唐刘驾《校古》:"娇娆不自持,清唱辇双蛾。"尾联意思是因心中有恨,观景在情不在景色,其心甚苦。此诗抒发了王夫之深沉的故国之思。

四 抒发彷徨无助之痛,表达不走平常路的意愿

王夫之《广落花诗》中有一些诗抒发彷徨无助之痛,表达不走平常路的意愿。

其十二云:

> 万重妒垒逼斯文,大野天穹吐玉麎。
> 谁解喟然叹点尔,但逢兴也即笺云。
> 狂歌唯哭支离叟,酹酒相邀冥漠君。
> 寂寂仲华应笑我,云台春老不书勋。

"斯文",指儒家的礼乐制度或泛指儒家的道德文化传统。此处暗用典故,典出《论语·子罕》,原文云:"子畏于匡,曰:'文王既没,

文不在兹乎？天之将丧斯文也，后死者不得与于斯文也；天之未丧斯文也，匡人其如予何！'""玉麋"，獐子。据古书记载麋的身躯与麒麟的身躯十分相像。此处暗用"获麟"典，典出《春秋·哀公十四年》，原文云："春，西狩获麟。"杜预注："麟者仁兽，圣王之嘉瑞也。时无明王出而遇获，仲尼伤周道之不兴，感嘉瑞之无应，故因《鲁春秋》而修中兴之教。绝笔于'获麟'之一句，所感而作，固所以为终也。"首联意谓明社覆亡，中华文化危殆。"喟然叹点尔"，语出《论语·先进》，云：

子曰："何伤乎？亦各言其志也！"曰："莫春者，春服既成，冠者五六人，童子六七人，浴乎沂，风乎舞雩，咏而归。"夫子喟然叹曰："吾与点也。"

"笺云"，汉人郑玄所作《〈毛诗传〉笺》的简称。郑玄兼通经今古文学，他以《毛传》为主，兼采今文三家诗加以疏解。他作《毛诗笺》，谦敬不敢言注，但云表明古人之意或断以己意，使可识别，故曰笺。书出后，《毛诗》日盛，三家诗渐废。颔联是说王夫之要隐居著述。"支离叟"，一说指支离疏。宋刘克庄《最高楼·乙卯生日》词："此生惭愧支离叟，何功消受水衡钱。"一说松的别称。元陆友《研北杂志》卷下："（鲜于枢）于废圃中得怪松一株，移植所居旁，名之曰支离叟。""支离"，谓残缺而不中用。《庄子·人间世》："夫支离其形者，犹足以养其身，终其天年，又况支离其德者乎！"《文选·谢灵运〈永初三年七月六日之郡初发都〉诗》："良时不见遗，丑状不成恶；曰余亦支离，依方早有慕。"李善注引《七贤音义》："形体离，不全正也。"王夫之是亡国遗臣，自认为是"支离叟"。"冥漠君"，指死者。唐杜甫《九日》诗之三："欢娱两冥漠，西北有孤云。"颈联意谓苟活之人只能与鬼魂相伴。"寂寂"，寂静无声貌。《玉台新咏·古诗为焦仲卿妻作》:"寂寂人定初。"三国魏曹植《释愁文》:"愁之为物,惟惚惟怳,不召自来,推之弗往,寻之不知其际,握之不盈一掌。寂寂长夜,或群或党,去来无方,乱我精爽。""云台",东汉明帝永平年间,皇帝派人为28员功勋卓著的大将画像,并摆放在南宫云台之上,纪念28人为建立东汉王朝所立下的汗马功劳,史称"云台二十八将"。西汉末年,谶纬之学盛行,即有人把28将说成天上28星宿下凡,辅佐真命天子刘秀登上帝位。范晔则在《后汉书》中,为28人——立传,并认为他们"咸能感会风云,奋其智勇,称为佐命,亦各志能之士也"。"春老",谓晚春。语出唐岑参《喜韩樽相过》诗:"三月灞陵春已老,故人相逢耐醉倒。"尾联指自己无法为复国立功。此诗言斯文已丧,狂歌唯哭,其痛无可言状。

其十四云:

> 止竟须飞悟得无,荣期春去亦童乌。
> 寒催直北沙如雪,暖浥江南雨似酥。
> 画槛铃流讥乳鸟,青坰金涩惢骄驹。
> 零红堆绣双寂寞,张单何为各守株。

"止竟",毕竟,究竟。唐元稹《六年春遣怀》诗:"止竟悲君须自省,川流前后各风波。"唐司空图《漫书》诗之三:"爱憎止竟须关分,莫把微才望所知。""童乌",汉扬雄子,九岁时助父著《太玄》,早夭。事见汉扬雄《法言·问神》。后指早慧而夭折者。"荣期",春秋隐士荣启期的省称,传说曾行于郕之野,语孔子,自言得三乐:为人,又为男子,又行年九十。后用为知足自乐之典。三国魏嵇康《琴赋》:"于是遁世之士,荣期、绮季之畴,乃相与登飞梁,越幽壑。"首联是说是否明白寿长寿夭区别不大。"直北",正北。《史记·封禅书》:"汉文帝出长安门若见五人于道北,遂因其直北立五帝坛,祠以

第五章
王夫之《广落花诗》探析

五牢具。"杜甫《小寒食舟中作》诗："云白山青万余里，愁看直北是长安。"颔联谓江南江北之景各有其长。"画槛"，犹画栏。《醒世恒言·卢太学诗酒傲王侯》："朱栏画槛相掩映，湘帘绣幌两交辉。""坰"，都邑的远郊。《诗·鲁颂·坰》："在坰之野。"《列子·黄帝》："出行经坰外。""驹"，两岁以下的马。《说文》："驹，马二岁曰驹。"颈联是说笼中鸟不如郊外驹。"张单"，张毅、单豹二人的并称。《庄子·达生》："鲁有单豹者，岩居而水饮，不与民共利，行年七十而犹有婴儿之色，不幸遇饿虎，虎杀而食之；有张毅者，高门悬薄，无不走也，行年四十而有内热之病以死。豹养其内而虎食其外，毅养其外而病攻其内。"《南史·王彧传》："贵高有危殆之惧，卑贱有沟壑之忧。张单双灾，木雁两失。"尾联花开花谢都令人伤感如同张、单两人之下场。这首诗充分表达了王夫之内心彷徨之感。

其十七云：

> 色香之外有谁能，妙影轻姿记得曾。
> 几点烟横吹雁字，一江风起乱渔灯。
> 云根无托依贫士，软触难忘恼定僧。
> 世出世中俱不受，六铢衣界自飞腾。

"云根"，道指院僧寺，为云游僧道歇脚之处。南朝宋谢灵运《山居赋》："憩曾台兮陟云根，坐涧下兮越风穴。"唐司空图《上陌梯寺怀旧僧》诗之一："云根禅客居，皆说旧吾庐。""定僧"，指坐禅入定的和尚。唐刘得仁《宿僧院》诗："树摇幽鸟梦，萤入定僧衣。"宋孔平仲《孔氏谈苑·定僧》："有一定僧在山谷中，汉军执之。""六铢"，指六铢衣。唐谷神子《博异志·岑文本》："（岑文本）又问曰：'比闻六铢者天人衣，何五铢之异？'（上清童子）对曰：'尤细者则五铢也。'"宋叶适《和李参政》："传观弓力异常钧，衣我六铢羞问。"这

213

首是表明一种不出世又不入仕、追求自在的态度。这是王夫之欲另走一条不平常的道路。

其十八云：

> 消心独有艳难删，游戏无端偶破颜。
> 莲社带醺逃梵纲，华阳揉藻耻仙顽。
> 挥弦送目随归雁，见月开笼放白鹇。
> 此意非然非有自，鸿沙羚角故相关。

"游戏"，嬉戏。宋苏轼《教战守》："游戏酒食。""破颜"，意为笑脸。卢纶《落第后归终南别业》："落羽羞言命，逢人强破颜。""莲社"，以念佛为主旨之团体名。东晋慧远大师居庐山，与刘遗民等同修净土，寺中有白莲池，因号莲社，又称白莲社。后结社念佛者亦多以此名之。"华阳"因在华山之阳得名。相当于今陕西秦岭以南、四川、云南和贵州一带。东晋常璩所著《华阳国志》，即记载此地区历史。"揉藻"，铺张辞藻。唐萧颖士《赠韦司业书》："今朝野之际，文场至广，揉藻飞声，森然林植。"清钮琇《觚賸·圣武成功诗》："康熙丁丑，今上亲征葛尔丹还宫而后，在朝者揉藻彰勋，诸体咸备。""白鹇"，白鹇又名银鸡。白鹇因其体态娴雅、外观美丽，自古就是著名的观赏鸟。唐李白《赠黄山胡公晖求白鹇并序》："请以双白璧，买君双白鹇。""有自"，有其原因。《庄子·寓言》："有自也而可，有自也而不可。"陈鼓应今注："有自也，有所由来，即有它的原因。"宋欧阳修《泷冈阡表》："俾知夫小子修之德薄能鲜，遭时窃位，而幸全大节，不辱其先者，其来有自。""鸿沙"，疑暗用宋代诗人苏轼的《和子由渑池怀旧》，原诗云："人生到处知何似，应似飞鸿踏雪泥。泥上偶然留指爪，鸿飞那复计东西。老僧已死成新塔，坏壁无由见旧题。往日崎岖还记否，路长人困蹇驴嘶。""羚角"，指"羚羊挂角"，

第五章
王夫之《广落花诗》探析

《埤雅·释兽》：羚羊夜眠以角悬树，足不着地，不留痕迹，以防敌患。宋人严羽《沧浪诗话·诗辨》说："诗者，吟咏情性也。盛唐诸人，惟在兴趣，羚羊挂角，无迹可求。故其妙处，透彻玲珑，不可凑泊。"《景德传灯录》卷十六载义存禅师示众语谓："我若东道西道，汝则寻言逐句；我若羚羊挂角，你向什么处扪摸？"此诗言有一种"意"是难以言说的，也是无迹可寻的。或许，这也是王夫之追求的一种境界。

五　表达归隐之思

王夫之《广落花诗》中有一些诗表达归隐之思。其二十三云：

> 天涯天涯予安归，金门绣岭春事非。
> 立鹤毳羽昔君子，斑管晕痕旧帝妃。
> 弥天无土葬香骨，过雨有人拾象玑。
> 浪游沧海意不息，为倩东风挚蝶衣。

"天涯天涯予安归，金门绣岭春事非"一句中的"天涯"，犹天边，指极远的地方。语出《古诗十九首·行行重行行》："相去万余里，各在天一涯。""金门"，旧名"浯州""仙洲"。唐贞元十九年，为牧马监地，五代时编入泉州属邑。由于孤悬海中，每为海盗倭寇肆虐之所，直到明太祖洪武二十年（1387），始于岛上构筑城池以防御倭寇侵忧，依其形势"固若金汤，雄镇海门"而取名为"金门城"，从此乃以"金门"为名。明末鲁王在闽建立南明政权。金门或指此。绣岭，山名，在今陕西省临潼骊山上，有东绣岭、西绣岭。以山势高峻，如云霞绣错，故名。唐杜牧《华清宫三十韵》："绣岭明珠殿，层峦下缭墙。""毳羽"，指羽毛。元吴师道《吴礼部诗话》引时天彝诗："予悲时俗之汩污兮，欲往睨乎鸿蒙。托刚风而上浮兮，恐毳羽之不丰。""斑管",指斑竹。《博物志》:"尧之二女,舜之二妃,曰'湘夫人',舜崩,二妃啼,以涕挥竹,竹尽斑。"《群芳谱》:"斑竹即吴地称'湘妃竹'者。""弥天无土葬香骨,过雨有人拾象玑"两句,谓花瓣漫天飞扬着没有土来埋葬,下雨过后有路人捡起已经不顺滑的残花。"浪游沧海意不息",浪游,漫游,四方游荡。唐杜牧《见穆三十宅中庭海榴花谢》诗:"堪恨王孙浪游去,落英狼藉始归来。"沧海,我国古代对东海的别称。《初学记》卷六:"东海之别有渤澥,故东海共称渤海,又通谓之沧海。""蝶衣",指蝶翅,或喻轻盈的花瓣。此诗明言诗人所处之境遇,不知何归,不如隐居漫游。

六 或达到某种境界,或明白某种玄理

王夫之《广落花诗》中有一些诗或达到某种境界,或明白某种玄理。其十九云:

> 岸移月驶定谁真,花住花飞臂屈伸。
> 奔马难追昨日影,神舆早属后车尘。
> 霎时雨警三更梦,大力舟藏万壑春。
> 认得白沙诗句好,刘郎莫问旧渔津。

首联云物象变化不居。"神舆"谓载神主的车驾。《宋史·礼志十二》:"明日,复行荐享如礼,礼仪使奉神舆行,帝出幄导至宣德门外。"颔联谓流逝的已属过去。"大力",指大自然的力量。唐李白《长歌行》:"大力运天地,羲和无停鞭。""万壑",形容山峦绵延起伏,高低重叠。唐杜甫《咏怀古迹五首》:"群山万壑赴荆门,生长明妃尚有村。"颈联意谓表象之下还有别的意义。"白沙",指陈白沙,即陈献章,字公甫,号石斋,别号碧玉老人、玉台居士、江门渔父、南海樵夫、黄云老人等,因曾在白沙村居住,人称白沙先生,世称为

第五章 王夫之《广落花诗》探析

陈白沙。"刘郎",指刘晨、阮肇之事,两人都是剡县人,故事的发生地在剡地。最早记载这个故事传说的应为晋干宝《搜神记》,还有南朝刘义庆《幽明录》。汉明帝永平五年(《剡录》载为永平十五年),剡县刘晨、阮肇共入天台山取谷皮,迷不得返。经十三日,粮食乏尽,饥馁殆死。遥望山上,有一桃树,大有子实;而绝岩邃涧,永无登路。攀援藤葛,乃得至上。各啖数枚,而饥止体充。复下山,持杯取水,欲盥漱。见芜菁叶从山腹流出,甚鲜新,复一杯流出,有胡麻饭掺,相谓曰:"此知去人径不远。"便共没水,逆流二三里,得度山,出一大溪,溪边有二女子,姿质妙绝,见二人持杯出,便笑曰:"刘、阮二郎,捉向所失流杯来。"晨、肇既不识之,缘二女便呼其姓,如似有旧,乃相见忻喜。问:"来何晚邪?"因邀还家。其家铜瓦屋。南壁及东壁下各有一大床,皆施绛罗帐,帐角悬铃,金银交错,床头各有十侍婢,敕云:"刘、阮二郎,经涉山岨,向虽得琼实,犹尚虚弊,可速作食。"食胡麻饭、山羊脯、牛肉,甚甘美。食毕行酒,有一群女来,各持五三桃子,笑而言:"贺汝婿来。"酒酣作乐,刘、阮欣怖交并。至暮,令各就一帐宿,女往就之,言声清婉,令人忘忧。至十日后欲求还去,女云:"君已来是,宿福所牵,何复欲还邪?"遂停半年。气候草木是春时,百鸟啼鸣,更怀悲思,求归甚苦。女曰:"罪牵君,当可如何?"遂呼前来女子,有三四十人,集会奏乐,共送刘、阮,指示还路。既出,亲旧零落,邑屋改异,无复相识。问讯得七世孙,传闻上世入山,迷不得归。至晋太元八年,忽复去,不知何所。尾联云要学习陈白沙那样的生活方式。此诗表达了要从各种现象中悟得道理,寻找玄妙的生活境界。

其二十二云:

> 杜陵颠狂恼不休,涪翁含笑增春羞。
> 他春未必如此日,枝上而今已陌头。

青山一静似太古，黄葛虽鲜难顺流。

韶光转毂无终极，辨此何为不散愁。

"杜陵"，指杜甫，他自称："杜陵布衣。"宋寇准《杜陵》："杜陵人不见，月夜自徘徊。"唐宋之问《军中人日登高赠房明府》："泾水桥南柳欲黄，杜陵城北花应满。""涪翁"，应指宋代诗人黄庭坚，字鲁直，自号山谷道人，晚号涪翁。"陌头"，原指古代男子束发的头巾，此处指树上已长有树叶。"太古"，远古，上古。《荀子正论》："太古薄葬，故不扣也。""黄葛"，葛布。北周庾信《谢赵王赉白罗袍袴启》："披千金之暂暖，弃百结之长寒，永无黄葛之嗟，方见青绫之重。"倪璠注引《吴越春秋》："越王自吴还国，劳身苦心，悬胆于户，出入尝之。知吴王好服之被体，使国中男女入山采葛，作黄纱之布以献之。吴王乃增越之封，越国大悦。采葛之妇伤越王用心之苦，乃作《苦之何》诗。"借指亡国之君主。"韶光"，指美好的光阴。《武王伐纣平话》卷上："韶光似箭，日月如梭。"元柯丹丘《荆钗记·分别》："韶光荏苒，叹桑榆暮景。""转毂"，飞转的车轮，比喻行进迅速。《淮南子·兵略训》："欲疾以遨，人不及步锜，车不及转毂。"唐贾岛《古意》诗："碌碌复碌碌，百年双转毂。"此诗云不要计较眼前得失，一定会有变化。喻指未来还有可为。

第三节 《广落花诗》的艺术表现

王夫之对于《落花诗》的艺术表现是有自己的评价的，他在《明诗评选》卷六"七言律"唐寅《落花》评语中云：

第五章
王夫之《广落花诗》探析

落花诗倡自石田,而莫恶于石田。拈凑俗媚,乃似酒令院谜。愚尝戏墨为之,随手盈卷,回看殆欲自哂,足存者不满十篇,皆与今之咏落花者相抵牾者也。子畏二十首,诗多高脱,要此二章为至。他如"青冢埋怨""玄都赋诗""奔月换骨""坠楼酬恩",未免堕石田老魔障中,明眼人不容不为分别。①

引文中所说的"石田"是指沈周,明代杰出书画家、诗人。沈周,字启南,号石田、白石翁、玉田生、有竹居主人等,长洲(今江苏苏州)人,生于明宣德二年(1427),卒于明正德四年(1509),享年82岁(虚岁83岁)。沈周不应科举,专事诗文、书画,是明代中期文人画"吴派"的开创者,与文征明、唐寅、仇英并称"明四家"。沈周传世作品有《庐山高图》《秋林话旧图》《沧州趣图》,著有《石田集》《客座新闻》等。明弘治十七年(1504),沈周78岁高龄时,因老年丧子而赋得《落花诗》10首以寄托叹老嗟衰的情思,文征明、徐祯卿、吕常、唐寅唱和。其中沈周共写了唱和《落花诗》30首,文征明、徐祯卿、吕常3人各写了和沈周《落花诗》10首,唐寅写了和沈周《落花诗》30首。沈周、文征明、徐祯卿、吕常4人的唱和之作,见于文征明小楷手卷《落花诗》。唐寅的和诗,见于他自书的行书墨迹手卷《落花诗》。关于《落花诗》唱和的过程,文征明小楷《落花诗》跋语有具体记载:"弘治甲子之春,石田先生赋落花之诗十篇,首以示璧。璧与友人徐昌榖,属而和之。先生喜,从而反和之。是岁,璧计随南京谒太常卿吕公,又属而和之。先生益喜,又从而反和之。其篇皆十。而先生之篇累三十,皆不更宿而成。成益易,而语益工。其为篇益富,而不穷益奇。"这就是王夫之的评语中所云的"落花诗倡自石田"的由来。王夫之的评语还对《落花诗》的弊病进

---

① 《明诗评选》,文化艺术出版社1997年版,第289页。

行了批评。王夫之认为《落花诗》的主要问题是"拈凑俗媚,乃似酒令院谜"。这就是说《落花诗》内容"俗媚",形式似酒令院谜,更有一些套子语:"青冢埋怨""玄都赋诗""奔月换骨""坠楼酬恩"。王夫之对沈周的《落花诗》评价甚低,对自己之《落花诗》也毫不留情,曰"殆欲自哗"。王夫之给予唐寅的两首《落花诗》很高的评价,称:"子畏二十首,诗多高脱,要此二章为至。"

虽然说王夫之对自己的《落花诗》有贬评,但王夫之的《落花诗》显然是不能归之于恶诗之列。这主要由两个方面的情况来决定:一是王夫之的《落花诗》有其深刻的现实内容,这在本章第一节中已有充分的论述;二是王夫之《落花诗》在艺术表现上也有其值得称道的地方。

一　以落花拟人、托情于落花的比兴手法

《落花诗》是咏花的诗,是咏物诗中的一种,当然离不开以物拟人,托物言志的比兴手法的运用。关于这一点,王夫之在《落花诗·自序》中就有明确的说明。王夫之在《广落花诗·自序》中说:"夫落悴而花荣,落今而花昔。荣悴存乎迹,今昔存乎情。广花者,言情之都也。""广花者,言情之都也",就是将通过写落花以抒情。王夫之在《寄落花十首·序》中说:

> 天地指也,万物马也,蝦目水母也,寓木宛童也,即物皆载花形,即事皆含落意。九方专精而视无非骐骥者,苟为汗漫,亦何方之有哉!八目十咏,犹存乎区宇之观也。

"即物皆载花形,即事皆含落意"中的"物"指花,"事"是指人事亦可说是人情。咏落花就是咏人事,就是咏人情。如《广落花诗》其三云:

第五章
王夫之《广落花诗》探析

情知不住若为留，愿我嫣然笑上头。

春老无人随少府，风欺一倍感商州。

寒禁荇藻凭鱼计，教寄茱萸缓客愁。

祖绿帝青添几色，新阴还得醉双眸。

"嫣然"，娇媚的笑态。宋苏轼《续丽人行》："若教回首却嫣然，阳城下蔡俱风靡。"此句描写花之神态。"春老无人随少府"，春老，谓晚春。语出唐岑参《喜韩樽相过》诗："三月灞陵春已老，故人相逢耐醉倒。"宋欧阳修《仙意》诗："沧海风高愁燕远，扶桑春老记蚕眠。""少府"，应指杜少府，出自唐王勃《送杜少府之任蜀州》："城阙辅三秦，风烟望五津。与君离别意，同是宦游人。海内存知己，天涯若比邻。无为在歧路，儿女共沾巾。""商州"，商州地处陕西东南部，秦岭东段南麓，西邻西安，东通鄂豫，是古时著名的商道。唐杜牧《除官赴阙商山道中绝句》："水叠鸣珂树如帐，长杨春殿九门珂。我来惆怅不自决，欲去欲住终如何？""茱萸"，植物名。香气辛烈，可入药。古俗农历九月九日为重阳节，佩茱萸能祛邪避恶。三国魏曹植《浮萍》："茱萸自有芳，不若桂与兰。"唐王维《九月九日忆山东兄弟》诗："遥知兄弟登高处，遍插茱萸少一人。""帝青"，指青天，碧空。宋王安石《古意》诗："帝青九万里，空洞无一物。"宋刘克庄《满江红》词："九万里，纤云收尽，帝青空阔。"此处"帝青"应指绿叶之色。与"祖绿"一道将绿叶的绿色分为深浅不同。这首诗使用的就是拟人的手法。首联是写枝头上的花，却使用了"嫣然笑"这样描写女性娇媚神态的词，将花之灿烂貌写活了。而"情知不住若为留"是写心理，这种心理是人的心理还是花的心理，似乎两者皆有。人啊，花啊，似乎模糊了界限，花是人，人是花，正所谓"即物皆载花形，即事皆含落意"。

《广落花诗》其一云：

惠风习习柳阴阴，只此闲愁警客心。
昔以视今悲曲水，物犹如是奈江浔。
素筝如怨歌珠断，玉斝疑催烛泪深。
乱扑红颜都不省，待沾华发可知音。

"惠风"，柔和的风，出自晋王羲之《兰亭集序》："是日也，天朗气清，惠风和畅。""习习"，微风和煦貌。《诗·邶风·谷风》："习习谷风，以阴以雨。"毛传："习习，和舒貌。""阴阴"，幽暗貌。唐李端《送马尊师》诗："南入商山松路深，石床溪水昼阴阴。"宋苏轼《李氏园》诗："阴阴日光淡，黯黯秋气蓄。""闲愁"，无端无谓的忧愁。唐张碧《惜花》诗之一："一窖闲愁驱不去，殷勤对尔酌金杯。"宋贺铸《青玉案》词："试问闲愁都几许？一川烟草，满城风絮，梅子黄时雨。""曲水"，应指"曲水流觞"，出自魏晋第一大都市会稽（绍兴）千古风流的兰亭盛会，是上流社会的一种高雅活动。夏历的三月人们举行祓禊仪式之后，大家坐在河渠两旁，在上流放置酒杯，酒杯顺流而下，停在谁的面前，谁就取杯饮酒。"江浔"，江边。《淮南子·原道训》："游于江浔、海裔，驰要袅，建翠盖。"南朝齐谢朓《临楚江赋》："冽欇箾兮极浦，弭兰鹢兮江浔。"宋曾巩《游麻姑山》诗："遂登半岭望城郭，但见积霭萦江浔。""玉斝"，玉制的酒器。《广绝交论》："分雁鹜之稻粱，沾玉斝之余沥。"李善注引《说文》："斝，玉爵也。""华发"，白发。《墨子·修身》："华发隳颠，而犹弗舍者，其唯圣人乎？"宋苏轼《次韵韶守狄大夫》之一："华发萧萧老遂良，一身萍挂海中央。""乱扑红颜都不省，待沾华发可知音。"此两句的意思是：（花瓣）胡乱地飞着，扑到年轻人的脸上，（他们）都不知道，沾到我白发上不知是不是真的懂我。这是将花拟人。

其二十云：

第五章
王夫之《广落花诗》探析

款款分明下砌除,燕梢风起漾池墟。
参差难采中流荇,游泳空邀静夜鱼。
柳缆无因维野马,蛙吹何当享爰居。
同心唯有青天月,到处相逢影一如。

"款款",缓缓,慢慢。杜甫《曲江》之二:"穿花蛱蝶深深见,点水蜻蜓款款飞。"此似写落花飘飞之状。"参差",长短、高低不齐的样子。《诗经·周南·关雎》:"参差荇菜,左右流之。"《汉书·扬雄传下》:"仲尼以来,国君将相卿士名臣参差不齐。""蛙吹",指蛙鸣,咏环境清悠。前蜀韦庄《夏夜》诗:"蛙吹鸣还息,蛛罗灭又光。"宋范成大《积雨作寒》诗之二:"养成蛙吹无谓,扫尽蚊雷却奇。"唐戴复古《豫章巨浸呈陈幼度提干》:"自成鼓吹喧朝夕,输与东湖两部蛙。"宋陆游《久雨排闷》诗:"老盆浊酒且复醉,两部鼓吹方施行。""何当",合当,应当。唐杜甫《画鹰》诗:"绦镟光堪摘,轩楹势可呼。何当击凡鸟,毛血洒平芜。""爰居",迁居。《三国志·吴志·钟离牧传》:"少爰居永兴,躬自垦田。"可以说整首诗都用拟人的手法,先写落花如女人款款下阶梯,然后凌空,最后心与明月同。一个永远忠于明朝的形象跃然纸上。

二 王夫之尤喜暗用典

中国古代诗人喜用的表现手法之一就是用典或称用事。王夫之虽然对诗歌用事有过批评,但他自己也是喜欢用典的,可以说王夫之的诗几乎每首都用典。

如《广落花诗》其二的主旨由"隙影早知同塞马,锦衣何用慕文牺"这联来表达。"锦衣""文牺"均是用典。"锦衣"用"锦衣玉食"典意指富贵,而"文牺"指用来祭祀的祭品,虽然用了很好的包装,但还是改不了"牺牲"的本来面貌。这样暗指投降清朝而换来"锦衣"等同于"文牺",其结局仍是悲惨的,还要受到千秋万代的抨击,而同自己一样的那些反清义士和隐居山岩之士绝不食"嗟来之食"以损凤凰之节。其十云:"白也魂归关塞黑,虞兮骓泣固陵红。玉楼赋笔还天上,铁束经函锢井中。"这里连用了李白、项羽、辛弃疾、郑思肖等典,表达了虽英雄末路、悲痛莫名而复国的愿望永远留存的浓烈、深幽之情。

《广落花诗》其二十五云:

息夫人看终不言,黄四娘家扑满轩。
柳绵团马暖如意,梅影啼禽冷彻魂。
云中任逐淮南犬,腐草宁归滇峡猿。
百舌珊瑚不称意,凋伤浪为呼烦冤。

这首诗用了如"息夫人""黄四娘""淮南犬""百舌""腐草""滇峡猿""呼烦冤"等典故。"息夫人",春秋时期息国国君的夫人,出生于陈国(今河南淮阳县)的妫姓世家,因嫁于息国(今河南息县)又称息妫,后楚文王以武力得之。因容颜绝代,目如秋水,脸似桃花又称为"桃花夫人"。息国亡国,息侯被俘后成了楚国都城的守门小吏,息夫人在楚宫中备受宠爱,三年的时光一晃就过去了,妫氏为楚文王生下了两个儿子,但却始终不发一言。楚文王十分纳闷,一定要妫氏说出道理来,妫氏万般无奈,才泪流满面地说道:"吾一妇人而事二夫,不能守节而死,又有何面目向人言语呢!""黄四娘",出自杜甫诗《江畔独步寻花》。《江畔独步寻花七绝句》其六写道:"黄四娘家花满蹊,千朵万朵压枝低。留连戏蝶时时舞,自在娇莺恰恰啼。"黄四娘是杜甫的邻居。"淮南犬",典出王充《论衡·道虚》,文云:"淮南王刘安坐反而死,天下并闻,当时并见,儒书尚有言其得道仙去,鸡犬升天者。"《礼记·月令》:"季夏之月……腐草为萤。"

第五章
王夫之《广落花诗》探析

崔豹《古今注》:"萤火,腐草为之。""百舌",即反舌鸟。春始鸣,至五月止。《淮南子·时则》:"能辨反其舌,变易其声,以效百鸟之鸣,故谓百舌。""烦冤",烦躁愤懑,烦怨。应是暗引《楚辞·九章·思美人》:"蹇蹇之烦冤兮,陷滞而不发。"这首诗除了用典多外,还喜欢暗用典故,即表面上似未用典,实际却在用典,如"呼烦冤"之典的使用就如此。

其二十七云:

> 高田小麦凋穗黄,君胡蹼蹀理征裳。
> 春江劳劳客易散,秋渚迢迢夜未央。
> 绠断银瓶空井底,瑟分玉柱愁高涨。
> 海山家在莺啼处,无计日归空暗伤。

此诗用典不是很多,有近乎直接引用别人诗句的,如"绠断银瓶空井底",语出白居易《井底引银瓶》,诗云:"井底引银瓶,银瓶欲上丝绳绝。"也有暗用典的,如"瑟分玉柱愁高涨",疑暗用唐诗人李贺《李凭箜篌引》中的"吴丝蜀桐张高秋"。又如"无计日归空暗伤",疑暗用杜鹃啼归之典。

其二十九云:

> 嬴皇兀山辇金埋,千春粉黛消秦淮。
> 芙蓉无数蚀宝剑,鸳鸯岂但坼金钗。
> 三月通闺只紫荠,五色欲补谁皇娲。
> 一声举棹唱年少,玉树歌终泣越娃。

王夫之诗歌多数用典都富有深意。"芙蓉无数蚀定剑",汉袁康《越绝书·外传记宝剑》载越王勾践有宝剑名"纯钧",相剑者薛烛以"手振拂,扬其华,捽如芙蓉始出"。后因以指利剑。诗用典似乎是指

225

反清不力。"三月通闰只紫莽","王莽紫色蛙声,余分闰位",非正统的帝位。《汉书·王莽传赞》:"紫色蛙声,余分闰位,圣王之驱除云尔。"① 意思是说,王莽虽然称帝,更改国号,但像紫色不是正色,蛙声不是正声,岁月之余只能成闰而不能独立一样,他不能占据历史上正统的帝王之位,只是为圣王(指光武帝刘秀)的出现清扫道路而已。用此典也在指清朝不能长久。"五色欲补谁皇娲",用女娲炼石补天之典,是要确定反清的力量在哪里。其十三有云:"人生自古皆惶恐,天下如今半绿林。"此处则用了文天祥《过零丁洋》和西汉末年"绿林"农民起义两典,既揭露现实问题,又表明自己的态度。

  总之,《广落花诗》虽然表面看起来是一组咏物诗,但有其丰富的现实内容,并通过高超的艺术手法加以表现,是难得的诗歌精品。

---

① (汉)班固:《汉书》,中华书局1997年版,第1063页。

第六章

王夫之的咏史诗注释及其史学与诗歌创作关系考

第一节　王夫之咏史诗注释

王夫之诗集中咏史诗并不多,以咏史为名就只有《五十自定稿》中《咏史》二十七首。

其一

箕子生传洪范[1],刘歆死击穀梁[2]。叛父只求媚莽[3],称天原是存商[4]。

注:

[1]箕子生传洪范:箕子,商王文丁的儿子,帝乙的弟弟,纣王的叔父,官太师,封于箕(今山西太谷、榆社一带),名胥余,在商周政权交替与历史大动荡的时代中,因其道之不得行,其志之不得遂,"违衰殷之运,走之朝鲜"。《洪范》,《尚书》篇名。旧传为箕子向周武王陈述的"天地之大法"。今人或认为系战国后期儒者所作,或认为作于春秋。《汉书·五行志》曰:"禹治洪水,赐《洛书》,法而陈之,《洪范》是也。"故亦称"洛书"。托武王与箕子对话,言禹治水

有功，上帝予其"洪范九畴"。

[2] 刘歆死击穀梁：刘歆，字子骏，西汉末年人，汉高祖刘邦四弟楚元王刘交五世孙，宗正刘向之子。刘歆的《移让太常博士书》，是汉代经学史上一篇重要文献。介绍了秘府所藏左丘明撰的《春秋》古文本，指责太常博士"抱残守缺，挟恐见破之私意，而无从善服义之公心"。最后强调指出，根据汉宣帝广立《穀梁春秋》、梁丘《易》、大小夏侯《尚书》的成例，"义虽相反，尤并置之"，应当将古文经列为官学。《汉书·刘歆传》："若必专己守残，党同门，嫉道真，违明诏，失圣意，以陷于文吏之议，甚为二三君子不取也。""死击穀梁"应指此事。

[3] 叛父只求媚莽：汉平帝即位，王莽操纵朝政，重新起用刘歆。王莽自比周公，号"安汉公"，追封周公和孔子的后代，追谥孔子曰"褒成宣尼公"。在这些活动的背后，包藏王莽篡汉的祸心；而刘歆成了王莽政治阴谋的追随者。《汉书·儒林传》载："平帝时，又立《左氏春秋》《毛诗》《逸礼》《古文尚书》，所以网罗遗失，兼而存之，是在其中矣。"王莽篡汉建立"新"朝后，刘歆成为国师，号"嘉新公"。王莽改制时，始称《周官》为《周礼》，根据《周礼》而采取了一系列措施，"专念稽古之事"，如班固所揭露的："莽诵六艺以文奸言。""叛父媚莽"应指此事。

[4] 存商：指箕子以上天的名义传给周武王《洪范》，其深意在于保护商人不被灭绝。

其二

堕泪曲江[1]秋燕，白头小范[2]黄花。变雅[3]三年破斧[4]，续骚一部怀沙[5]。

注：

[1] 曲江：张曲江，唐张九龄，韶州曲江人，故称"张曲江"。宋严羽《沧浪诗话·诗体》："以人而论，则有张曲江体。"

[2] 小范：指北宋范仲淹。南宋陆游《醉中歌》："元祐大苏逝不返，庆历小范有谁知。"南宋刘克庄《贺新郎·送唐伯玉还朝》词："前身小范疑公是。忆当

年,天章阁上,建明尤伟。"明代李梦阳《送李中丞赴镇》诗:"不观小范擒戎日,谁信胸中十万兵!""莫嫌老圃秋容淡,且看黄花晚节香。"这是宋朝韩琦赞美菊花的诗。王夫之误为范仲淹的。刘毓崧《王船山丛书校勘记》:此诗以张曲江《秋燕》诗比楚骚《怀沙》,范希文西征元昊比《东山》《破斧》。然黄花晚节香之语,本于韩稚圭诗,此误记韩诗为范事也。

[3] 变雅:《诗经》中《小雅》《大雅》的部分内容,与"正雅"相对,一般是指反映周政衰乱的作品。《诗大序》:"至于王道衰,礼义废,政教失,国异政,家殊俗,而变风变雅作矣。"《诗·小大雅谱》:"《大雅·民劳》《小雅·六月》之后,皆谓之变雅。"孔颖达疏:"《劳民》《六月》之后,其诗皆王道衰乃作,非制礼所用,故谓之变雅也。"

[4] 破斧:出自《诗经·国风·豳风》,诗云:"既破我斧,又缺我斨。周公东征,四国是皇。哀我人斯,亦孔之将。既破我斧,又缺我锜。周公东征,四国是吪。哀我人斯,亦孔之嘉。既破我斧,又缺我銶。周公东征,四国是遒。哀我人斯,亦孔之休。"

[5] 怀沙:为《九章》第五篇,是楚国屈原临终前所作的绝命词,大概意指怀抱沙石以自沉,内容为作者在讲述遭遇的不幸与感伤上始终同理想抱负的实现与否相联系,希冀以自身肉体的死亡来最后震撼民心,激励君主,唤起国民、国君精神上的觉醒,以及作者发抒临终前的浩叹与歌唱。

其三

桎梏荀卿性恶[1],逍遥王衍[2]无为。指鹿[3]不迷物则,问蛙方证希夷[4]。

注:

[1] 性恶:《荀子·性恶》云:"故枸木必将待檃栝、烝矫然后直,钝金必将待砻厉然后利;今人之性恶,必将待师法然后正,得礼义然后治。今人无师法,则偏险而不正;无礼义,则悖乱而不治。古者圣王以人之性恶,以为偏险而不正,悖乱而不治,是以为之起礼义、制法度,以矫饰人之情性而正之,以扰化人之情性而导之也。始皆出于治、合于道者也。今人之化师法、积文学、道礼义者

为君子；纵性情、安恣睢而违礼义者为小人。用此观之，人之性恶明矣，其善者伪也。"荀子倡性恶，认为人性必须通过礼矫正才能为善。

[2] 王衍：王衍字夷甫，神情明秀，风姿详雅。总角尝造山涛，涛嗟叹良久，既去，目而送之曰："何物老妪，生宁馨儿！然误天下苍生者，未必非此人也。"魏正始中，何晏、王弼等祖述《老》《庄》，立论以为："天地万物皆以无为本。无也者，开物成务，无往不存者也。阴阳恃以化生，万物恃以成形，贤者恃以成德，不肖恃以免身。故无之为用，无爵而贵矣。"衍甚重之。事见《晋书·王衍传》。

[3] 指鹿：指鹿为马，事出《史记·秦始皇本纪》，赵高试图要谋朝篡位，为了试验朝廷中有哪些大臣顺从他的意愿，特地呈上一只鹿给秦二世，并说这是马。秦二世不信，赵高便借故问各位大臣。不敢逆赵高意的大臣都说是马，而敢于反对赵高的人则说是鹿。后来说是鹿的大臣都被赵高用各种手段排挤及至害死了。指鹿为马的故事流传至今，人们便用指鹿为马形容一个人故意混淆是非，颠倒黑白。

[4] 希夷：指陈抟，字图南，自号扶摇子，宋太宗赐号希夷先生，唐末、五代隐士。亳州真源人。唐懿宗咸通12年（871）十月十五日，陈抟生于亳州城南十二华里陈庄，他少年时便阅读经史百家之言，精于诗、礼、书、数及方药，参加科举考试未取，遂以山水为乐，后归隐湖北武当山、陕西华山等地。北宋太宗端拱二年（989）七月二十二日，卒于华山莲花峰下张超谷中，享年118岁。见《宋史·陈抟传》。

其四

安世[1]不藏父恶，南轩[2]尽拚前羞。迁史[3]直承尧典，紫阳[4]曲学春秋。尧典不为禹讳鲧，春秋为亲者讳。

注：

[1] 安世：应指张安世，西汉大臣，字子儒，杜陵（今陕西西安东南）人。以父荫任为郎。武帝时，因其记忆力强，擢为尚书令，迁光禄大夫。昭帝即位，拜右将军，以辅佐有功，封富平侯。昭帝死后，他与大将军霍光谋立宣帝有功，

拜为大司马。他为官廉洁，曾举荐一人，其人来谢，他以为举贤达能，乃是公事，岂能私谢，于是与之绝交。他生活简朴，虽食邑万户，仍身穿布衣，夫人亲自纺织。元康四年（前62）春，因病上书告老还乡，宣帝不舍。他勉强视事至秋而卒。其父是张汤，杜陵（今陕西西安东南）人，因为治陈皇后、淮南、衡山谋反之事，得到汉武帝的赏识。先后晋升为太中大夫、廷尉、御史大夫。与赵禹编定《越宫律》《朝律》等法律著作。用法主张严峻，常以春秋之义加以掩饰，以皇帝意旨为治狱准绳。曾助武帝推行盐铁专卖、告缗算缗，打击富商，剪除豪强。颇受武帝宠信，多行丞相事，权势远在丞相之上。元鼎二年（前115）十一月，因为御史中丞李文及丞相长史朱买臣的诬陷，被强令自杀。死后家产不足五百金，皆得自俸禄及皇帝赏赐。张汤用法严酷，后人常以他作为酷吏的代表人物。张安世不藏父恶，史传未见记载，王夫之此处疑是指张安世不掩饰其父为酷吏之事。

[2] 南轩：指张栻，四川绵竹人，字敬夫，又名乐斋，号南轩，幼从师胡宏，得理学真传。后执掌长沙城南书院、岳麓书院多年，和朱熹、吕祖谦齐名，时称"东南三贤"。官至右文殿修撰，著有《南轩全集》。

[3] 迁史：指司马迁《史记》。

[4] 紫阳：指朱熹，字符晦，后改仲晦，号晦庵，别号紫阳。南宋著名理学家、思想家、哲学家、诗人、教育家、文学家。《论语·子路》云："叶公语孔子曰：'吾党有直躬者，其父攘羊，而子证之。孔子曰：'吾党之直者异于是：父为子隐，子为父隐，直在其中矣。'"朱熹集注："父子相隐，天理人情之至也，故不求为直而直在其中。"

其五

公主盘飧赌命[1]，上卿片唾输头。偏是羁孤臣妾，贪他菌蟪[2]春秋。

注：

[1] 赌命：用生命作赌注。喻尽心竭力，不惜献身。唐人李白《送外甥郑灌从军》诗："丈夫赌命报天子，当斩胡头衣锦回。"

[2] 菌蟪：指朝菌和蟪蛄。语本《庄子·逍遥游》："朝菌不知晦朔，蟪蛄不知春秋。"南朝梁陶弘景《寻山志》："悼菌蟪之危促，羡灵椿兮未央。"

其六

中垒[1]传经烧丞，东坡[2]抗疏逃禅。梦傍昌黎[3]床榻[4]，炉兼万毕[5]铜铅[6]。

注：

[1] 中垒：指刘向，原名更生，字子政，宣帝时，为谏大夫。元帝时，任宗正。以因反对宦官弘恭、石显下狱，旋得释。后又因反对恭、显下狱，免为庶人。成帝即位后，得进用，任光禄大夫，改名为"向"，官终中垒校尉，故又世称刘中垒。曾奉命领校秘书，所撰《别录》，为我国目录学之祖。治《春秋穀梁传》。曾屡次上书称引灾异。王夫之所云的"传经烧丞"应指校书与言灾异二事。

[2] 东坡：指苏轼，字子瞻，又字和仲，四川眉州眉山县人。号东坡、铁冠道人、海上道人、戒和尚、玉局老、眉阳居士、雪浪斋，自号东坡居士。苏辙作苏轼墓志，称轼所著有《东坡集》40卷、《后集》20卷、《奏议》15等，以抗疏极论新法之害，发马递上《流民图》。复劾吕惠卿奸状，谪英州编管。

[3] 昌黎：指韩愈，字退之。河南河阳（今孟县）人，郡望昌黎，世称韩昌黎。

[4] 床榻：《广博物志》中曾有"神农氏发明床，少昊始作箦，吕望作榻"的记载。汉代刘熙在《释名·床篇》中解释道："人所坐卧曰床。"又说："长狭而卑者曰榻。"《说文》也说："床，身之安也。"而榻则是专供休息与待客所用的坐具。

[5] 万毕：指《淮南万毕术》，其作者是西汉淮南王刘安。《汉书》本传说刘安"为人好书、鼓、琴"，"辩博善为文辞"。又说他曾"招致宾客方术之士数千人，作为《内书》二十一篇，《外书》甚众，又有《中篇》八卷，言神仙、黄白之术，亦二十余万言"。这里所谓的《内书》，就是现今传世的《淮南子》（亦称《淮南鸿烈》）21卷。晋朝葛洪《神仙传》说淮南王"养士数千人，皆天下俊士，作《内书》二十二篇。又中篇八章，言神仙黄白之事，名为鸿宝；万毕三章，论

第六章
王夫之的咏史诗注释及其史学与诗歌创作关系考

变化之道,凡十万言"。将此与《汉书》本传对比,可见《淮南鸿宝》八卷,就是淮南王书的《中篇》,谈论的是炼丹及长生等内容。而《淮南万毕术》则是所谓的《外书》,讲谈变化之道,鲜涉神仙黄白之事。方以智《通雅》卷三说:"万毕,言万法毕于此也。"清王仁俊作《玉函山房辑佚书续编》云:"毕、变音近,犹言万变术耳。"

[6] 铜铅:《本草经》曰:空青生山谷,久服轻身延年,能化铜铅作金,生益州。

其七

信陵[1]饮酒近内,步兵[2]泣路驱车。赢得不知别苦,难忘聊复愁予[3]。

注:

[1] 信陵:指魏无忌,号信陵君,魏国第六个国君安厘王魏圉的异母弟。魏国自惠王魏䓨时的马陵惨败后,国势衰落,江河日下,而西邻秦国经商鞅变法、张仪略地,在列国中异军突起,已有兼并六国之势,没有一个国家敢于真正地抗御秦国。魏国毗邻秦国,受秦害较深,其间虽然参与了苏秦等人的合纵抗秦活动,但难挽覆亡之势。魏无忌生长于国家走向衰落的时期,他效仿齐国孟尝君田文、赵国平原君赵胜等贵族的方法,延揽食客,养士数千人,自成势力。他曾在军事上两度击败秦军,分别挽救了赵国和魏国的危局,因伤于酒色而死,18年后魏国被秦所灭。

[2] 步兵:指阮籍,字嗣宗,陈留尉氏(今河南尉氏)人,因官至步兵校尉,所以又称为"阮步兵"。其父阮瑀是"建安七子"之一。《晋书·阮籍传》:"时率意独驾,不由径路,车迹所穷,辄恸哭而反。"

[3] 愁予:使我发愁。《楚辞·九歌·湘夫人》:"帝子降兮北渚,目眇眇兮愁予。"王逸注:"予,屈原自谓也。"一说犹忧愁。后人皆用王注义。汉司马相如《长门赋》:"众鸡鸣而愁予兮,起视月之精光。"唐皮日休《贫居秋日》诗:"亭午头未冠,端坐独愁予。"

其八

田丰[1]死争官渡，鸱夷[2]不谏夫椒[3]。未到水穷山尽，难回坠石狂潮。

注：

[1] 田丰：东汉末年人，袁绍手下谋士。据《三国志·魏书·袁绍传》及裴松之注载，建安五年（200），曹操自东征备。田丰说绍袭曹操后方，绍辞以子疾，不许，丰举杖击地曰："夫遭难遇之机，而以婴儿之病失其会，惜哉！"曹操至，击破备；备奔绍。初，绍之南也，田丰说绍曰："曹公善用兵，变化无方，众虽少，未可轻也，不如以久持之。将军据山河之固，拥四州之众，外结英雄，内修农战，然后简其精锐，分为奇兵，乘虚迭出，以扰河南，救右则击其左，救左则击其右，使敌疲于奔命，民不得安业；我未劳而彼已困，不及二年，可坐克也。今释庙胜之策，而决成败于一战，若不如志，悔无及也。"绍不从。丰恳谏，绍怒甚，以为沮众，械系之。绍军既败，或谓丰曰："君必见重。"丰曰："若军有利，吾必全，今军败，吾其死矣。"绍还，谓左右曰："吾不用田丰言，果为所笑。"遂杀之。

[2] 鸱夷：原指革囊。《战国策·燕策二》："昔者伍子胥说听乎阖闾，故吴王远迹至于郢。夫差弗是也，赐之鸱夷而浮之江。"《史记·伍子胥列传》："吴王闻之大怒乃取子胥尸盛以鸱夷革，浮之江中。"裴骃集解引应劭曰："取马革为鸱夷。鸱夷，榼形。"借指春秋吴国伍员。明人高启《行路难》诗之二："钩弋死云阳，鸱夷弃江沙。"

[3] 夫椒：吴王夫差败越于夫椒，或即太湖中的洞庭西山，一说夫与椒各为一山。

其九

凤杳扬雄[1]拾羽，龙乖谷永[2]探鳞。奇字谂痴[3]万卷，危言卖绽千春[4]。

第六章
王夫之的咏史诗注释及其史学与诗歌创作关系考

注：

[1] 扬雄：字子云，西汉蜀郡成都人。扬雄早年极其崇拜司马相如，曾模仿司马相如的《子虚赋》《上林赋》，作《甘泉赋》《羽猎赋》《长杨赋》，为已处于崩溃前夕的汉王朝粉饰太平、歌功颂德。故后世有扬马之称。扬雄晚年对赋有了新的认识，在《法言·吾子》中认为作赋乃是"童子雕虫篆刻"，"壮夫不为"。

[2] 谷永：字子云，西汉长安人。通晓儒家经典。为光禄大夫，屡次应诏对策。针对成帝荒淫好色，敢于直言进谏。历任郡太守，升任大司农。见《汉书·谷永传》。

[3] 诤痴：称文拙而好刻书行世的人。北齐颜之推《颜氏家训·文章》："吾见世人，至无才思，自谓清华，流布丑拙，亦以众矣，江南号为'诤痴符'。"宋王应麟《困学纪闻·评文》："和凝为文，以多为富，有集百余卷，自镂板行于世。识者多非之。此颜之推所谓'诤痴符'也。"亦省作"诤痴""诤符"。

[4] 危言卖绽千春：疑暗用李白《古风》（其三十一）之诗意，李白诗云："郑客西入关，行行未能已，白马华山君，相逢平原里，璧遗镐池君，明年祖龙死。秦人相谓曰：吾属可去矣！一往桃花源，千春隔流水。"危言，指预言秦始皇之死，《汉书·五行志》引《史记》云："郑客从关东来，至华阴，望见素车白马从华山上下，知其非人，道住，止而待之。遂至，持璧与客曰：为我遗镐池君，因言今年祖龙死。"千春，指隐居桃花源的许多年岁。

其十

元载饥寒[1]扫迹，苏秦[2]车骑迎门。裹马装妻[3]勾当，髑髅血肉[4]乾坤。

注：

[1] 元载饥寒：《全唐诗话》的卷二有一条是关于元载的逸事，但是实际上主要是关于他太太的描述。元载在未发迹以前，是唐朝太原节度使的倒插门女婿，他的妻子叫韫秀。由于岁久见轻，于是他的妻子劝他游学，于是元载往京城闯荡，临行前，他的妻子要求同行，并且赋诗一首：路扫饥寒迹，天哀志气人。休零别离泪，携手入西秦。

[2] 苏秦：战国时人。《史记》载：苏秦者，东周雒阳人也。东事师于齐，而习之于鬼谷先生。出游数岁，大困而归。兄弟、嫂妹、妻妾窃皆笑之，曰："周人之俗，治产业，力工商，逐什二以为务。今子释本而事口舌，困，不亦宜乎！"……于是六国纵合而并力焉。苏秦为从约长，并相六国。北报赵王，乃行过雒阳，车骑辎重，诸侯各发使送之甚众，疑于王者。周显王闻之恐惧，除道，使人郊劳。苏秦之昆弟妻嫂侧目不敢仰视，俯伏侍取食。苏秦笑谓其嫂曰："何前倨而后恭也？"嫂委虵蒲服，以面掩地而谢曰："见季子位高金多也。"苏秦喟然叹曰："此一人之身，富贵则亲戚畏惧之，贫贱则轻易之，况众人乎！且使我有雒阳负郭田二顷，吾岂能佩六国相印乎！"于是散千金以赐宗族朋友。

[3] 裹马装妻：其典见《六一诗话》，云：国朝浮图以诗名于世者九人，故时有集号《九僧诗》，今不复传矣。余少时闻人多称。其一曰惠崇，余八人者忘其名字也。余亦略记其诗，有云："马放降来地，雕盘战后云。"又云："春生桂岭外，人在海门西。"其佳句多类此。其集已亡，今人多不知有所谓九僧者矣，是可叹也！当时有进士许洞者，善为辞章，俊逸之士也。因会诸诗僧分题，出一纸约曰："不得犯此一字。"其字乃山、水、风、云、竹、石、花、草、雪、霜、星、月、禽、鸟之类，于是诸僧皆搁笔。洞咸平三年进士及第，时无名子嘲曰"张康浑裹马，许洞闹装妻"是也。

[4] 髑髅血肉：疑出自佛典。《经律异相》之《普安王化四王闻法得道第七》云：四死苦。人死之时四百四病同时俱作。四大欲散魂神不安。欲死之时刀风解形无处不痛。白汗流出两手摸空。室家内外在其左右。忧悲啼哭痛彻骨髓不能自胜。风去气散火灭躯冷魂灵去矣。身体挺直无复所知。旬日之间肉坏血流膨胀烂臭甚不可近。弃之旷野众鸟啖食肉尽骨枯髑髅异处。此是苦不。答言实苦。

其十一

李绩[1]逢人便杀，西巴见鹿犹怜[2]。自让孟孙眼孔，何须武瞾[3]金钱。

注：

[1] 李绩：原姓徐，名世绩，字懋功（亦作茂公），汉族，曹州离狐（今山

东东明一带）人，因唐高祖李渊赐姓李，故名李世绩。后因避唐太宗李世民讳，遂改为单名绩。被封为英国公，是凌烟阁二十四功臣之一。在唐朝甚至在中国的历史上，李绩都可以说是一位极富有传奇色彩的人物。他出将入相，位列三公，极尽人间荣华。历事唐高祖、唐太宗、唐高宗三朝，深得朝廷信任和重用，被朝廷倚之为长城。《资治通鉴·唐纪十七·高宗天皇大圣大弘孝皇帝中之上》载，他常说："我年十二三时为亡赖贼，逢人则杀。十四五为难当贼，有所不惬则杀人。十七八为佳贼，临陈乃杀之。二十为大将，用兵以救人死。"

[2] 西巴见麑犹怜：其典出《韩非子·说林上》《淮南子·人间训》《吕氏春秋》《说苑·贵德》。刘向《说苑·贵德》云：孟孙猎得麑，使秦西巴持归。其母随而鸣，秦西巴不忍，纵而与之。孟孙怒而逐秦西巴。居一年，召以为太子傅。左右曰：夫秦西巴有罪于君，今以为太子傅，何也？孟孙曰：夫以一麑而不忍，又将能忍吾子乎？

[3] 武曌：指武则天，她自名为曌，唐高宗的皇后，自立为皇帝，改国号为大周。武则天是中国历史上唯一一个女皇帝。

其十二

泜水[1]潍城垓下[2]，陈仓[3]子午[4]褒斜[5]。先手[6]偏争后着，一羊不奈三叉[7]。

注：

[1] 泜水：《辞海》"泜"字条注：泜水，即今槐河。源于赞皇西南，东流经元氏，南至宁晋，折南入滏阳河。《史记·张耳陈余列传》汉三年，遣张耳与韩信击破赵井径，斩陈余泜水上即此。

[2] 垓下：指项羽兵败之地，常用作兵败途穷之意。事见《史记·项羽本纪》，文云：项王军壁垓下，兵少食尽，汉军及诸侯兵围之数重。夜闻汉军四面皆楚歌，项王乃大惊曰："汉皆已得楚乎？是何楚人之多也！"项王则夜起，饮帐中。有美人名虞，常幸从；骏马名骓，常骑之。于是项王乃悲歌慷慨，自为诗曰："力拔山兮气盖世，时不利兮骓不逝。骓不逝兮可奈何，虞兮虞兮奈若何！"歌数阕，美人和之。项王泣数行下，左右皆泣，莫能仰视。《楚汉春秋》云："歌

曰：'汉兵已略地，四方楚歌声。大王意气尽，贱妾何聊生。'"

[3] 陈仓：陈仓，古称西虢，是周秦文化的发祥地。周文王母弟虢仲在此封地西虢，秦武公（前687）设虢县，秦孝公（前361）设陈仓县，唐肃宗至德二年（757）因闻陈仓山有"石鸡啼鸣"之祥瑞，改称宝鸡县。2003年3月经国务院批准撤销陕西省宝鸡县，设立宝鸡市陈仓区。暗度陈仓事出自《史记·高祖本纪》，云楚汉之争时，项羽倚仗兵力强大，违背谁先入关中谁为王的约定，封先入关中的刘邦为汉王，自封为西楚霸王。刘邦听从谋臣张良的计策，从关中回汉中时，烧毁栈道，表明自己不再进关中。后来，刘邦拜韩信为将军，他命士兵修复栈道，装作从栈道出击进军关中，实际上却和刘邦率主力部队暗中抄小路袭击陈仓，趁守将不备，占领陈仓。进而攻入咸阳，占领关中。

[4] 子午：谷名。在今陕西省秦岭山中，为川陕交通要道。据《长安志》载，谷长六百六十里，北口曰子，在西安府南百里；南口曰午，在汉中府洋县东一百六十里。《三国志·蜀书·刘彭廖李刘魏杨传》裴松之注：夏侯楙为安西将军，镇长安，亮于南郑与群下计议，延曰："闻夏侯楙少，主婿也，怯而无谋。今假延精兵五千，负粮五千，直从褒中出，循秦岭而东，当子午而北，不过十日可到长安。楙闻延奄至，必乘船逃走。长安中惟有御史、京兆太守耳，横门邸阁与散民之谷足周食也。比东方相合聚，尚二十许日，而公从斜谷来，必足以达。如此，则一举而咸阳以西可定矣。"亮以为此悬危，不如安从坦道，可以平取陇右，十全必克而无虞，故不用延计。

[5] 褒斜：《读史方舆纪要》载："褒斜之道，夏禹发之，汉始成之，南保北斜，两岭高峻，中为褒水所经。春秋开凿，秦时已有栈道。"《史记·留侯世家》载："汉王之国，良送至褒中，遣良归韩，良因说汉王曰：'王何不烧绝所过栈道，示天下无还心，以固项王意。'乃使良还。行，烧绝栈道。"

[6] 先手：围棋术语。弈者为夺取胜利，必须在战斗中取得主动。为了争取主动，取得胜利，每下一子，使对方必应，这叫先手。有时为了争取先手，甚至不惜付出相当大的代价。《棋经十三篇》："宁输数子，勿失一先。"相对有"后手""后着"。王夫之喜下围棋，故诗多用围棋术语。

[7] 三叉：这一句疑用"歧路亡羊"之典，出自《列子·说符》，原文云：

第六章 王夫之的咏史诗注释及其史学与诗歌创作关系考

杨子之邻人亡羊,既率其党,又请杨子之竖追之。杨子曰:"嘻!亡一羊,何追之者众?"邻人曰:"多歧路。"既反,问:"获羊乎?"曰:"亡之矣。"曰:"奚亡之?"曰:"歧路之中又有歧焉,吾不知所之,所以反也。"杨子戚然变容,不言者移时,不笑者竟日。门人怪之,请曰:"羊,贱畜,又非夫子之有,而损言笑者,何哉?"杨子不答,门人不获所命。

其十三

曹魏登坛舜禹[1],萧梁塔庙瞿昙[2]。酸得不禁太苦,悟来妙在无惭。

注:

[1] 登坛舜禹:据《三国志》卷二《文帝纪》裴松之注载:魏文帝让臣下建受禅台,经过九个多月的精心准备,大臣们数十次的上表劝进,汉献帝前后四次下达禅位诏书,延康元年(220)十月二十八日,曹丕在桓阶等人所上的"登坛受命表"上,批下了"可"字。第二天,曹丕踌躇满志地登上了受禅台,参加受禅大典的有文武百官和匈奴等四夷使者共数万人。在完成典礼后,曹丕对群臣说:"舜、禹之事,吾知之矣。"

[2] 萧梁塔庙瞿昙:萧梁,指南北朝时萧衍从南齐手中夺过政权,建立的梁朝。萧衍崇信佛教,立佛教为国教。塔庙,《资治通鉴·梁武帝天监十五年》:"自佛法入中国,塔庙之盛,未之有也。"胡三省注:"佛弟子收奉舍利,建宫宇,号为塔,亦胡言,犹宗庙也,故世称塔庙。"瞿昙,即释迦牟尼佛,本是古印度迦毗罗卫国(今尼泊尔境内)的太子,属刹帝利种姓。父为净饭王,母为摩耶夫人,佛为太子时名叫"乔达摩·悉达多",意为"一切义成就者"(旧译"义成")。这句话诗意指梁武帝佞佛,与上句魏文帝假禅让正好相对;一个无耻,一个太酸。

其十四

代契丹[1]憎延广[2],为司马爱谯周[3]。一线[4]容头[5]活计,二毛[6]肉袒[7]风流。

239

注：

[1] 契丹：指契丹族建立的辽朝。

[2] 延广：《宋史·杨业传》载："业既没，朝廷录其子供奉官延朗为崇仪副使，次子殿直延浦、延训并为供奉官，延环、延贵、延彬并为殿直。"据此，历史上的杨业没有一个名延广的儿子。杨二郎杨延广，乃演义小说《杨家将》人物，金刀老令公杨业的次子，名杨永，字延广（或"延定"）。北宋殿前大将，战功显著，封义勇侯。

[3] 谯周：字允南，巴西西充国（今四川西充）人。三国时期蜀汉学者、官员，著名的儒学大师和史学家，史学名著《三国志》的作者陈寿即出自他的门下。蜀汉灭亡后降晋，在晋官至散骑常侍。王夫之《读通鉴论》：人知冯道之恶，而不知谯周之为尤恶也……国尚可存，君尚立乎其位，为异说以解散人心，而后终之以降，处心积虑，唯恐刘宗之不灭，憯矣哉！读周仇国论而不恨焉者，非人臣也。周塞目箝口，未闻一谠言之献，徒过责姜维，以饵愚民、媚奄宦，为司马昭先驱以下蜀，国亡主辱，己乃全其利禄；非取悦于民也，取悦于魏也，周之罪通于天矣。服上刑者唯周，而冯道末减矣。

[4] 一线：比喻相承或相关事物之间的脉络。《续资治通鉴·宋理宗绍定四年》："毋并进君子小人以为色荒，毋兼容邪说正论以为皇极，以培养国家一线之脉，以救生民一旦之命。"一线也形容极其细微。元好问《自题写真》诗："东涂西抹窃时名，一线微官误半生。"

[5] 容头：应指"容头过身"，意思是说只要头容得下，身子就过得去。比喻得过且过。《后汉书·西羌传》："今三郡未复，园陵单外，而公卿选愞，容头过身。"

[6] 二毛：斑白的头发，常用以指老年人。《左传·僖公二十二年》："君子不重伤，不禽二毛。"杜预注："二毛，头白有二色。"晋葛洪《抱朴子·遐览》："二毛告暮，素志衰颓。"苏轼《八月七日初入赣过惶恐滩》诗："七千里外二毛人，十八滩头一叶身。"胡韫玉《春日寄怀马一浮》诗："病余人事懒，愁畏二毛侵。"

[7] 肉袒：脱去上衣，裸露肢体，古人在祭祀或谢罪时以此表示恭敬或惶

第六章
王夫之的咏史诗注释及其史学与诗歌创作关系考

恐。《史记·廉颇蔺相如列传》："君不如肉袒伏斧质请罪。"此处应指亡国投降。

其十五

　　肯死魔留佛种[1]，再来鹰化鸠啼[2]。借问邦昌[3]伪相，何如任永淫妻[4]。

注：

[1] 肯死魔留佛种：《四分律行事钞批》："形坏命尽。名为死魔曰终。内起三毒。名烦恼魔。外感天魔。故曰内外也。今言……不断佛种。如莺掘摩杀千人已后见佛得道。畜恶弟子不教诫者。坏正法轮。"

[2] 鹰化鸠啼：指老鹰即使变成了鸠鸟，众鸟仍然讨厌其眼睛。比喻外表虽然有所改变，但改变不了其凶恶本性。南朝宋刘义庆《世说新语·方正》："虽阳和布气，鹰化为鸠，至于识者，犹憎其眼。"

[3] 邦昌：指张邦昌，北宋末大臣，字子能，永静军东光张家湾人，进士出身，徽宗、钦宗朝时，历任尚书右丞、左丞、中书侍郎、少宰、太宰兼门下侍郎等职，金人破开封后，曾被金册立为皇帝，国号大楚。事见《宋史》本传。

[4] 任永淫妻：事见《后汉书》卷八十一载：是时，犍为任永及业同郡冯信，并好爱博古。公孙述连征命，待以高位，皆托青盲，以避世难。永妻淫于前，匿情无言；见子入井，忍而不救。信侍婢亦对信奸通。及闻述诛，皆盥洗更视曰："世适平，目即清。"淫者自杀。光武闻而征之，并会病卒。

其十六

　　方寸止知老母[1]，始终唯报韩王[2]。家鹜[3]尽供玉馔[4]，玄禽长寄雕梁[5]。

注：

[1] 方寸止知老母：方寸，心绪、心思、心得。《魏书·董绍传》："老母在洛，无复方寸，既奉恩贷，实若更生。"

[2] 始终唯报韩王：指张良。张良是秦末汉初谋士、大臣，祖先五代相韩。

秦灭韩后，他在博浪沙狙击秦始皇，后助刘邦屡出奇谋，刘邦统一天下，为韩灭秦目的达到之后隐居。事见《史记·留侯列传》《汉书·张良传》。

[3] 家鹜：《太平御览》引《说文》："鹜，野凫也。"《礼记·曲礼下》："庶人之挚匹。"疏引李巡："凫，家鸭名；鹜，野鸭名。"

[4] 玉馔：珍美如玉的食品。语本《文选·左思〈吴都赋〉》："矜其宴居，则珠服玉馔。"李周翰注："玉馔，言珍美而比于玉。"

[5] 玄禽长寄雕梁：《罗隐集》之《三衢哭孙员外》："燕恋雕梁马迹轩，此心从此更何言。"此处表达依恋之情。

其十七

魏篡陈思[1]堕泪，晋亡谢客[2]挥戈。夺嫡[3]封侯愿力，顽民义士[4]风波。

注：

[1] 陈思：指曹植，字子建，沛国谯人，魏武帝曹操之子，魏文帝曹丕之弟，生前曾为陈王，去世后谥号"思"，因此又称陈思王。

[2] 谢客：指南朝宋谢灵运。灵运幼名客儿，故称。东晋亡后，谢灵运曾赋诗一首："韩亡子房奋，秦帝鲁连耻。本自江海人，忠义感君子。"疑"挥戈"指此事。

[3] 夺嫡：以支子取代嫡子的地位。封建时代，帝王之家，支子因受宠或贤明，得以嗣位，而废嫡子，皆称夺嫡。如隋炀帝之取代杨勇，唐太宗之取代李建成等。《史记·周本纪》："古公有长子曰太伯，次曰虞仲。太姜生少子季历，季历取太任，皆贤妇人，生昌，有圣瑞。古公曰：'我世当有兴者，其在昌乎？'长子太伯、虞仲知古公欲立季历以传昌，乃二人亡如荆蛮，文身断发，以让季历。"姬昌，即后来的周文王。《汉书·梅福传》："诸侯夺宗，圣庶夺适。"颜师古注："如淳曰：夺适，文王舍伯邑考而立武王是也……师古曰：适，读曰嫡。"

[4] 顽民义士：顽民，本指殷代遗民中坚决不服从周朝统治的人。《书·毕命》："毖殷顽民，迁于洛邑，密迩王室，式化厥训。"孔传："惟殷顽民，恐其叛乱，故徙于洛邑，密近王室，用化其教。"宋人赵与时《宾退录》卷十："'武王

克商,迁九鼎于洛邑,义士犹或非之.'义士即《多士》所谓'迁殷顽民'者也。由周而言,则为顽民;由商而论,则为义士矣。"

其十八

孝逸[1]妆台授钺,崔生[2]穿帐修文。临镜妖狐国史[3],护阑鹦鹉将军[4]。

注:

[1] 孝逸:指李孝逸。《新唐书·李孝逸传》:"孝逸,少好学,颇属文。始封梁郡公。高宗时,四迁益州大都督府长史。武后擅国,入为左卫将军,亲遇之。徐敬业称兵,以孝逸为左玉钤卫大将军、扬州行军大总管,帅师南讨。"

[2] 崔生:指崔浩,字伯渊,小名桃简,清河郡武城人,仕北魏道武、明元、太武帝三朝,官至司徒,参与军国大计,对促进北魏统一北方起了积极作用。后因修《国史》事被杀。

[3] 临镜妖狐国史:指崔浩为北魏修《国史》之事。

[4] 护阑鹦鹉将军:指李孝逸为武则天平乱。

其十九

郗鉴[1]生怜逆子,沈充[2]死愧贤孙。桂蠹[3]何伤芳树,兰芽[4]不染滫根。

注:

[1] 郗鉴:东晋大臣,字道徽,高平金乡人,生于西晋武帝泰始五年(269),卒于东晋成帝咸康五年(339),年71岁。郗鉴怜逆子事,不见《晋书》本传。

[2] 沈充:字士居,吴兴人,晋代武康人。约卒于4晋明帝太宁二年(324)。《晋书·列传第六十八》记载:"少习兵书,颇以雄豪闻于乡里。"深得王敦器重,荐为参军,任宣城内史。敦有不臣之心,充讽谏不从。太宁二年,王敦阴谋篡位,约沈充共同起兵,兵败后被人杀死,其子为其报仇。中华书局本《王船山诗文集》注云:"刘毓崧《王船山丛书校勘记》:郗愔乃郗超之父,不知其子

之恶。沈劲系沈充之子，欲盖其父之愆。此以愔为鉴（鉴乃愔之父，超之祖父），又以劲为充孙，皆记忆之误。"

[3] 桂蠹：寄生在桂树上的一种虫。《汉书·南粤传》："谨北面因使者献白璧一双，翠鸟千，犀角十，紫贝五百，桂蠹一器，生翠四十双，孔雀二双。"颜师古注："应劭曰：'桂树中蝎虫也。'苏林曰：'汉旧常以献陵庙，载以赤毂小车。'此虫食桂，故味辛，而渍之以蜜食之也。"江总《南越木槿赋》："井上桃虫难可杂，庭中桂蠹岂见怜。"

[4] 兰芽：兰的嫩芽。常比喻子弟挺秀。南朝梁刘孝绰《答何记室》诗："兰芽隐陈叶，荻苗抽故丛。"元好问《德华小女五岁能诵余诗数首以此诗为赠》："好个通家女兄弟，海棠红点紫兰芽。"

其二十

着面维州黑子，还魂免役青蚨[1]。皮砌[2]只争焊揉，头倾[3]忘却支吾。

注：

[1] 青蚨：本为昆虫名。晋代干宝《搜神记》载，以青蚨血涂钱，皆复飞归。后因称钱支离，肩高于背，言以疾免役，无所惧也。

[2] 皮砌：指球，类似现代的球。宋程大昌《演繁露·鞠》："六片尖皮砌作球，火中焊了水中揉，一包闲气如长在，惹踢招拳猝未休。"

[3] 头倾：指精神不济。《素问·脉要精微论》："头者，精明之府，头倾视深，精神将夺矣。"

其二十一

狄青[1]非万人敌[2]，韦皋[3]亦百里才[4]。学击鹰鹯[5]夸俊，知音黄雀[6]生灾。

注：

[1] 狄青：字汉臣，北宋汾州西河人。面有刺字，善骑射。出身贫寒，宋仁宗宝元元年为延州指挥使，勇而善谋，在宋夏战争中，他每战披头散发，戴铜面

具，冲锋陷阵，立下了累累战功。朝廷中尹洙、韩琦、范仲淹等重臣都与他的关系不俗。范仲淹授以《左氏春秋》，狄青因此折节读书，精通兵法。以功升枢密副使。狄青生前，被视为朝廷的眼中钉，必欲拔之而后快，他含冤而死后，却受到了礼遇和推崇，"帝发哀，赠中令，谥武襄"。见《宋史》本传。

[2] 万人敌：成语。一指兵法，出自《史记·项羽本纪》。《史记·项羽本纪》："剑一人敌，不足学，学万人敌。"二指勇力可敌万人。《三国志·魏志·程昱传》："刘备有英名，关羽、张飞皆万人敌也，权必资之以御我。"

[3] 韦皋：字城武，唐朝京兆万年人，先为建陵挽郎、华州参军，后因助德宗皇帝还都有功，被升为左金吾卫将军，迁大将军，又在贞元初任剑南西川节度使，在蜀地21年，其击破吐蕃军队，不但将蜀地治理得很好，而且辅佐太子登上皇位，最后得封南康郡王。事见《新唐书·韦皋传》。

[4] 百里才：指管理百里范围县域的才能。《三国志·蜀志·庞统传》："先主领荆州，统以从事守耒阳令，在县不治，免官。吴将鲁肃遗先生书曰：'庞士元非百里才也，使处治中、别驾之任，始当展其骥足耳。'"

[5] 鹰鹯：比喻忠勇的人。语出《左传·文公十八年》："见无礼于其君者，诛之，如鹰鹯之逐鸟雀也。"《后汉书·循吏传·仇览》："主簿闻陈元之过，不罪而化之，得无少鹰鹯之志邪？"唐杜甫《秋日夔府咏怀奉寄郑监李宾客一百韵》："乘威灭蜂虿，戮力效鹰鹯。"《旧唐书·忠义传上·王义方》："金风届节，玉露启涂，霜简与秋典共清，忠臣将鹰鹯并击。"

[6] 黄雀：指"螳螂捕蝉，黄雀在后"这一成语。《说苑·正谏》："睹一蝉，方得美荫而忘其身，螳螂执翳而搏之，见得而忘其形；异鹊从而利之，见利而忘其真。"汉代韩婴《韩诗外传》："螳螂方欲食蝉，而不知黄雀在后，举其颈欲啄而食之也。"

其二十二

子厚[1]县崖题壁，昌黎华岳投书[2]。小人可使有勇[3]，君子其蔽也愚[4]。

注：

[1] 子厚：指柳宗元，字子厚，唐代文学家，被贬永州期间在崖壁上题诗。

[2] 昌黎华岳投书：昌黎指韩愈，事见李肇《国史补》。唐代元和十四年（819），宪宗遣吏到凤翔迎佛骨入宫，韩愈阻谏，得罪了宪宗，欲置他于死地，后经百官求情，被贬为潮州刺史。处于逆境中的韩愈，于次年夏在赴任途中登华山，曾在西峰等地方留下了诗章。但下至苍龙岭时，因不能下而放声痛哭，随将身上携带之物抛于岭下，写书与家人诀别。华阴县令闻知，亲自同人去接，始得其下。"韩退之投书处"六个字，现在还刻在岭上。

[3] 小人可使有勇：语《论语·先进》，云：子路、曾皙、冉有、公西华侍坐。子曰："以吾一日长乎尔，毋吾以也。居则曰：'不吾知也！'如或知尔，则何以哉？"子路率尔而对曰："千乘之国，摄乎大国之间，加之以师旅，因之以饥馑；由也为之，比及三年，可使有勇，且知方也。"夫子哂之。子路曰："君子尚勇乎？"子曰："君子义以为上。君子有勇而无义为乱，小人有勇而无义为盗。"

[4] 君子其蔽也愚：语出《论语·阳货》，云：子曰："由也，汝闻六言六蔽矣乎？"对曰："未也。""居，吾语汝。好仁不好学，其蔽也愚；好智不好学，其蔽也荡；好信不好学，其蔽也贼；好直不好学，其蔽也绞；好勇不好学，其蔽也乱；好刚不好学，其蔽也狂。"

其二十三

擒守忠如捉鳖[1]，奉嘉王[2]亦建瓴[3]。流汗帆风摇舻，埋头白书囊萤[4]。

注：

[1] 擒守忠如捉鳖：守忠指任守忠。事指韩琦于北宋英宗撤去太后垂帘听政和驱除佞臣任守忠事。王夫之在《宋论》卷五《韩魏公撤帘窜任守忠》中说："而韩公超然远矣。人主长矣，而母后之帘不撤；宵小持其长短，谤谮繁兴，以惑女主，而英宗之操纵在其掌中。于斯时也，非独张升、曾公亮、赵槩之不能分任其死生，即文、富二公直方刚大之气，至此而不充。故'决取何日'之言，如震雷之迅发，而叱有司以速撤；但以孤忠托先君之灵爽，而不假片言之赞助。其

第六章
王夫之的咏史诗注释及其史学与诗歌创作关系考

坐政事堂,召任守忠,斥其奸恶而速驱以就窜,必不以告赵粲,而制之以勿敢异同。"

[2] 嘉王:事出《宋史·赵汝愚传》,云:是日,嘉王谒告不入临,汝愚曰:"禫祭重事,王不可不出。"翌日,禫祭,群臣入,王亦入。汝愚率百官诣大行前,宪圣垂帘,汝愚率同列再拜,奏:"皇帝疾,未能执丧,臣等乞立皇子嘉王为太子,以系人心。皇帝批出有'甚好'二字,继有'念欲退闲'之语,取太皇太后处分。"宪圣曰:"既有御笔,相公当奉行。"汝愚曰:"兹事重大,播之天下,书之史册,须议一指挥。"宪圣允诺。汝愚袖出所拟太皇太后指挥以进,云:"皇帝以疾至今未能执丧,曾有御笔,欲自退闲。皇子嘉王扩可即皇帝位,尊皇帝为太上皇帝,皇后为太上皇后。"宪圣览毕曰:"甚善。"汝愚奏:"自今臣等有合奏事,当取嗣君处分。然恐两宫父子间有难处者,须烦太皇太后主张。"又奏:"上皇疾未平,骤闻此事,不无惊疑,乞令都知杨舜卿提举本宫,任其责。"遂召舜卿至帘前,面喻之。宪圣乃命皇子即位,皇子固辞曰:"恐负不孝名。"汝愚奏:"天子当以安社稷、定国家为孝。今中外人人忧乱,万一变生,置太上皇何地?"众扶入素幄,披黄袍,方却立未坐,汝愚率同列再拜。宁宗诣几筵殿,哭尽哀。须臾,立仗讫,催百官班。帝衰服出就重华殿东庑素幄立,内侍扶掖乃坐。百官起居讫,行禫祭礼。汝愚即丧次,召还留正长百僚,命朱熹待制经筵,悉收召士君子之在外者。侍御史张叔椿请议正弃国之罚,汝愚为迁叔椿官。

[3] 建瓴:语本《史记·高祖本纪》:"譬犹居高屋之上建瓴水也。"建瓴,即"建瓴水"之省,谓倾倒瓶中之水,形容居高临下、难以阻挡的形势。

[4] 囊萤:典出《晋书·卷八十三·车胤传》:"车胤字武子,南平人也。曾祖浚,吴会稽太守。父育,郡主簿。太守王胡之名知人,见胤于童幼之中,谓胤父曰:'此儿当大兴卿门,可使专学。'胤恭勤不倦,博学多通。家贫不常得油,夏月则练囊盛数十萤火以照书,以夜继日焉。"

其二十四

习气齐邱[1]说法,门头唐主参禅。圆顶方袍[2]天子,黄扉[3]紫阁[4]神仙。

247

注：

[1] 齐邱：指宋齐邱，字子嵩，江西庐陵淦阳人。仕吴，累迁右谏议兵部侍郎。告归九华山，寻起，除中书侍郎，迁右仆射平章事。入南唐，进司徒同平章事，出为镇南军节度使，徙镇海军。复归九华山，赐号九华先生，封青阳公。起拜太传中书令，封魏国公。赐号国老，奉朝请，出镇洪州。周侵淮北，起为太师，领剑南东川节度使，进封楚国公。周显德五年，嗣主李理应诏放于青阳，自缢死。《化书》六卷，分《道化》《术化》《仁化》《德化》《食化》《俭化》，旧题五代南唐宋齐丘撰，又名《齐丘子》。宋濂《诸子辨》以此书为谭峭所著，齐丘窃为己作。

[2] 圆顶方袍：莲池大师在《竹窗随笔》谈道："圆顶方袍，则知三衣僧服也。发其首而僧其衣，非制矣。古人谓反有罪愆，而着为成训。世人不察，僧亦不言，可叹也。"

[3] 黄扉：古代丞相、三公、给事中等高官办事的地方，以黄色涂门上，故称。《南史·梁武陵王纪传》："武帝诸子罕登公位，唯纪以功业显著，先启黄扉。"亦指丞相、三公、给事中等官位，《旧唐书·郭承嘏传》："文宗谓宰臣曰：'承嘏久在黄扉，欲优其禄俸，暂令廉问近关。而谏列拜章，惜其称职，甚美事也。'乃复为给事中。"宋人黄朝英《靖康缃素杂记》卷一："给事舍人曰黄扉。"元人蒋子正《山房随笔》："乙亥纠义兵勤王，终以罔功，患难倚之为重。虽名为相，黄扉之贵，万钟之奉，无有也。"还指宫门。唐人陈子昂《唐故循州司马申国公高君墓志铭》："含章丹穴，籍宠黄扉。"

[4] 紫阁：金碧辉煌的殿阁，多指帝居。汉人崔琦《七蠲》："紫阁青台，绮错相连。"南朝梁江淹《宋故银青光禄大夫孙复墓铭》："紫阁咸趋，朱轩既履。"唐代曾改中书省为紫微省，中书令为紫微令。因称宰相府第为紫阁。唐人元稹《酬卢秘书》诗："梦云期紫阁，厌雨别黄梅。"明人高明《琵琶记·官媒议婚》："紫阁名公，黄扉元宰，三槐位里排列。"

其二十五

家法销兵杯酒[1]，朝章决狱风波。无信人言采苦[2]，其则不远伐柯[3]。

第六章
王夫之的咏史诗注释及其史学与诗歌创作关系考

注：

[1] 销兵杯酒：指"杯酒释兵权"之事，最早出自北宋丁谓的《丁晋公谈录》和王曾的《王文正公笔录》。赵普对赵匡胤说，禁军统帅石守信、王审琦兵权太重，"皆不可令主兵"。赵匡胤听后不以为然，认为石、王这两位老将是自己多年的老朋友，决不会反对自己。赵普则进一步做工作，说石、王这两位老将缺乏统帅才能，日后肯定制服不了部下，后果将不堪设想。赵普终于说服了宋太祖，罢了两人的兵权。司马光在《涑水纪闻》中，对此事的记载更为详细，称宴会的第二天，赵匡胤的部将个个心领神会，"皆称疾，请解军权。上许之，皆以散官就第"。

[2] 无信人言采苦：出自《诗经》之《采苓》，云："采苓采苓，首阳之巅。人之为言，苟亦无信。舍旃舍旃，苟亦无然。人之为言，胡得焉？采苦采苦，首阳之下。人之为言，苟亦无与。舍旃舍旃，苟亦无然。人之为言，胡得焉？采葑采葑，首阳之东。人之为言，苟亦无从。舍旃舍旃，苟亦无然。人之为言，胡得焉？"

[3] 伐柯：《诗经·豳风·伐柯》，云："伐柯如何？匪斧不克。取妻如何？匪媒不得。伐柯伐柯，其则不远。我觏之子，笾豆有践。"则，法。其则不远，合乎礼法。

其二十六

蟋蟀消归秋壑，鹦哥[1]生受思陵[2]。几队吟虫语鸟[3]，一抔[4]秋草冬青。

注：

[1] 鹦哥：即是"鹦鹉"的俗称。一般指体型中等的中国鹦鹉。

[2] 思陵：位于明十三陵区西南隅的鹿马山（又名锦屏山或锦壁山）南麓，是明朝最后一帝崇祯帝朱由检及皇后周氏、皇贵妃田氏的合葬陵墓。南明弘光政权（福王），为他定庙号为"思宗"，谥"烈皇帝"。后以"思"非美谥，改庙号为"毅宗"。隆武（唐王）时，又定庙号为"威宗"。清军入关，初定崇祯帝庙号为："怀宗"，谥"端皇帝"。后顺治十六年十一月，去其庙号，改谥为"庄烈愍皇帝"。

[3] 吟虫语鸟：指虫鸣鸟啼。

[4] 一抔：一捧，一捧黄土，借指坟墓。

其二十七

乍可黄冠归宋[1]，羞将白血殉元。蜜糵[2]不争甜苦，猿虫各有精魂。

注：

[1] 黄冠归宋：指文天祥被俘后愿作道士之事。赵翼《陔余丛考》有辨，云：又《文天祥传》：元主欲降天祥，天祥不肯，曰："不得已以黄冠侍樽俎可也。"此乃袭野史之讹。按郑所南《心史》：有人告元主云：汉人欲挟文丞相，拥德嗣君为主。元主召天祥面诘。天祥怒骂，但求刀下死。元主犹欲释之，俾为僧或为道士，又欲纵之还乡。天祥痛骂不止，元主始杀之。是黄冠归故乡乃元主之意，非天祥意也。而《宋史》移作天祥语，岂不厚诬耶？王夫之此处言黄冠归宋，其义又有所不同，重在归宋。

[2] 蜜糵：指蜂蜜。东汉王充《论衡》："蜜为蜂液，食蜜少多，则令人毒。"《说文》："糵，芽米也。"指酿酒的曲。《管子·禁藏》："以糵为酒。"蜜、糵是两种不同的东西，固有不同的味道。

第二节　王夫之的史学观念与诗歌创作关系

一　王夫之的史学观念

王夫之的咏史诗不多，但他是杰出的史学家是毋庸置疑的。有些学者称王夫之史学理论为历史哲学，给予极高的评价。如贺麟认为王船山历史哲学中的天道范畴内涵有以下五点："第一，具有理则性。

是灵明而有条理的,是历史事物变迁发展的法则或节奏。第二,天道具有道德性。天道是公正的,大公无私,赏善罚恶。这一点与老子的天地不仁的看法相反,而代表正统儒家思想。第三,天道复有自然性,不息,不遗,无为,不假人为,无矫揉造作。第四,天道其有内在性,即器外无道,事外无理,天道并不在宇宙人生之外,而是内在于器物事变中,主宰推动万事万物。第五,天道有其必然性,真实无妄,强而有力,不可抵抗,人绝不能与天道争胜。凡此特点,均儒家的天道观应有之义。"① 当然还有更多的学者探讨了王夫之的史学理论,在此不一一列举。笔者以为与其从王夫之诸多著述中抽绎出一种历史理论,还不如就其历史著作本身所述来探讨他的史学观点更为妥当。王夫之的史学观点主要见诸《读通鉴论》卷末叙论之中。在叙论中,王夫之提出论史者不应该做什么而应该做什么这个一体两面的观点,这种观点就是王夫之的历史观。

首先,王夫之在叙论中指出论史者应"不言正统",他说:

> 论之不及正统者,何也?曰:正统之说,不知其所自昉也。自汉之亡,曹氏、司马氏乘之以窃天下。而为之名曰禅。于是为之说曰:"必有所承以为统,而后可以为天子。"义不相授受,而强相缀系以捴篡夺之迹;抑假邹衍五德之邪说与刘歆历家之绪论,文其诐辞;要岂事理之实然哉?
>
> 统之为言,合而并之之谓也,因而续之之谓也。而天下之不合与不续也多矣!盖尝上推数千年中国之治乱以迄于今,凡三变矣。当其未变,固不知后之变也奚若,虽圣人弗能知也。商、周以上,有不可考者。而据三代以言之,其时万国各有其君,而天子特为之长,王畿之外,刑赏不听命,赋税不上供,天下虽合而

---

① 参见贺麟《文化与人生》,商务印书馆1988年版,第264页。

固未合也。王者以义正名而合之。此一变也。而汤之代夏，武之代殷，未尝曰无共主焉。及乎春秋之世，齐、晋、秦、楚各据所属之从诸侯以分裂天下；至战国而强秦、六国交相为从衡，叛王朝秦，而天下并无共主之号，岂复有所谓统哉？此一合一离之始也。汉亡，而蜀汉、魏、吴三分；晋东渡，而十六国与拓拔、高氏、宇文裂土以自帝；唐亡，而汴、晋、江南、吴越、蜀、粤、楚、闽、荆南、河东各帝制以自崇。士其土，民其民，或迹示臣属而终不相维系也，无所统也。六国离，而秦苟合以及汉；三国离，而晋乍合之，非固合也。五胡起，南北离，而隋苟合之以及唐；五代离，而宋乃合之。此一合离之局一变也。至于宋亡以迄于今，则当其治也，则中国有共主；当其乱也，中国并无一隅分据之主。盖所谓统者绝而不续，此又一变也。夫统者，合而不离、续而不绝之谓也。离矣，而恶乎统之？绝矣，而固不相承以为统。崛起以一中夏者，奚用承彼不连之系乎？

天下之生，一治一乱。当其治，无不正者以相干，而何有于正？当其乱，既不正矣，而又孰为正？有离，有绝，固无统也，而又何正不正邪？以天下论者，必循天下之公，天下非夷狄盗逆之所可尸，而抑非一姓之私也。惟为其臣子者，必私其君父，则宗社已亡，而必不忍戴异姓异族以为君。若夫立乎百世以后，持百世以上大公之论，则五帝、三王之大德，大命已改，不能强系之以存。故杞不足以延夏，宋不足以延商。夫岂忘禹、汤之大泽哉？非五子不能为夏而歌雒汭，非箕子不能为商而吟麦季也。故昭烈亦自君其国于蜀，可为汉之余裔；而拟诸光武，为九州兆姓之大君，不亦诬乎？充其义类，将欲使汉至今存而后快，则又何以处三王之明德，降苗裔于编氓邪？

蜀汉正矣，已亡而统在晋。晋自篡魏，岂承汉而兴者？唐承

第六章
王夫之的咏史诗注释及其史学与诗歌创作关系考

隋,而隋抑何承?承之陈,则隋不因灭陈而始为君;承之宇文氏,则天下之大防已乱,何统之足云乎?无所承,无所统,正不正存乎其人而已矣。正不正,人也;一治一乱,天也;犹日之有昼夜,月之有朔、弦、望、晦也。非其臣子以德之顺逆定天命之去留;而詹詹然为已亡无道之国延消谢之运,何为者邪?宋亡而天下无统,又奚说焉?

近世有李槃者,以宇文氏所臣属之萧归,为篡弑之萧衍延苟全之祀,而使之统陈。沙陀夷族之朱邪存勖,不知所出之徐知诰,冒李唐之宗,而使之统分据之天下。父子君臣之伦大紊,而自矜为义,有识者一哂而已。若邹衍五德之说,尤妖妄而不经,君子辟之,断断如也。①

以上所论强调无所谓未断绝的"统","固无统也,又何正不正之云邪?"并申言:"以天下论者,必循天下之公,天下非夷狄盗逆之所可尸,而抑非一姓之私也。"

其次,王夫之在叙论中指出"不论大美大恶",他说:

天下有大公至正之是非焉,匹夫匹妇之与知,圣人莫能违也。然而君子之是非,终不与匹夫匹妇争鸣,以口说为名教,故其是非一出而天下莫敢不服。流俗之相沿也,习非为是,虽覆载不容之恶而视之若常,非秉明赫之威以正之,则恶不知惩。善亦犹是也,流俗之所非,而大美存焉;事迹之所阕,而天良在焉;非秉日月之明以显之,则善不加劝。故春秋之作,游、夏不能赞一辞,而岂灌灌谆谆,取匹夫匹妇已有定论之褒贬,曼衍长言,以求快俗流之心目哉?庄生曰:"春秋经世之书,圣人议而不

---
① (清)王夫之:《读通鉴论》,《船山全书》第十册,岳麓书社2011年版,第1176—1178页。

辩。"若华督、宋万、楚商臣、蔡般,当春秋之世,习为故常而不讨,乃大书曰"弑其君"。然止此而已,弗俟辩也。以此义推之,若王莽、曹操、朱温辈之为大恶也,昭然见于史策,匹夫匹妇得以诟厉之于千载之下,而又何俟论史者之喋喋哉?

今有人于此,杀人而既服刑于司寇矣,而旁观者又大声疾呼以号于人曰:此宜杀者。非匹夫匹妇之褊躁,孰暇而为此?孟子曰:"《春秋》成而乱臣贼子惧。"惟其片言而折,不待繁言而彼诈遁之游辞不能复逞。使圣人取中肩之逆、称王之僭,申明不已,而自谓穷乱贼之奸;彼奸逆者且笑曰:是匹夫匹妇之巷议也,而又奚畏焉。

萧、曹、房、杜之治也;刘向、朱云、李固、杜乔、张九龄、陆贽之贞也;孔融、王经、段秀实之烈也;反此而为权奸、为宦寺、为外戚、为佞倖、为掊克之恶以败亡人国家也;汉文、景、光武、唐太宗之安定天下也;其后世之骄奢淫逸自贻败亡也,汉高之兴,项羽之亡,八王之乱,李、郭之功;史已详纪之,匹夫匹妇闻而与知之。极词以赞而不为加益,闻者不足以兴;极词以贬而不为加损,闻者不足以戒。唯匹夫匹妇悻悻之怒、沾沾之喜,繁词累说,自鸣其达于古者,乐得而称述之。曾君子诱掖人之善而示以从入之津,弭止人之恶而穷其陷溺之实,屑屑一时之快论,与道听途说者同其纷呶乎?故编中于大美大恶、昭然耳目、前有定论者,皆略而不赘。推其所以然之由,辨其不尽然之实,均于善而醇疵分,均于恶而轻重别,因其时,度其势,察其心,穷其效,所由与胡致堂诸子之有以异也。①

---

① (清)王夫之:《读通鉴论》,《船山全书》第十册,岳麓书社2011年版,第1178—1180页。

第六章

王夫之的咏史诗注释及其史学与诗歌创作关系考

王夫之认为大美大恶早有定论，应略而不论，而应该"推其所以然之由，辨其不尽然之实，均于善而醇疵分，均于恶而轻重别，因其时，度其势，察其心，穷其效"。

再次，王夫之在叙论中指出不敢妄加褒贬，他说：

> 论史者有二弊焉：放于道而非道之中，依于法而非法之审，褒其所不待褒，而君子不以为荣，贬其所不胜贬，而奸邪顾以为笑，此既浅中无当之失矣；乃其为弊，尚无伤于教、无贼于民也。抑有纤曲鬼琐之说出焉，谋尚其诈，谏尚其谲，徼功而行险，干誉而违道，奖诡随为中庸，夸偷生为明哲，以挑达摇人之精爽而使浮，以机巧裂人之名义而使枉；此其于世教与民生也，灾愈于洪水，恶烈于猛兽矣。

> 盖尝论之：史之为书，见诸行事之征也。则必推之而可行，战而克，守而固，行法而民以为便，进谏而君听以从，无取于似仁似义之浮谈，只以致悔吝而无成者也。则智有所尚，谋有所详，人情有所必近，时势有所必因，以成与得为期，而败与失为戒，所固然矣。然因是而卑污之说进焉，以其纤曲之小慧，乐与跳盪游移、阴匿钩距之术而相取；以其躁动之客气，迫与轻挑忮忿、武健驰突之能而相依；以其妇姑之小慈，易与狐媚猫驯，㳂忍柔巽之情而相昵。闻其说者，震其奇诡，歆其纤利，惊其决裂，利其响呕；而人心以蛊，风俗以淫，彝伦以斁，廉耻以堕。若近世李贽、钟惺之流，导天下于邪淫，以酿中夏衣冠之祸，岂非逾于洪水、烈于猛兽者乎？

> 溯其所由，则司马迁、班固喜为恢奇震耀之言，实有以导之矣。读项羽之破王离，则须眉皆奋而杀机动；览田延年之责霍光，则胆魄皆张而戾气生。与市侩里魁同慕汲黯、包拯之绞急，则和平之道丧；与词人游客共叹苏轼、苏辙之浮夸，则悙笃之心

离。谏而尚谲，则俳优且贤于伊训；谋而尚诈，则甘誓不齿于孙、吴。高允、翟黑子之言，只以奖老奸之小信；李克用三垂冈之叹，抑以侈盗贼之雄心。甚至推胡广之贪庸以抑忠直，而惬鄙夫之志；伸冯道之逆窃以进夷盗，而顺无赖之欲。轻薄之夫，妄以为慷慨悲歌之助；雕虫之子，喜以为放言饰说之资。若此之流，允为残贼，此编所述，不敢姑容。刻志兢兢，求安于心，求顺于理，求适于用。顾惟不逮，用自惭恧；而志则已严，窃有以异于彼也。①

论史不能喜为恢奇震耀之言，应该"刻志兢兢，求安于心，求顺于理，求适于用"。历史必须是信史。王夫之在《宋论》卷二中说：

> 人之可信者，不贪不可居之名；言之可信者，不传不可为之事。……君子之以敦实行、传信史、正人心、厚风俗者，诚而已矣。②

最后，王夫之在叙论中还提出了史论者应做什么。一是"因时宜而论得失"。王夫之说：

> 治道之极致，上稽尚书，折以孔子之言，而蔑以尚矣。其枢，则君心之敬肆也；其戒，则怠荒刻覈，不及者倦，过者欲速也；其大用，用贤而兴教也；其施及于民，仁爱而锡以极也。以治唐、虞，以治三代，以治秦、汉而下，迄至于今，无不可以此理推而行也；以理铨选，以均赋役，以诘戎兵，以饬刑罚，以定典式，无不待此以得其宜也。至于设为规画，措之科条，尚书不

---

① （清）王夫之：《读通鉴论》，《船山全书》第十册，岳麓书社 2011 年版，第 1180—1181 页。
② 《船山全书》第十一册，岳麓书社 2011 年版，第 62 页。

第六章 王夫之的咏史诗注释及其史学与诗歌创作关系考

言，孔子不言，岂遗其实而弗求详哉？以古之制，治古之天下，而未可概之今日者，君子不以立事；以今之宜，治今之天下，而非可必之后日者，君子不以垂法。故封建、井田、朝会、征伐、建官、颁禄之制，尚书不言，孔子不言。岂德不如舜、禹、孔子者，而敢以记诵所得者断万世之大经乎？

夏书之有禹贡，实也，而系之以禹，则夏后一代之法，固不行于商、周；周书之有周官，实也，而系之以周，则成周一代之规，初不上因于商、夏。孔子曰："足足兵食，民信之矣。"何以足，何以信，岂靳言哉？言所以足，而即启不足之阶；言所以信，而且致不信之咎也。

孟子之言异是，何也？战国者，古今一大变革之会也。侯王分土，各自为政，而皆以放恣渔猎之情，听耕战刑名殃民之说，与尚书、孔子之言，背道而驰。勿暇论其存主之敬怠仁暴，而所行者，一令出而生民即趋入于死亡。三王之遗泽，存十一于千百，而可以稍苏，则抑不能预谋汉、唐已后之天下，势异局迁，而通变以使民不倦者奚若。盖救焚拯溺，一时之所迫，于是有"徒善不足为政"之说，而未成乎郡县之天下，犹有可遵先王之理势，所繇与尚书、孔子之言异也。要非以参万世而咸可率繇也。

编中所论，推本得失之原，勉自竭以求合于圣治之本；而就事论法，因其时而酌其宜，即一代而各有弛张，均一事而互有伸诎，宁为无定之言，不敢执一以贼道。有自相蹠盭者矣，无强天下以必从其独见者也。若井田、封建、乡举、里选、寓兵于农、舍笞杖而行肉刑诸法，先儒有欲必行之者矣。袭周官之名迹，而适以成乎狄道者，宇文氏也；据禹贡以导河，而适以益其溃决者，李仲昌也。尽破天下之成规，骇万物而从其记诵之所得，浸使为之，吾恶知其所终哉！①

二是释《资治通鉴》论。王夫之说：

> 旨深哉！司马氏之名是编也。曰"资治"者，非知治知乱而已也，所以为力行求治之资也。览往代之治而快然，览往代之乱而愀然，知其有以致治而治，则称说其美；知其有以召乱而乱，则诟厉其恶；言已终，卷已掩，好恶之情已竭，颓然若忘，临事而仍用其故心，闻见虽多，辨证虽详，亦程子所谓"玩物丧志"也。
>
> 夫治之所资，法之所著也。善于彼者，未必其善于此也。君以柔嘉为则，而汉元帝失制以酿乱；臣以戆直为忠，而刘栖楚碎首以藏奸。攘夷复中原，大义也，而梁武以败；含怒杀将帅，危道也，而周主以兴。无不可为治之资者，无不可为乱之媒。然则治之所资者，一心而已矣。以心驭政，则凡政皆可以宜民，莫匪治之资；而善取资者，变通以成乎可久。设身于古之时势，为己之所躬逢；研虑于古之谋为，为己之所身任。取古人宗社之安危，代为之忧患，而已之去危以即安者在矣；取古昔民情之利病，代为之斟酌，而今之兴利以除害者在矣。得可资，失亦可资也；同可资，异亦可资也。故治之所资，惟在一心，而史特其鉴也。
>
> "鉴"者，能别人之妍媸，而整衣冠、尊瞻视者，可就正焉。顾衣冠之整，瞻视之尊，鉴岂能为功于我哉！故论鉴者，于其得也，而必推其所以得；于其失也，而必推其所以失。其得也，必思易其迹而何以亦得；其失也，必思就其偏而何以救失；乃可为

---

① （清）王夫之：《读通鉴论》，《船山全书》第十册，岳麓书社2011年版，第1181—1183页。

第六章
王夫之的咏史诗注释及其史学与诗歌创作关系考

治之资，而不仅如鉴之徒县于室、无与焫之者也。

其曰"通"者，何也？君道在焉，国是在焉，民情在焉，边防在焉，臣谊在焉，臣节在焉，士之行己以无辱者在焉，学之守正而不陂者在焉。虽扼穷独处，而可以自淑，可以诲人，可以知道而乐，故曰"通"也。引而申之，是以有论；浚而求之，是以有论；博而证之，是以有论；协而一之，是以有论；心得而可以资人之通，是以有论。道无方，以位物于有方；道无体，以成事之有体。鉴之者明，通之也广，资之也深，人自取之，而治身治世、肆应而不穷。抑岂曰此所论者立一成之例，而终古不易也哉！①

王夫之关于论史的观点于此俱见也。

二 王夫之对于"诗史"的评价及其对诗歌记事功能的特殊运用

正因为王夫之既是史学家又是文学家，所以他对诗歌叙事有着独特的认识。

（一）王夫之关于诗歌叙事的认识

1. 王夫之关于"诗史"的看法

最早称杜诗为"诗史"的可能是五代的《本事诗》。《本事诗·高逸第三》曰："杜逢禄山之难，流寓陇蜀，毕陈于诗，推见至隐，殆无遗事，号为'诗史'。"② 一方面称"毕陈于诗"是指记事多，另一方面"推见至隐"，是指揭示了一些不为人所知的秘事。这是从事有补于史的角度来评价的。这种评价比较多。还有从杜甫善用韵语记时

---

① （清）王夫之：《读通鉴论》，《船山全书》第十册，岳麓书社 2011 年版，第 1183—1184 页。
② 参见丁福保《历代诗话续篇》，中华书局 1983 年版，第 15 页。

事亦即诗歌技巧角度来评价杜甫为"诗史"。《新唐书·杜甫传赞》："甫又善陈时事，律切精深，至千言不少衰。世号'诗史'。"① 黄彻云："子美世号'诗史'，观《北征》诗云……史笔森严，未易及也。"②

王夫之对所谓"诗史"评价甚低。王夫之说："论者乃以'诗史'誉杜。见驼则恨马背之不肿，是则名为可怜悯者。"③ 又在评曹丕《煌煌京洛行》时直截了当地说："足知以'诗史'称杜陵，定罚而非赏。"④ 所谓杜甫"诗史"弊端在哪呢？王夫之《明诗评选》卷二歌行徐渭《沈叔子解番刀为赠》评语云："学杜以为诗史者，乃脱脱《宋史》材耳，杜且不足学，奚况元、白。"⑤ "脱脱《宋史》材耳"是指只是一堆史料堆砌。王夫之又在《明诗评选》卷二孙蕡《南京行》评语云：

> 虽有次序，而不落元、白，故无损于风韵。成化以降，姑苏一种恶诗，如盲妇所唱琵琶弦子词，挨日顶月，连诿不禁，长至千言不休，歌行愈贱，于斯极矣，非但如杜默瘟中村酒之讥而已。⑥

按日月记载，无所剪裁，无所用心。王夫之在《明诗评选》卷二祝允明《董烈妇行》评语云：

> 长篇仿元、白者败尽，挨日顶月，指三说五，谓之诗史，其

---

① 《新唐书》（简体字本），中华书局1999年版，第4395页。
② 参见丁福保《历代诗话续篇》，中华书局1983年版，第348—349页。
③ 《船山全书》第十四册，岳麓书社2011年版，第651页。
④ 同上书，第509页。
⑤ 同上书，第1221页。
⑥ 同上书，第1198页。

第六章
王夫之的咏史诗注释及其史学与诗歌创作关系考

实盲词而已。此作点染生色,于闲处见精彩,虽多率笔,无伤风旨。①

王夫之并未完全抛弃"诗史"这一概念,也有正面意义的阐发。王夫之《明诗评选》卷二歌行徐渭《沈叔子解番刀为赠》评语云:

选用三"佩",此参差尽变,非有意为之,如夏云轮囷,奇峰顷刻。藉云欲为诗史者,亦须如是,此司马迁得意笔也。②

这里肯定徐渭这首诗近乎司马迁,可以当得"诗史"之称。王夫之《唐诗评选》卷一李白《登高丘而望远海》评语云:

后人称杜陵为诗史,乃不知此九十一字中有一部开元天宝本纪在内。俗子非出像则不省,几欲卖陈寿《三国志》以雇说书人打匾鼓说赤壁鏖兵。可悲可笑,大都如此。③

诗而有本纪在内,不是诗史又是什么。

王夫之并未完全否定"诗史",是基于他对诗歌叙事功能不可废的认识。

2. 王夫之关于诗歌叙事的认识

首先,王夫之是在界定诗歌属性的基础上来认识诗歌的叙事功能。王夫之说:"陶冶性情,别有风旨,不可以典册、简牍、训诂之学与焉。"④ 诗歌的创作与经生的求学思路不一样,他说:"《凉州词》总无一字独创,乃经古今人尽力道不出。镂心振胆,自有所用,不可

---

① 《船山全书》第十四册,岳麓书社 2011 年版,第 1203 页。
② 同上书,第 1221 页。
③ 同上书,第 906 页。
④ (清)王夫之:《诗译》,见戴鸿森《姜斋诗话笺注》,人民文学出版社 1981 年版,第 1 页。

以经生思路求也，如此。"① 诗与议政的简牍、章疏也不一样，"以章疏入讽咏，殊无诗理"②，"中唐人尽弃古体，以笺疏尺牍为诗，六义之流风凋丧尽矣"③。

其次，王夫之并不反对诗歌叙事，但认为诗歌叙事与史书叙事有其不同之处。王夫之在《古诗评选》卷四《古诗》后评云：

> 诗有叙事叙语者，较史尤不易。史才固有隐括生色，而从实着笔自易；诗则即景生情，即语绘状，一用史法，则相感不在永言和声之中，诗道废矣。此"上山采蘼芜"一诗所以妙夺天工也。杜子美仿之作《石壕吏》，亦将酷肖，而每于刻画处犹以逼写见真，终觉于史有余，于诗不足。论者乃以"诗史"誉杜，见驼则恨马背之不肿，是则，名为可怜悯者。④

史的叙事是从实着笔，诗歌则即景生情、即语绘状，因此诗歌叙事写实就不是最重要的。所以王夫之以说："诗有诗笔，犹史有史笔。"

诗歌叙事应该怎么做？根据王夫之的论述，有如下几个方面值得注意。一是诗歌叙事一定要和抒情相结合。王夫之在《明诗评选》卷六评杨维桢《寄小蓬莱主者闻梅涧并柬沈元方宇文仲美贤主宾》云："三四天时人事一大段落，总以微言收尽，景中有事，事中有情，那容俗汉分析。"⑤ 又《唐诗评选》卷一岑参《青门歌送东台张判官》评语云："情景事合成一片，无不奇丽绝世。"⑥ 又《唐诗评选》卷三王

---

① （清）王夫之：《诗译》，见戴鸿森《姜斋诗话笺注》，人民文学出版社 1981 年版，第 1577 页。
② 同上书，第 853 页。
③ 同上书，第 1039 页。
④ 《船山全书》第十四册，岳麓书社 2011 年版，第 651 页。
⑤ 同上书，第 1471 页。
⑥ 同上书，第 902 页。

第六章
王夫之的咏史诗注释及其史学与诗歌创作关系考

维《送梓州李使君》评语云：

> 意至则事自恰合，与求事切题者雅俗冰炭，右丞工于用意，尤工于达意。景亦意，事亦意，前无古人，后无嗣者。文外独绝，不许有两。①

叙事还与立意有着不可分的关系，故《古诗评选》卷四袁宏《咏史》评语云："先布意深，后序事蕴藉，咏史高唱，无如此矣！"②

二是叙事中的顺序要以情起为序。《古诗评选》卷四庾阐《观石鼓》评语云："大抵以当念情起，即事先后为序，是诗家第一矩矱，神授之而天成之也。"③

又《明诗评选》卷五张治《江宿》评语云：

> 诗有诗笔，犹史有史笔，亦无定法，但不以经生详略开合脉理求之，而自然即于人心，即得之矣。④

三是叙事时要用点染之法。《明诗评选》卷二"歌行"顾开雍《天目话旧同方稚华俞再李》评语云：

> 序事简，点染称，声情凄亮，命句浑成，时诗习气破除尽矣。崇祯以来，天下作者唯孤与使君耳。⑤

又《明诗评选》卷二汤显祖《吹笙歌送梅禹金》评语云：

> 妙处只在叙事处偏着色，搅碎古今巨细，入其兴会，从来无

---

① 《船山全书》第十四册，岳麓书社2011年版，第1004—1005页。
② 同上书，第713页。
③ 同上书，第712页。此处《船山全书》断句不妥，当为"大抵以当念情起，即事先后为序"。
④ 同上书，第1410页。
⑤ 同上书，第1230页。

及此,李太白亦不能然。①

王夫之又云:

> 七言长篇此为最初元声矣。一面叙事,一面点染生色,自有次第,而非史传笺注论说之次第,逶迤淋漓,合成一色。虽尽力抉出示人,而浅人终不测,其所谓正令读者犹恨其少。若白乐天一流人,九发端三四句,人即见其多。迨后信笔狂披,直如野巫请神,哝哝数百句犹自以为不足而云略。请一圣,千圣降临,然后知六代之所谓纵横者,异唐人之纵横远矣。②

四是诗歌叙事还要与比兴手法的使用相结合。王夫之说:

> 句句叙事,句句用兴用比;比中生兴,兴外得比,宛转相生,逢原皆给,故人患无心耳。苟有血性、有真情如子山者,当无忧其不淋漓酣畅也。子山自歌行好手,其情事亦与歌行相中,凌云之笔,惟此当之,非五言之谓也。杜以庾为师,却不得之于歌行,而仅得其五言,大是不知去取,《哀王孙》《哀江头》七歌诸篇何尝有此气韵?③

汉乐府叙事在这些方面是做得比较好的,所以王夫之说:"乐府为序体自有四妙:一点染,二脱卸,三开放,四含藏。于此求之,皆已具足。所谓摅众妙而言也。"④

王夫之认为诗歌叙事不能轻易发议论,如果爱发议论,那么对于

---

① 《船山全书》第十四册,岳麓书社 2011 年版,第 1224 页。
② 《古诗评选》卷一庾信《杨柳行》,《船山全书》第十四册,岳麓书社 2011 年版,第 562—563 页。
③ 《古诗评选》,河北大学出版社 2008 年版,第 78 页。
④ 同上书,第 7 页。

第六章
王夫之的咏史诗注释及其史学与诗歌创作关系考

诗歌的特性会造成很不好的影响。《古诗评选》卷四张载《招隐》评语云：

> 议论入诗，自成背戾。盖诗立风旨以生议论，故说诗者于兴观群怨而皆可。若先为之论，则言未穷而意已先竭。①

又《古诗评选》卷五江淹《清思诗》其二评语云：

> 诗固不以奇理为高，唐宋人于理求奇，有议论而无歌咏，则胡不废诗而著论辩也？②

又《明诗评选》卷四"五言古诗"汤显祖《南旺分泉》评语云：

> 指事发议诗，一入唐、宋人铺序格中，则但一篇陈便宜文字，强令入韵，更不足以感人至深矣。此法至杜而裂，至学杜者而荡尽。含精蓄理，上继变雅，千年以来，若士一人而已。③

又《明诗评选》卷四"五言古诗"袁凯《古意》评语云：

> 安度纡徐，妙在但纪情事，不施论断。④

又《明诗评选》卷二"歌行"尹嘉宾《前湖词》评语云：

> 四句中纪事、论赞皆备。生平憎吴原博、沈启南作此种诗，如盲人所虽《何文秀词》，特存先生作，为一滴甘露水洒之。⑤

又《明诗评选》卷一李雯《古别离》评语云：

---

① 《船山全书》第十四册，岳麓书社 2011 年版，第 702 页。
② 同上书，第 787 页。
③ 同上书，第 1330 页。
④ 同上书，第 1267 页。
⑤ 同上书，第 1226—1227 页。

不序事，不发议，一色以情中曲折立宛转之文。①

(二) 诗歌纪事的特殊运用

由上可知，王夫之的诗学观念是反对人们对杜诗"诗史"的评价，但并没有完全否定"诗史"。王夫之诗作中确有许多纪事，这种纪事非常特殊，或见于诗题，或见于诗作自序，或见诗作中的诗人自注。这就是王夫之诗歌纪事的特殊运用。

一是其纪事见于诗题。《五十自定稿》中诗题纪事的有：《和陶停云赠芋岩五十初度乙巳》《晨发端州与同乡人别乙丑》《苍梧舟中望系龙洲》《初入府江》《晨发昭平县飞雨过驴脊峡上泊甑滩会月上有作》《小霁过枫木岭至白云庵雨作观刘子参新亭纹石留五宿刘云亭下石门石座似端州醉石遂有次作》《西庄源所居后岭前塾古木清沼凝阴返映念居此三载行将舍去因赋一诗丁酉》《欧子直自南岳返讯之》《问芋岩疾》《为晋宁诸子说春秋口占自笑乙未》《春尽从子敞寄山居雪咏绝句欻尔隔岁聊复和之丙申》《永兴廖邓二君邀宿石角山僧阁是侍先君及仲兄硻斋游处》《清远城下忆湖湘旧泊》《刘端星学士昭州初度时初出诏狱》《癸巳元日左素公邹大系期同刘子参过白云庵茶话二首癸巳》《重登双髻峰丙申》《二贤祠重读义兴相公诗感赋》《岳峰悼亡四首辛丑》《与唐须竹夜话戊申》《湄水月泛同芋岩》《新秋看洋山雨过丙申》《恺六种凤仙花盈亩聊题长句乙巳》《耒阳曹氏江楼迟旧游不至戊子》《圆通庵初雨睡起闻朱兼五侍御从平西谒桐城阁老归病书戏赠己丑》《李广生自黔阳生还归阙率尔吟赠并感洪一龙三阳太仆山公及郎君郑石诸逝者浮湘亭之游庚寅》《五日小饮兼五舟中寄人时两上书忤时相俟谴命故及之》《留守相公六袭仰同诸公共次方密之学士旧韵》《石板滩中秋无月奉怀家兄》《冬尽过刘庶先夜话效时丁酉》《五日携攽儿同

---

① 《船山全书》第十四册，岳麓书社 2011 年版，第 1182 页。

第六章
王夫之的咏史诗注释及其史学与诗歌创作关系考

子直洎贤从哲仲小饮分得端字》《元日过子直弈丁未》《故孝廉李一超以怀贞穷愁死不及有嗣息元配林孺人掖呃太孺人于瘅病中十四年不舍榻右猝遘危疾临终悲咽以不得躬亲大事为憾啼声未绝而逝余于一超不浅视道路感泣者自逾涯量裁二诗以将哀尤为太孺人愍悼焉》《刘若启为余兄弟排难已招泛虎塘叙其家乘会当六裛帨辰欢宴之下遂允贶室子敬儿》《期徐蔚子虎塘迟至余暑病先归蔚子独留万绿池与若启月饮共相太息寄此谢之》《河田营中夜望戊子》《自南岳理残书西归慈侍困于土人殆滨不免太孺人怛愍废食既脱谕令去此有作聊呈家兄》《过涉园问季林疾遘作早梅诗四首》《过西明寺追怀悟一上人示苍枝慈智》《从子敉遘闵以后与予共命而活者七年顷予窜身傜中不自以必生为谋敉因留侍伯兄时序未改避伏失据掠骑集其四维方闻道往迎已罹鞠凶矣悲激之下时有哀吟草遽佚落仅存绝句四首甲午》《康州谣追哭督府义兴相公是去秋同邹管二中舍会公地》《避暑王恺六山庄会夕雨放歌乙未》《些翁补山堂诗和者数十人今春始枉寄次韵奉和并数翁体戊申》等。

《六十自定稿》中诗题纪事的有：《怀入山来所栖伏林谷三百里中小有邱壑辄畅然欣感各述以小诗得二十九首庚戌》《避乱石鸡村同载谋小憩乙未》《过芊岩不值己酉》《深秋望欧子直》《因林塘小曲筑草庵开南窗不知复几年宴坐漫成六首呈桃坞老人暨家兄石崖先生同作》《家兄观夫之抄稿云墨迹似先征君垂示以诗哀定后敬和四韵》《二中园纪事为懿庵作壬子》《陈耳臣老矣新诗犹丽远寄题雪诸咏随意和之得四首》《草堂成》《早起草堂寓目篱间牵牛花追忆懿庵丙辰》《新秋望章载谋丁巳》《送载谋归吴淞二首己未》《闻圣功讣遽赋》《青草湖风泊同须竹与黄生看远汀落雁甲寅》《同唐须竹游驳阁岩己酉》《昭阳庵同须竹夜话云乘木叶秋波探五老之胜因便送之》《不揆五十齿满懿庵见过留同芊岩小酌》《极丸老人书所示刘安礼诗垂寄情见乎词愚一往呐吃无以奉答聊次其韵述怀》《宿雪竹山同茹蘗大师夜话》《刘庶仙五

· 267 ·

十初度即席同唐须竹壬子》《闻极丸翁凶问不禁狂哭痛定辄吟二章》《送蒙圣功暂还故山甲寅》《郡归书怀寄懿庵》《出郭赴李缓山之约桓伊山下遇雨》《萍乡中秋同圣功对月》《春夕同章载谋看月丙辰》《重登回雁峰丁巳》《桐城余兼尊昔为青原侍者归素以来崎岖岭外相值见访为录前寄极丸老人诗仍次原韵赠之》《同须竹送芊岩归窆竟小艇溯湘转郡城有作咏木鱼引》《得须竹鄂渚信知李雨苍长逝遥望鱼山哭之》《新秋同唐古遗须竹游钟武故城归坐小轩夜话》《寄和些翁补山堂诗已就闻翁返石门复次元韵寄意己酉》《听月楼倦客归山留别翠涛王孙》《风泊中湘访张永明老将吊孙吕二姬烈死读辛卯以来诸公奖贞之篇放歌以言情孙吕事详故中舍管公记乙卯》等。

《七十自定稿》中诗题纪事的有：《翠涛携诸子游瞻云阁有作见寄遥答庚申》《和周履道对春雪壬戌》《春初雨歇省家兄长夏庵□□□□□中惘然有作》《熊男公过访》《寒雨归自别峰庵寄同游诸子》《雨夕梦觉就枕戏效昌黎体近梦》《吟已犹不得曙再次前韵广之》《翠涛喜雨见怀病枕赋答丁卯》《庶仙片纸见讯云年过七十未为非幸无容局促萦心既佩良规因之自广己巳》《寄题翠涛新斋丁卯》《过李为好山居信宿（二首）》《腊月一日寒雪有作是日为先征君弧辰闻之先慈云泰昌庚申大冻杯盂凝冱》《得嘉鱼李西华兄弟书追忆雨苍》《中秋向夕自观生居同刘生小步归草堂月上二首》《先开过问病赠之》《为家兄作传略已示从子敞》《见诸生咏瓶中勺药聊为俪句示之庚申》《先开移丹桂一株于窗下作供为赋十六韵癸亥》《唐如心见过（二首）庚申》《徐合素自南来抵郡城远讯船山代书答之尊世父閤公从海上卒于岭表廿余年矣因寓我尚为人之叹甲子》《五日前一夕唐如心以近诗见问病废夜读久矣即夕口占寄意》《宿明溪寺山僧导游珍珠岩》《翠涛过草堂问病（二首）丁卯》《夏日喜何诣得见过》《侄敏五十（二首）》《重过三座山与故人罗君遇赠之》《宿别峰庵庶仙策杖来慰时方从哭送先兄归垄

第六章
王夫之的咏史诗注释及其史学与诗歌创作关系考

返》《社前一日雪戊辰》《二十四日又雪》《罗桐侯受业先兄存没依轸倍于余子春初过慰衰老怆然酬赠》《崇祯癸未贼购捕峻亟先母舅玉卿谭翁以死誓脱某兄弟于虎吻谢世以来仰怀悲哽者三十余年翁孙以扇索敏侄书字缀为哀吟代书苦不能请先兄俯和益以老泪淫淫承睫不止》《别峰庵二如表长老类知予者对众大言天下无和峤之癖者唯船山一汉愧不克任而表师志趣于此征矣就彼法中得坐脱其宜也诗以吊之》《野史刘生惜十年之别来访山中为写衰容赋赠二首己巳》《敬筑土室授童子读题曰蕉畦口占示之（四首）戊辰》《送刘生辑夏归省重庆》。

有关王夫之的生平纪事，应该属其次子王敔《大行府君行述》最详细，但就王夫之丰富的一生来讲还是太简略。由以上所举《五十自定稿》《六十自定稿》《七十自定稿》诗题中纪事来看，可以说是提供了可靠丰富的关于王夫之的生平纪事。这些诗题纪事有的还比较长，如王夫之七律诗《刘若启为余兄弟排难已招泛虎塘叙其家乘会当六褱悦辰欢燕之下遂允贶室于敔儿》。又如另一首七律诗题曰《崇祯癸未贼购捕峻亟先母舅玉卿谭翁以死誓脱某兄弟于虎吻谢世以来仰怀悲哽者三十余年翁孙以扇索敏侄书字缀为哀吟代书苦不能请先兄俯和益以老泪淫淫承睫不止》，见《七十自定稿》，诗题长72字，所叙之事有四五件之多。

二是其纪事见于诗集或组诗自序，亦见于诗前自序。王夫之自编诗集前有自序，这种自序一般都有纪事。

《遣兴诗》之《读甘蔗生遣兴诗次韵而和之·序》云：

> 者回自别，休道是望州亭相见也。鸟道音书，无从通一线在。向者有人著书，说西子湖头，一佛出世，罢参向南高峰去。心知其不然，湖光山色，尽一具粉骷髅，淡妆浓抹，和哄者跛汉不住。又安成程大匡书来，说五老峰前，远公延客，庶几或尔。乃今又在卢家仡傺西邻煨折脚铛，春云入乱烟，不可拣取。大要

· 269 ·

在一瓠道人鼻上弄鼻孔作痒，得此诗者又是一场懡㦬。今春有杜鹃花，不觉到铁墙坳，王君延我入新斋，为他和石灰泥壁。忽拈一帙诗，没其所自得，教认取谁家笔仗。卒读久之，乃知是者跛汉。王君笑指石灰桶，说寻常谓道人认得行货，今乃充此物经纪，眯着眼看秤斛耶。者是十三年前借山在灵溪所作，逢彼场中，作彼杂剧。今来则又别须改一色目，演马丹阳度刘行首唱晓风残月矣。想者跛汉白椎又换。借山在一瓠鼻尖上安单，一瓠在借山眉毛上屑鼎。云净水干，黄龙出现，黄龙蜕角，水涨云飞。打破者皮疆界，是一是二，时节因缘，且与还他境语。于是为次韵而和之，不能寄甘蔗生也，为之凄绝，癸卯六月望，茱萸塘漫记。[1]

以上至少记载了王夫之于癸卯年春去铁墙坳王恺六新屋发现金堡旧作并和诗一首之事。《和梅花百咏诗》之序云：

隆武丙戌湘诗人洪业嘉伯修、龙孔蒸季霞、欧阳淑予私和冯作各百首，欧阳炫其英，多倍之。余薄游上湘，三子脱稿，一即相示，并邀余共缀其词。既已薄其所自出，而命题又多不雅驯，惧为通人所鄙，戏作桃花绝句数十首抵之，以示郑重。未几，三子相继陨折。庚寅夏，昔同游者江陵李之芳广生，相见于苍梧，与洒山阳之涕。李侯见谓君不忘浮湘亭上，盍寻百梅之约，为延陵剑耶。余感其言，将次成之。会攸县一狂人，亦作百梅恶诗一帙，冒余名为序。金溪执为衅端，将构大狱，挤余于死。不期暗香疏影中，作此恶梦，因复败人吟兴，抵今又十五年矣。今岁人日，得季霞伯兄简卿寄到伯修元稿。潸然读已，以示欧子直。子

---

[1] 《王船山诗文集》下册，中华书局1962年版，第423页。

第六章
王夫之的咏史诗注释及其史学与诗歌创作关系考

直欣然属和,仍从臾老汉为前驱被道。时方重定《读书说》良不暇及,乃怀昔耿耿,且思以挂剑三子者,挂剑广生。遂乘灯下两夕了之。湘三子所和旧用冯韵,以其落字多腐,又仿流俗上马跌法,故虽仍其题而自用韵,亦以著余自和三子非和冯也。乙巳补天穿日茱萸塘记。①

以上至少记载了三件事:一是王夫之游上湘,与洪业嘉等人诗文相交事;二是在广西与李之芳相会欲作梅花诗事以及因人冒名将陷大狱事;三是欧子直嘱和诗之事。《前雁字诗十九首·序》云:

雁字之作,始倡于楚人。楚,泽国也,有洲渚,有平沙,有芦蒋菰茭,东有彭蠡以攸居志,南有衡阳之峰,曰所回翼也。故楚人以此宜为之咏歌。近则玉沙湖补山老人续唱,作者连轸,予病未能者,且十年矣。不期病中忽有阳禽笔阵,如鸠摩罗什两肩童子出现,因吟十九首。诸公于霜寒月苦,南天落翼之日,目送云翎。而仆于花落莺阑,炎威灭迹之余,追惟帛字。时从异轨,情有殊眕,短歌微吟不能长,斯之谓矣。故诸作者皆赋七言,而仆吟四十字。②

以上至少记载了两件事,一为补山老人作"雁字诗",二为王夫之病中见雁字故作《雁字诗》。《述病枕忆得·序》云:

崇祯甲戌,余年十六,始从里中知四声者问韵,遂学人口动。今尽忘之,其有以异于彀音否邪。已而受教于叔父牧石先生,知比耦结构,因拟问津北地信阳,未就而中改从竟陵时响。至乙酉乃念去古今而传己意。丁亥与亡友夏叔直避购索于上湘,

---

① 《王船山诗文集》下册,中华书局1962年版,第444页。
② 同上书,第475页。

借书遣日，益知异制同心，摇荡声情而檃括于兴观群怨，然尚未即捐故习。寻遘鞠凶，又展转戎马间，耿耿不忘此事，以放于穷年。昔在癸未春，有《漧涛园》初刻，亡友熊渭公为序之。乱后失其锓木，赖以自免笑悔。戊子后次所作为《买薇集》，已为土人弄兵者劫夺。此后则存《五十自定稿》中。凡前所作，所谓壮夫不为，童子之技也，然恶知今之果有愈于童子否邪？昭公既壮而有童心，抑不自知其童，况老而自知之智衰乎！今年病垂死，得友人熊男公疗之而苏，因教予绝思虑以任气之存去。愿思虑非可悬庋之物，寄之篱间壁上，无已从其不为心柽者。因仿佛忆童年至丁亥诗，十不得一而录之。乃以知余之未有以大异于童子，而壮夫亦奚以为。敕儿子勿将镜来，使知衰容白发。岁在丙寅末伏日，船山述。①

此序记载了王夫之早年的一些经历。这些史实不见于其他记载，是研究王夫之生平及其诗学思想的重要材料。

诗前有自序的不多，如果有的话一般都有纪事。《五十自定稿》之《胡安人挽诗》之自序云：

小司马彭然石焱，征其元配胡安人殉节诗。余方移疾待罪，不敢居风雅之列。已蒙恩得赦，唐官詹诚以次金黄门堡韵七言四章，付余属和。余别为五言，拟神弦之曲。安人沈玉黔阳，司马从往岭外，妥贞灵，招义魄，抑必有深情将之。李少翁临邛道士之事，抑非贞魂所惠，闻楚有二招，用以慰烈陨，返幽素，连类而铭之，不亦可乎？②

---

① 《王船山诗文集》下册，中华书局1962年版，第508页。
② 同上书，第137页。

第六章
王夫之的咏史诗注释及其史学与诗歌创作关系考

《续哀雨诗》之自序云：

　　庚寅冬，余作《桂山哀雨》四诗。其时幽困永福水寨，不得南奔，卧而绝食者四日，亡室乃与予谋间道归楚。顾自桂城溃陷，淫雨六十日，不能取道，已旦夕作同死计矣，因苦吟以将南枝之恋，诵示亡室，破涕相勉。今兹病中，搜读旧稿，又值秋杪，寒雨无极，益增感悼，重赋四章。余之所为悼亡者，十九以此，子荆奉倩之悲，余不任为，亡者亦不任受也。①

《竹枝词》之自序云：

　　杨廉夫唱《竹枝》于湖上，和者麇集。以初体求之，非《竹枝》也。长庆始制，同出而歧分，如竹枝之相亚，应篙楫之度，登顿挫浏漓，用近藏远，庶几风人之旨，故聊为之。②

《管大兄弓伯挽歌》之自序云：

　　有明文学管嗣箕弓伯，以今癸卯冬卒于南岳百丈山。病乃使余有宿草而不得哭。其明年，姬六以亡托将改适，返灵筵于高节里之故居，乃申一恸。良慨然矣，将复何言。抑夫生人之役，荣凋欢戚，咸有二三，唯一而不两者，死而已。唯一而不两，故昧者迟回，觉者引决。但一忍之须臾，无他畏难矣。慷慨之捐，唯一斯易。假令试之二三，在壮士之频繁，不能鲁缟之穿也。今勿说弓伯兄之死，得年五十有二，考终于室，弓伯兄固久不期此。癸未贼投人于湘水，雁行相接，兄犯其不测，以保难弟之节，一死矣。戊子起兵不利，缧而系于潭狱，刻日就白刃者，一死矣。

----
① 《王船山诗文集》上册，中华书局1962年版，第168页。
② 同上书，第180页。

庚寅流离困病于岭海，犯难以护难弟于长林，一死矣。以身突其三死，而谁期为一者之考终。弓伯兄弄死如丸，死去弓伯兄如鹜，复得此十三年于荒山榛径之中，兄余食而赘形视之。昔不为兄骄，而今为兄哀耶，妄也。兄磊磊不为愿人之容，人或以为兄诟，此何有哉！兄善饮，亦善饮人。兄善以财假人。然以二者故，引其溪壑之涎而终不能充塞之。兄不慕炎而弃寒，以是睥睨炎者。而虽不炎者，亦妒兄之不与已同调，以歆歆于炎。途诟之兴，自此积矣。虽然，彼流者且龁腥草，唼腐蓱，宝敝帚如拱璧，而嚅嗫于寒云酸雨之中，浸不诟兄，则兄病矣。兄家世宣州，寓籍蒸上，族寡而未有血胤，则或有为兄惜者。夫万汇之息，形生为下，神传为上。今兄以其孝友义烈之气，如云如日，其晖荫所注，且将孕为千百奇男子，以似续古人。彼区区保有其血肉之产，呴呴噢噢。卫之如君，爱之如父，此一藕之丝，其联能几哉？故凡此者，不足以哀。不足以哀，则亡用其挽，聊绍古《薤露》《蒿里》各一章，以娱兄于漠漠焉耳。①

《六十自定稿》之《咏木鱼·引》云：

观生居壁粘比岁人士酬赠韵语，时复迎目，如相扬催。仆与当世偶一往还觞咏耳，亦可不容志之。兵警后，为俗恶寓人尽掷弃之，非有长吉睚眦之怨，浪施和仲笺云之惧，能使人不气尽耶？唯攸县陈耳臣二笺仅存，裴回不忍舍目，用觉其咏木鱼诗未当作者，辄和二章，不能寄耳臣，差贤于存没诸公之逢蠹螙，无从静对已尔。②

---

① 《王船山诗文集》上册，中华书局1962年版，第186页。
② 同上书，第222页。

第六章
王夫之的咏史诗注释及其史学与诗歌创作关系考

《梅阴冢》之自序云：

> 船山老人幼女七岁，许字友人唐君之子者，以戊午八月夭。败叶庐左有梅一株，老人凤所顽息。庐圮梅存，因瘗其侧。老人女早晓字，动有闲则。尝自言：使我且死，必不乱。垂亡果然。老人哀之甚，且恐此土为樵犁所侵，诗以志之。①

《六十自定稿》还有一种特殊情况，如《闻极丸翁凶问不禁狂哭痛定辄吟二章》诗题后有"传闻薨泰和萧氏春浮园"之语，似注又似自序。《七十自定稿》中无诗前自序，亦有似注又似序之类的东西，如《南天窝授竹影题用徐天池香烟韵》七首其六有云："时为先开订相宗，并与诸子论庄。"又如《寄题先兄祠屋》诗题后有云："戊辰五月己卯，祁孙奉主入祠。祠，旧耐园也。"

三是纪事见于诗中之诗人自注。王夫之诗歌中有自注的不多，但也不罕见。《忆得》之《上蔡威函先生》自注云："先生讳凤，以比部郎钦恤楚刑，征文课枉见特奖，期于鄂城相待，诗以志感。"《忆得》之《江行代纪》其三注云："郭外一石笋，郡人以神事之，可笑。分宜移桥于苏州，袁人之首也。袁天纲墓在真定，而指宜春台为其坟迹者，郴桂贼掠袁而郡人张皇报功，张尔公以好辨名，其郡事不兴辨正，聊一笑之。"其六后注云："许真君之说，野人语也。而吴江袁黄赞画征倭谓平秀吉乃蛟精所化，请许斩之，浮五百鹅于海以厌胜，其妖悖如此。袁黄世所称袁了凡也。"

《分体稿》之《广哀诗》中每首诗题后都有王夫之自注，均是所咏人物的简略生平。《熊文学》，自注云："字渭公，黄冈人。癸未武昌陷，赴通山王府莲池死。"《文明经之勇》自注云："字小勇，丁亥

---

① 《王船山诗文集》上册，中华书局1962年版，第231页。

蓝山遇乱兵死。"《大学士章公旷》自注云:"字于野,号峨山,华亭人。赠华亭伯,谥文毅。丁亥死事于永州。"《夏孝廉汝弼》自注云:"字叔直,已丑避宁远山中,幽愤而卒。"《太傅瞿公式耜》自注云:"字在田,号稼轩,常熟人。庚寅留守桂陵,城陷死之。"《少傅严公起恒》自注云:"字秋冶,山阴人,寓籍真定。辛卯以抗孙可望被害。"《管中翰嗣裘》自注云:"字冶仲,说李定国迎跸拒孙可望不果。甲午遇害于永安州。"《李孝廉跨鳌》自注云:"字一超,避山中,乙未卒。"《欧阳文学惺》自注云:"字叔敬,于予为中表兄弟,少予二岁。丙申溺湘水。"《南岳僧性翰》自注云:"丙申没。"《郑生显祖》自注云:"字忝生,襄阳冢宰公继之之从孙,予内弟也。从予学,略成文章。庚子殁。"《管文学嗣箕》自注云:"字弓伯,甲辰没。"《刘孝廉惟赞》自注云:"字子参,祁阳人,避隐山中,丙午告终。"《青原极丸老人前大学士方公以智》自注云:"字密之,桐城人。国亡披缁,称愚者智,字无可,一号墨历。壬子卒于泰和。"《刘孝廉象贤》自注云:"字若启,湘乡人,丁巳殁。"《李孝廉国相》自注云:"字敬公,避隐桃坞,戊午告终。"《雪竹山道者智霂》自注云:"字茹蘖,昆明人,本姓张,以乡举任衡山令。己未殁于嘉兴之杨坟。"《蒙谏议正发》自注云:"字圣功,崇阳人,己未殁。"《唐处士克峻》自注云:"字钦文,己未殁。"

(三)王夫之咏史诗的探讨

1.《咏史》二十七首相关内容见于《读通鉴论》的情况

王夫之《咏史》二十七首有许多内容见于他的史学著作《读通鉴论》。《咏史》其一云:"刘歆死击谷梁。叛父只求媚莽。"相关内容见于《读通鉴论》卷五,文云:"当莽之篡,天下如狂而奔赴之,孔光、刘歆之徒,援经术以导谀,上天之神,虞舜之圣,周公之忠,且为群

第六章
王夫之的咏史诗注释及其史学与诗歌创作关系考

不逞所诬而不能白。"①《咏史》其二云:"堕泪曲江秋燕。"相关内容见于《读通鉴论》卷二十二云:"张九龄抱忠清以终始,忧乎为一代泰山乔岳之风标,为李林甫所侧目,而游冥寥以消矰弋。"②又云:"司马温公失之于蔡京,唯察此之未精耳。九龄唯早曙于此也,故清节不染于浊流,高蹈不伤于钳纲。其诗曰:'弋者何所慕。'无或慕也,鸿飞之冥冥,所以翔云逵而为羽仪于天下也。"③

《咏史》其十三云:"曹魏登坛舜禹,萧梁塔庙瞿昙。"关于曹魏之事,《读通鉴论》卷末《叙论一》云:"自汉之亡,曹氏、司马氏乘之以窃天下,而为之名曰禅。于是为之说曰:'必有所承以为统,而后可以为天子。'义不相授受,而强相缀系以掩篡夺之迹;抑假邹衍五德之邪说与刘歆历家之绪论,文其诐辞,要岂事理之实然哉!"④关于梁武帝佞佛之事,《读通鉴论》卷十七云:"武帝之始,崇学校,定雅乐,斥封禅,修五礼,六经之教,蔚然兴焉,虽疵而未醇,华而未实,固东汉以下未有之盛也。天监十六年,乃罢宗庙牲牢,荐之以疏果,沉溺于浮屠氏之教,以迄于亡而不悟。盖其时帝已将老矣,畴昔之所希冀而图谋者皆已遂矣,更无余愿,而但思以自处。帝固起自儒生,与闻名义,非曹孟德、司马仲达之以雄豪自命也;尤非刘裕、萧道成之发迹兵间,茫然于名教者也。既尝求之于圣人之教,而思有以异于彼。乃圣人之教,非不奖人以悔过自新之路;而于乱臣贼子,则虽有丰功伟绩,终不能盖其大恶,登进于君子之途。帝于是彷徨疚愧,知古今无可自容之余地,而心滋矣。浮屠氏以空为道者也,有心亡罪灭之说焉,有事事无碍之教焉。五无间者,其所谓大恶也,而或

---

① (清)王夫之:《读通鉴论》,《船山全书》第十册,岳麓书社2011年版,第207页。
② 同上书,第829页。
③ 同上书,第830页。
④ (清)王夫之:《读通鉴论》,《船山全书》第十册,岳麓书社2011年版,第1176页。

归诸宿业之相报,或许其忏悔之皆除,但与皈依,则覆载不容之大逆,一念而随皆陨。帝于是欣然而得其愿,曰唯浮屠之许我以善而我可善于其中也,断内而已,绝肉而已,捐金粟以营塔庙而已,夫我皆优为之,越三界,出九地,翛然于善恶之外,弑君篡国,泅起幻灭,而何伤哉?则终身沉迷而不反,夫谁使之反邪?不然,佞佛者皆愚惑失志之人,而帝固非其伦也。"①

《咏史》其十四云:"为司马爱谯周。"《读通鉴论》卷十云:"人知冯道之恶,而不知谯周之恶也。道,鄙夫也,国已破,君已易,贪生惜利禄,弗获已而数易其心。而周异是,国尚可存,君尚立乎其位,为异说以解散人心,而后终之以降,处心积虑,唯恐刘宗之灭,憯矣哉!读周《仇国论》而不恨焉者,非人臣也。……周塞目箝口,未闻一谠言之献,徒过姜维,以饵愚民,媚奄宦,为司马昭先驱以下蜀,国亡主辱,已乃全其利禄;非取悦于民也,取悦于魏也,周之罪通天矣。"②

《咏史》其十八云:"崔生穹帐修文""临镜妖狐国史"。《读通鉴论》卷十四云:"浩之见知拓拔嗣也,以《洪范》,以天文。其《洪范》非《洪范》也,非以相协厥居者也,其天文非天文也,非以敬授民时者也。及其后与寇谦之比,崇淫祀以徼福于妖妄而已。"③《读通鉴论》卷十四云:"于崔浩以史被杀,而重有感焉。浩以不周身之智,为索虏用,乃欲伸直笔于狼子野心之廷,以速其死,其愚固矣。然浩死而后世之史益秽,则浩存直笔于天壤,亦未可没也。"④

对比《读通鉴论》的相关评论可知,《咏史》中的史事议论与

---

① (清)王夫之:《读通鉴论》,《船山全书》第十册,岳麓书社2011年版,第638—639页。
② 同上书,第410—411页。
③ 同上书,第541页。
④ 同上书,第575页。

第六章
王夫之的咏史诗注释及其史学与诗歌创作关系考

《读通鉴论》相关评论是一致的,因此可以说《咏史》是王夫之另一种体裁的史评。

2.《咏史》的主要思想内容及其表现

王夫之《咏史》二十七首的思想内容是咏叹士人与国家兴亡的关系或者说咏叹与国家存亡相关史事。具体说来有以下几个方面的内容。

第一,咏叹士人,有忠于故国忠臣义士,也有背叛的逆子贰臣。

《咏史》诗其一主要讲了两件史事。一是箕子传《洪范》事。《尚书·洪范》原文云:

> 武王胜殷,杀受,立武庚,以箕子归。作《洪范》。惟十有三祀,王访于箕子。王乃言曰:"呜呼!箕子。惟天阴骘下民,相协厥居,我不知其彝伦攸叙。"箕子乃言曰:"我闻在昔,鲧堙洪水,汩陈其五行。帝乃震怒,不畀洪范九畴,彝伦攸斁。鲧则殛死,禹乃嗣兴,天乃锡禹洪范九畴,彝伦攸叙。'初一曰五行,次二曰敬用五事,次三曰农用八政,次四曰协用五纪,次五曰建用皇极,次六曰乂用三德,次七曰明用稽疑,次八曰念用庶征,次九曰向用五福,威用六极。'"①

据上文,洪范为箕子所作。二是刘韵对今文经书《穀梁传》的抨击之事。刘歆曾撰《移让太常博士书》,介绍了秘府所藏左丘明撰的《春秋》古文本,指责太常博士"保残守缺,挟恐见破之私意,而无从善服义之公心"。最后强调指出,根据汉宣帝广立《穀梁春秋》、梁丘《易》、大小夏侯《尚书》的成例,"义虽相反,犹并置之",应当将古文经列为官学。《汉书·刘歆传》记载其文云:"若必专己守残,

---

① 《尚书正义》,北京大学出版社2000年版,第351—355页。

党同门,嫉道真,违明诏,失圣意,以陷于文吏之议,甚为二三君子不取也。"① 这首诗用这两件史事以及史事中的人物进行对比,最后慨叹,两人虽然都有保存经典之功,但两人政治目的和品性绝然不同,箕子忠于故国,而刘韵却背叛汉朝。

关于《咏史》其二,刘毓崧《王船山丛书校勘记》云:"此诗以张曲江《秋燕》诗比楚骚《怀沙》,范希文西征元昊比《东山》《破斧》。然黄花晚节香之语,本于韩稚圭诗,此误记韩诗为范事也。"② 这首诗虽然有显示王夫之记忆有些许错误,但其主旨十分明确,慨叹张九龄、范仲淹忠国之忧。

《咏史》其五有云:"偏是羁孤臣妾,贪他菌蟪春秋。"其十四有云:"为司马爱谯周。一线容头活计,二毛肉袒风流。"这两首抨击的都是那些不忠于故国的苟活之人。

第二,士人的思想、行为对国家存亡造成影响。

《咏史》其三有云:"桎梏荀卿性恶,逍遥王衍无为。""荀卿性恶"是指荀子提出"性恶"之说,《荀子·性恶》云:"故枸木必将待檃栝、烝矫然后直,钝金必将待砻厉然后利;今人之性恶,必将待师法然后正,得礼义然后治。今人无师法,则偏险而不正;无礼义,则悖乱而不治。古者圣王以人之性恶,以为偏险而不正,悖乱而不治,是以为之起礼义、制法度,以矫饰人之情性而正之,以扰化人之情性而导之也。始皆出于治、合于道者也。今人之化师法、积文学、道礼义者为君子;纵性情、安恣睢而违礼义者为小人。用此观之,人之性恶明矣,其善者伪也。"③"王衍无为"是指西晋王衍倡以无为本之说。王衍字夷甫,神情明秀,风姿详雅。总角尝造山涛,涛嗟叹良久,既

---

① (汉)班固:《汉书》第七册,中华书局1962年版,第1971页。
② 《王船山诗文集》上册,中华书局1962年版,第163页。
③ (清)王先谦:《荀子集解》,《诸子集成》第二册,中华书局1954年版,第89—90页。

第六章
王夫之的咏史诗注释及其史学与诗歌创作关系考

去,目而送之曰:"何物老妪,生宁馨儿!然误天下苍生者,未必非此人也。"魏正始中,何晏、王弼等祖述《老》《庄》,立论以为:"天地万物皆以无为本。无也者,开物成务,无往不存者也。阴阳恃以化生,万物恃以成形,贤者恃以成德,不肖恃以免身。故无之为用,无爵而贵矣。"①衍甚重之。荀子提出的性恶之说与王衍倡导的"无为"说都造成了人们思想混乱,是导致国家败亡的罪魁祸首之一。

《咏史》其六中涉及刘向、苏轼、韩愈、刘安,这四人的行为和主张对国家的稳定发展没有益处。其二十五涉及两件史事。一是所谓"杯酒释兵权"。现存"杯酒释兵权"的最早记载,是北宋丁谓的《丁晋公谈录》和王曾的《王文正公笔录》。《谈录》记述了赵匡胤与赵普关于此事的一段对话。赵普对赵匡胤说,禁军统帅石守信、王审琦兵权太重,"皆不可令主兵"。赵匡胤听后不以为然,认为石、王这两位老将是自己多年的老朋友,绝不会反对自己。赵普则进一步做工作,说石、王这两位老将缺乏统帅才能,日后肯定制服不了部下,后果将不堪设想。赵普终于说服了宋太祖,罢了两人的兵权。《笔录》则更明确地记述道:相国赵普屡以为言,宋太祖"于是不得已,召守信等曲宴,道旧相乐",最后让他们"自择善地,各守外藩,勿议除替"。事隔半个世纪的司马光,在《涑水纪闻》中,对此事的记载更为详细,称宴会的第二天,赵匡胤的部将个个心领神会,"皆称疾,请解军权。上许之,皆以散官就第"。该诗涉及的第二件可能是指"春秋断狱"。这两件事对以后国家的发展都造成了极大的影响。这个影响,王夫之认为是不好的。

第三,所托非人或士人所事非主。《咏史》其十一讲了两个人:李绩、西巴,一个凶,一个善,唐太宗却将国事托给李绩致使李唐帝

---

① 《晋书·王衍传》,中华书局1997年版,第322页。

位危殆。这是慨叹所托非人。其十八讲了李孝逸、崔浩两人所事非人，他们服事的一为篡国的武则天，一为鲜卑人拓拔嗣，当然不会有好下场。

第四，士人报恩报国。《咏史》其二十七咏文天祥事，抒报国之情。其十六用张良事咏报恩与报国。

第五，咏士人或有大智慧从容处理危局，或小有才而无力国事。《咏史》其二十三涉及了北宋与南宋立国君的大事。北宋立国君之事指韩琦于北宋英宗撤去太后垂帘听政和驱除佞臣任守忠事。王夫之在《宋论》卷五《韩魏公撤帘窜任守忠》中说："而韩公超然远矣。人主长矣，而母后之帘不撤；宵小持其长短，谤潜繁兴，以惑女主，而英宗之操纵在其掌中。于斯时也，非独张升、曾公亮、赵㮣之不能分任其死生，即文、富二公直方刚大之气，至此而不充。故'决取何日'之言，如震雷之迅发，而叱有司以速撤；但以孤忠托先君之灵爽，而不假片言之赞助。其坐政事堂，召任守忠，斥其奸恶而速驱以就窜，必不以告赵㮣，而制之以勿敢异同。"[①] 由此可知，人有大智大勇方能从容处理危局。《咏史》其二十一涉及两人，一是宋代的狄青，一是唐代的韦皋，两人均小有才而不能真正使国家长治久安。

第六，斥篡逆之人无耻。《咏史》其一十三用曹魏篡汉和梁武帝佞佛二事讽刺篡逆之人的无耻。

第七，咏史要忠于史实。《咏史》其四涉及四个历史人物：张安世、张栻、司马迁、朱熹。因为要为尊者讳，张栻、朱熹被指责。

第八，明确地表达了对明皇的怀念。《咏史》其二十六有云"鹦歌生受思陵"，明明白白地抒发了对明崇祯皇帝的纪念。这应该也是这首诗真正要表达的情感。

---

① （清）王夫之：《宋论》，中华书局1964年版，第110页。

第六章
王夫之的咏史诗注释及其史学与诗歌创作关系考

关于王夫之诗歌叙事的认识，前面已加论述。在此，我们再看王夫之关于咏史诗的观点。王夫之《唐诗评选》卷二李白《苏武》后评云：

> 咏史诗以史为咏，正当于唱叹写神理，听闻者之生其哀乐。一加论赞，则不复有诗用，何况其体？①

王夫之又云："其下乃有胡曾《咏史》一派，直堪为塾师放晚学之资，足知议论立而无诗允矣。"② 反对在诗中加议论是王夫之始终坚持的观点。王夫之主张咏史诗以史为咏应该在唱叹中显现神理，并使读者生发出一种哀乐之感，并反对议论。王夫之这样说的，也是这样做的。《咏史》二十七首诗未有一首诗空发议论，都用唱叹的方式表现，表达了诗人的哀乐之情。但是，王夫之《咏史》二十七首诗的最大问题是每首诗咏叹的史事太多，几乎一句一事，给形象表达留下的空间太小，事实上成了有韵之诗评。

总之，王夫之是史学家，有独特的史学思想；是诗人，也有着自己的诗学主张。他批评关于杜诗的"诗史"评价，但并不反对诗歌叙事，而且还通过诗歌纪事的特殊运用以诗存人，因诗存事。他的咏史诗展示自身深厚的史学修养，表达对国家存亡的思考，抒发了强烈的民族情感。毋庸讳言的是，他自己的创作实践并未给咏史诗创作探出一条新路。

---

① 《船山全书》第十四册，岳麓书社 2011 年版，第 953 页。
② 同上书，第 702 页。

第七章

王夫之诗歌与王夫之教育教学关系考

第一节 王夫之诗歌中所反映的王夫之教师生活及其教育思想

一 反映王夫之教师生活的文献

徐令素《唐躬园墓志铭》云：

> 躬园讳端笏，字须竹，至性人也。孝于其亲，服勤色养。父母有疾，朝夕不解带，药与泪俱进……以此为船山所先生所知赏。……船山示以《思问录》内外编及《柳岸吟》《周易》内外传诸书。先生长逝后，筑室山中，以绎所学。所著《惭说》《悔说》，其言悲，其志固，卓乎远也。[1]

由这段话可知，王夫之曾经将《思问录》《柳岸吟》《周易》内外

---

[1] （清）罗正钧：《船山师友记》，岳麓书社1982年版，第165页。

第七章
王夫之诗歌与王夫之教育教学关系考

传诸书作为教材教授唐须竹。除以上提及的王夫之自己所著的三种书作为教材外,还有什么书也被用作教材教授学生呢?王夫之用作教材教育学生的还有《四书训义》。《思问录》是一部什么书呢?该书成于清康熙二十五年(1686)王夫之68岁,分为内外篇。内篇着重哲学理论阐述。外篇涉及许多科学问题。这部书可以说是王夫之哲学理论的简明读本,用来教学生,当然是很好的教材。《柳岸吟》又是一部什么书呢?《柳岸吟》集中收录了船山与宋明理学家唱和的集子,其唱和的对象包括邵雍、程颢、杨时、陈献章、罗伦、庄昶等,还有少量非唱和但因主题风格相近的也被收入。此诗集中还收录了王夫之教导学生的诗。《周易》内外传又是什么书呢?王夫之《周易》内外传实际上包括王夫之的三部著作:《周易内传》《周易内传发例》《周易外传》。在《发例》中,王夫之自述撰写《内传》缘起和此书基本思想,文云:"亡国孤臣,寄身于秏土,志无可酬,业无可广,唯《易》之为道则未尝旦夕敢忘于心,而拟议之难,又未敢轻言也。岁在乙丑,从游诸生求为解说。形枯气索,畅论为难,于是病中勉为作《传》;大略以《乾》《坤》并建为宗;错综合一为象;《象》《爻》一致,四圣一揆为释;占学一理,得失吉凶一道为义;占义不占利,劝戒君子,不渎告小人为用;畏文、周、孔之正训,辟京房、陈抟日者、黄冠之图说为防。"[①] 由此可知,《周易》内外传是为了教授学生而作。《四书训义》是一部什么书?《四书训义》原为教学讲稿,名《授诸生讲义》,故依朱熹《四书集注》训释其义理。其格式:前集注,后训义,先在章句下标出文字古写、古音、古义,然后阐发经文交蕴,集注前亦间有议论,与朱注或有不同见解,提出不同意见。如《四书训义》卷十一《论语》七云:"子以四教:文、行、忠、信。"

---

① 《船山全书》第一册,岳麓书社2011年,第683页。

王夫之训义云:"圣人之所教,可以为天下万世之法则,教者必以是教,学者必以是学,深之可以入圣,而未至者亦不至于畔道。盖子以四者立不易之轨,贤智者不得略,愚不肖者不得不勉也。其一曰文。子盖使人习之,使人由绎之,识其言,因示以古人之心理焉。其一曰行。子盖使人修之于身,施之于天下,敦其实,因示天下以得失之归焉。其一曰忠。人有心不知尽也,子则教之以勿生苟且自安之情;人有心而或思尽也,子则教之以必求竭尽无余之忱。其一曰信。物有理,人不能循也,子则教之以推诚而无逆于情;物之情,人或能循也,子则教之以顺物而无违其理。此岂非人人之所可知可行,而不能至者哉!以此教而教者之道尽,学者之功全矣。"[1]

二 王夫之诗歌中对王夫之教学的反映

王夫之自编诗集有 10 多部,创作诗歌多达 1600 多首,反映王夫之教学方面的诗也有百余首。这些诗歌对王夫之教学各个方面都有所涉及。

(一) 反映任教的时间长短

比较早的反映王夫之从事教学的诗首见于《五十自定稿》,诗题曰:《为晋宁诸子说春秋口占自笑》。这首诗写于乙未年亦即清顺治十二年,公元 1655 年,王夫之 37 岁。刘谱云:"春,迁居郴州兴宁山中,借僧寺授徒,为从游者说《春秋》。"晋宁即兴宁县的旧名,非云南之晋宁州。此兴宁系属湖南郴州之县,非属广东嘉应州之县。[2] 王谱亦云:"春,客游兴宁山中,寓于僧寺。有从游者,为说《春

---

[1] (清) 王夫之:《四书训义》,《船山全书》第七册,岳麓书社 2011 年版,第 506 页。
[2] 参见《船山全书》第一六册,岳麓书社 1996 年版,第 202 页。

第七章　王夫之诗歌与王夫之教育教学关系考

秋》。"① 王夫之《周易内传发例》云："乙未，于晋宁山寺，始为《外传》。"② 又《老子衍·序》称始创之时"岁在旃蒙协洽壮月己未"③。据此，王夫之于 37 岁时在晋宁山中一方面著述不辍，另一方面开始教授学生。王敔《大行府君行述》云："自此随地托迹，或在浯，或在郴，或在耒，或在晋宁，或在涟、邵。所寓之处，人士俱极依慕。亡考不久留，辄辞去。"④ 流亡时授徒，其学术水平与教学水平高，受教之人"俱极依慕"。王夫之教学生涯是否始于这一年还不能完全确定。据《殷浴日时艺序》所载，似乎授徒的时间还要早些。《殷浴日时艺序》云：

> 甲午避兵入宜江山中，有侄子之恸，浴日拂拭而慰之。少闲，无以阅日，浴日始以帖括见示。继此而宜江士友泛晋而与余言帖括。……浴日少与余同文场，已与余同漂泊，今又与余同为训诂师以自给。⑤

由这一段话，我们可明了两个问题：一是王夫之授徒之年并非始于乙未年，很可能是甲午年，还可能更早；二是王夫之授徒之始主要是教八股文亦即时文或称时艺。

王夫之的教学生涯持续了多长时间呢？王夫之《七十自定稿》中有诗名《敔筑土室授童子读题曰蕉畦口占示之》⑥ 四首，诗云：

> 治畦当种竹，种蕉为近之。虚中同一致，密叶胜疏枝。

---

① 参见王之春《王夫之年谱》，中华书局 1989 年版，第 53 页。
② 《船山全书》第一册，岳麓书社 2011 年版，第 683 页。
③ 《船山全书》第一三册，岳麓书社 2011 年版，第 16 页。
④ 《船山全书》第一六册，岳麓书社 2011 年版，第 73 页。
⑤ 《王船山诗文集》上册，中华书局 1962 年版，第 45 页。
⑥ 本书所引诗均出自《王船山诗文集》，中华书局 1962 年版，下不一一注出。

脆绿怜弱干，勿为霜雪侵。春风动雷雨，须长一千寻。

莫剪当檐叶，凭传萧瑟音。岳峰窗外雨，滴碎汝翁心。

题字成玄草，绿天幻绛纱。勿容贪载酒，何客可名芭。

这一年为戊辰年即清康熙二十七年，公元 1688 年，王夫之 70 岁。王谱"康熙二十六年丁卯（1687）"条云：

居湘西草堂。
春正月，病益衰，伤心无泪。从游者渐少。
……
九月，葬石崖公于逆流湾伍家埠，公临送。公夕，宿熊公男公山庄。
……
公筑蕉畦于草堂之侧，授生童经业。敏公送子生蕃来学，公与商谱事，力疾《世系表》稿授之。[①]

丁卯年王夫之 69 岁，此处明言因王夫之身体不好，"从游者渐少"。次年戊辰年王敔筑土室授童子读。这说明教学工作主要由王敔承担。如果将戊辰年定为王夫之教学生涯的终结之年，那么，从甲午年算起，王夫之从事教学工作长达 34 年。

王夫之的教学当然与现代教育体制不同，不可能规定学制。从王夫之诗歌记载来看，有长达 7 年的，甚至还有长达 20 多年的。王夫之《柳岸吟》有首《示从游诸子》，其一云：

七载相怜已久如，寸心未展只相于。

[①] 《船山全书》第一六册，岳麓书社 2011 年版，第 116—117 页。

第七章
王夫之诗歌与王夫之教育教学关系考

诸君怀玉空弹鹊，老汉直钩尽钓鱼。

大易圈叉唯父母，上天时物在读书。

勿劳载酒询奇字，便草玄文亦子虚。

此处明言这几个学生跟随王夫之已七年。"从游诸子"为谁，《柳岸吟》中提到了几个学生的名字，如唐须竹、熊体贞、孙倩，至于其他几位无考。从王夫之诗歌所载来看，跟随王夫之学习时间比较长的，有欧子直、唐须竹、戴晋元、章载谋等。

王谱称甲辰年王夫之46岁时欧大生从游门下。[①] 罗正钧《船山师友记》云：

> 正钧按：《衡阳县志·选举表》，子直为永州教授欧从陲子。《百梅诗集》作于乙巳。先生自顺治十七年庚子定居湘西，朝夕过从者，如刘若启象贤、李芋岩国相、刘庶仙近鲁诸人，皆一时遗老。此外则子直为最著。观《百梅诗》序自称老汉，《自定稿》各诗亦皆留连景物之词，子直盖同里后学，而其志趣有足重者，故时从先生游也。[②]

考王夫之诗集，与欧子直有关的诗有8首。最早的诗是王夫之在甲辰年46岁时所作，有三首，分别是：《同欧子直刘庶仙登小云山》《又雪同欧子直》《五日携攽儿同子直洎贤从哲仲小饮分得端字》。最晚的是写于己酉年王夫之51岁时的《深秋望子直》。由王夫之所作诗可知，欧子直至少跟随王夫之学习5年。

唐须竹从学王夫之的情况在徐令素《唐躬园墓志铭》记载甚详，文云：

---

① 参见王之春《王夫之年谱》，中华书局1989年版，第64页。
② （清）罗正钧：《船山师友记》，岳麓书社1982年版，第145—146页。

躬园讳端笏,字须竹,至性人也。孝于其亲,服勤色养。父母有疾,朝夕不解带,药与泪俱进……以此为船山所先生所知赏。滇师抗命之年,章公子载谋游粤西不得归,因游于船山之门而问礼,躬园旦夕与偕,知躬园甚深。尝为余言,躬园欲访庐山,求安成陈二止先生觐、欧阳怀云先生霖宗事之,船山先生许焉,以父病不果行。又极丸老人以书订船山同住青原,船山不欲往,遣躬园行,达彼此之意……迎船山住驭阁岩,为剖析源流,因知有朱陆同异,及后来心学之谬。船山示以《思问录》内外编及《柳岸吟》《周易》内外传诸书。先生长逝后,筑室山中,以绎所学。所著《惭说》《悔说》,其言悲,其志固,卓乎远也。①

唐端笏以丙午年始见王夫之,其年王夫之48岁,居败叶庐,罗正钧考唐端笏才弱冠。② 此后26年唐端笏一直追随王夫之左右。考王夫之诗集,与唐须竹有关的诗多达20首,最早的是作于戊申年王夫之50岁时,诗名《与唐须竹夜话》。最晚是写于壬戌年王夫之64岁时的《怀须竹》。由王夫之诗作来看,唐须竹至少从学王夫之有16年。

戴晋元、章载谋从学王夫之的时间要短一些。王夫之诗歌中有两首与戴晋元有关。一首是《戊戌岳后辱戴晋元来访今来复连榻旌檀口占》,写于清康熙十四年乙卯(1675),王夫之57岁;另一首写于甲子年王夫之66岁时,诗曰《代书寄衡山戴晋元》。由前一首诗有"荏苒十八年,梦中时一遇"之语来看,戴晋元从游王夫之门下更是在王夫之30多岁隐匿南岳之时。王夫之与戴晋元的交往可能长达20多年,但戴晋元在王夫之身边学习的时间可能并不长。关于章载谋,罗

---

① (清)罗正钧:《船山师友记》,岳麓书社1982年版,第165页。
② 同上。

第七章
王夫之诗歌与王夫之教育教学关系考

正钧《船山师友记》云：

> 正钧按：邓氏显鹤云：按载谋为永历时兵部侍郎旷之子，侍郎没于永州，载谋孤露，贫匮无所归，先生时寓双髻峰，招与同居三年。又徐令素《唐躬园墓志》云：滇师抗命之年，章公子载谋游粤西不得归，因游于船山之门而问礼。按此二说与《行状》所云皆合，惟《编年稿》诗隶于乙卯，《送载谋归吴淞》在己未，则载谋从先生游首尾五年，邓氏云三年者小误。①

（二）由王夫之诗作考王夫之部分教授对象

《清儒学案》中有《船山学案》，该学案中除王夫之之外还收王敔、罗瑄、唐端笏、章有谟、周士仪、钱澄之、王文清。其中王敔收入"船山家学"类，罗瑄、唐端笏、章有谟收入"船山弟子"类，周士仪、钱澄之收入"船山交游"类，王文清收入"船山私淑"类。②《船山师友记》所载王夫之弟子有如下一些人：欧大生、管永叙、郑显祖、罗瑄、章有谟、唐克恕、唐端笏、唐古遗、戴日焕、萧子石、蒙之鸿、王灏、曾昺、刘永治、刘存孺等。实际上，王夫之的学生远不止以上这些人，有许多已不可考，根据王夫之诗歌及其他文献，王夫之还有于礼、王敔的学生如曾载阳、曾载绪等。下面根据与王夫之的关系，分成三类进行考辨。

王夫之的学生中第一类为王夫之亲戚：郑显祖、王攽、王敔、王枚、王敏、王生蕃等。

郑显祖，《广哀诗·郑生显祖》之注："字悉生，襄阳冢宰公继之之曾从孙，予内弟也。从予学，略成文章。庚子殀。"《广哀诗·郑生

---

① （清）罗正钧：《船山师友记》，岳麓书社1982年版，第159—160页。
② 参见徐世昌《清儒学案》第一册，中华书局2008年版，第369—431页。

显祖》诗云：

> 莺花媚春日，荣光如新沐。送子归荒阡，独向杜鹃哭。瘴雨无冬春，寄身豺虎窟。天骄踩秦关，降吏相迫束。我躬不自闵，念尔骋逾蹙。寒云凝席帽，扶携返幽谷。残书久零乱，缀拾授尔读。草线觅玄珠，顾笑多感触。危语相箴砭，长跽愿夏朴，念恤千金躯，戢羽自鸾族。太宰秉天钧，清忠传世笃。哀郢远泪征，洒泪岘山曲。天风摧弱草，坠叶悲乔木。为义不克终，清宵愧幽独。

罗正钧云："据《广哀诗》云：'寒云凝席帽，扶携反幽谷。残书久零乱，缀拾授尔读。'则间道归楚时，忞生即已相依，而庚寅至庚子十有一年，转徙山谷，亦常相随受读也。"① 《五十自定稿》庚子年有《哭内弟郑忞生》一首，诗云：

> 悠悠重悠悠，送子冈陇头。乍可为陌上之秋草，繁霜一夕同荒邱。不能为磷磷之白石，相看逝水旋东流。与君别何所，庭前绿竹下。日夕君不来，春云覆平野。与君期何日，三五轮魄充。君归黄泉去，月轮故未空。君家鹿门溪，君魂欲归道路迷。与君相逢入桂城，铁骑斥野飞箭鸣。旧愁疑在春梦惊，乃知君死而余生。生亦不可期，死亦不可悲。鸡鸣月落杉桥路，且与须臾哭别离。

王攽，字曷功，王夫之长子，为发妻陶氏所生。罗正钧云：

> 按《病枕忆得》：丁亥年《仿杜少陵文文山七歌》第五首云："有妻有妻哭父死，匆匆槁葬垤如蚁"，则陶孺人盖殉父万梧翁之

---

① （清）罗正钧：《船山师友记》，岳麓书社1982年版，第159—160页。

丧，故像赞亦有"孝而殉"之语。按隐孺人卒于丙戌，敔盖以甲申生也。①

甲辰年王夫之有《五日携敔儿同子直洎贤从哲仲小饮分得端字》，诗云：

今年五日尚余寒，翦翦菖风摆露难。
雨歇罩鱼垂柳径，人归赊酒白云端。
丹心彩笔三湘事，霜鬓朱颜一镜看，
彭泽无田供秫米，何须粔籹饱龙餐。

《柳岸吟》有《示两子》诗二首，诗云：

一年不遣病驱安，此事分明汝辈看。
不为菜羹须汝出，人间第一菜羹难。
领我清狂累几分，旁人指摘更深文。
回眸但顾身边影，即尔依依望白云。

还有一封书《己巳九月书授敔》，文云：

汝兄弟二人，正如我两足，虽左右异向，正以相成而不相戾。况本无可争，但以一往之气，遂各挟所怀，相为疑忌。先人孝友之风坠，则家必不长。天下人无限，逆者顺者，且付之无可如何，而徒如兄弟一言不平，一色不令，必藏之宿之乎？试俯首思之。②

王敔，字虎止，王夫之次子，为王夫之续弦郑氏于清顺治十三

---

① （清）罗正钧：《船山师友记》，岳麓书社1982年版，第177页。
② 《王船山诗文集》上册，中华书局1962年版，第116页。

年丙申所生。王夫之诗集中与王敉有关的诗有二首。一首收于《姜斋诗编年稿》，诗题曰《齿落示敉子》，作于庚戌年王夫之52岁，诗云：

> 梧桐一叶已知秋，塞角催霜几耐愁。
> 乳燕未须惊飓去，堂前不拟久相留。

另一首收于《七十自定稿》，作于庚戌年，诗曰《敉筑土室授童子读题曰蕉畦口占示之》，此诗有四首。

王敉，王夫之仲兄王参之之子。《船山师友记》未收。甲午年王夫之36岁时作《从子敉遘闵以后与予共命而活者七年顷予窜身傜中不自以必生为谋敉因留侍伯兄时序未改避伏失据掠骑集其四维方间道往迎已罹鞠凶矣悲激之下时有哀吟草遽佚落仅存绝句四首》，诗云：

> 斜日荒荒打枣天，山头回首杳墟烟。
> 当时不道今生别，犹向金风泪黯然。
>
> 黑海难全一叶舟，谁将完卵望鸺鹠。
> 含羞含恨无终极，稚子牵衣笑邓攸。
>
> 割骨分肌亦屡禁，如今万矢倍攒心。
> 岳阡秋草应含怨，万树严霜杀一林。
>
> 情恨悔不锄苗早，蔓草萦丝自惹愁。
> 至竟潘安悲白首，人间何有坠珠楼。

王夫之将侄子带在身边7年，当然也就教了他7年。

王敏，字幼重，号卓枫，王夫之叔父牧石先生之孙，生于明崇祯

第七章
王夫之诗歌与王夫之教育教学关系考

十一年丁丑，王夫之 19 岁。丁卯年王夫之 69 岁有《侄敏五十》诗一首，诗云：

邗沟槃戟插湘滨，骁骑云仍到尔身。
戍削月垂千丈影，团圞松偃一庭春。
青毡未损传家物，黄菊相期漉酒巾。
好理残书贻子弟，乌衣燕识画梁新。

吾方授室尔悬弧，一幅当年燕喜图。
脉脉回头成梦鹿，悠悠屈指数金乌。
黄云初卷收香粒，赪枣重蒸酿软酥。
幸有老夫霜鬓在，东皋遥劝倒村酤。

现存两封王夫之写与王敏的书信。一封《与幼重侄》云：

哀疚之下，不能与吾侄一言。闻将过我，企望企望。侄年渐老，宜步步在根本上着想。多谋多败，动气召辱，切戒，切戒！有公礼谢众弟侄，烦我文遍致之。族谱事何如？恐只成画饼耳。①

另一封《又与幼重侄》云：

无日不在病中，血气俱尽，但灵明在耳。三侄孙文字亦有线路，可望其成。但所患者，下笔太重则近粗俗。已嘱令敔教之以清秀。为人亦和顺沈潜，所不足者，知事太早。我家穷，闲住一二年，或习为萧散。庄子曰："其嗜欲深者其天机浅。"一切皆是嗜欲，非但声色臭味也……②

---

① 《王船山诗文集》上册，中华书局 1962 年版，第 55 页。
② 同上。

王敞，字膴原，王夫之兄王介之之子。《文学膴原氏墓铭》云："幼从余学，学于余者，笃志精研未有及之者也。……余于其亡，哀之不欲生，而又重悼其衔恤以陨生，父没而不能一日存于世也……"①《五十自定稿》丙申年王夫之 38 岁有《春尽从子敞寄山居雪咏绝句欻尔隔岁聊复知之》五言绝句 2 首。《船山师友记》将"丙申"误为"丙辰"，将"五言绝句"误为"七绝"。② 诗云：

春去天涯雨，南留客影单。梁园裁赋好，遥送杏花寒。

残雪留双鬓，余寒抱死灰。君还愁岁暮，不畏老夫猜。

《七十自定稿》丙辰年有《为家兄作传略已示从子敞》一首，云：

无穷消一泪，墨外渍痕汪。故国人今尽，先君道已亡。
蒙头降吏走，抱哭老兵狂。正可忘言说，将心告烈皇。

王生蕃，王敏之子，生于清康熙十年辛亥，王夫之 53 岁。王谱于"康熙二十六年丁卯（1687）"条称王敏送子生蕃就学，引《与弟侄书》虎止公跋称"谱本作'生荫'"，王谱案云"谱无生荫名"③。

此年王夫之有诗《示侄孙生蕃》。

熊时干，字体贞，衡阳人。罗正钧《船山师友记》云：

考《姜斋逸文·武夷公行状》云：敔女二，次适文学熊荣祀子时干。则知体贞名时干也。《柳岸吟》诗为门人讲学时所作，

---

① 《王船山诗文集》上，中华书局 1962 年版，第 39 页。
② （清）罗正钧：《船山师友记》，岳麓书社 1982 年版，第 175 页。
③ 《船山全书》第十六册，岳麓书社 1996 年版，第 373 页。

第七章
王夫之诗歌与王夫之教育教学关系考

读《易》八首，词意独为深至。体贞时居门下学《易》，其所得亦可想见矣。①

李向明，字治尹，衡阳人。罗正钧《船山师友记》云：

> 正钧按：治尹，《分体稿》及《鼓棹集》均未著其名。考《武夷先生行状》，云夫之侧室女一，适文学李报琼子向明。盖取《易》"向明而治"之谊，名向明，字治尹也。又《七十自定稿》辛酉有《示刘李二生》五律二首，《鼓棹二集》有《摊破浣溪沙病中与刘二生夜话》一首，所称李生当即治尹，而以子倩执经门下也。②

上所引"而以子倩执经门下也"之"倩"疑为"婿"之误。辛酉年《示刘李二生》诗云：

> 不作少年心，凭消白昼阴。黄梅何日熟，橄榄再来寻。

> 追蠡悬无几，龙渊老易沈。他时闻吹笛，莫遣忆孤音。

《姜斋诗分体稿》有《治尹始春为邵阳游有赠》，诗云：

> 旧游资水曲，正而似君时。夹水寻芳草，高楼摘柳丝。
> 酒熏江月暖，剑抉楚风雌。此意凭相赠，骅骝不受羁。

刘法忠，字辑夏，衡阳人。罗正钧《船山师友记》云：

> 考《武夷先生行状》云：敉女二，长适兵部尚书刘尧诲子法

---

① （清）罗正钧：《船山师友记》，岳麓书社1982年版，第174页。
② 同上书，第173页。

忠。以"夏尚忠"之谊推之，法忠当即辑夏之名。又按：刘尧诲，临武人，嘉靖癸丑进士，累官兵部尚书，罢官寓居衡阳，其后遂为衡阳人。①

《七十自定稿》乙丑年有《送刘生辑夏归省重庆》七绝一首，诗云：

> 蒸江漱玉绕苍汀，玳瑁霜云拥翠屏。
> 归向湘山高顶望，应瞻南极老人星。

王夫之的学生中第二类为王夫之抗清同人之后：章有谟、管永叙、蒙之鸿等。

管永叙，衡阳人，王夫之友管嗣裘之子，早逝。《五十自定稿》辛丑年有《哀管生永叙》，诗云：

> 落叶风喧夕，啼鸦柏冷霜。如何悼亡客，还有丧予伤。
> 岳径云藏雪，洋泉月引凉。培兰将九畹，鍊镜已三商。
> 带草先摧绿，传灯独秉光。思深千里驾，望属百身良。
> 烨烨芝房折，悠悠蒿里长。紫囊悲太傅，缃帙冷中郎。
> 春榖江流远，南云塞路荒。人情谁剑挂，天道岂弓张。
> 交绝怜东里，狂歌问子桑。贡生空委佩，鲍叔未分粮。
> 笛咽山阳馆，琴残子敬床。宁知哀九辩，不及待沈湘。

罗正钧《船山师友记》云：

> 正钧按：刘氏毓崧曰：按诗云："落叶风喧夕，啼鸦柏冷霜。如何悼亡客，还有丧予伤！"盖秋末所作也。又云："岳径云藏

---

① （清）罗正钧：《船山师友记》，岳麓书社1982年版，第174页。

第七章
王夫之诗歌与王夫之教育教学关系考

雪,洋泉月引凉。"洋泉即洋山之泉。洋山在常宁,盖先生由常宁还南岳,永叙皆相随也。又云:"紫囊悲太傅,缃帙冷中郎。春縠江流远,南云塞路荒。人情谁剑挂,天道岂弓张。交绝怜东里,狂歌问子桑。贡生空委佩,鲍叔未分粻。"盖永叙系冶仲之子,弓伯之侄,诗以太傅比弓伯,中郎比冶仲,春縠、南云谓冶仲卒于南荒瑶峒,贡生委佩,用贡禹弱冠事,盖先生与冶仲同起兵同授职也。按刘说颇核,但先生戊子同管仲赴行在,冶仲留授中书,先生旋复返楚,未尝与同授职,故用贡禹事。据《分体稿广哀诗》注,冶仲以甲午没于永定州,则永叙没时,冶仲尚在粤西,莫卜存亡,故云"南云塞路荒"也。篇首明有"丧予"之句,又有云:"带草先摧绿,传灯独秉光。思深千里驾,望属百身良。"则其从学先生无疑。①

章有谟,字载谋,华亭人,王夫之之师章旷之子。生平力学探古,不应有司试。寓衡山,从王船山先生游,训以学礼。归名其斋曰景船。著《礼记说约》30卷,今佚。存《景船斋杂记》2卷。王敔《大行府君行述》云:

> 三桂兵无纪律,昼掠夜劫,搜及穷谷。值华亭章司马次公子有谟南游阻道,亡考延入山中,昼共食蕨,夜共然藜,以所注礼记授之,夜谈至鸡鸣为常。游兵之为盗者窃听而异之,相戒无犯焉。②

《小腆纪年·章旷传》云:

> 子有谟,字载谋,孤露无所归,衡阳王夫之招之同居双髻山,饭糗燃脂,三年学成,为夫之高弟子焉。

---

① (清)罗正钧:《船山师友记》,岳麓书社1982年版,第157—158页。
② 《船山全书》第十六册,岳麓书社1996年版,第75页。

谓居双髻山，应是传闻有误或传闻不确，王夫之自定居衡阳金兰乡后不再居南岳山中，更不会一居三年。《姜斋诗编年稿》乙卯年有《与李缓山章载谋同登回雁峰次缓山韵》，诗云：

> 连霄关塞悲迟暮，初见南天一雁回。
> 小有绿阴堪避暑，相看枯木不惊雷。
> 晴光漏白飞螺顶，云影撑空幻蜃台。
> 稍觉江山堪极目，临风薄送浊醪杯。

《六十自定稿》丙辰年有《春夕同章载谋看月丙辰》，诗云：

> 草堂新筑延新月，夕望春烟散夕清。
> 天地空轮原自昔，莺花流目不须惊。
> 东风摇柳拖柔影，绿晕莎肥炫露明。
> 莫拟华亭归鹤怨，湘山布谷未催耕。

丁巳年有《新秋望章载谋丁巳》，诗云：

> 湘山犹曲曲，畴昔故天涯。偶合添离恨，轻分有后期。
> 灯残知弈误，月上尽诗迟。芳草王孙在，闲愁付杖藜。
>
> 干戈方万里，摇落又三秋。霜鬓久无据，云踪幸缓愁。
> 周秦焚后字，荆楚赋中楼。郑重清波意，君无忘野谋。

己未年有《送载谋归吴淞》，诗云：

> 相逢及送别，都在落花时，霜雪添双鬓，兵戈共一枝。
> 江湖空在望，天地尽堪疑。顾陆烦凭吊，吾生未有期。
>
> 马当湖水北，南望杳潇湘。陆海英雄踬，船山烟草荒。

第七章
王夫之诗歌与王夫之教育教学关系考

容台留蠹简,谒者恋幽芳。片石延陵字,他年待报章。

蒙之鸿,父蒙正发,崇阳人,寓衡阳南乡之斗岭,殁后子孙归崇阳,唯之鸿以长子留守墓。从王夫之学,所造颇深。著有《遣心集诗稿》。教授乡塾,与王夫之之子敔,唱酬甚多。罗正钧《船山师友记》云:

> 正钧按:《姜斋诗分体稿》甲子年有《五日同刘蒙两生小饮》五律一首。所称蒙生当即之鸿。蒙圣功没于己未,《广哀诗》述其孤尚幼。甲子上距己未六年,通志流寓传述之鸿为长子,则其时已游门下也。①

《五日同刘蒙两生小饮》诗云:

> 粳稻新东亩,江潭旧左徒。蛟涎仍五日,蚌泪讯双珠。
> 梅熟晴难定,荷倾露易孤。相期续慧命,能结五丝无。

王夫之的学生中第三类为明遗民之后。

唐克恕,字如心,衡阳诸生。唐端典,字古遗,衡阳处士克峻之子。从学王夫之。自号一竿生,著《一竿生传》见志。罗正钧《船山师友记》云:

> 正钧按:如心为唐钦文从兄弟,钦文与先生交好,故与其二子均游先生门。《衡阳县志·唐凤仪传》又云:端笏早卒,以遗文托克恕,今散佚矣。按今《唐一竿生诗》抄本有乙酉《古遗侄新逝躬园侄复病且垂危以生平文稿属为收藏退而志哀》七律一首,盖为县志所本。②

---

① (清)罗正钧:《船山师友记》,岳麓书社1982年版,第168页。
② (清)罗正钧:《船山师友记》,岳麓书社1982年版,第161页。

《七十自定稿》庚申年有《唐如心见过》七律二首，诗云：

> 春草初生雪霰零，山山曾踏几茎青。
> 居然天地成今古，何必云岚不典型。
> 执戟汉亡谁载酒，尚书秦暴有传经。
> 怜君问礼当深夜，急难原头念鹡鸰。
>
> 酌酒无多剪烛长，凌侵冰玉蹙寒塘。
> 赠云有意寻弘景，赋雪无心付谢庄。
> 璀璁云痕开远碧，流莺柳色竞新黄。
> 晴光倩送青鞋去，分取狂夫一半狂。

又《五日前一夕唐如心以近诗见问病废夜读久矣即夕口占寄意》诗云：

> 榴花困雨不得红，溪荪浃露青烟丛。
> 明朝谁续五丝缕，新月初弯一线弓。
> 楚国神弦惜往誓，山中桂树思悲翁。
> 纸窗晴日能相借，锦字凭开雾眼空。

唐端笏，字须竹，一字躬园，衡阳人，明季诸生，尝得《白沙集》《定山集》《传习录》，读之而嗜，迎夫之住驳阁岩，为剖析源流，知后来心学之谬。夫之示以《思问录》内外篇、《周易》内外传。上已言唐端笏是从学王夫之最久的学生，王夫之诗集中与之有关的诗也最多。此点可见第三章相关内容。

唐端典，字古遗，衡阳处士唐克峻之子。《六十自定稿》癸丑年有《新秋同唐古遗须竹游钟武故城归坐小轩夜话》七绝四首，诗云：

> 岳阴万片惹云肥，暑气犹留凝不飞。

第七章 王夫之诗歌与王夫之教育教学关系考

野径偶然成远望，江湖何地卜渔矶。
荆榛苍浅古城秋，脉脉蒸江碧玉钩。
野旷天低飞鸟度，不知何处吊孙刘。
野人爱菊亦偶尔，种菊满阑秋已清。
但为爱君兄弟好，欹眠闲看绿光晴。
闲堂剪烛夜如何，银汉疏风古树多。
便把一竿随尔住，江门原有旧藤蓑。

唐古遗、唐须竹乃唐克峻之子。王夫之《文学孝亮翁钦文墓志铭》云：

翁讳克峻，钦文其字也。……或怂恿公出筮仕，决相剡保，翁笑而不答。人莫测焉。翁静澹素规，不为外诱，壹率其自然而已。唯其延宿学教三子成文章，为当代文学最。……故翁子有请事绝学之志，皆翁密授然也。翁心无贰操，事无贰轨，言无贰辞……①

唐克峻是有节操的遗民，因而使其子从同是遗民的王夫之求学，其人为王夫之《广哀诗》所咏。

王夫之学生为遗民之后的还有罗瑄，字仲宣，邵阳人。王夫之诗集中未有诗涉及此人。

王夫之的学生第四类为一般的从学之人，尤其从学时文之人。

戴日焕，字晋元，衡山诸生，尝游船山之门，所造益深博。王夫之诗集中有两首与戴晋元有关。一首是《戊戌岳后辱戴晋元来访今来复连榻旐檀口占》，诗云：

---

① 《王船山诗文集》上册，中华书局1962年版，第120—121页。

> 我居双髻峰，峰云尝相护。云里忽逢君，不畏潭龙妒。
>
> 荏苒十八年，梦中时一遇。今昔非有殊，须发徒苍素。
>
> 譬如云隙月，随处时偶露。不知东升乌，何有西沉兔。
>
> 明明双眼孔，谁者为新故。薪易火居然，千秋为旦暮。
>
> 同居宿郊庵，四目还相注。回看双髻云，南飞绕湘树。

另一首写于甲子年王夫之66岁时，诗题《代书寄衡山戴晋元》，诗云：

> 松梢浅着余冬雪，兰若闲烧丙夜灯。
>
> 一枕梦回衾似水，不知仙洞隔朱陵。
>
> 寒山不稳归飞鸟，锦字难传夜静鱼。
>
> 闻说茂陵方病渴，莫修封禅数行书。

刘永治，邵阳人。罗正钧《船山师友记》云：

> 正钧按：《武夷先生行状》篇末书"门下后学邵阳刘永治填讳"。《行状》作于癸亥。按《七十自定稿》，辛酉年《中秋向夕，自观生居同刘生小步归草堂月上》五律二首，《分体稿》甲子有《五日同刘蒙二生小饮》五律一首，此刘生当是门人之列，诗皆作于前后两年，未知即否永治。①

刘存孺，罗正钧《船山师友记》云：

> 正钧按：存孺名与爵里无考。《姜斋分体稿》：癸亥年有《九日同熊男公与中涵存孺于礼集二如精舍》二首。又《七十自定稿》：甲子年有《待于礼》一首，丁卯年有《仿李邺侯天覆吾歌

---

① （清）罗正钧：《船山师友记》，岳麓书社1982年版，第170页。

第七章 王夫之诗歌与王夫之教育教学关系考

广其意示于礼》一首。熊男公为先生老友,中涵、于礼之姓名无考,似与存孺均在门人之列,而晚岁诗集中称诸子者屡见,惜皆无由得其姓名。又虎止所刻书校人姓名,《庄子解》有王天泰,题"后学",《张子正蒙》有刘高美、王天履、熊成章,称"私淑门人",附识于此。①

还有萧子石、王灏、曾岊等在《船山师友记》中被列为王夫之弟子,但在王夫之诗集中未见其人。萧子石,衡阳诸生,尝游王夫之、邹统鲁、李国相之门,求性理宗旨。王灏,衡阳附贡生,尝从学王夫之。康熙初,官长沙府学训导。曾岊,字垤耶,邵阳人,曾从学王夫之。康熙丙寅拔贡,官麻阳教谕。②

另外,还有王敔的学生如曾载阳、曾载绪等。

(三) 王夫之从事教学的内在原因

王夫之的一生除在南明朝廷短时间任职以外,没有与新朝有过任何联系。他不做官,不经商,也不会去从事农业生产。王夫之生活非常艰苦,捡拾破纸、旧账簿作为稿纸,他的儿子王敔说:"贫无书籍纸笔,多假之故人门生,书成因以授之,其藏于家与子孙言者无几焉。"③ 这种艰难的生活也还是难以维持,更何况王夫之一生中除了要抚养自己的儿女外,还负担着侄儿、朋友之子的生活和教育。如在由粤返楚一段时间里,王夫之身边除了自己两个儿子,还要负担管嗣裘之子管永叙以及续弦郑氏之弟、侄儿王敉。这种生活重负,王夫之靠什么来承担?甲午年王夫之36岁时在宜江山中避难,他说:"浴日少与余同文场,已与余同漂泊,今又与余同为训诂师以自给。"④

---

① (清)罗正钧:《船山师友记》,岳麓书社1982年版,第170—171页。
② 同上书,第168—169页。
③ 《船山全书》第十六册,岳麓书社1996年版,第74页。
④ 《王船山诗文集》上册,中华书局1962年版,第45页。

"训诂师"是什么呢？首先，我们来看何谓"训诂"。所谓"训诂"，也叫"训故""诂训""故训""古训"。一般认为，用通俗的语言解释词义叫"训"，用当代的话解释古代的语言叫"诂"。王船山自称为"训诂师"，实际上是指自己教学生识字、写字、断句，也就是做儿童的启蒙老师。王夫之在《又与幼重侄》一信中说："无日不在病中，血气俱尽，但灵明在耳。三侄孙文字亦有线路，可望其成。但所患者，下笔太重则近粗俗。已嘱令敔教之以清秀。"[①] 由此可见，王夫之确实将教童生学写字为教学内容之一。

这么说，王夫之从事教学的原因就是为了生存。教学是因生存的需要，但王夫之从事教学就不仅是为了生存。王夫之教育自己的儿女和侄子，可以说是他推卸不掉的责任，但是他教好友之子管永叙、蒙之鸿、章载谋等，是得不到任何报酬的。他们的父亲或死于反清斗争之中，如管永叙之父管嗣裘、章载谋之父章旷，或客死异乡，如蒙之鸿之父蒙正发。别的人躲避还来不及，怎么会去管他们的生活和教育。因此，从这个方面来看，王夫之从事教育还有比维持生存更重要的原因。这种深层的原因可以说是为了道义，为了民族复兴。《七十自定稿》中有一首诗《寒雨归自别峰庵寄同游诸子》，诗云：

晨光留宿温，山霭动云叶。遥遥相送情，恨恨念寒涉。
怜无金母术，为返桃花靥。弥天存鹤发，余冬酬素业。
壮心已分属，微绪望孤接。清叹唯夕灯，高论寄灵笈。
四海目可营，千秋志何摄。旋归亘不忘，物役情难协。
温伯道默存，苏门啸双惬。梦聚相频仍，心旌固怡浃。
旷怀杳涯际，冥合无钝捷。霜磬警昨清，缄之以重叠。

[①] 《王船山诗文集》上册，中华书局1962年版，第55页。

第七章
王夫之诗歌与王夫之教育教学关系考

这首诗是王夫之写给他的学生的。写这首诗的时候他已60多岁了，有点明其心志的意味。"弥天存鹤发，余冬酬素业"，是说愈老愈不能忘记自己既定事业。这种素业是什么呢？这种素业就是《七十自定稿》中《唐如心见过》所说的"执戟汉亡谁载酒，《尚书》秦暴有传经"，亦即"存汉传经"。这就是说王夫之从事教学原来有其为了民族的复兴、国家的恢复这样深层的意义。这样的表述在王夫之诗作中随处可见。《戊戌岳后辱戴晋元来访今来复连榻旃檀口占》一诗中有云："薪易火居然，千秋为旦暮。"又《五日同刘蒙两生小饮》诗云："相期续慧命，能结五丝无。"又《广哀诗·管中翰嗣裘》诗云："带草先摧绿，传灯独秉光。"又《与唐须竹夜话》其二云："鼎鼎千秋意，劳劳夜语传。"

（四）王夫之教学的内容

王夫之从事教学，他的教学内容是什么呢？前面已引王夫之自己的话说是"训诂师"，主要教学生识字断句。据《殷浴日时艺序》云："甲午避兵入宜江山中，有侄子之恸，浴日拂拭而慰之。少闲，无以阅日，浴日始以帖括见示。继此而宜江士友泛晋而与余言帖括。"[①] 这种训诂师或许还是教帖括即时艺的另一种说法。时艺即时文、八股文。八股文就是指文章的八个部分，文体有固定格式：由破题、承题、起讲、入题、起股、中股、后股、束股八部分组成，题目一律出自"四书五经"中的原文。后四个部分每部分有两股排比对偶的文字，合起来共八股。旧时科举，八股文要用孔子、孟子的口气说话，四副对子平仄对仗，不能用风花雪月的典故亵渎圣人，每篇文章包括从起股到束股四个部分。

王夫之于时艺是比较精通的。他四次参加乡试。王夫之于明崇祯

[①] 《王船山诗文集》上册，中华书局1962年版，第45页。

六年癸酉 15 岁时首次与两个兄长王介之、王参之赴武昌应乡试。王谱云：

> 正考官钱谦益，副考官张第元。首题：《君子思不出其位》。次题：《修道之谓教》。三题：《尧舜之知而不徧物急先务也》。①

王夫之于明崇祯九年丙子 18 岁时第二次与两个兄长王介之、王参之赴武昌应乡试。王谱云：

> 正考官吴伟业，副考官宋玫。首题：《焕乎其有文章》。次题：《天之所覆地之所载》。三题：《易其田畴薄其税敛民可使富也》。②

王夫之于明崇祯十二年己卯 21 岁时第三次与两个兄长王介之、王参之赴武昌应乡试。王谱云："首题：《为臣不易》。次题：《中立而不易》。三题：佚。"③

王夫之于明崇祯十五年壬午 24 岁时第四次与两个兄长王介之、王参之赴武昌应乡试。王夫之以《春秋》第一中式第五名经魁。王介之中式第四十名。王谱云：

> 是科正考官：翰林院郭公之祥；副考官：兵科给事中孙公承泽。首题：《请益曰无倦》。次题：《义者宜也》。三题：《其为人也好善好善乎曰好善优于天下》。同考泸溪县学教谕欧阳公霖阅荐。④

---

① 参见王之春《王夫之年谱》，中华书局 1989 年版，第 8 页。
② 同上书，第 9 页。
③ 同上书，第 12 页。
④ 参见王之春《王夫之年谱》，中华书局 1989 年版，第 15 页。

第七章
王夫之诗歌与王夫之教育教学关系考

王夫之对时文有自己的看法,他说:"自万历末,时文日变,始承禅学之余,继以庄列管韩之险涩,已乃效苏曾而流于浮冗,迨后则齐梁艳,益趋淫曼。"① 王夫之还写过关于八股文的著作。据邓显鹤《船山著述目录》载,王夫之有《姜斋外集》四卷,卷一为《船山制义》。②

王夫之诗作从未谈及时文,更没有咏教时文。《明诗评选》卷六"七言律"倪元璐《白门出城登松风阁时为清明前五日》评语云:

> 时诗犹言时文也,认题目认景认事,钻研求肖,借客形主,以反跌正,皆科场文字手笔。竟陵以后,体屡变而要不出此,为正其名曰时诗,明其非诗也。③

王夫之始终认为八股文的创作方法严重影响了诗歌创作。

从王夫之诗作来看,王夫之有教人写诗的事。《七十自定稿》庚申年有《见诸生咏瓶中芍药聊为俪句示之》诗云:

> 二十四桥春,何年度楚滨。感君垂采折,芳意在横陈。
> 露琲留珠个,云屑起绛鳞。弱茎擎亦定,细缬展初匀。
> 縠罩茶烟浅,暄迎酒晕新。旁侵炉气合,斜倚画图真。
> 飞阁高承幕,垂璎近拂巾。绮霞叠一色,香月上重轮。
> 帘蝶魂如梦,笼鹦咒似嗔。留熏十日永,惊艳满堂均。
> 碧叶凝云绿,珊枝带海津。悬愁倾白醉,莫遣聚朱茵。
> 爱惜终香阁,飘零远陌尘。冰纹簇紫雪,芝彩涌黄银。

---

① 《王船山诗文集》上册,中华书局1962年版,第19页。
② (清)邓显鹤:《船山著述目录》,《船山全书》第十六册,岳麓书社1996年版,第409—410页。
③ 《明诗评选》,河北大学出版社2008年版,第400页。

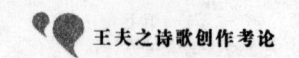

锦字啼鸦就，清尊倒蚁倾。韶光易消谢，持慰撷芳人。

王夫之看到学生咏芍药自己也作一首，一方面是诗心动了，另一方面也是给学生做示范，让学生学习模仿。王夫之诗作中诗题的"示"字多有此意。如《柳岸吟》中的《示两子》《示从游诸生》等，既从思想上、情感上教育学生，同时也是诗歌创作上的示范。

从王夫之诗作来看，王夫之的教学内容主要是传经。《与唐须竹夜话》诗云："鼎鼎千秋意，劳劳夜语传。六经谁楚汉，一击试鹰鹯。"传经主要传儒家六经。

教学生读《春秋》。《五十自定稿》有首诗题曰《为晋宁诸子说春秋口占自笑》，诗云：

腹借征南库，灯邀汉寿光。伤心难自遣，开卷是春王。
蠹死墨魂失，□饥远视仍。纸窗钻不透，大抵是痴蝇。
南岳经声苦，东林眉宇嚬。似他添强笑，犹恐隔邻嚬。
荥泽宏演肝，伊川辛有泪。未知家则堂，云何宣此义。

从诗歌所咏来看，王夫之传授《春秋》有如下一些内容。一是尊王思想。这从诗句"伤心难自遣，开卷是春王"可以看出。二是教育学生要关心国事。"南岳经声苦，东林眉宇嚬"两句，刘毓崧云："据诗中'南岳''东林'之语，盖授徒于寺中矣。"[①] 笔者以为此"东林"不是指寺庙而是指书院，联系顾宪成为东林书院撰写的对联"风声雨声读书声声声入耳，家事国事天下事事事关心"，此处应指要学生关心国事。三是宣传忠义思想。四是首用了三个典故。其一为"弘演"典。《左传》闵公二年记载，卫懿公爱鹤，厚敛于民，以充鹤粮，民有饥冻，全不抚恤。北方狄人入侵，百姓皆逃避村野，不肯从戎。懿

---

① 《船山全书》第十六册，岳麓书社1996年版，第202页。

第七章
王夫之诗歌与王夫之教育教学关系考

公勉强收拾起队伍，亲率兵迎敌，卫兵原无心交战，见敌势凶猛，尽弃车仗而逃，懿公被砍为肉泥。卫大夫弘演，出使陈返回，见卫城已破，闻卫侯死于荧泽，去寻找其尸。见一小内侍受伤未死，指一堆血肉："此主公之尸也。"弘演见其尸已零落不全，只有肝完好，大哭，对之再拜，如生时之礼。事毕，说："主公无人收葬，吾将以身为棺耳。"嘱从人："我死后，埋我于林下，俟有新君，方可告知。"遂拔佩刀自剖其腹，手取懿公之肝，纳于腹中，须臾而绝，从者如言埋掩。后来公子毁嗣位，遣使具棺，往荧泽收殓，为懿公发丧，追封弘演，录用其子，以旌其忠。其二为"辛有"典。《左传》僖公二十二年载："初，平王之东迁也，辛有适伊川，见被发而祭于野者，曰：'不及百年，此其戎乎！其礼先亡矣。'"其三为"家则堂"典。家则堂实为家铉翁，家铉翁（约1213—1297）号则堂，眉州（今四川省眉山市东坡区）人。家铉翁身长七尺，状貌奇伟，威严儒雅。以荫补官，累官知常州，迁浙东提点刑狱，入为大理少卿。咸淳八年（1272），权知绍兴府、浙东安抚提举司事。德祐初，权户部侍郎兼知临安府、浙西安抚使，迁户部侍郎，权侍右侍郎，兼枢密都承旨。德祐二年（1276），赐进士出身，拜端明殿学士、签书枢密院事。元兵次近郊，丞相贾余庆、吴坚檄天下守令以城降，铉翁独不署。奉使元营，留馆中。宋亡，守志不仕。元成宗即位（1295），放还，赐号处士，时年八十二，后数年以寿终。《宋史》有传。有《则堂集》六卷。这三个典故一取义忠于故君，一取义于悲夏礼亡化戎，一取义于不忘故国。《春秋》传授中着重忠义思想。

教学生读《易》。《柳岸吟》有《读易赠熊体贞孙倩》八首，诗云：

澄宇既涤，清霜欲飞。天地居然，云胡以窥。勿庸退瞩，道岂远而。物生必偶，心动则奇。物无不应，心无不几。遇成秩叙，否必参差。雷风日月，载此为仪。孰敢自康，吉凶不违。

油云在天，舒卷不齐。随风而东，欻尔还西。或飞甘雨，或散虹霓。君子攸行，不害先迷。经历纷纠，如取如携。比干殉殷，夷吾相齐。昏旦殊星，燕粤殊蹊。移之分寸，徙宅忘妻。哀哉群动，莫之能稽。百草陨芳，䳒鸠先啼。所以灵氛，告尔天倪。

自我徂冬，玄夜其修。晨光警曙，肃肃衾裯。我身则痡，我心则悠。潜与化寻，敢侈天游。遂历韶春，言迄凛秋。物不我遐，化不我浮。俄顷有枢，谁云迁流。六龙之辔，遍乎九州。因之致远，抑又何求。

大圜如规，旦昏各半。道枢不留，气毂时转。理随象宣，通于一贯。如镜取影，但窥其面。坤不外生，乾非中窜。其去非亡，其来非幻。屯隐四阳，鼎阴未现。非有有无，唯征舒卷。静言念之，既经为变。险易盈虚，穷通萃涣。岂不我由，何为外眩。

文王既没，文其在兹。赫赫明明，有象有辞。志非所问，义着于著。日不可炀，天不可帷。宵人窃烛，不照须眉。周道茂草，别趋路歧。弄方如砌，画圆如规。星历相窜，巫觋是师。天化地产，玩如行棋。以谋羹炙，以询淫嬉。神所不告，覆讥其违。修吉悖凶，天鉴在斯。皇天弗尚，吾为尔危。

昨日之日，为今日先。荏苒来兹，仰今为缘。有象皆后，理亦无前。华山有叟，胎息密传。谓天为后，别有先天。秘相授受，玩弄清玄。划破乾坤，符火争权。我无羽翰，乘风而仙。居天之后，奚用此焉。洛阳看花，天津闻鹃。归之气数，莫匪自然。人用以废，天枢不圆，采苓首阳，其尚舍旃。

第七章
王夫之诗歌与王夫之教育教学关系考

　　脂我神舆，游于太虚。太虚匪虚，充塞无余。火来阳燧，水赴方诸。水火无间，况道之储。荞麦夏成，款冬冻舒。摩荡无方，各含道腴。匪车何轴，匪户何枢。六龙并辔，互惜其珠。行地无疆，良哉骏驹。哂彼曲学，谓之乘除。心不可游，道不可拘。庶几夙夜，警我顽愚。

　　悠悠我生，去日已长。怀我友朋，墓草芸黄。父兮生我，罔极昊苍。莫宝匪命，含柔含刚。乾龙坤马，历历肾肠。日用不知，虽哲而狂。不耕之农，蚀彼稻粱。崦嵫既迫，朽骨空藏。亦既邂逅，矧敢斁忘。荆棘是芟，庶显康庄。多言为尤，自疚不臧。惟抒我忱，荐其悚惶。

其一歌咏"易"的基本道理，所谓"物生必偶，心动则奇。物无不应，心无不几。遇成秩叙，否必参差。雷风日月，载此为仪"。其二云"易"就是言变化，但要"君子攸行，不害先迷"。其三言"自我徂冬，玄夜其修……潜与化寻，敢佚天游"。其四言卦理："大圜如规，旦昏各半。道枢不留，气毂时转。理随象宣，通于一贯。"其五言卦辞爻辞。其六言后人对易理的曲解。其七言："心不可游，道不可拘。"其八言："惟抒我忱。"

教学生学礼。《小腆纪年·章旷传》云：

　　子有谟，字载谋，孤露无所归，衡阳王夫之招之同居双髻山，饭糗燃脂，三年学成，为夫之高弟子焉。

《七十自定稿》中《唐如心见过》诗有"怜君问礼当深夜"之语，可证王夫之教学内容包括"礼"。

教学生读《诗》《书》。《赠程奕先》诗有云："诗书道不孤。"《安成欧阳喜翁先师黄门公弟也守志约居惠问遥奖于六裹之年驰情寄寿述往永怀示孤贞之有自也为得十七韵丁卯》诗有云："命受天王重，书

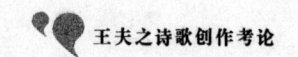

传孔氏刑。"

教学生理解学术源流，从根本上把握。徐令素在《唐躬园墓志铭》中说："迎船山住驳阁岩，为剖析源流，因知有朱陆同异，及后来心学之谬。"① 刘毓崧《王船山先生年谱》清康熙八年：

> 《读泾阳先生虞山书院语录示唐须竹》一首。按：泾阳先生即顾端文公宪成，为东林领袖。《语录》乃其讲学之书。徐令素《唐躬园墓志》言船山为剖示源流，此诗亦其一端也。②

教做人亦即道德修养。《柳岸吟》有《示两子》诗二首，这两首诗已在前面被引。第一首强调要安于清贫，即所谓"不为菜羹须汝出，人间第一菜羹难"。第二首要不受人影响保持独立不移的操守，所谓"回眸但顾身边影，即尔依依望白云"。王夫之侄孙生蕃才来就学，王夫之就写了一首《示侄孙生蕃》，详细说明了如何培养自己的品德，如要读书，要去俗气，要立志，要知廉耻。

教学生明白人生的根本。《柳岸吟》中有《为躬园题用念庵韵》诗云：

> 历历有此躬，何求而不得。即此欲得心，分明无疑惑。
> 受来非彼来，应去亦不去。云行而雨施，皆予措躬处。

此诗是说在从自身去做功夫，即所谓"历历有此躬，何求而不得"。

---

① （清）罗正钧：《船山师友记》，岳麓书社 1982 年版，第 165 页。
② 参见王之春《王夫之年谱》，中华书局 1989 年版，第 227 页。

第二节　王夫之的教育思想

一　王夫之的核心教育理念

王夫之的教育思想非常丰富，这一点已有许多学者进行过深入的研究，在此不一一赘述。先对王夫之核心教育理念进行讨论。

首先，王夫之是从本体论角度来认识教育的。从孔子时代，对道即存在就有过探询。但是，在孔子看来，天道与人事是两个不同的领域，因此，对天道不进行讨论，故《论语·公冶长》云："夫子之言性与天道，不得而闻也。"北宋理学兴起后，对性与天道的关系极为关注。张载说："性与天道合一存乎诚。"① 王夫之是"希张横渠之正学"，因而在这一点上他是沿袭张载的观点。王夫之说："曰命、曰性、曰道、曰教，无不受统于此一'诚'字。"还说：

> 性教原自一贯：才言性则固有其教，凡言教无不率于性。事之合者固有其分，则"自诚明谓之性"，而因性自然者，为功于天；"自明诚谓之教"，则待教而成者，为功于人。②

所谓"自诚明"，指的是由真诚而自然明白道理，这叫作天性。所谓"自明诚"，由明白道理后做到真诚，这叫作人为的教育。人性总是在教化过程中生成的人性，所以，只要一旦道及人性，教化也就同时在里面了。同样，教化总是人性的教化，是人性固有之端的启

---

① （清）王夫之：《张子正蒙注》，中华书局1975年版，第95页。
② 《船山全书》第六册，岳麓书社1996年版，第538页。

蒙，而不是对于人性的制作、生产，因此，教化过程其实只是人性固有倾向的自我发展。所以人性与教化总是不可避免地纠缠在一起，不可人为加以分割，任何分割都是一种形式的、脱离内容的规定。然而，从行动方式的角度来看，则自诚明和自明诚体现的乃是两种走向存在的不同方式：自诚明，不待于功夫、培养和教化，是直接出于自然本性的方式；自明诚与之相反，不是直接出于本性，而是经过教化、启蒙，而最终合乎本性的方式。正因为认为人性是来源于天道或者说人性就是天道在人性中体现，王夫之是主张"性善"说的，但同时又强调后天的"习"即教的作用。王夫之将性分为"先天之性"和"后天之性"两个阶段。先天与后天之别，在于"天成之"与"习成之"。所谓"先天之性"，是"与生俱有之理"，即"生之理"，是由"天成之"，是由自然赋予之理。此理体现在两个方面："仁义礼智之理"和"声色臭味之欲"；"理与欲皆自然而非人为"。[①] "先天之性"只是性之生，还不是性之成。"生之理"不是离气之理，而是"依于气"之理，而"气，日生者也"。[②] "天之与人者，气无间断，则理亦无间断，故命不息而性日生。"[③] 王夫之依据天地之化日新之论，发明了性命日生之说，其说是指由天日命于人，而人日受命于天，以明性日生而日成，与继善成性之旨相符。

正因为王夫之强调性与天道的交互性，所以在教学方式上特别强调教师的指导作用与学生的自悟、自我提高的主体作用。《四书训义》卷五云："善教者必有善学者，而后教之益大。教者但能示以所进之善，而进之之功，在人自悟。"[④]《四书训义》卷十一云："盖教在我，而自得在彼，虽以诲人不倦之情，而施之心不专、志不致之士，则徒

[①] （清）王夫之：《张子正蒙注》，《船山全书》第十二册，岳麓书社2011年版，第128页。
[②] 同上书，第861页。
[③] 同上书，第1079页。
[④] 《四书训义》卷五，《船山全书》第七册，岳麓书社2011年版，第275页。

以多言谢教者之责,君子所不屑,亦君子之所不忍也。"①

教师的引导作用其核心就在于引导学生立志。《张子正蒙注》卷四云:"正其志于道,则事理皆得,故教者尤以正志为本。"② 又云:"学者以大心正志为本。"《张子正蒙注》卷五云:"志立则学思从之,故才日益而聪明盛,成乎富有;志之笃,则气从其志,以不倦而日新。盖言学者德业之始终,一以志为大小久暂之区量,故《大学》教人,必以知止为始。"③

王夫之还探讨了教之"道"与"技"的问题。王船山的教学"进乎道",教学寓含深意。王夫之在《殷浴日时艺序》中说:"家则堂南归,以《春秋》教授,则未知其所授者,以道圣人经世之意邪?其以为所授者羔雁之技邪?谢侍郎卖卜,与子言孝,与弟言弟,则授以道矣。技道合,则堂可无河汉于叠山。何也?进乎道矣。其登之技者,敬而乐也。敬业以尽人,乐群以因天,进乎道矣。"④

二 体现在诗歌中的王夫之的教育观念

诗歌不是政论,不可能全面而深入地阐述教育观念,王夫之就是如此认识的。他反对将诗与应用文体混为一谈。他在《明诗评选》卷五徐渭之《严先生祠》后评云:"诗以道性情,道性之情也。性中尽有天德王道、事功节义、礼乐文章,却分派与《易》《书》《礼》《春秋》去,彼不能代诗而言性之情,诗亦不能代彼也。"⑤ 在文以载道的文学观已占主流的明清时代,鲜有不将诗文当作封建意识形态的图解

---

① (清)王夫之:《四书训义》,《船山全书》第七册,岳麓书社2011年版,第486—487页。
② (清)王夫之:《张子正蒙注》,《船山全书》第十二册,岳麓书社2011年版,第188页。
③ 同上书,第210页。
④ 《王船山诗文集》上册,中华书局1962年版,第45页。
⑤ 《船山全书》第十四册,岳麓书社2011年版,第1440—1441页。

工具。这种认识是难能可贵的,也说明王夫之诗学的独特之处。但是,诗歌毕竟是思想与情感表达的一种载体,因而王夫之的诗歌也不可能不反映他的教育观念。

王夫之是以中华文化的守护者与传承者而自居。他自撰的堂屋楹联说:"六经责我开生面,七尽从天乞活埋。"对于他来说,自然的生命并不重要甚至随时可以"活埋",但开六经生面却远比自己的生命重要。他在自题墓石中说:"抱刘越石之孤愤,而命无从致;希张横渠之正学,而力不能企。"①复故国,存绝学,王夫之自承的使命不谓不重,因此,如何完成这一使命,培养后一代,就是他必须做的大事。当然,关于这一点诗歌中没有明确表述,他写了许多诗歌赠给向他求教的学生透露出隐衷。

强调师承,强调传道的使命,或许是王夫之在诗歌中透露出的教育观念之一。《安成欧阳喜翁先师黄门公弟也守志约居惠问遥奖于六袠之年驰情寄寿述往永怀示孤贞之有自也为得十七韵丁卯》云:

> 螺川三百里,西爽映湘汀。远接称觞喜,言怀载酒亭。渊源惟两字,忠孝自孤惺。命受天王重,书传孔氏刑。群芳从炫紫,法眼独留青。遂许承衣钵,相期较日星。危言存左袒,师说佩先型。自省荒田砚,空余暗室萤。素车迷草屩,直钓老笭箵。遥发云缄字,知增梦锡龄。鹤归知甲子,龙蛰共丁宁。高躅云逵远,幽芳野径扃。文心春草句,贞志血函经。渤海方流润,泷冈俟勒名。藏书讥小已,清供授添丁。道在宜眉寿,天终不听荧。伏生方九十,炎汉有辎䮯。

上诗题所云的"示孤贞之有自也"与诗中所云"渊源惟两字,忠

---

① 《王船山诗文集》上册,中华书局1962年版,第116页。

第七章
王夫之诗歌与王夫之教育教学关系考

孝自孤惺……群芳从炫紫，法眼独留青。遂许承衣钵，相期较日星。危言存左掖，师说佩先型"，均强调了师承和文化的传承。《分体稿》之《得安成刘敉功书知举主黄门欧阳公已溘折三年矣赋哀四首》其二有云："拟将心血答师门，不昧君亲一例恩。"

教学以经书为本，是王夫之教育观念之二。《安成欧阳喜翁先师黄门公弟也守志约居惠问遥奖于六袠之年驰情寄寿述往永怀示孤贞之有自也为得十七韵丁卯》云："命受天王重，书传孔氏刑。"指就是《春秋》《尚书》。上面在论王夫之的教学内容时就列举了王夫之以儒家的"五经"为主。王夫之在《诗传合参序》中说：

> 学，效也。闻之说历者曰："用郭守敬之历，而不能用其法，非能效守敬者。"善夫其以善言效也。故《易》曰："拟议以成其变化。"拟议变化，如目视之与手举，异用而合体；变化所以拟议也。知拟议其变化，则古人之可效者毕效矣。然而不知拟议者，其于变化，犹幻人之术也，眩也，终古而弗能效也。以《诗》言之，朱子生二千年之后，易子夏氏而为之《传》，奚效乎，效子夏氏尔。子夏氏于素绚之《诗》，同堂而异意，故能效夫子之变化以俟朱子。朱子于三百篇正变贞淫之致，同道而异诠，故能效子夏之变化以俟后人。善效朱子者，可以知所拟议矣。伯兄石崖先生曰："吾以序言《诗》，而于生乎讽诵所蓄疑而未安者，自觉为之豁如。"觉其豁如者，觉也。觉者，天理之舍，古今之府，以效古人而自觉者也。故一日学，觉也。觉生于拟议，而效成乎变化，斯以悦心研虑而无所疑。乃若愚所谓眩者，则非此之谓也。窃二氏之土苴，建为门庭，以与朱子讼。戴古木为冒镝之盾，究亦未知汉儒之奚以云也。一字之提，不问其句，一句之唱，不问其篇，矫揉圣教而惟其侮，倚其附耳密传之影响，而不得有一念之豁如，若此者固愚兄弟所过门不入而无憾

者，奚忍与党同而伐朱子之异哉？①

此处似乎只谈对《诗经》的阐释，实际牵涉到如何对待经典，强调"学，效也"，通过经典的学习而把握经典的原意并有所阐发。这是学习的重点亦是教学的重点。

教育以学生的品德修养为重，是王夫之教育观念之三。《安成欧阳喜翁先师黄门公弟也守志约居惠问遥奖于六袠之年驰情寄寿述往永怀示孤贞之有自也为得十七韵丁卯》云："渊源惟两字，忠孝自孤惺。"

重家训、家风，是王夫之教育观念之四。王夫之的侄孙王生蕃来求学，王夫之写了一首《示侄孙生蕃》给他，诗中有云："吾家自维扬，来此十三世。虽有文武殊，所向惟廉耻。不随浊水流，宗支幸不坠。传家一卷书，惟在尔立志。"王家自维扬来到湖南衡阳已有13代，虽然有从文与从武的不同，但家族的精神传承——"所向惟廉耻"永远不变。

三　王夫之教育观念的家族渊源

由前面论述可知，王夫之是很重师承，也重家族精神传承，因此，他的教育观念同样也有着家族渊源。王夫之《显考武夷府君行状》记载了王朝聘是如何教育王夫之的，文云：

> 夫之稍与人士交游，以雕虫问世，每蒙呵责，谓躬行不逮，而亟于尚口，孺子其穷乎！呜呼！奉若不恪，既不能自立不朽，而家学载之空言且将无托。吾父之言，炯若神明，一至此乎！②

---

① 《王船山诗文集》上册，中华书局1962年版，第27—28页。
② 同上书，第43—44页。

第七章
王夫之诗歌与王夫之教育教学关系考

王夫之年轻的时候喜欢写诗并与人交往,但得不到父亲支持。王夫之家教的更多记载见于王夫之《家世节录》,文云:

> 壬午冬,夫之上计偕,请于先君曰:"夫之此行也,将晋贽于今君子之门,受诏志之教,不知得否?"先君怫然曰:"今所谓君子者,吾固不敢知也。要行己有本末。以人为本而己末之,必将以身殉他人之道,何似以身殉己之道哉!慎之!一入而不可止,他日虽欲殉己而无可殉矣。"呜呼!先君之训,如日在天,使夫之能率若不忘,庚寅之役,当不致与匪人力争,拂衣以遁。或得披草凌危,以颈血效嵇侍中溅御衣,何至栖迟歧路,至于今日求一片干净土以死而不得哉?
> ……
> 先君教两兄及夫之,以方严闻于族党,顾当所启迪,恒以温颜奖掖,或置棋枰令对弈焉,唯不许令习博簺、击球、游侠劣伎。闲坐,则举先正语录辨析开晓,及本朝沿革史传所遗略,与前辈风轨,下及制艺,剔灯长谈,中夜不休。两兄淳至,无大过失。夫之少不自简,多口过,每至发露,先君不急加诘谪,唯正色不与语,问亦不答,故夫之兄弟亦不易自请囂焉。如此旬余,必待真耻内动,流涕求改而后谴诃得施,已乃释然,至于终世,未尝再举前过以相戒。庭范之间,暄日严霜,并行不悖。恒谓处人己之间,当有余,亲如子弟,贱如奴仆,且不可一往求尽,况其他乎?其施于家者张弛如此,而夫之兄弟亦幸以免于恶焉。[①]

从《家世节录》来看,王夫之之父教有其内容与方法两个方面。从内容来看:一是立身处世之教:首先在立身之大节上要注意行己本

[①] 《王船山诗文集》上册,中华书局1962年版,第109—112页。

末，其次处人己之间当有余。二是个人爱好要注意当做不当做。棋枰对弈可做，博簺、击球、游侠不当做。三是人格成长所习的内容：先正语录，本朝沿革史传，前辈风轨。四是学习制艺。实际上还有第五项是传经。从方法来看，主要是人自悟。这种方法在《牧石先生暨吴太恭人合衬墓表》中说得更清楚，文云：

  夫之早岁披猖，不若庭训，先生时召置坐隅，酌酒劝戒，教以远利蹈义，惩傲谦，抚慰叮咛，至于泣下。①

王朝聘的教育方法是通过"唯正色不与语"使王夫之自省其错，而王延聘的方法是通过诱导而使之走上正道。

第三节　王夫之对诗歌与教育关系的认识及其实践

一　王夫之对诗歌教育作用的认识

《夕堂永日绪论·序》云：

  《周礼》大司乐以乐德、乐语教国子，成童而习之，迨圣德已成，而学《韶》者三月。上以迪士，君子以自成。一惟如此。盖涵咏淫泆，引性情以入微，而超事功之烦黩，其用神矣。
  世教沦夷，乐崩而降于优俳。乃天机不可式遏，旁出而生学士之心，乐语孤传为诗。诗抑不足以尽乐德之形容，又旁出而为经义。经义虽无音律，而比次成章，才以舒，情以导，亦可谓言

---

① 《王船山诗文集》上册，中华书局1962年版，第37页。

第七章
王夫之诗歌与王夫之教育教学关系考

之足而长言之，则固乐语之流也。①

在这段话中，王夫之阐述了乐、诗及经义的演变，强调了乐、诗、经义对于教育的重要性。王夫之在《读通鉴论》卷一中云："经义者百徒干禄之器也，士之所研精以极道者也。文赋者，非幼学之习也，志正学充，伤今思古，以待人之微喻者也。"② 有人谓王夫之个人的爱好与家学之间有其矛盾，实际上王夫之是将释经或者是理学的探讨与诗歌艺术表现看成本质上是相通的。相通的根本就在于天道、性情的内在联系上。

二 王夫之"诗教"的实践

"诗教"理论直接用于教育，这是"诗教"理论应用最简单的做法。在这一方面，王夫之也做了一些工作。

（一）以诗为家训

"诗教"理论用于家庭教育，这是王夫之的"诗教"实践活动之一。王夫之用韵语或接近韵语的形式作家训载于王氏家谱之上，让后代子孙遵守无违。这个家训就是《传家十四戒》，文云：

> 勿作赘婿，勿以子女出继异姓及为僧道，勿嫁女受财，或丧子嫁妇尤不可受一丝，勿听鬻术人改葬，勿作吏胥，勿与胥隶为婚姻，勿为讼者作证佐，勿为人作呈诉及作歇保，勿为乡团之魁，勿作屠人厨人及鬻酒食，勿挟火枪弩网猎禽兽，勿习拳勇咒术，勿作师巫及鼓吹人，勿立坛祀山跳神。
>
> 能士者士，其次医，次则农工商贾各惟其力与其时。吾不敢

---

① 参见戴鸿森《姜斋诗话笺注》，人民文学出版社1981年版，第36页。
② 《船山全书》第十册，岳麓书社2011年版，第325页。

望复古人之风矩，但似启、祯间稍有耻者足矣。凡此所戒，皆吾祖父所深鄙者。若饮博狂荡，自是不幸而生此败类，无如之何，然由来皆不自守此戒，丧其恻隐羞恶之心始。吾言之，吾子孙未必能戒之，抑或听妇言交匪类而为之。乃家之绝续在此，故不容已于言。后有贤者，引申以立训范，尤所望而不可必者。守此亦可以不绝吾世矣。

丙寅（1686，68岁）季夏姜斋老人书授长子攽。坠失此纸，如捐吾骶骼。①

以十四条戒令将王氏后人婚丧、嫁娶、谋生与交往等进行了规定，并强调"坠失此纸，如捐吾骶骼"。

除了上所引《传家十四戒》外，还有《示子侄》云：

立志之始，在脱习气。习气熏人，不醪而醉。其始无端，其终无谓。袖中挥拳，针尖竞利，狂在须臾，九牛莫制。岂有丈夫，忍以身试？彼可怜悯，我实惭愧。前有千古，后有百世。广延九州，旁及四裔，何所羁络？何所拘执？焉有骐驹，随行逐队？无尽之财，岂我之积？目前之人，皆吾之治。特不屑耳，岂为我累？潇洒安康，天君无系，亭亭鼎鼎，风光月霁。以之读书，得古人意。以之立身，踞豪杰地。以之事亲，所养惟志。以之交友，所合惟义。惟其超越，是以和易。光芒烛天，芳菲匝地。深潭映碧，春山凝翠。寿考维祺，念之不昧。

这篇《示子侄》收录在《姜斋文集》之内，四言，有点像四言诗，但它并不是诗，未收于王夫之诗集内，当然也可以看成是诗歌形式的家训。

---

① 《船山全书》第十五册，岳麓书社2011年版，第922—923页。

第七章 王夫之诗歌与王夫之教育教学关系考

王夫之确实还写了不少诗歌对后人进行教育，如《侄敏五十》《示侄孙生蕃》等。《侄敏五十》云：

邗沟槃戟插湘滨，骁骑云仍到尔身。
戌削月垂千丈影，团圞松偃一庭春。
青毡未损传家物，黄菊相期漉酒巾。
好理残书贻子弟，乌衣燕识画梁新。

吾方授室尔悬弧，一幅当年燕喜图。
脉脉回头成梦鹿，悠悠屈指数金乌。
黄云初卷收香粒，赪枣重蒸酿软酥。
幸有老夫霜鬓在，东皋遥劝倒村酤。

《示侄孙生蕃》云：

忘却人间事，始识书中字。识得书中字，自会人间事。俗气如糨糊，封令心窍闭。俗气如岚疟，寒往热又至。俗气如炎蒸，而往依坑厕。俗气如游蜂，痴迷投窗纸。堂堂大丈夫，与古人何异。万里任翱翔，何肯缚双翅。盎米及鸡豚，琐屑计微利。市贾及村氓，与之争客气。以我千金躯，轻入茶酒肆。汗流浃衣裾，挐三而道四。既为儒者流，非胥及非隶。高谈问讼狱，开口及赋税。议论官贪廉，张唇任讥刺。拙者任吾欺，贤者还生忌。摩肩观戏场，结友礼庙寺。半截织锦袜，几领厚棉絮。更仆数不穷，总是孽风吹。吾家自维扬，来此十三世。虽有文武殊，所向惟廉耻。不随浊水流，宗支幸不坠。传家一卷书，惟在尔立志。凤飞九千仞，燕雀独相视。不饮酸臭浆，闻看旁人醉。识字识得真，俗气自远避。人自两撇捺，原与禽字异。潇洒不沾泥，便与天无二。女年正英少，高远何难企。医俗无别方，唯有读书是。

（二）以诗为弟子训

王夫之以作诗为手段教育自己的学生。如《送须竹之长沙》其二云：

> 江门会荐瓣香哀，早念今生不更来。
> 蜃气翻空云闪霍，鸿飞掠月影徘徊。
> 百年酬死唯霜鬓，当日闲愁有钓台。
> 北渚送君传九辩，灵旗凭拂墓云开。

这首诗有几处需略加解释。"江门"，是蔡公别号，蔡公名蔡道宪，字元白，号江门，福建晋江人，明崇祯丁丑进士，为长沙府推官，祠在城西。王夫之中举时，蔡公为分考，亦为王夫之之师。"瓣香"，有师承、敬仰之意。"传九辩"，《九辩》，是一篇优秀的抒情长诗。王逸在《楚辞章句·九辩序》中说："宋玉，屈原弟子也。闵惜其师忠而放逐，故作《九辩》以述其志。"[①] 传九辩，在此是指船山先生强调师承关系。"灵旗"，指战旗，出征前必祭祷之，以求旗开得胜，故称。由此可看出，王夫之通过赠诗的形式教导唐须竹要继承师门传统，忠于反清复明之事。用诗做教诲之具，并不是个别的现象。如在《五日同刘蒙两生小饮》一诗中王夫之恳切地要求："相期续慧命，能结五丝无。"在《期须竹》中王夫之告诫云："尽已寸言间，君子敦天常。"

《柳岸吟》有《示从游诸子》诗三首，诗云：

> 七载相怜已久如，寸心未展只相于。
> 诸君怀玉空弹鹊，老汉直钩尽钓鱼。
> 大易圈叉唯父母，上天时物在读书。

[①] 《楚辞通释》，上海人民出版社 1975 年版，第 121 页。

勿劳载酒询奇字，便草玄文亦子虚。

千林潇洒试金风，万里秋清一夕中。
正好腰镰收玉粒，不妨停辔看霜红。
层层剥笋方逢肉，缕缕穿针未损绒。
欲遣平皋新雨透，先将利剑断雌虹。

今人笑古古笑今，笑将在口或在心。
携杖穿云云不惹，褰衣涉水水何深。
他人有梦难代说，夜半索枕自幽寻。
莫拟船山如布谷，斜阳高树认归禽。

第一首，王夫之向弟子披露自己的心迹。与弟子相处已有七年，但弟子并不了解自己的内心想法，你们有怀抱，我也有想法，你们为了自己的目标努力学习，而不是仅仅为识文断句或写写文章。第二首是说你们观物，要剥笋见肉般地透过现象见本质，穿针不损绒线那么仔细认真。第三首是强调要追求自己的梦想，不要以为老师只能如杜鹃啼血。

三 "诗教"与诗歌艺术的关系

在王夫之的认识中性教是一贯的，性情是一体的。王夫之说：

性教原自一贯：才言性则固有其教，凡言教无不率于性。事之合者固有其分，则"自诚明谓之性"，而因性自然者，为功于天；"自明诚谓之教"，则待教而成者，为功于人。①

王夫之在《六十自定稿·自序》中说："诗言志，又曰，诗以道性情。赋，亦诗之一也。人苟有志，死生以之，性亦自定，情不能不

---

① 《船山全书》第六册，岳麓书社1996年版，第538页。

因时尔。"① 诗道性情，就表明性与情的关系是紧密的，但又有所区别，性是恒定的，但情因时有所变化。王夫之在《明诗评选》卷五评徐渭《严先生祠》云："诗以道性情，道性之情也。性中尽有天德、王道、事功、节义、礼乐、文章，却分派与《易》《书》《礼》《春秋》去，彼不能代诗而言性之情，诗亦不能代彼也。"② 诗歌是"道性之情"，因而"情"在此就有了与"性"的一体性，"情"是"性"中之"情"，当然，它不能与"性"为二。

既然诗歌的根本特性是"诗道性情"，而这种性情又是通过"兴、观、群、怨"这四种形式抒发出来，因此，王夫之又认为，"兴、观、群、怨"即为"四情"。《姜斋诗话》卷一《诗译》云：

> "诗可以兴，可以观，可以群，可以怨"，尽矣……"可以"云者，随所"以"而皆"可"也。于所兴而可观，其兴也深；于所观而可兴，其观也审，以其群而怨，怨愈不忘；以其怨者而群，群乃益挚……故《关雎》兴也，康王晏朝，而即为冰鉴。"讦谟定命，远猷辰告"，观也谢安欣赏，而增其遐心。③

"兴、群、怨、兴"四者是相互联系的，更有对人的教育作用，连谢安这样的政治名家也在《诗经》的阅读中"增其遐心"。王夫之在《四书训义》卷二十一中云：

> 其可兴者，即其可观，劝善之中而是非著；可群者，即其可怨，得之乐则失之哀，失之哀则得之愈乐……可以兴观者即可以群怨，哀乐之外无是非；可以兴、观、群、怨者即可以事君

---

① 《王船山诗文集》，中华书局1962年版，第190页。
② 《船山全书》第十四册，岳麓书社2011年版，第1440—1441页。
③ 参见戴鸿森《姜斋诗话笺注》，人民文学出版社1981年版，第4—5页。

第七章 王夫之诗歌与王夫之教育教学关系考

父——忠孝，善恶之本，而敢于善恶以定其情，子臣之极致也。①

这里更明确地说"兴、观、群、怨"可以事君父，可以忠孝，因此，"兴、观、群、怨"就是"诗教"的重要手段。《诗广传》卷四云：

> 故善劝民者不以道，不以功，而劝以即物之景、即事之情。《易》曰："说以使民，民忘其劳。"此之谓也。②

诗歌既写景，又言情，因而，这种景与情对民众来讲，自然就成了劝导的手段，而且是更高明的手段。因此，王夫之在《姜斋诗话》卷一《诗译》云：

> 元韵之机，兆在人心，流连泆宕，一出一入，均此情之哀乐，必永于言者也。故艺苑之士，不原于《三百篇》之律度，则为刻木之桃李；释经之儒，不证于汉、魏、唐、宋之正变，抑为株守之兔置。陶冶性情，别有风旨，不可以典册、简牍、训诂之学与焉也。③

"陶冶性情，别有风旨"，是指诗歌的特性，亦是王夫之对诗歌本质特征的认识。这种阐述与"诗道性情"在内涵上是相同的，但在表述上又略有区别。"诗道性情"指诗歌的本质是什么，而"陶冶性情"指诗歌的功能是什么。一个是从体上来讲，一个是从用上来讲，其实是体用的关系。从这个角度来讲，"诗教"是王夫之诗歌艺术理论中最重的内容，或者说是有着关键作用的内容。那么，王夫之的诗歌就围绕陶冶性情进行创作。

---

① 《船山全书》第七册，岳麓书社1996年版，第915页。
② 《船山全书》第三册，岳麓书社2011年版，第441页。
③ 参见戴鸿森《姜斋诗话笺注》，人民文学出版社1981年版，第1页。

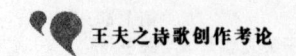

诗歌如果不紧守道性情之核心,就有可能起负面作用。王夫之在《读通鉴论》卷八"灵帝"条中说:

> 夫文赋亦非必为道之所贱也,其源始于楚骚,忠爱积而悱恻生,以摇荡性情而伸其隐志,君子所乐尚焉。流及于司马相如、扬雄,而讽谏亦行乎其间。六代之衰,操觚者始取青妃白,移宫换羽,而为不实之华;然而雅郑相杂,其不诡于贞者,亦不绝于世。夫蔡邕者,亦尝从事矣,而斥之为优俳,将无过乎!要而论之,乐而不淫,诽而不伤,丽而不荡;则涵泳性情而荡涤志气者,成德成材以后,满于中而昱于外者之所为。而以之取士于始进,导幼学以浮华,内遗德行,外略经术,则以导天下之淫而有余。故邕可自为也,而不乐松等之辄为之,且以戒灵帝之以拔人才于不次也。[①]

文赋用之于取士以进,就会"导幼学以浮华,内遗德行,外略经术,则以导天下之淫而有余"。这就是说,文赋也好,诗歌也好,用之不当就无补于"诗教"。

---

① 《船山全书》第十册,岳麓书社2011年版,第324—325页。

第八章

湖湘传统与王夫之诗歌关系考

第一节 王夫之对湖湘及其湖湘传统的认知与继承

王夫之祖先虽然是江苏高邮人，但定居衡阳十多代后，王夫之成为典型的湖南人。他对湖湘地域及湖湘传统都有所认知、认同。

一 王夫之认知中的湖湘

众所周知，湖南单独建省的时间比较晚。清康熙三年（1664）偏沅巡抚驻长沙，清雍正元年（1723）单独举行乡试。因此，湖南单独建省，最早也只能从清康熙三年算起。王夫之所处的时代，湖南还没有单独建省，那么，王夫之是怎么认知湖南的呢？湖南古属楚，因而在王夫之诗歌中关于湖南会有"楚""楚国""三楚""南楚"这样一些称呼。下举数首诗为证。有称"南楚"的，如《新秋看洋山雨过》云：

南楚秋风日，轻阴太白方。参差分远嶂，明灭互斜阳。
旋度云间树，还吹山际香。鹭飞初掠润，燕语乍矜凉。

云断天逾碧，林疏野乍光。余霞侵月浅，晚雾过溪长。

薄袷泠泠善，闲愁鼎鼎忘。萧斋聊隐几，吾道在沧浪。①

有称"楚国"的，如《耒阳曹氏江楼迟旧游不至》云：

野水瑶光上小楼，关河寒色满楼头。
韩城公子椎空折，楚国佳人橘过秋。
浙浙雁风吹极浦，鳞鳞枫叶点江州。
霜华夜覆荒城月，独倚吴钩赋远游。

又如《五日前一夕唐如心以近诗见问病废夜读久矣即夕口占寄意》云：

榴花困雨不得红，溪荪浹露青烟丛。
明朝谁续五丝缕，新月初弯一线弓。
楚国神弦惜往誓，山中桂树思悲翁。
纸窗晴日能相借，锦字凭开雾眼空。

有称"三楚"的，如《迎秋》八首其四云：

旧不解惊秋，于今预理愁。雄风三楚国，残月四更楼。
天外芙蓉剑，人间竹叶舟。凉宵聊邂逅，不似梦中游。

王夫之又在《雁字诗》之《前雁字诗十九首·序》中云：

雁字之作，始倡于楚人。楚，泽国也，有洲渚，有平沙，有芦蒋菰荵，东有彭蠡以攸居志，南有衡阳之峰，日所回翼也。故

---

① 本章所引王夫之诗歌均出自《王船山诗文集》，中华书局1962年版，下不一一注出。

第八章
湖湘传统与王夫之诗歌关系考

楚人以此宜为之咏叹。①

王夫之所说的"楚"或"楚国"应该是指古楚国所属地域，至于"南楚"可能接近后来"湖南"地域。

王夫之在诗歌中提及更多的是"湘"。当然，"湘"可指河流名，亦可指湘江流域这一地理区域。王夫之《和梅花百咏诗》之自序云：

> 上湘冯子振，自号海粟，当蒙古时，以捭阖游燕中，干权贵，盖倾危之士也。然颇以文字自缘饰，亦或与释中峰相往还，曾和其梅花百咏。中峰出世因缘，为禅林孤高者所不惬，于冯将有臭味之合耶。隆武丙戌湘诗人洪业嘉伯修、龙孔蒸季霞、欧阳淑予私和冯作各百首，欧阳炫其英，多倍之。余薄游上湘，三子脱稿，一即相示，并邀余共缀其词。既已薄其所自出，而命题又多不雅驯，惧为通人所鄙，戏作桃花绝句数十首抵之，以示郑重。未几，三子相继陨折。庚寅夏，昔同游者江陵李之芳广生，相见于苍梧，与洒山阳之涕。李侯见谓君不忘浮湘亭上，盍寻百梅之约，为延陵剑耶。余感其言，将次成之。会攸县一狂人，亦作百梅恶诗一帙，冒余名为序。金溪执为衅端，将构大狱，挤余于死。不期暗香疏影中，作此恶梦，因复败人吟兴，抵今又十五年矣。今岁人日，得季霞伯兄简卿寄到伯修元稿。湑然读已，以示欧子直。子直欣然属和，仍从史老汉为前驱祓道。时方重定《读书说》良不暇及，乃怀昔耿耿，且思以挂剑三子者，挂剑广生。遂乘灯下两夕了之。湘三子所和旧用冯韵，以其落字多腐，又仿流俗上马趺法，故虽仍其题而自用韵，亦以著余自和三子非和冯也。乙巳补天穿日茉莫塘记。②

---

① 《王船山诗文集》下册，中华书局1962年版，第475页。
② 同上书，第444页。

王夫之诗歌中有许多与"湘"有关的词语是地域概念。在上面这一段话中就出现了"上湘"和"湘"两个词,这两个词就相当于一个地域概念。所谓"上湘"所指为何呢?有一种流行的说法是,湘乡为"下湘",湘潭为"中湘",湘阴为"上湘",合称"三湘",这种说法是以湘江入湖之处为"上湘"。上面这段话中所提到的"上湘""洪业嘉、龙孔蒸"等都是湘乡人,因此,王夫之所说的"上湘"就是指"湘乡",因此所谓的"三湘"就有了另一种说法,"上湘"为湘乡,"中湘"为湘潭,"下湘"为湘阴。在这一段话中使用"湘"这一词亦不指河流,而是指地域,而且要比"上湘"一词所指的地域范围大,应该相当于后来的"湖南"这一地理区域。与"上湘"这一概念相关的"三湘",也见于王夫之诗歌,如《五日携攽儿同子直泊贤从哲仲小饮分得端字》,诗云:

今年五日尚余寒,翦翦菖风摆露难。
雨歇罩鱼垂柳径,人归贳酒白云端。
丹心彩笔三湘事,霜鬓朱颜一镜看,
彭泽无田供秫米,何须粔籹饱龙餐。

王夫之诗作中还见"中湘"一词。如《六十自定稿》乙卯年《风泊中湘访张永明老将吊孙吕二姬烈死读辛卯以来诸公奖贞之篇放歌以言情孙吕事详故中舍管公记》,诗题中有"中湘"之语。在王夫之诗歌中"潇湘"一词也用得比较多。《六十自定稿》中甲寅年王夫之作《青草湖风泊同须竹与黄生看远汀落雁》,诗中有"遥天开画苑,活谱写潇湘"之语。《七十自定稿》中《白云歌》其三有"看尽云飞天阙迥,清空一碧映潇湘"。《五十自定稿》丙申年王夫之作《哭欧阳三弟叔敬沈湘》六首其一云:

菖雨苹风杜若香,怀沙千古吊潇湘。

第八章
湖湘传统与王夫之诗歌关系考

迟回怕唱招魂曲,不信人间别已长。

在这些诗中,"潇湘"之词多指地域,很少用作"河流名"。

在王夫之诗作中还常用"湖南"一词。《六十自定稿》己酉年作《寄和些翁补山堂诗已就闻翁返石门复次元韵寄意》有"湖南空有青莲七十二万茎,总不入公补处数"。《分体稿》之《夜泊湘阴追哭大学士华亭伯章文毅公》云:"残烟古堞接湖平,认是湖南第一城。"在王夫之的认知中,"湖南"一词仅仅泛指洞庭湖以南,具体范围不确指呢,还是指今天湖南地区,相当于"潇湘"所指的地理范围呢?

王夫之《楚辞通释·序例》云:

> 楚,泽国也;其南沅湘之交,抑山国也。叠波旷宇,以荡遥情;而迫之以崟嶔戍削之幽苑,故推宕无涯,而天采蠢发;江山光怪之气,莫能掩抑,出生入死……①

此处指明了"楚"为泽国,"其南沅湘之交,抑山国也"。所指范围比较窄,指"沅湘之交"区域。王夫之《九昭》自注云:

> 巴丘,今岳州,其南为洞庭。甫,始也。自巴丘而南,山自黔中东来为南条,崇山复岭,重溪叠涧,风日卉木,与湖北迥异。屈子生郢都,被窜而来,始识湖南山川之色。宊绵延,不知涯际,举目之悲,触物难已矣。②

所指范围与上条同,但又出现了"湖北"一词。王夫之在《潇湘怨词》之《潇湘十景词寄调蝶恋花》之自序中云:

---

① (清)王夫之:《序例》,《楚辞通释》,上海人民出版社1975年版。
② 《王船山诗文集》上册,中华书局1962年版,第57页。

潇湘八景，不知始谁，差遣唯洞庭月、潇湘雨耳。他皆江南五千里所普摄也。湖南清绝地，万古一长嗟。杜陵游迹十七于神州，而期兹万古，岂徒然哉？潇水出自营浦，西北流五百里而得湘，湘水出兴安之海阳山，与漓背流，既合于潇，北流千二百里至巴陵北，大江自西来注之，然后潇湘之名释而从江。此千五百里间，縠波绣壁，枫岸荻洲，清绝之名，于斯韪矣。①

在自序中，王夫之引用了杜甫《祠南夕望》诗中的两句。原诗云：

百丈牵江色，孤舟泛日斜。兴来犹杖屦，目断更云沙。
山鬼迷春竹，湘娥倚暮花。湖南清绝地，万古一长嗟。

杜甫所言的"湖南"应与王夫之所言的"湖南"有所区别。杜甫只点了"山鬼""湘娥"这两个传说中的人物，而未言及地域范围。王夫之所言是不同的。这个不同表现在两个方面：一是王夫之在此将他所言的"湖南"与整个潇湘流域联系起来：从源头到湘江与长江合流这一广袤地区，这就包括了现代湖南的大部分地域。二是将潇湘八景当成了整个湖南之景。由此，可以看出王夫之认知中的"湖南""潇湘"与现代湖南的地域基本相同。

二　王夫之对湖湘传统的认知与继承

既然在王夫之的认知中"湖南""潇湘"与现代湖南相同，那么，王夫之对湖湘的传统又有怎样的认知呢？应该说王夫之是将湖湘出现过的人文故实当作湖湘传统。最早的如舜、禹那样的传说中的圣王也被置于湖湘传统中。如《广哀诗·文明经之勇》有"九疑哭湘灵，归

---

① 《王船山诗文集》下册，中华书局1962年版，第626页。

第八章
湖湘传统与王夫之诗歌关系考

魂识鹏妖"之语。又如《广哀诗·青原极丸老人前大学士方公以智》有"遥讯金简峰，如搜禹书读"之语。又如《春山漫兴》有"余草舜耕堪药裹，安流禹治付苍书"之语。《柳岸吟》之《和白沙》其四有"神禹留金简，居然在岳岑"之语。还有贾谊也被置于这个传统当中。如《和程亦先长沙怀古》三首中其二云：

> 贾生请长组，历历少年情。为傅一蹉跎，嗟哉念生平。
> 橛衔无早戒，引罪声幽明。鸟臆何足述，生如片羽轻。
> 长策垂太息，俟之来世英。知己诚见察，空际回霓旌。

"周敦颐""朱熹""张栻"等理学人物也被编织在这一传统中。如《因林塘小曲筑草庵开南窗不知复几年晏坐漫成六首呈桃坞老人暨家兄石崖先生同作》其三有"濂溪香菡苕"之句，显是指"周敦颐"。如《广哀诗·夏孝廉汝弼》中有"朱张入清梦，听者或疑魇。践之以孤游，九死无怍歉"之语，表面上是指夏汝弼，实际上在这种赞颂中表明了王夫之的肯定态度。对"朱熹""张栻"的推崇，王夫之与夏汝弼的意见是一致的。王夫之《莲峰志》就有关于"朱熹""张栻""林择之"等人游岳的记载。关于朱文公，文云：

> 公讳熹，字元晦。新安人。宋宁宗时，累拜焕章阁待制。乾道丁亥十一月，访张南轩于潭州。时洪觉范在峰，公有怀同异，邀张南轩及林择之，由潭抵岳，后自马迹桥登峰，迟久，有唱和集，公道步天降，至游展遣兴，吟章调玩，不以方板为限。今寺中人犹能道之。晚归武夷，遂以终老，卒谥文。明赠先贤，从祀孔子庙廷。而嘉靖乙巳，尹洞山台合南轩立桐峰下，凌今不废。[①]

[①]（清）王夫之：《莲峰志》，《船山全书》第一一册，岳麓书社2011年版，第625页。

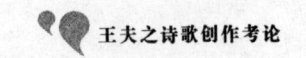

关于张南轩,文云:

公讳栻,字敬夫,别号南轩。先世绵竹人,父浚以中兴功第一。公虽将家子,尤以道学为己任,与朱文公交良善。乾道中,出知潭州,同游方广唱和,有《唱酬序》并诗十八首,见后卷。今合祀祠中。公累拜秘阁修撰、湖南提刑,明赠先贤,从祀孔子庙廷。[1]

关于林择之,文云:

林择之,讳用中,闽之三山人。同朱、张二先生上峰,始终与游,偕唱和。官爵亡考。[2]

王夫之评曰:"方广之游,唐以上阙。宋得三子,而一几绝。两公屹然。峻削其列,后之视今,谁曙谁灭?万星其荧,以敌晨月。"[3] 王夫之还说:"呜呼,山岂不以人哉!则朱、张二夫子最矣,匪徒峰也。"[4] 这是说南岳因朱、张二人而名声更大。王夫之、夏汝弼还参与了祭祀朱、张二人的二贤祠的修复。[5]

湖湘故实中对王夫之影响最大的是屈原。这种状况在王夫之诗歌中有充分的体现。如《姜斋诗剩稿》中《同欧子直刘庶仙登小云山》有"终遣屈平疑邃古"之语。有时称屈原为"楚客",如《初秋》有"自有古今唯楚客,青蓑短笛写商声"之语。有时称屈原为"左徒",《姜斋诗分体稿》中《五日同刘蒙二生小饮》有"粳稻新东亩,江潭旧左徒"之语。有时并未提及"屈原"之名,但话语中仍可看出是确

---

[1] (清)王夫之:《莲峰志》,《船山全书》第一一册,岳麓书社 2011 年版,第 625—626 页。
[2] 同上书,第 626 页。
[3] 同上。
[4] 同上书,第 617 页。
[5] 同上。

第八章
湖湘传统与王夫之诗歌关系考

指屈原，如《五十自定稿》中《落日遣愁》有"天年聊物理，楚国想遗风"之语。当然亦有对屈原进行歌咏的诗篇，如《和程亦先长沙怀古》三首其一云：

> 渺渺枫树林，屈子悲神弦。云中君不见，意志如孤烟。
> 引声动清歌，幽细咽湘川。六代徒仿佛，三唐空流连。
> 君子掇其微，不取毛羽妍。悠悠江潭水，千载重照鲜。
> 长佩纡缱绻，兰芷相周旋。

王夫之自觉地继承屈原之志是不容置疑的。王夫之《楚辞通释·序例》云：

> 今此所释，不揆固陋，希达屈子之情，于意言相属之际，疏川浍以入经流，步冈陵而陟绝巘，尚不迷乎所往乎。①

这里强调就是要达屈子之情。王夫之在《九昭·序》中明言要继屈子之志，云：

> 有明王夫之，生于屈子之乡，而遘闵戢志，有过于屈者，爰作《九昭》而叙之曰：仆以为独心者，岂复存于形埒之知哉。故言以莫声，声以出意，相逮而各有体。声意或留而不肖者多矣，况敛事征华于经纬者乎。故以宋玉之亲承音旨，刘向之旷世同情，而可绍者，难述者意。意有疆畛，则声有判合。相劝以貌悲，而幽蟹之情不宜。无病之讥，所为空群于千古也。聊为《九昭》以旌三闾之志。②

要言之，依南岳衡山而眺湖南境内诸峰，王夫之远绍禹而近接

---

① （清）王夫之：《序例》，《楚辞通释》，上海人民出版社1975年版。
② 《王船山诗文集》上册，中华书局1962年版，第57页。

朱、张；沿潇湘而游洞庭，王夫之远祖舜而承屈子之志。王夫之所认知的湖湘精神又是什么呢？王夫之所认知所推崇的湖湘精神无非有如下四个方面：以死殉国的精神、复仇的战斗精神，崇尚节操追求理想的道德境界，忠于故国的精神，承续中华文化慧命的精神。

以死殉国的精神，在王夫之理论著述中有论述，在诗歌创作中有表现。王夫之在《楚辞通释》中说：

> 怀沙者，自述其沈湘而陈尸于沙碛之怀。所谓不畏死而勿让也。原不忍与世同污而立视宗国之亡，决意于死，故明其志以告君子。司马迁云，乃作怀沙之赋，遂自投汨罗，盖绝命永诀之言也。故其词迫而不舒，其思幽而不著，繁音促节，特异于他篇云。①

这种怀沙沉湘的精神在王夫之诗歌中屡有歌咏。《姜斋编年稿》中《拜蔡公祠》有"怀沙无归魂，惜兰非天年"之语。《五十自定稿》之《哭欧阳三弟叔敬沈湘》其一有"菖雨苹风杜若香，怀沙千古吊潇湘"之语。由对怀沙沉江的肯定发展到抒发自己以死殉国的志情，《哭欧阳三弟叔敬沈湘》其三云：

> 瓣香洒血气奔雷，采葛歌残击筑哀。
> 十四年来争一死，英雄消受野棠开。

王夫之自撰堂楹联也表明此意："六经责我开生面，七尺从天乞活埋。"

复仇的战斗精神，在王夫之诗歌中亦有比较充分的表现。王夫之词作《菩萨蛮·桃源图》云：

---

① （清）王夫之：《楚辞通释》，上海人民出版社1975年版，第85页。

第八章 湖湘传统与王夫之诗歌关系考

> 桃花红映春波水，盈盈只在沅江里。
> 湘江水下巴邱，湖西是鼎州。
> 停桡相借问，咫尺花源近。
> 三户复何人，长歌扫暴秦。

"三户"犹言三家，言其少，典出《史记·项羽本纪》，文云：

> 居鄛人范增，年七十……往说项梁曰："夫秦灭六国，楚最无罪。自怀王入秦不反，楚人怜之至今，故楚南公曰'楚虽三户，亡秦必楚'也。"[1]

这种明显的复仇思想，在王夫之诗作中不多见，但与此相关的战斗精神还是比较常见。如《杂诗四首》之四有云："悲风动中夜，边马嘶且惊。壮士匣中刀，犹作风雨鸣。"又如《耒阳曹氏江楼迟旧游不至》云：

> 野水瑶光上小楼，关河寒色满楼头。
> 韩城公子椎空折，楚国佳人橘过秋。
> 渐渐雁风吹极浦，鳞鳞枫叶点江洲。
> 霜华夜覆荒城月，独倚吴钩赋远游。

这首诗是王夫之于南岳方广寺起义失败逃往岭外途中所写，表达了他失败后还要战斗的精神。又如《绝句》云：

> 半岁青青半岁荒，高田草似下田黄。
> 埋心不死留春色，且忍罡风十年霜。

以上都表现了王夫之强烈的战斗精神。

---

[1] （汉）司马迁：《史记·项羽本纪》，中华书局1959年版，第300页。

崇尚节操、追求理想的道德境界来自湖湘的理学传承。《因林塘小曲筑草庵开南窗不知复几年晏坐漫成六首呈桃坞老人暨家兄石崖先生同作》其三有"濂溪香菡萏"之句，显是指"周敦颐"及其所肯定的道德境界。王夫之《姜斋诗分体稿·广哀诗》咏熊渭公时有"示我濂溪莲，清池喷秘醇"之语。这又是王夫之承周敦颐推崇道德理想的明证。由周敦颐至朱熹、张栻，再到明代的陈白沙、胡一峰、庄定山，由此形成王夫之道德理想境界承袭的路线。这可以在王夫之诗集《柳岸吟》所收诗歌寻绎并加以确定。下引几首诗为证。《和龟山此日不再得》云：

我生秉孱弱，不能任耕桑。居然消秋稻，何以酬旻苍。星尽晨鸡鸣，东方生烱光。良阴无蹰蹐，俄顷收斜阳。行行天地间，南北各有方。步履无定审，宇宙空茫茫。忮求但自辑，尚未足以藏。百端苟遏绝，暗触还自戕。身心取轻安，未免等秕糠。良珠固在握，胡乃忘吾藏。春暄熏百草，随类发芬芳。秋气净四极，一碧涵清刚。春秋皆在斯，何为空彷徨……关闽有津济，但自理舟航。鼓勇未为殊，绵绵功在常。一息不相续，前勤皆已亡。与俗俱汩没，徒为造物伤。返念诚自惊，斯须分圣狂。

诗中明言"关闽有津济，但自理舟航"，不是要承理学传统，又是什么。《和白沙真乐吟效康节体》云：

真乐夫如何，我生天地间。言言而行行，无非体清玄。
春鸟鸣华林，秋水清寒渊。无功之功微，乘龙而御乾。

承白沙效康节追求"真乐"。《元日折梅次定山韵》云：

随折一枝好，清香破雾新。盈盈此天地，恰恰正芳春。
白发不相负，青阳始试旬。殷勤明看汝，朵朵玉华真。

第八章
湖湘传统与王夫之诗歌关系考

《和一峰一览亭》云：

> 生余当此日，涤目扫昏烟。拙幸前贤在，高居未有边。
> 道香原在鼻，银气漫熏天。颜孔乐何事，闲游岂自然。

"孔颜乐事"是儒家传统精神追求，王夫之自觉承其绪。

忠于故国的精神，是王夫之继承湖湘精神传统最核心的内容之一。王夫之在《楚辞通释·序例》中概括屈原精神说："蔽屈子以一言曰忠。"①对于指责屈原过于忠的议论，王夫之还进行驳斥，王夫之说："斯以为千古独绝之忠，而往复图维于去留之际，非不审于全身之善术，则朱子谓其过于忠。又岂过乎？若夫荡情约志，浏漓曲折，光焰瑰伟，赋心灵警，不在一宫一羽之间，为祠赋之祖，万年不祧。汉人求肖而愈乖。是所谓奔逸绝尘，瞠乎皆后者矣。"②这种忠于故国的精神几乎充斥了王夫之所有的诗歌作品，下举几首为证。《五十自定稿》有《长相思》二首云：

> 长相思，永别离。愁眉镜觉心谁知。
> 蛛网闲窗密，鹅笙隔院吹。年华讵足惜，肠断受恩时。

> 长相思，永别离。地圻天乖清泪竭。
> 油卜罢春灯，寒砧谢秋节。宝带裂同心，他生就君结。

古诗词中常用男女之情喻君臣的关系。王夫之在听闻南明桂王遇害作此诗，抒发其对南明桂王思念与忠贞之情。《初度口占》六首选三，云：

> 横风斜雨掠荒丘，十五年来老楚囚。

---

① （清）王夫之：《序例》，《楚辞通释》，上海人民出版社1975年版。
② （清）王夫之：《楚辞通释》，上海人民出版社1975年版，第2页。

343

>垂死病中魂一缕，迷离唯记汉家秋。
>
>一万五千三百三，愁丝日日缠春蚕。
>天涯地窟知音绝，新鬻牛衣对雨谈。
>
>十一年前一死迟，臣忠妇节两参差。
>北枝落尽南枝老，辜负催归有子规。

"迷离唯记汉家秋""愁丝日日缠春蚕""十一年前一死迟"均为难以言说的对故国的忠贞之情。《六十自定稿》之《走笔赠刘生思肯》云：

>老觉形容渐不真，镜中身似梦中身。
>凭君写取千茎雪，犹是先朝未死人。

"犹是前朝未死人"，忠于先朝之忱是无法改变的。《七十自定稿》之《为家兄作传略已示从子敞》云：

>无穷消一泪，墨外渍痕汪。故国人今尽，先君道已亡。
>蒙头降吏走，抱哭老兵狂。正可忘言说，将心告烈皇。

"烈皇"指明崇祯皇帝。"将心告烈皇"，始终不忘先皇，不忘故国。

承续中华文化慧命的精神，在王夫之诗歌中也有充分体现，也应该是王夫之所继承的湖湘精神的核心内容之一。这种精神具体表现在两个方面：一是继，二是传。《因林塘小曲筑草庵开南窗不知复几年晏坐漫成六首呈桃坞老人暨家兄石崖先生同作》其三云：

>一日一生留，无缘谢白头。天情垂粥饭，家学志《春秋》。
>月影虚窗满，云滋砌草柔。濂溪香菡苔，孤棹试中流。

第八章 湖湘传统与王夫之诗歌关系考

"家学志《春秋》"指王夫之之父王朝聘治《春秋》传王夫之之事。王夫之在《春秋家说·叙》中说:"先征君武夷府君早受《春秋》于西阳杨氏,进业于安成刘氏。已乃研心旷目,历年有得,惜无传人。夫之夙赋钝怠,欲请而不敢。岁在丙戌,大运倾覆。府君于时春秋七十有七,悲天闵道,誓将谢世,乃呼夫之而命之……夫之行年五十,悼手口之泽空存,念菌蟪之生无几,恐将佚坠,敬加诠次,稍有引申,尚多疏忘,岂曰嗣先,聊传童稚云尔。"①"濂溪香菡萏"在前面谈道德理想境界的湖湘精神也论及,濂溪指北宋理学家周敦颐,"香菡萏"指他的《爱莲说》,这句诗是说,应像周敦颐那样永葆高尚之节。同首诗其四有"耕钓传先志,人知德不堪"之语,也是讲要继承先辈的精神。正因为这种精神,王夫之将儒家经典"四书五经"以及《庄子》《老子》甚至佛经都进行了注释和研究。这就是承续中华文化慧命的精神的具体体现。

《姜斋诗分体稿》之《初秋》其二有"恰注骚经当九辩"之语。王夫之1685年即清康熙二十四年著《楚辞通释》,"骚经"指屈原所作《离骚》,《楚辞》中的作品之一,当然也是王夫之注释的重要对象。"九辩",也是《楚辞》中作品之一。注释古典经典,是述古,是继承,同是又是传授。虽然《九辩》,现代有人认为并不是宋玉悯其师屈原而作,甚至宋玉也不是屈原的弟子,但是,王夫之却认为宋玉的《九辩》继屈原之志。王夫之说:

> 王逸曰:"《九辩》者,楚大夫宋玉之所作也。宋玉者,屈原之弟子也。闵惜其师忠而放逐,故作《九辩》以述其志。"……而宋玉感时物以闵忠贞,亦仍其制……玉虽俯仰昏庭,而深达其师之志。悲悯一于君国,非徒以厄穷为怨尤。故嗣三闾之音者,

---

① 《船山全书》第五册,岳麓书社2011年版,第105—107页。

唯玉一人而已。①

正因为《九辩》有传师之志的功用，因此，在王夫之诗歌中就把此类的典故一再使用。如《送须竹之长沙》有"北渚送君传九辩，灵旗凭拂墓云开"之语。又如《七十自定稿》之《初秋》其三有"江山留九辩，未许怨登临"。

第二节　王夫之诗歌对湖湘山水的表现

一　王夫之对南岳及其他山峰的歌咏

第一节已说过，依南岳衡山而眺湖南境内诸峰，王夫之远绍禹而近接朱、张；沿潇湘而游洞庭，王夫之远祖舜而承屈子之志。由此，王夫之诗歌中的主要内容就是对湖南山水的歌咏。

王夫之诗歌歌咏的山主要是南岳。王夫之诗集中最早与南岳有关的是《岳余集》。第二章也进行过讨论。《岳余集》可能是王夫之第三部诗集。从《岳余集》所收诗歌来看，集中诗歌主要为癸未、甲申两年所作的诗歌。集中共收诗 25 首，其中《即事》《寒甚下山访病儿存没道中逢夏仲力下竹舁慄不能语哀我无衣授之以絮归山有赋志感也》《闻郑天虞先生收复宝邵别家兄下山而西将以蜡钞往赴怆然而作》《月中晓发僧俗送者十三人皆攀泣良久余亦泪别》等诗均题"癸未匿岳"，而《黑山访址》《铁牛庵下忽不喜往》《玉门望狮子峰用旧作四韵》《恋响台》《繇恋响眺一奇石而上同夏叔直援石曲折遂得方址岿然可

---

①　（清）王夫之：《楚辞通释》，上海人民出版社 1975 年版，第 121 页。

第八章 湖湘传统与王夫之诗歌关系考

台》《晓同叔直出寺拂读朱菊水所镌谭友夏岳记》《涌几》等诗均题"甲申重游",可证其诗作于癸未、甲申这两年。由《买薇集》所收诗的创作年份,可推知,《岳余集》很可能是《买薇集》的部分内容,由于《买薇集》被劫,王夫之很可能将余下的有关南岳的诗歌单独编成集子。或许《岳余集》之得名也与此有关。这个集子编好后,王夫之很可能藏了起来,后来也没有再去管它,因此晚年由回忆而得的《忆得》所收诗中有一些与《岳余集》所收诗相重而字句略有异。《岳余集》中的所有诗都与南岳有关,但并不是每首诗都是歌咏南岳风光的,有些是因事抒情为主。主要咏南岳风光的有如下一些诗。《霜度函口岳径》云:

坠叶满行衣,径草试霜色。何知山川想,足敌绝尘力。
初暾峰紫摇,浮空夹苍植。似可就奇光,问之求羽翼。

"函口",据《莲峰志·总序》云:"地从岳而去者,渐上三十里,极峻。从函口发者,以次上八十里,萦一宿河源上者直登二十里。"[①]"从岳而去",意为自南岳市正面而上。"从函口发",乃自衡阳而来。此诗题下注"岳径"二字,未载年份。虽然此诗《忆得》中列于甲申,但据《莲峰志·总序》载:"癸未十月,予自郡西八十里逢寇钩索,草属莽枝,奔命于峰之下……"又"从函口发者,以次上八十里"。[②] 因而为癸未十月霜寒满径,叶落将尽时入岳所作。《即事癸未匿岳》云:

看山正好北风吹,寒在峰头最上枝。
莫漫放松筇竹杖,诘朝晴好野翁知。

---

① (清)王夫之:《莲峰志》,《船山全书》第十一册,岳麓书社1996年版,第683—684页。
② 同上书,第684页。

此诗并未点明是指南岳的那一峰，但从王夫之在南岳隐居的情况看，多指莲花峰及其附近地区。这是写山峰之巅的风光。《黑山访址甲申重游》云：

> 不觉生处高，上有万壑争。潺湲如可即，欲问芦蒋声。
> 岳力偏幽最，平遥眼一新。得从烟月望，拟作钓江人。

黑山为衡山县黑沙潭岸上之山，一说即双髻峰。《莲峰志》云："黑山，寺西渡两涧，过双江口，绝壁如立，菁幽特甚。自马迹桥来者，二十里外四望苍黄，郁蓝悬浸，如在顶际。向背数四，乃见山植枫栗桃梓，大者合抱。"① 故王夫之访址特在此也。《䜩恋响台甲申重游》云：

> 平接上峰去，忽从林莽颓。奇情供一迳，并送此中来。

"恋响台"，位于方广寺前，明代文学家谭元春题留"恋响"石刻，故称恋响台。王夫之《莲峰志》载：恋响台，在方广寺右，惠海尊者补衲处，名补衲台。粤人张博读书其上，易名啸台。谭友夏元春易名易啸台。②《铁牛庵下忽不喜往》云：

> 僧汲水声处，旋归未掩关。
> 喜寻黄叶湿，已度夕阳间。

铁牛庵，黑山下古刹。《莲峰志》载："铁牛庵，黑山下古刹也。迩年有慈严师卓锡于此，曾翻藏方广。会火，将及师处。安坐不动，曰：'吾将脱。'此火竟风回，师以无恙。乙酉，乃寂去。庵存。"《玉门望狮子峰用旧作四韵甲申重游》云：

---

① （清）王夫之：《莲峰志》，《船山全书》第十一册，岳麓书社1996年版，第623页。
② 同上书，第620—621页。

第八章
湖湘传统与王夫之诗歌关系考

前游余怆在，霜月况同时。世益麕麋骇，生为神鬼欺。

九州浮一影，残梦续新诗。视彻余生淡，悠悠吾岂痴。

屡望高难到，前冬一杖时。分明霜雪苦，逼侧虎狼欺。

芒履仍潭水，石函尚小诗。只今肠可断，翻笑昔情痴。

"狮子峰"，南岳七十二峰之一，在莲花峰西北。《莲峰志》云："下山矣，峙若蹲猊，鼻目巉刻。然柿蒂峰亦名狮子；王子游此下，易其名曰旋帽。自峰下视之，若累发，光鬖宛然。小头岭、石梯子、段宿岭，皆寺地也。"① "前游"，即指癸未匿岳时游岳峰。刘毓崧《王船山先生年谱》载："冬十月②先生之舅氏谭翁玉卿引先生及武夷先生避于衡山莲花峰下双髻峰。"③《鼷恋响眺一奇石而上同夏叔直援石曲折遂得方址岿然可台甲申重游》云：

身随落叶高，足尽奇响力。

同是一潺湲，泉端不可识。

《涌几甲申重游》云：

大拗而下，平桥从石间，觉有异。已忽两石临水，下石承上石，旁壁顶覆，可度可登。予命人为级，穿折于肩肘之间，换度裂处。顾其逼郁，尚以翔移为苦。造以形来，悠悠者谁望而目之。则经此者，又可知矣。举酒酹石，貌以涌几。今往后来，游览相积，风雨苔藓之所不忌，则此石其传也已。时崇祯甲申阳月望后。

---

① （清）王夫之：《莲峰志》，《船山全书》第十一册，岳麓书社1996年版，第623页。
② 癸未年。
③ 刘毓崧：《王船山先生年谱》，《船山全书》第十六册，岳麓书社1996年版，第160页。

> 旷古登应少，问之石不知。此山初得生，于岳觉增奇。
>
> 叶动鸣泉处，桥寒亭午时。有来争胜概，切莫突西施。

"涌几"为南岳山上一石，为王夫之发现并题字于上，至今犹存。王夫之青年时期于癸未、甲申两度隐居南岳莲花峰，此时游览所至主要在莲花峰附近地区。所游景物有上所咏的黑山、狮子峰、函口、恋响台、涌几等。

《忆得》咏南岳有《祝融峰》《飞来船》《石浪庵赠破门》等。《祝融峰》云：

> 斗气玉衡分，擎空几片云。
>
> 湘流随隐见，海色接氤氲。
>
> 细草孤根缀，危亭湿雾熏。
>
> 下方烟一缕，钟磬未全闻。

"祝融峰"，王船山先生居双髻峰久，而游祝融峰似只此一次。《飞来船》云：

> 偶然一叶落峰前，细雨危烟懒扣舷。
>
> 长借白云封几尺，潇湘春水坐中天。

"飞来船"，芙蓉峰有巨石，广丈余以崎石抵两胁，若狭而行，下虚，有一窦可通往来，名飞来船。《石浪庵赠破门》云：

> 潜圣峰西携杖来，龙腥犹带古潭苔。
>
> 祝融瞒我云千尺，持向吾师索价回。

"破门"，破门名法智，居南岳久，以诗自娱，尤工草书。此诗咏及"潜圣峰"。

《五十自定稿》纯咏南岳的很少，明显与南岳有关的有《重登双

第八章 湖湘传统与王夫之诗歌关系考

髻峰》《南岳采茶词》等。《重登双髻峰》云：

> 拾级千寻上，登临一倍难。日斜双树径，云满曼花坛。
> 龙雨腥还合，佛灯青欲残。振衣情不惬，北望暮云寒。

《六十自定稿》咏南岳的要多一些，有《怀入山来所栖伏林谷三百里中小有丘壑辄畅然欣感各述以小诗得二十九首》《衡山晓发》《重登回雁峰》等。《怀入山来所栖伏林谷三百里中小有丘壑辄畅然欣感各述以小诗得二十九首》，其中有 13 首诗咏南岳的景物。《排子岭》云：

> 稻亩绿茸茸，平田接回坞。
> 桥下流水声，龙湫昨夜雨。

"排子岭"，康和声《王船山先生南岳诗文事略》案：《莲峰志·附丽门》云：排子岭在"明月峰后。莲峰之支裔，垂结于此"。和拜武夷征君祠墓，其稻田对面为马迹桥。桥外案山，即排子岭也。诗云"桥下"，即指马迹桥言。① 《狮子峰》云：

> 飞鸟摇岭色，渐与峰顶齐。
> 凝眸绝涧影，已转碧潭西。

"狮子峰"，康和声《王船山先生南岳诗文事略》案：狮子峰在黑沙潭下右岸。《莲峰志·附丽门》云：莲峰西北至狮子峰，"下山矣，峙若蹲猊，鼻目巉刻。然柿蒂峰亦名狮子；王子游此下，易其名曰旋帽"。和游其地，仍习呼狮子，无有知为旋帽者。② 《黑沙潭》云：

---

① 参见康和声《王船山先生南岳诗文事略》，岳麓书社 2009 年版，第 156 页。
② 同上书，第 157 页。

苔冷千年绿，春寒一片云。

回襟避疏雨，人语不相闻。

"黑沙潭"，康和声《王船山先生南岳诗文事略》案：黑沙潭在方广寺、二贤祠下十里。《莲峰志·附丽门》黄沙潭、黑沙潭、白沙潭条云："从莲花峰下注水右绕，三潭系之。旧传梁海尊者送五龙王各居其所，沙以色分，黄沙最上，黑沙最胜。林宵瀑寒，风射人森森，不可久即。虎迹黄叶，四时皆有。两潭倾注，惊湍泛日，诚绝观也。至白沙稍夷，下即马迹桥。"①《续梦庵》云：

旧梦已不续，无如新梦惊。

溪云沾竹尾，滴沥过三更。

"续梦庵"，康和声《王船山先生南岳诗文事略》案：续梦庵在黑沙潭上左岸山半，正对狮子峰，甲申闻烈皇之变所营。今故址尚存，顾名思义，乃欲继续前梦也。至是二十七年，桂王殁亦已久，明室全亡，无可复起，故曰"旧梦已不续"。然变节不可，唯抱此志以终，故曰"无如新梦惊"。集中诗词凡言梦者多与此意有关。其尤显著者，诗如《望狮子峰用旧作韵》云"残梦续新诗"，《再哭季林兼悼小勇匡社旧游》云"余生悲梦赋"，《迎秋》云"江南一梦中"，《续哀雨诗》云"老向孤峰对梦婆"，《刘若启为排难已招泛虎塘》云"海徙山移梦后逢"，《小楼雨枕》云"山客三更梦岭云"，《冬日书怀》云"鱼樵残梦晓钟知"。词如《忆王孙·本意》云"春梦无人与再圆"，《鹧鸪天·自题小像》云"梦未圆时莫浪猜"，《浣溪沙·病中与刘李二生夜话》云"阅尽闲愁总是梦"，"不知残梦在谁边"，《江城梅花引·病中口占示刘生》云"梦也梦也，还认得烟水微茫"，《渔家傲·翠涛作煨

---

① 参见康和声《王船山先生南岳诗文事略》，岳麓书社 2009 年版，第 157 页。

第八章 湖湘传统与王夫之诗歌关系考

楯柮诗索和以词代之》云"旧梦不成人愈老",又云"残梦京华难再续"。此等诗词,或未录入本编,或已录而另有按语,要皆与寻常说梦不同。此外尚多相关者,不能尽述也。又案:先生子敔有《雪》诗五首,其一云:"片土筑孤庵,先人续残梦。古树覆茅檐,萧萧北风动。"其二云:"手题续梦庵,白鱼蚀青字。一晌万年心,谁作西台记。"其三云:"潭云如墨兴,山岚如垩砌。愁杀出山难,入山未容易。"其四云:"人鱼声如鸦,聒耳不成寐。潭下蛰龙心,莫念人间世。"自注:土内有声如寒鸦,僧云名人鱼,立冬则呼。其五云:"待负千茎草,还成一尺阶。明年双燕子,好认旧山来。"诗首称"先人",明示先生殁后,虎止居续梦庵遇雪所作。"一晌万年心,谁作西台记",可谓能知其父,不愧名父之子虎止兄弟二人。玩诗末"明年双燕子,好认旧山来"之句,盖欲约兄蓄园明岁同来,以继先志也。①《双髻峰》云:

西峰亘铜梁,北岭矗荆紫。
百里见阴灯,遥知光发此。

"双髻峰",康和声《王船山先生南岳诗文事略》于王夫之《将营续梦庵登双髻峰半访址》诗按云:先生诗文屡言双髻峰,而以此为最早。唐人李冲昭《南岳小录》只叙五峰,固无论已。宋氏陈田夫《南岳总胜集》、明代刘熙《弘治衡山县志》及后来省、府、县各志南岳志,于《形胜门》述及天台、妙高、观音、朝阳各峰,《附丽门》述及石廪、白云、天堂、潜圣、妙高、天台、狮子、明月各峰,及桐油岭、排子岭、溪波岩、黑山大、小坳各山,亦均无双髻峰之名,故后来考古之士不知其处,或以为莲花峰一名双髻峰,或以为双髻峰在莲

---

① 参见康和声《王船山先生南岳诗文事略》,岳麓书社 2009 年版,第 157—158 页。

· 353 ·

花峰东南衡阳境,莫衷一是。余按:双髻峰当以续梦庵为断。先生访续梦庵址诗,《忆得》题曰《登双髻峰半访址》,《岳余集》题曰《黑山访址》。一诗两题系一事,故余直曰:黑山即双髻峰。《岳余集》初稿,当时尚未改名,故曰"黑山"。《忆得》为定稿,故题曰"双髻峰"。先生居续梦庵久,故自称曰"双髻外史"。至其更名双髻峰,乃以山形如双髻命名。观《莲花志》载狮子峰自下视之,若累发,光髹宛然。先生游其下,易名旋帽,与此正同一例。惜《志》作于前,未及得先生载明,仅散见于集中诗、文、词、赋耳。[①]"荆紫",康和声《王船山先生南岳诗文事略》于本诗案:铜梁、荆紫均在湘乡县南,特起对峙。先生曾自续梦庵往游其地,回望莲峰,一片青翠,故曰:"百里见阴灯,遥知光发此。"夏叔直诗所谓"行行背岳莲,苍翠曲折见"。或曰西峰北岭,矗如双髻,因以命名。盖借铜梁、荆紫以肖附近山形耳。先生《南岳赋》所谓"开双髻于玉女也"[②]也。《黄沙潭》云:

落叶绝行踪,随意披疏筱。

龙气动乔木,空潭无猿鸟。

"黄沙潭",康和声《王船山先生南岳诗文事略》案:黄沙潭在铁牛庵下黑沙潭上,沙略带黄,故名。和自二贤祠访续梦庵故址过此。[③]《溪波崖》云:

楼笠溅飞珠,回头不知处。

徒倚望前山,斜阳转高树。

---

① 参见康和声《王船山先生南岳诗文事略》,岳麓书社2009年版,第15—16页。
② 同上书,第159页。
③ 同上。

第八章 湖湘传统与王夫之诗歌关系考

"溪波崖",康和声《王船山先生南岳诗文事略》案:《莲峰志·附丽门》云:溪波岩在方广"寺西朝阳寺下,山穴郛开,中容一亩,有僧结室于此。相传虎猿经岩,留啸而去,不敢久睨。出寺西北去,即望见之"①。《妙高峰》云:

> 阴光浮石壁,长如春水生。
> 僧归夕磬后,回首见西清。

"妙高峰",康和声《王船山先生南岳诗文事略》案:《莲峰志·附丽门》云:妙高峰在方广"寺后。左潜圣,右妙高,其中平坦,即五龙拥沙成地之迹"②。《车辙亭》云:

> 偶然成辙迹,古人意何取。
> 伫立无与言,前峰正疏雨。

"车辙亭",康和声《王船山先生南岳诗文事略》案:《莲峰志·名迹门》:车辙亭在方广"寺右。相传百八阿罗汉运粮于此,憩力分餐,以为灵迹"③。《方广路》云:

> 未从方广游,知为方广路。
> 定有夕烟霏,天光露晴树。

"方广路",康和声《王船山先生南岳诗文事略》案:方广路,统言莲峰出入路径也。《莲峰志·形胜门》略载:自天台来为一支,自观音峰来为一支,自国清来为一支,自大、小坳来为一支。而曰"峰

---

① 参见康和声《王船山先生南岳诗文事略》,岳麓书社2009年版,第160页。
② 同上。
③ 同上。

径之胜，莫妙于两坳"，此即所谓方广路也。①《啸台》云：

> 午日尚曈昽，紫光衬玄叶。
> 暄气上台阴，香风吹冻蜨。

"啸台"，康和声《王船山先生南岳诗文事略》案：啸台即补衲之别名。"粤人张博读书其上，岳和声镌之。"见《莲峰志·名迹门》。②《补衲台》云：

> 闻有补衲名，学之跏趺坐。
> 蒻叶摇森森，竹鼠穿裾过。

"补衲台"，康和声《王船山先生南岳诗文事略》案：补衲台，初改啸台，嗣又名恋响台……一台三名，先生均有诗，其留恋可知。③《洗衲池》云：

> 瀑布良可观，临之喧不清。
> 水帘垂一尺，微送佩环声。

"洗衲池"，康和声《王船山先生南岳诗文事略》案：《莲峰志·名迹门·洗衲石》云："石平向，泉水逸其上，薄流清驶，如可洗濯，即惠海尊者洗濯处也。太守海南李泰斗野镌其上。"今其石刻尚存，约高一尺五寸，楷书。又案：

以上十三题，先生自注："右岳后。"南岳不止岳后，岳后不止莲峰。此十三题均在莲峰及其附近，盖导源于朱、张，昌大于

---

① 参见康和声《王船山先生南岳诗文事略》，岳麓书社2009年版，第161页。
② 同上。
③ 同上。

356

第八章
湖湘传统与王夫之诗歌关系考

先生。谭寒河谓方广宜自为记,先生从而赞之曰"大辞也",盖言推而大之也。乱离栖伏,此独为多,其亦以是欤。①

《七十自定稿》咏南岳的有《西岗望南岳》诗云:

　　山行迳云遥,遥山隐绝巘。巘绝群岫分,旷览得平善。
　　云阴逐参差,鸟没迷近远。微睇望已盈,延观秀自衍。
　　登陟俨昔游,契阔仍今展。今昔无合离,流峙终缱绻。
　　长毂轨不迁,贞观阅已万。天宇信若兹,予怀何歆羡。

《姜斋诗编年稿》咏南岳有《月坐怀须竹南岳》《与李缓山章载谋同登回雁峰次缓山韵》。《月坐怀须竹南岳》诗云:

　　绿润浮澄光,摇曳林塘间。今怀非畴昔,物宇相昭鲜。
　　凉魂从安舒,绪风微夤缘。静籁不相舍,素意互孤骞。
　　吹瓢亡疑心,行歌有独弦。知子岣嵝阴,遥遥接清玄。

《与李缓山章载谋同登回雁峰次缓山韵》诗云:

　　连霄关塞悲迟暮,初见南天一雁回。
　　小有绿阴堪避暑,相看枯木不惊雷。
　　晴光漏白飞螺顶,云影撑空幻蜃台。
　　稍觉江山堪极目,临风薄送浊醪杯。

《姜斋诗剩稿》有《重过莲花峰为夏叔直读书处》,诗云:

　　山阳吹笛不成音,凄断登临旧碧岑。
　　云积步廊春袖湿,灯寒残酒夜钟深。

---

① 参见康和声《王船山先生南岳诗文事略》,岳麓书社2009年版,第161—162页。

> 山河憾折延陵剑，风雨长迷海上琴。
> 闻道九峰通赤帝，松杉鹤羽待招寻。

《仿体诗》有《谭解元春岳游》，诗云：

> 不知猿鸟至何方，叶叶晴容发静光。
> 潭黑龙能深定力，苔新云亦恋幽香。
> 泉于草树情偏挚，日以森寒影倍长。
> 始觉向来湘艇上，孤危错拟露锋芒。

《分体稿》之《题翠涛新筑》其四有"开轩孤翠人，应是祝融尖"一语。

非南岳其他山景，集中见于《怀入山来所栖伏林谷三百里中小有丘壑辄畅然欣感各述以小诗得二十九首》，共16首。

《青溪石门》云：

> 欲作飞猱度，不畏苍苔深。
> 森森开一面，斜日照前林。

《西石门》云：

> 循壁渡泉桥，知有幽人宅。
> 山气动氤氲，香麝夜来迹。

《松纹石亭》云：

> 僧归绕曲涧，回首望林端。
> 遥知爱啼鸟，也向树梢看。

"松纹石亭"，据康和声《王船山先生南岳诗文事略》刘子参所居

第八章
湖湘传统与王夫之诗歌关系考

之地有茅亭,即松纹石亭,亭中有松纹石,而上覆以茅,故曰茅亭,亭在山中,故又曰山亭。①《坞云庵》云:

> 曲逐峡田上,遥期松径终。
> 凉风中岭合,西日一尖红。

"坞云庵",康和声《王船山先生南岳诗文事略》案:

以上四题,先生自注:"右祁、邵之间。"此为刘子参惟赞所居鲤鱼山之地,《西石门》诗所谓"幽人宅"也。惟赞有《石门记》云:"环石门而中处有台,临流傍壁,高可六尺许。予日坐其中,取宋人九九书读之,千回不辍,若将忘为郑作者,盖丁亥冬杪也。距台十余武有瀑泉,予曰濯足泉。泉之左十里为鲤鱼山。山上有岩,予曰浊岩。"或泥之,予曰:泾渭将谁别,缨足自我裁。坐浊岩者,蒸水两人、资水一人而已。三子者数来数往,独予寝食岩中,历十望朔。时哭时骂,时笑时歌。曾占两语柬诸同人,有曰:"饿比墨胎犹有饭,寒疑紫窖却无霜。"又曰:"但得三军饶葛管,不教一世尽修融。"盖长至先五日也。嗟乎!当是时,世人皆清,宁容吾浊!浊者惟泉与岩,眷若有情,因蒙斯号,以存形影。不然,高者苍苍,深者泱泱,而以是名吾泉与岩,百世之下耳目之者,不将谓冤此山川哉!两人者,包子某、邹子统鲁。资水惟罗子芙。同人则衡岳二王氏介之、夫之,及郭子某、邵阳宁子朝柱、吾邑徐子璨也。岁著雍困敦初秋,命门人田子山玉镌之石。著雍困敦,为清顺治五年戊子,湖南失陷之次年也。先生《广哀诗·惟赞》云:"结伴逃天刑,数子争的砾",即记中所谓"蒸水两人、资水一人"暨所称"同人"诸公也。时

---

① 参见康和声《王船山先生南岳诗文事略》,岳麓书社 2009 年版,第 163 页。

· 359 ·

湖南初陷，故相偕逃避于此。《祁阳县志·山水门》载，红桥水至石门，两砠对峙，拱立如门，故名。衡阳王夫之当国变时曾匿于此。亦即本先生此诗及惟赞所记。先生《搔首问》云："祁阳刘子参有当世才，隐居后结小茅亭于深山危壁。"又《南窗漫记》载有郭季林《过刘子参山亭》一绝云："万山环列一茅亭，兀立横空出杳冥。闻说高人长饮此，只堪独醉不堪醒。"曰"深山危壁"，其地之险可知……又案：惟赞《石门记》中所载相偕避难之友，罗英字得我，邵阳岁贡，与先生兄弟为莫逆交。宁朝柱字六擎，邵阳诸生，隆武丙戌以五经魁楚士，与先生及邹统鲁交好。均见《宝庆府志·遗民传》。徐璨字文斗，祁阳布衣，与惟赞友善，以诗酒自娱。见《祁阳县志·高逸传》。郭子称为衡岳人，当即衡阳郭凤跄季林，与邹统鲁艮崖，均已见本录。包子为蒸水人，当即包世美，字乃蔚，与先生同举于乡。《沅湘耆旧集》载有世美《长乐山居》诗云："近觉山居好，聊娱物外情。"然则世美乃长乐人，亦高节士也。王闿运《衡阳县志》谓壬午衡阳同举七人，得六节士，而摒世美不与，特以不见于先生集，少表襮耳。玩先生"数子争的砾"之语，实包世美在内，故为之汇注于此。①

《钓竹源》云：

    杉竹迷千嶂，豆苗萤一湾。
    麏麋不相避，肥草隐潺湲。

《云台山》云：

    佛宇不可知，云留高树里。

---

① 参见康和声《王船山先生南岳诗文事略》，岳麓书社2009年版，第162—164页。

第八章
湖湘传统与王夫之诗歌关系考

日落钟声声，随云度溪水。

"云台山"，康和声《王船山先生南岳诗文事略》案：

> 以上二题，先生自注："右零陵北洞。"据《永州府志》，祁阳县南云台山为最高，距城二十五里，峰峦突兀，烟云不断。山顶有金紫观，骋望无际。山半涌月庵，林泉尤为幽邃。又《零陵县志》，龙洞在云台山北，最为广阔。有四十八源，钧竹源或即在此。又或以其广阔通名北洞也。志中山水、流寓各门，均未载先生曾避此，后之修志者当据此补入。①

《西庄源》云：

> 古树何年种，归禽来一双。
> 茅斋读易罢，摇影入闲窗。

《小祗园》云：

> 宛转破千嶂，平畴起绿烟。
> 自然知兰若，不过鸟飞边。

"小祗园"，康和声《王船山先生南岳诗文事略》案：

> 以上二题，先生自注："右宜江。"宜江即常宁，已见前。西庄源在县西南，距城四十余里，与洋泉近。小祗园较远，与洋山近，为上五洞之一。先生看洋山雨过诗当在此作。《常宁县志》载先生寓宁三载，多有题咏，当即指此各诗。②

---

① 参见康和声《王船山先生南岳诗文事略》，岳麓书社2009年版，第164页。
② 同上书，第165页。

《小云山》云：

> 夕气澄若浓，星光敛清炯。
>
> 林外露悬灯，未知何峰顶。

"小云山"，康和声《王船山先生南岳诗文事略》案：小云山即金华山，在衡阳县西九十里，至草堂约四十里。山不甚高而能望远，为先生偕友常游息之地。①《昭阳庵》云：

> 归鸦度何所，夕照移西岑。
> 荫入蔚蓝色，萧萧松桧阴。

《驳阁岩》云：

> 欲以贻来者，锡之驳阁名。
> 终古知不知，今兹自含情。

"驳阁岩"，康和声《王船山先生南岳诗文事略》案：

昭阳庵、驳阁岩，均先生与唐须竹躬园游览地，已有诗，见前。此云"欲以贻来者，锡之驳阁名"，可知前未有名，自先生始。徐令素一作合素撰《躬园墓志》，言尝得《白沙集》《定山集》《传习录》诸书，读之而嗜，迎先生住驳阁岩，为剖析源流，可知先生在此久。②

《桃坞》云：

> 曳杖行何适，桃花一坞红。

---

① 参见康和声《王船山先生南岳诗文事略》，岳麓书社 2009 年版，第 165 页。
② 同上书，第 166 页。

第八章 湖湘传统与王夫之诗歌关系考

回塘积落英，从君识东风。

"桃坞"，康和声《王船山先生南岳诗文事略》案：

桃坞为芋岩李国相自南岳徙居之地。下癸亥为芋岩定遗稿感赋诗："岳峰南下就桃津，霜鬓难消一故人。"桃津即桃坞也。此诗云："曳杖行何适，桃花一坞红。"可见桃坞与先生居近，平日往来甚密。特其故址究在何处，今不可考耳。王闿运《衡阳县志·山水门》云："船山南二里有桃坞，李国相隐居之地。王、李同志，互有诗歌，然今草堂正在桃坞，疑非故地也。"今按：所疑非是。考家谱，草堂初属次子虎止房分业，因其裔式微，田屋并售异姓。经长子蓄园房裔控诉，将屋赎回，于清嘉庆间改作祠堂，额曰船山祠，嗣又赎回祀田。宪案班班可考，自无缘忽在桃坞而非故地。且先生定遗稿感赋诗，既称桃坞为桃津，甲辰即事有赠诗，又有"柳宅桃津一径长"之句，可知桃坞必在小江边，有类船泊，故曰桃津。余游其地，草堂实远小江，不类津坞，信湘绮误也。①

《雪竹山》云：

杨坟一竿竹，空外影千寻。
六月飞冰雪，埋心直到今。

"雪竹山"，康和声《王船山先生南岳诗文事略》案：雪竹山在衡阳县西，为茹蘖大师所居。师又嗣法嘉兴杨坟山，此诗全为师作，故以"杨坟一竿竹"②起兴。

---

① 参见康和声《王船山先生南岳诗文事略》，岳麓书社2009年版，第166—167页。
② 同上书，第167页。

《茱萸塘》云：

> 绿苞绽绀珠，红泉酝香屑。
> 采采及清秋，汝南有真诀。

《败叶庐》云：

> 败叶留不扫，钗铮扣哀弦。
> 虫吟凄切外，秋色倍清喧。

《观生居》云：

> 寒月出东岭，流光入浅廊。
> 万心函片晌，一缕未消香。

"观生居"，康和声《王船山先生南岳诗文事略》案：

右三处，均在湘西草堂坐山后，另为一田陇。先生子敔《草堂记》云："岁庚子徙居湘西之金兰乡，卜舍于茱萸塘。初筑小室曰败叶庐，次筑观生居在茱萸塘上。越十二年再徙于石船山下，去观生居二里许，仍里人旧址，筑湘西草堂。"今按：草堂成在后五年乙卯，故先生此诗不及。茱萸塘，玩诗意以产茱萸名，即今徐氏所居，易名大椒塘。败叶庐，在茱萸塘对过，及身而废。其后子孙恢复，易名竹花园。观生居，在茱萸塘上湾内。先生己酉诗题所谓"林塘小曲"也。今存故址。又案：以上八题，先生自注："右湘西。"盖湘水北至衡阳，左会蒸水为蒸湘。此八地有在蒸左者，亦有在蒸右者，然均在湘左，故不言蒸而统曰湘西也。又案：南岳南方宗山也。其为疆域，不独七十二峰。上起回雁，下至岳麓，之间为岳。凡湖外岭内，

第八章
湖湘传统与王夫之诗歌关系考

环居拱聚之县，耳目所能瞻仰，山川所能联系，无非岳也。先生遭难后栖伏岩谷，大都在此境，故本编与此各地有关诗文，皆酌选录。以先生独钟岳灵，为生民以来所未有，故特起一例，与他家不同也。①

以上十六题，王夫之咏了鲤鱼山、云台山、洋山、小云山、雪竹山等山及其景点，其中鲤鱼山、洋山未直接歌咏。

小云山，除了上所引外，《姜斋诗剩稿》还有一首咏小云山的《同欧子直刘庶仙登小云山》，诗云：

> 青天下镜倒晴空，战垒仙坛碧万丛。
> 终遣屈平疑邃古，谁从阮籍哭英雄。
> 大荒落日悬疏槛，五岭孤烟带远虹。
> 孤坐上方钟磬里，消沉无泪洒羊公。

《姜斋诗剩稿》还有诗咏大云山。《大云山歌》云：

> 湘山之高云山高，朱鸟回翻蟠云翱。
> 群仙握符顾九宇，翩然来下挥旌旄。
> 我闻石笈金扃在峰顶，绿苔不掩珠光炯。
> 迄来六百四十六春秋，紫金液老三花鼎。
> 鼎里刀圭人不识，悬待其人烹太极。
> 静如止水暖如云，即此金壶贮春色。
> 我欲从之君许否，愿酌红泉为君寿。
> 松云萝月数峰前，玉露凝香挹天酒。

"大云山"，大云山位于湖南省邵东、衡阳、祁阳三地交界处，坐

---

① 参见康和声《王船山先生南岳诗文事略》，岳麓书社2009年版，第167—168页。

落于邵东县东南边陲的灵官殿镇和堡面前乡交界地,俗名大牛山,别名耶姜山,又名白云峰,海拔998.4米,是邵东县境内最高峰,属南岳七十二峰之一,区内地形逶迤,山峦叠嶂,奇峰突兀,动植物资源丰富,森林覆盖率达95.4%,面积5万公顷。山、水、石、林全备,水系十分发达,溪、瀑、泉、涧、潭景观兼具,系蒸水发源地;动植物种群繁多。《昭山》云:

  曲曲见昭山,孤青不相舍。湘水送千帆,凝眸几人也。
  终古石自碧,深春花欲红。澄潭凝一碧,云末出双虹。

"昭山",位于湘潭市东北20公里的湘江东岸。为长沙、湘潭、株洲三市交界处。相传周昭王南征至此,故名。清《(乾隆)长沙府志》载:秀起湘岸,挺然耸翠,怪石异水,微露岩萼,而势飞动,舟过其下,往往见岩牖石窗,窥攀莫及。原山顶有朝阳寺等建筑物,红檐瓦,古木参天,下为昭潭,深不可测。昭山其实并不高,海拔185米,却是旧时潇湘八景之一,自古以来名人题咏很多。

《六十自定稿》有咏伊山、东台山之《伊山》《东台山》等诗。《伊山》云:

  心识回峦外,沿溪曲径深。云烟开绿宙,金碧动青林。
  香篆迎风入,钟声过鸟寻。萧清初觉好,风雨更幽岑。

  读书云外迹,梵刹劫前宫。蕴藉清歌日,萧条夕磬中。
  古今藏客泪,勋业寄真空。牛首虚天阙,何因卧懒融。

"伊山",康和声《王船山先生南岳诗文事略》案云:"伊山在衡阳北云锦峰西,与岳相近。有晋桓伊读书台,故名。宋时向子忞、胡寅、韩璜并游宿于此,故诗有'古今藏客泪'之句。山有伊山寺,相传为子恣故宅，故诗有'梵刹劫前宫'及'勋业寄真空'之句。"① 《东台山》云：

百里初见山，西晖客望闲。半峰明紫树，群岫倒苍湾。
仙馆箫声歇，渔舟隔浦还。祝融知近远，清梦惊云间。

刘谱按云："东台山在湘乡东十里。据'祝融近远'之语，知由湘乡还衡阳。据'西晖客望''苍湾紫树'之语，知作于秋末。"②

二　王夫之对潇湘、洞庭等湖南诸水的歌咏

王夫之词作对湘江景色有充分的描写，有《潇湘小八景词》《潇湘大八景词》《潇湘十景词》。王夫之诗歌虽然在许多诗作中分写到湘江，但专写湘江的很少，只有《编年稿》之《渌湘杂兴》，《岳余集》之《纵马三十里晓及樟木市大江寒流荒崖野艇》。《纵马三十里晓及樟木市大江寒流荒崖野艇》云：

霜山晓气下连江，水影寒花的的双。
清绝不知乘一羽，遥天似有碧云幢。

"樟木市"，康和声《王船山先生南岳诗文事略》载："樟木市在郡城下三十里湘水西岸。"③ 现位于衡阳县的东北面，南接石鼓区松木乡，北接衡山县店门镇，东邻珠晖区茶山镇，西靠本县集兵镇。环境优美，交通便利，属于南岳"九观桥"。《渌湘杂兴》云：

迢迢潇湘水，千里发苍梧。上有枫树林，下有蒲与菰。云阴

---

① 参见康和声《王船山先生南岳诗文事略》，岳麓书社2009年版，第197页。
② 参见刘毓崧《王船山先生年谱》，《船山全书》第十六册，岳麓书社1996年版，第238页。
③ 参见康和声《王船山先生南岳诗文事略》，岳麓书社2009年版，第20页。

澹归鸟，波影荡玉凫。得所各谋欢，微心复何须。良境不相置，天情自合符。

浮云无远慕，南风吹我兴。涉江即超越，度岭亦凌乘。生灭不自虑，淹留非所能。是以云将游，过迹久无凭。

早岁涉渌江，今者复经过。六宇自不齐，吾生其如何。高滩飞珠瀑，古树郁青莎。南望岣嵝峰，玄云方嵯峨。天地既相借，萧摇发浩歌。

西风吹大旗，日落鼓角喧。片云自南来，飞雨涤川原。漠漠青天高，群动各已繁。倦客有余心，慷慨自忘言。

我行渡渌水，遂泛湘江滨。渌湘既同流，吾生非异人。来者各乘时，去者日以宾。欲忘而不能，寸念自相亲。

圆月辉东荣，天汉隐中轨。众目有炫蔽，真形无成毁。悲风惊凉衾，徘徊中夜起。仰瞻增浩歌，今昔何纷诡。居然有吾心，仿佛奚所似。物论复何疑，焉能役彼此。

"渌湘"，现属株洲县界，地处湘中部偏东，境内渌水东来，湘江北去，故雅称"渌湘"。

除了咏潇湘外，还咏涟江、湄水等。《编年稿》之《涟江夕泛》云：

霜日余一曛，南林凝夕绿。畴昔闻涟江，清澈勤屡瞩。
天物缓古今，人情故纷足。憺意无先取，良景应前触。
至矣定情游，悠然忘群独。

王夫之歌咏洞庭湖，有《洞庭秋诗》30首。这一组诗写于清康熙

第八章
湖湘传统与王夫之诗歌关系考

八年己酉（1669），王夫之此年已 51 岁，离他中举人观洞庭之年已有 27 年。虽然说 30 首诗都是咏洞庭，但是由于 20 多年未见洞庭景色，直接描写洞庭景色的诗并不多，更多的是由洞庭而引申开去进行议论。

其一云：

> 潇湘北下巴江东，上蟠下际扶青空。
> 天地忘忧消逼侧，凄清作意撩鸿濛。
> 夔子孤城悬太白，三苗余垒挂残虹。
> 古今无那此俄顷，欹危欻尔生苹风。

其二云：

> 月似芦花烟似水，似如不似劳形容。
> 喷雪凝寒犹清适，涵晖冷焰飞轻松。
> 星汉相看交不昧，心魂欲之亦戛从。
> 但觉晃熠透圆碧，不辨愁来忽已逢。

其一十一云：

> 泺泺盈盈不借春，千箫万瑟屯嶙峋。
> 水力未至溢浩渺，雄心仅可吞清贫。
> 张乐鼓瑟凭慰藉，巫娥湘后悯逡巡。
> 自然难释虚无恨，斜月流霜非有因。

其二十三云：

> 浮槎无系巴邱城，缥缈之楼空若惊。
> 微霜覆蓑失残梦，远火照帆悲他情。

乘乘宇内既清澈，脉脉空际或经营。
小范于此言忧乐，胸中无故横甲兵。

其二十五云：

岐嶒何来凛气增，舍此空轮无与胜。
吴天海色遥迎送，楚霜蜀冻交消凝。
荡涤赤日曳素练，消息银汉络珠绳。
从知白帝威权甚，万象泻影涵倾崩。

其二十六云：

鹧鸪声断西日浮，君山未愁黄陵愁。
白浪几何倾楚塞，金风既展讫神州。
萧飒万个撼斑管，迢递千古疑胶舟。
贾至张说尔何物，落拓欲牵万里忧。

从文献所载来看，王夫之一生有五次至洞庭湖区。前四次都是因为赴武昌参加乡试而路过洞庭湖。第五次是"三藩"之乱甲寅年到洞庭湖。《六十自定稿》之《青草湖风泊同须竹与黄生看远汀落雁》就是第五次到洞庭湖后所写，诗云：

荻芽沉绿影，汀际合晶光。遥识归鸿集，从知梦泽长。云移千点曙，风转一行将。凝立迷烟树，轻迁动夕阳。参差香尾乱，珍重羽衣凉。陈列龙沙白，书成太古苍。修眉涵镜曲，仙桂缀蟾光。沙起帘钩荡，洲平瑟柱张。涛惊聊静婉，野旷恣疏狂。酣寝云田腻，栖心蕙圃香。气斜三楚国，神带九秋霜。整翮聊烟水，回翔岂稻粱。浣纱人伫久，垂钓客情忘。凄怨依筠泪，闲愁托杜芳。经寒知柳色，访旧忆莲房。北望关云紫，西清落照黄。息机非倦止,清警正遥望。平展纹波縠,轻浮玉照舫。遥天开画苑,活谱写潇湘。

"青草湖",即巴丘湖,在洞庭湖东南。这首诗首先描绘了洞庭湖的风光:荻芽沉绿影,汀际合晶光,然后描写落雁,用了屈原、舜妃等典故,抒写了凄怨之情。《姜斋诗编年稿》之《湖水》云:

湖水君山尽,巴丘战垒春。中流回碧草,极浦暗黄尘。
日月争朝暮,渔樵有故新。天涯同一寄,未必故园亲。

这首诗写于清康熙十四年乙卯(1675),王夫之57岁,既咏湖光水色,又言"战垒春",显然观湖景中寓某种期待。

第三节 湖湘传统与王夫之诗歌创作特点

一 王船山诗歌的传统宗尚

王夫之非常重诗歌传统,概言之曰崇《诗经》、宗《楚辞》、步武魏晋。

王夫之对于《诗经》的崇尚集中见于他的著作《诗广传》《姜斋诗话》、三种诗歌评选等。《诗广传》是一部由《诗经》引发的对政治、经济、哲学、文学等各个方面进行论述的著作,不限于文学领域。《姜斋诗话》中第一种《诗译》第一则就指出了《诗经》在艺苑中的重要地位,云:"元韵之机,兆在人心,流连泆宕,一出一入,均此情之哀乐,必永于言者也。故艺苑之士,不原本于《三百篇》之律度，则为刻木之桃李。"① 《诗译》第二则强调了《诗经》首倡的"兴、观、群、怨"的重要性，云：

> "诗可以兴，可以观，可以群，可以怨。"尽矣。辨汉、魏、唐、宋之雅俗得失以此，读《三百篇》者必此也。"可以"云者，随所以而皆可也。于所兴而可观，其兴也深；于所观而可兴，其观也审。以其群者而怨，怨愈不忘；以其怨者而群，群乃益挚。出于四情之外，以生起四情；游于四情之中，情无所窒。作者用一致之思，读者各以其情而自得。故《关雎》，兴也；康王晏朝，而即为冰鉴。"訏谟定命，远猷辰告。"观也；谢安欣赏，而增其遐心。人情之游也无涯，而各以其情遇，斯所贵于有诗。是故延年不如康乐，而宋、唐之所繇升降也。谢叠山、虞道园之说诗，并画而根掘之，恶足知此？②

"兴、观、群、怨"是辨汉、魏、唐、宋之雅俗得失的标准，是读《三百篇》的必然依仗。崇《诗经》必崇"兴、观、群、怨"。《姜斋诗话》之《夕堂永日绪论内编》第一则还是强调"兴、观、群、怨"的重要性，云："兴、观、群、怨，诗尽于是矣。"③

崇《诗经》就必定会肯定"诗言志"的诗学观念。《毛诗序》云："诗者，志之所之也。在心为志，发言为诗。情动于中而形于言；言之不足，故嗟叹之；嗟叹之不足，故永歌之；永歌之不足，不知手之舞之，足之蹈之也。"④ 王夫之也继承了"诗言志"的传统，他在《诗广传》卷一《论北门》中说：

---

① 参见戴鸿森《姜斋诗话笺注》，人民文学出版社1981年版，第1页。
② 同上书，第4—5页。
③ 同上书，第41页。
④ 《毛诗正义》，北京大学出版社2000年版，第7页。

第八章
湖湘传统与王夫之诗歌关系考

  诗言志，非言意也；诗达情，非达欲也。心之所期为者，志也；念之所觊得者，意也；发乎其不得已者，情也；动焉而不自持者，欲也。意有公，欲有大，大欲通乎志，公意准乎情。但言意，则私而已；但言欲，则小而已。人即无以自贞，意封于私，欲限于小，厌然不敢自暴，犹有愧怍存焉，则奈之何长言嗟叹，以缘饰而为文章之乎？①

  王夫之对"诗言志"作了更细致的阐述，区分了何为"志"，何为"意"，何为"欲"。

  对于《楚辞》的推崇主要见于王夫之《楚辞通释》，亦见于王夫之诗歌之中。王夫之评《离骚》说：

  若夫荡情约志，淋漓曲折，光焰瑰伟，赋心灵警，不在一宫一羽之间，为词赋之祖，万年不祧。汉人求肖而愈乖。是所谓奔逸绝尘，瞠乎皆后者矣。②

  称屈原的《离骚》"为词赋之祖"，不可谓不高也。

  对于汉魏晋南北朝一些诗人的推崇，是有其叔父王廷聘的影响。王夫之青少年时从叔父王廷聘学诗，王廷聘诗绍黄初景龙，王夫之当然受其影响。当然，王夫之推崇汉魏晋南北朝一些诗人还有其他原因。谭承耕说："至于船山其所以无限推崇谢灵运的诗歌，其原因则更为特殊复杂。这主要是由于船山具有深厚的爱国主义思想、特殊的政治遭遇及诗歌创作实践，因而同情、赞美谢灵运，以致发展到无限推崇其诗歌。"③ 王夫之评谢灵运《登上戍石鼓诗》云："自有五言，

---

① （清）王夫之：《诗广传》，《船山全书》第三册，岳麓书社1996年版，第325页。
② （清）王夫之：《楚辞通释》，上海人民出版社1975年版，第2页。
③ 参见谭承耕《船山诗论及其创作研究》，湖南出版社1992年版，第135页。

未有康乐！既有五言，更无康乐，或曰不然，得无知量之难乎？"① 王夫之评谢灵运《相逢行》云："乐府之制，以蹈厉感人，而康乐不尔。汰音使净，抑气使徐，固君子之所生心，非流俗之能穆耳也。"② 王夫之评曹操《碣石篇》云："四篇皆题碣石，未有海语，自有海情。孟德乐府固卓荦惊人，而意抱渊永，动人以声不以言。彼七子者，臣仆之有余矣。"③ 王夫之评《古诗十九首》云："《十九首》该情一切，群、怨俱宜，诗教良然，不以言著。"④ 王夫之在《明诗评选》卷四"五言古"评刘基《旅兴》云："其韵其神其理，无非《十九首》者。总以胸中原有此理此神此韵，因与吻合；但从《十九首》索韵索神索理，则必不得。"⑤ 王夫之评钱宰《拟客从远方来》云："《十九首》旷世独立，固难为和。"⑥ 王夫之在《古诗评选》卷四评《古诗》云："魏晋以下人诗，不著题则不知所谓，倘知所谓则一往意尽。唯汉人不然，如此诗一行入比，反复倾倒，文外隐而文内自显，可抒独思，可授众感。"⑦ 王夫之还通过大量的对魏晋诗歌的模拟如创作《拟古诗十九首》《拟阮步兵述怀》82首来体现他对魏晋诗人的推崇。

二　湖湘传统与王夫之诗歌题材的选择

纵观王船山诗歌，其中的题材大多选择了以湖湘的景物为表现内容。写景方面，于词，有《潇湘怨词》专集咏潇湘八景和十景；于诗，有《洞庭秋》《岳余集》等诗集专写湖湘山水景物等。除山水景

---

① （清）王夫之：《古诗评选》，《船山全书》第十四册，岳麓书社2011年版，第736页。
② 同上书，第524页。
③ 同上书，第502页。
④ 同上书，第644页。
⑤ 同上书，第1249—1250页。
⑥ 同上书，第1285页。
⑦ 同上书，第652页。

第八章
湖湘传统与王夫之诗歌关系考

物外，王夫之还选取具有湖湘地域特色之物大加吟咏。《雁字诗》之《前雁字诗十九首·序》云：

> 雁字之作，始倡于楚人。楚，泽国也，有洲渚，有平沙，有芦蒋菰菱，东有彭蠡以攸居志，南有衡阳之峰，日所回翼也。故楚人以此宜为之咏欢……而仆于花落莺阑，炎威灭迹之余，追惟帛字。时从异轨，情有殊畛，短歌微吟不能长，斯之谓矣。故诸作者皆赋七言，而仆吟四十字。[①]

咏雁，咏雁字，是楚人提倡的，王夫之就是沿袭而来。《前雁字诗十九首》其一云：

> 缕缕渐深深，当天一片心。书云占朔色，緅瑟谱商音。
> 尺帛无劳系，南楼未易寻。暝烟生极浦，长夜付浮沈。

其三写秋色绵绵、悲声阵陈的天际大雁南来。云：

> 活谱赋秋声，音容共一清。空顽难转语，天老未忘情。
> 羽调悲寒水，行吟倦汨征。芦千怨急凄，绝笔意难平。

其六写大雁鸣叫凄怨。云：

> 无待月中听，哀吟意已明。同文从鸟记，驰檄指龙庭。
> 旁午悲边雪，零丁寄汗青。清泉涵片影，井底血函经。

其八用文天祥、郑所南之典指明大雁哀吟中是有复仇之意。云：

> 今古一相如，飘飘赋子虚。玄文披带草，碧个仿林于。

[①] 《王船山诗文集》下册，中华书局1962年版，第475页。

兰叶肥还瘦，银钩瘗已舒。稻粱非汝志，投笔莫欷歔。

其十描绘天空中的雁字笔画，将大雁写成一位不谋稻粱的高尚之士。云：

此字无人识，空劳历九州。分明扶日月，因草自春秋。
鸱篆删妖步，莺歌耻佞喉。冥飞谁弋篡，不坠草玄楼。

"分明扶日月"，将大雁字塑造为忠于明朝的义士形象。

《楚辞》多咏香草美人，王夫之诗集中有专咏花草的《落花诗》《和梅花百咏诗》等。另外咏花草的诗散见王夫之各种诗集中。《五十自定稿》有《咏百合》《花咏》八首（樱桃、迎春、山矾、紫荆、杜鹃、黄杜鹃、金钗股、冈桐）、《八月梨花》《恺六种凤仙花盈亩聊题长句》等咏花之诗。《六十自定稿》有《咏菊答须竹》《梅花》。《七十自定稿》有《红叶》二首、《见诸生咏瓶中芍药聊为俪句示之》《先开移丹桂一株于窗下作供为赋十六韵》《水仙》等。《姜斋诗分体稿》有《桃花流引》六首。《姜斋诗编年稿》有《□园翠涛诸公作瓶菊诗命仆和作辄成》四首。《柳岸吟》有《元日折梅次定山韵》《和白沙梅花》二首、《和白沙桃花》等。《五十自定稿》之《花咏》八首中，《樱桃》诗云：

艳深消雪冷，行密迓春酣。弱蒂东风试，繁枝细雨堪。
大官谁复荐，啼鸟定先含。献岁摇新恨，群芳且未谙。

《迎春》云：

玉峰疑菡萏，绛佩讵辛夷。蝶醒初春里，香寻未绽时。
云生仙袂重，月上素痕滋。愿结青萝好，亭亭寄远思。

第八章 湖湘传统与王夫之诗歌关系考

《山矾》云：

韶月飞金粟，春云降瑞霙。暄风别有约，芳草共含情。
须浅容寻蝶，香过恰趁莺。仙軿来早暮，即此玉为京。

《紫荆》云：

珍第偕金枕，同欢感异株。虞渊衣未浣，汉玺泥应濡。
疏干捎莺羽，繁英碍蝶须。桃蹊别弄色，泫露泣邢妹。

《杜鹃》云：

采缬轻红药，丹痕竞紫榴，仙归十里幄，云指九重楼。
晴雾笼深晕，平塘炫碧流。如何蜀鸟恨，夜月未消愁。

《黄杜鹃》云：

啼鸟愁如歇，闲情寄浅绀。眉新欲试喜，额晓待添妆。
酒色酺莺羽，春情驻柳香。愁心迷望帝，聊学赭袍黄。

《金钗股》云：

金虎胎含素，黄银瑞出云。参差随意染，深浅一香熏。
雾鬓欹难整，烟鬟翠不分。无惭高士韵，赖有暗香闻。

《冈桐》云：

橄馆辞寒候，江乡记稻春。笑迎朝日上，繁暎晚霞匀。
紫沁侵铅粉，青跌藉绿茵。似怜芳草弱，飞覆玉鳞鳞。

《楚辞》中有招魂之作，王夫之诗歌悼亡、招魂也为其重要内容。《五十自定稿》有《游子怨哭刘母》《来时路悼亡》《哭李一超》《再哭季林兼追悼小勇匡社旧游》《岳峰悼亡四首》《哀管生永叙》《故孝廉李一超以怀贞穷愁死不及有嗣息元配林孺人掖呎太孺人于痹病中十四年不舍榻右猝遘危疾临终悲咽以不得躬亲大事为憾啼声未绝而逝余于一超不浅视道路感泣者自逾涯量裁二诗以将哀尤为太孺人愍悼焉》《从子敉遘闵以后与予共命而活者七年顷予窜身傜中不自以必生为谋敉因留侍伯兄时序未改避伏失据掠骑集其四维方间道往迎已罹鞠凶矣悲激之下时有哀吟草遽佚落仅存绝句四首》《哭欧阳三弟叔敬沈湘》《康州谣追哭督府义兴相公是去秋同邹管二中舍会地》《哭内弟郑忝生》《管大史弓伯挽歌二首》。《六十自定稿》有《闻圣功讣遽赋》《闻极丸翁凶问不禁狂哭痛定辄吟二章》《得须竹鄂渚信知李雨仓长逝遥望鱼山哭之》《风泊中湘访张永明老将吊孙吕二姬烈死读辛卯以来诸公奖贞之篇放歌以情孙吕事详故中舍管公记》。《七十自定稿》有《寄题先兄祠屋》二首、《别峰庵二如表长老类知予者对众大言天下无和峤之癖者唯船山一汉愧不克任而表师志趣于此征矣就彼法中得坐脱其宜也诗以吊之》等悼亡诗。《姜斋诗分体稿》有《广哀诗十九首》《重挽圣功》《万峰韬长老去年寄书有不愿成佛愿见船山之语闻其长逝作此悼之》《为芋岩定遗稿感赋二首》《得安成刘敉功书知举主黄门欧阳公已澶逝三年矣赋哀四首》《小除夕写悲是日为烈皇圣诞先舅氏谭星欹先生亦以是日生括众哀为一章》等悼亡诗。《姜斋诗编年稿》有《哭殇孙用罗文毅公慰彭敷五丧子韵》二首、《补山翁坐系没于江陵遥哭》二首、《夜泊湘阴追哭大学士华亭伯章文毅公》《拜蔡公祠》等悼亡诗。《姜斋诗剩稿》有《悼亡》四首。

《五十自定稿》之《胡安人挽诗·序》云：

> 小司马彭然石焱，征其元配胡安人殉节诗。余方移疾待罪，不敢居风雅之列。已蒙恩得赦，唐宫詹诚以次金黄门堡韵七言四章，付余属和。余别为五言，拟神弦之曲。安人沈玉黔阳，司马

第八章
湖湘传统与王夫之诗歌关系考

从往岭外,妥贞灵,招义魄,抑必有深情将之。李少翁临邛道士之事,抑非贞魂所愿,闻楚有二招,用以慰烈陨,返幽素,连类而铭之,不亦可乎?①

在此明确提出要用楚"二招"之法来慰胡安人之贞魂。其诗云:

> 幽兰自著花,菖蒲自成节。激流难久生,溪风易吹折。
> 凤昔兰闺英,金戋送远道。历历视明星,悠悠思春草。
> 春草生有时,黄尘飞不已。白玉忍蒙沙,清流怨何驶。
> 上有龙标月,下有沅江水。沅水自东流,梧云向南开。
> 蒲花生石上,芳节待归来。

"芳节待归来"就是招胡安人之魂。《岳峰悼亡》其一云:

> 不愁云步滑,慊慊故慵来。多病霜风路,余生隔岁回。
> 凤绡残染泪,蛛网誓封苔。旧是销魂地,重寻有劫灰。

其二云:

> 到来犹自喜,仿佛近檐除,小圃忙挑菜,闲窗笑读书。
> 忽惊身尚在,莫是客凌虚。楚些吾能唱,魂兮其媵余。

此诗作于清顺治十八年辛丑(1661)。王夫之虽于辛丑前一年春夏间,由南岳徙居衡阳县金兰乡茱萸塘败叶庐,郑夫人逝世后,辛丑年又单独重回南岳,故云"岳峰悼亡"。所悼为王夫之继配郑夫人。郑夫人,与先生婚于清顺治七年庚寅,顺治十八年辛丑(1661)夏六月死于衡阳茱萸塘败叶庐。《五十自定稿》中另有王夫之于同年作《来时路·悼亡》,王敔附注曰:"此先君子挽先妣郑孺人之诗。"可作

---

① 《王船山诗文集》上册,中华书局1962年版,第137页。

为该篇系挽郑夫人之旁证。该篇为四首,第一首主要抒发重回夫妻共同生活的故地有感。"余生隔岁回",指王夫之与郑夫人前一年离开南岳去衡阳县茱萸塘败叶庐定居,而一年后只有王夫之一人再回南岳。康和声《王船山先生南岳诗文事略》:"谓去年丙申曾入岳登双髻峰,隔岁再来。"①"客凌虚",凌虚,升于空际,这里指郑氏魂魄宛若飘在空中。"楚些",楚辞《招魂》语尾皆有语气词"些",后因以"楚些"泛指楚地的声调或楚辞。此句指可唱招魂之曲。《九歌·河伯》:"波滔滔兮来迎,鱼邻邻兮媵予。"直接引用《楚辞》诗句,如《招魂》《九歌》中的诗句。《哭欧阳三弟叔敬沈湘》其一云:

菖雨苹风杜若香,怀沙千古吊潇湘。
迟回怕唱招魂曲,不信人间别已长。

"欧阳三弟叔敬",欧阳惺,字叔敬,衡阳诸生,清顺治十三年丙申(1656)溺湘死。《姜斋诗分体稿》:辛酉《广哀诗》第九有《欧阳文学惺》一首。自注:"于予为中表弟,少予二岁。""招魂曲",招死者之魂。《仪礼·士丧礼》:"复者一人。"汉郑玄注:"复者,有司招魂复魄也。"招生者之魂。《楚辞》有《招魂》篇,汉王逸《题解》:"《招魂》者,宋玉之所作也……宋玉怜哀屈原,忠而斥弃,愁懑山泽,魂魄放佚,厥命将落。故作《招魂》,欲以复其精神,延其年寿。"

三 湖湘传统与王夫之诗歌表现方法的选择

王夫之将"兴、观、群、怨"称为"四情",云:

"诗可以兴,可以观,可以群,可以怨。"尽矣……于所兴而

---

① 参见康和声《王船山先生南岳诗文事略》,岳麓书社2009年版,第113页。

第八章
湖湘传统与王夫之诗歌关系考

可观,其兴也深;于所观而可兴,其观也审。以其群者而怨,怨愈不忘;以其怨者而群,群乃益挚。出于四情之外,以生起四情;游于四情之中,情无所窒。①

"兴、观、群、怨"是由《诗经》而来的诗学观念,其核心是强调"情"的重要性。王夫之说:"诗以道情,'道'之为言'路'也。诗之所至,情无不至;情之所至,诗以之至。"② 王夫之又说:"关情是雅俗鸿沟,不关情者貌雅必俗。"③《楚辞》大多数诗篇,抒发了忠贞之哀情,因而,王夫之重诗歌抒情,既是《诗经》传统的继承,又是《楚辞》传统的弘扬。

这种重"情"即"诗道性情"是王夫之的核心诗学观念,具体就方法来讲就是情景交融表现方法的选择和使用。王夫之在《姜斋诗话》卷二《夕堂永日绪论》中云:

> 近体中二联,一情一景,一法也。"云霞出海曙,梅柳渡江春。淑气催黄鸟,晴光转绿苹。""云飞北阙轻阴散,雨歇南山积翠来。御柳已争梅信发,林花不待晓风开。"皆景也,何者为情?若四句俱情而无景语者,尤不可胜数,其得谓之非法乎?夫景以情合,情以景生,初不相离,唯意所适。截分两橛,则情不足与,而景非其景。且如"九月寒砧催木叶",二句之中,情景作对;"片石孤云窥色相"四句,情景双收;更从何处分析?陋人标陋格,乃谓"吴楚东南坼"四句,上景下情,为律诗宪典,不

---

① 参见戴鸿森《姜斋诗话笺注》,人民文学出版社1981年版,第4页。
② (清)王夫之:《古诗评选》卷四,《船山全书》第十四册,岳麓书社2011年版,第654页。
③ (清)王夫之:《明诗评选》卷六,《船山全书》第十四册,岳麓书社2011年版,第1510页。

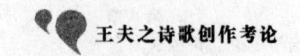

顾杜陵九原大笑。愚不可瘳,亦孰与疗之?①

王夫之在此指出,时人在写格律诗时遵循的法则或者说一种方法,就是在中间二联采用一抒情一写景,然后举例说明没有截然分开的情景,而应该是"景以情合,情以景生"。王夫之又说:

> 情、景名为二,而实不可离。神于诗者,妙合无垠。巧者则有情中景,景中情。景中情者,如"长安一片月",自然是孤栖忆远之情;"影静千官里",自然是喜达行在之情。情中景尤难曲写,如"诗成珠玉在挥毫",写出才人翰墨淋漓、自心欣赏之景。凡此类,知者遇之;非然,亦鹘突看过,作等闲语耳。②

情、景必须妙合无垠,这是王夫之对运用情景融合方法的要求,为此他划分了"情中景"与"景中情"两种不同情况。"长安一片月"是景中情,而"诗成珠玉在挥毫"是情中景。王夫之还将"景"细分为"大景""小景""大景中小景",说:

> 有大景,有小景,有大景中小景。"柳叶开时任好风""花覆千官淑景移"及"风正一帆悬""青霭入看无",皆以小景传大景之神。若"江流天地外,山色有无中""江山如有待,花柳更无私",张皇使大,反令落拓不亲。宋人所喜,偏在此而不在彼。近唯文征仲《斋宿》等诗,能解此妙。③

以小景传大景之神是情景融合之一法,而以写景之心理言情是另一法,王夫之说:

---

① 参见戴鸿森《姜斋诗话笺注》,人民文学出版社1981年版,第75—76页。
② 同上书,第72页。
③ 同上书,第92页。

第八章
湖湘传统与王夫之诗歌关系考

不能作景语,又何能作情语耶?古人绝唱句多景语,如"高台多悲风""蝴蝶飞南园""池塘生春草""亭皋木叶下""芙蓉露下落",皆是也,而情寓其中矣。以写景之心理言情,则身心中独喻之微,轻安拈出。谢太传于《毛诗》取"讦谟定命,远猷辰告",以此八句如一串珠,将大臣经营国事之心曲,写出次第,故与"昔我往矣,杨柳依依;今我来思,雨雪霏霏"同一达情之妙。①

情景交融方法虽有多种技法,但关键处是其中的"意",所谓"夫景以情合,情以景生,初不相离,唯意所适",所以王夫之说:

无论诗歌与长行文字,俱以意为主。意犹帅也。无帅之兵,谓之乌合。李、杜所以称大家者,无意之诗,十不得一二也。烟云泉石,花鸟苔林,金铺锦帐,寓意则灵。若齐、梁绮语,宋人抟合成句之出处,役心向彼掇索,而不恤己情之所自发,此之谓小家数,总在圈缋中求活计也。②

这种"意"是什么呢?这种"意"不是"景",不然"烟云泉石,花鸟苔林,金铺锦帐,寓意则灵"这句话就无法解释了。"意"与"情"有关,所以接下来说宋人的毛病时特意说了"而不恤己情之所自发"。这种"意"应该是"含情而能达,会景而生心,体物而得神"的"兴会",或者说"灵感"。正因为这样,所以王夫之又说:"情景一合,自得妙语。"③

生活中某事触动了"灵感"而使用情景交融的方法吟诗,这是王

---

① 参见戴鸿森《姜斋诗话笺注》,人民文学出版社1981年版,第91—92页。
② 同上书,第44页。
③ (清)王夫之:《明诗评选》,《船山全书》第十四册,岳麓书社2011年版,第1434页。

· 383 ·

夫之创作最常用的方法。这样的例子在王夫之诗集中俯拾即是。如王夫之作《石船山记》就是一例。石船山，是王夫之隐居地——湖南衡阳县金兰乡一处小山，他在文中说：

  船山，山之岑有石如船，顽石也，而以之名。其岗童，其溪渴，其靳有之木不给于荣，其草瘫靡纷披而恒若涸，其田纵横相错而陇首不立，其沼凝浊以停而屡竭其濒，其前交蔽以绠送远之目，其右迤于平芜而不足以幽，其良禽过而不栖，其内趾之狞者与人肩摩而不忌，其农习视其塍圻之坍谬而不修，其俗旷百世而不知琴书之号。然而予之历溪山者十百，其足以栖神怡虑者往往不乏，顾于此阅寒暑者十有七，而将毕命焉，因曰：此吾山也。①

由王夫之之文可知石船山是一座无丝毫特色的小石山，王夫之对它感兴趣是因为在此生活了17年。果真是这样的吗？王夫之又说：

  无可名之于四远，无可名之于末世，偶然谓之，欻然忘之，老且死，而船山者仍还其顽石。严之濑、司空之谷、林之湖山，天与之清美之风日，地与之丰洁之林泉，人与之流连之追慕，非吾可者，吾不得而似也。吾终于此而已矣。②

王夫之称"石船山"为"吾山"，不仅是因为王夫之在此生活17年，而是石船山同自己一样"无名"而且是"顽石"，因此，触发了王夫之的灵感，将自然之景物与自己人格之追求重合在一起，"情""景"之合，"唯意所适"。

  王夫之《落花诗》收99首诗，其中不乏灵感触发情景交融之作。

---

① 《王船山诗文集》上册，中华书局1962年版，第40页。
② 同上书，第41页。

第八章 湖湘传统与王夫之诗歌关系考

《正落花诗》其一云：

> 弱羽殷勤亢谷风，息肩迟暮委墙东。
> 销魂万里生前果，化血三年死后功。
> 香老但邀南国颂，青留长伴小山丛。
> 堂堂背我随余子，微许知音一叶桐。

首联写落花如鸟飘飞在风中，落在墙的东面。是景语，而颔联是情语，思念远在云南、缅甸的南明桂王，连用两典，使情中有景。颈联亦如颔联。通首诗多用亡国之痛之典，以落花之景而抒亡国之人的飘零与悲伤以及不能忘却之情。《正落花诗》其五云：

> 昔昔回头艳已轻，苔情欲薄藓相迎。
> 香遮蚁迳迷柯郡，雨浥莺声唱渭城。
> 傍砌可能别有主，依萍取次但怀清。
> 陌桑曲柳空相识，我自非卿卿自卿。

"昔昔"，《昔昔盐》的简称。盐，通"艳"，引曲。"迷柯郡"，典出唐传奇小说《南柯太守传》，写淳于棼醉后梦入大槐安国，官任南柯太守，20年享尽荣华富贵，醒后发觉原是一梦，一切全属虚幻。后人因此用"南柯一梦"借喻世间荣华富贵不过是一场空梦。"怀清"，《史记·货殖列传》中记载，秦始皇为其"筑女怀清台"，后以"怀清"比喻妇女贞洁。此诗亦情亦景并连用典，将落花拟为女性，虽有迷惘，但其情甚笃。

喜用比、兴，是《诗经》也是《楚辞》的特点，当然也可以说是湖湘的传统。这种传统被王夫之继承。无论是《姜斋诗话》还是三大诗评，其中不乏对比、兴的论述。《明诗评选》卷一刘基《节妇吟》评语云："滥驱兴比，正意即在中转。"《明诗评选》卷一高启

· 385 ·

《君马黄》评语云:"借题横发,自作乐府。兴、比、赋顺手恣用,如岳侯将兵,妙在一心。"《明诗评选》卷八"七言绝句"梁有誉《越江曲》云:

> 横塘风起送新凉,蒲叶拍波江水长。
> 莫道春归花落尽,中流还有杜蘅香。

王夫之评云:"可赋、可兴、可比。"卷二云:

> 把定一题、一人、一事、一物,于其上求形模,求比拟,求词采,求故实;如钝斧子劈栎柞,皮屑纷霏,何尝动得一丝纹理?以意为主,势次之。势者,意中之神理也。唯谢康乐为能取势,宛转屈伸,以求尽其意,意已尽则止,殆无剩语;夭矫连蜷,烟云缭绕,乃真龙,非画龙也。①

"求形模,求比拟",应该与"比"的手法有关。《姜斋诗话》卷二云:

> 咏物诗,齐、梁始多有之。其标格高下,犹画之有匠作,有士气。征故实,写色泽,广比譬,虽极镂绘之工,皆匠气也。又其卑者,饾凑成篇,谜也,非诗也。李峤称"大手笔",咏物尤其属意之作,裁剪整齐而生意索然,亦匠笔耳。②

"广比譬"是指"比"。王夫之没有给"比""兴"下定义,但也或多或少给"比""兴"的内涵进行阐述。王夫之在《姜斋诗话》卷一中云:"兴在有意无意之间,比亦不容雕刻。"这就是说"兴"的出现是指诗中出现的看似与表达的东西无关但又有关,是一种比较朦胧

---

① 参见戴鸿森《姜斋诗话笺注》,人民文学出版社1981年版,第48页。
② 同上书,第152—153页。

第八章
湖湘传统与王夫之诗歌关系考

的关系。"比"呢？显然用来表达的东西与表达的东西的关系更加紧密，但不能细细摹刻。《明诗评选》卷二朱器封《均州乐》其二云：

> 临州贾人黄篾船，浼浼青油篙刺天。
> 下船上岸买鱼酒，二八当垆夸数钱。
> 烟萦罗幌春将晚，白日衔山不思返。
> 珠帘红袖影傞俄，楼上明妆楼下波。
> 沙棠树上娇春鸟，月出平江齐唱歌。

王夫之评语云：

> 一色用兴写成，藏锋不露，歌行虽尽意排宕，然吃紧处亦不可一丝触犯。①

整首诗写水边岸上的景致，包括自然景色与人的活动。这种"一色用兴写成"似乎就是指没有斧凿之痕的描绘。所以才说："兴在有意无意之间。"正因为这样，王夫之将比兴与情景相提并论，他说：

> 兴在有意无意之间，比亦不容雕刻；关情者景，自与情相为珀芥也。情景虽有在心在物之分，而景生情，情生景，哀乐之触，荣悴之迎，互藏其宅。天情物理，可哀而可乐，用之无穷，流而不滞，穷且滞者不知尔。"吴楚东南坼，乾坤日夜浮。"乍读之若雄豪，然而适与"亲朋无一字，老病有孤舟"相为融浃。当知"倬彼云汉"，颂作人者增其辉光，忧旱甚者益其炎赫，无适而无不适也。唐末人不能及此，为"玉合底盖"之说，孟郊、温

---

① 《船山全书》第十四册，岳麓书社 2011 年版，第 1216 页。

庭筠分为二垒。天与物其能为尔阃分乎?①

王夫之在《姜斋诗话》卷二中论述"比"时云:

《小雅·鹤鸣》之诗,全用比体,不道破一句,《三百篇》中创调也。要以俯仰物理而咏叹之,用见理随物显,唯人所感,皆可类通;初非有所指斥,一人一事,不敢明言,而姑为隐语也。若他诗有所指斥,则皇父、尹氏、暴公,不惮直斥其名,历数其慝;而且自显其为家父,为寺人孟子,无所规避。诗教虽云温厚,然光昭之志,无畏于天,无恤于人,揭日月而行,岂女子小人半含不吐之态乎?《离骚》虽多引喻,而直言处亦无所讳。宋人骑两头马,欲博忠直之名,又畏祸及,多作影子语巧相弹射,然以此受祸者不少,既示人以可疑之端,则虽无所诽诮,亦可加以罗织。观苏子瞻乌台诗案,其远谪穷荒,诚自取之矣;而抑不能昂首舒吭以一鸣,三木加身,则曰"圣主如天万物春",可耻孰甚焉!近人多效此者,不知轻薄圆头恶习,君子所不屑久矣。②

由上所述可知,王夫之所指的"比"是通常意义的比喻,是相近的,但反对将诗使用于政治影射。王夫之说:"宋人不知比赋,句句之牵合,乃章惇一派舞文,陷人机智。""六义中唯比体不可妄,自非古体长篇及七言绝句而滥用之,则必凑泊迂窒。即间一为此,亦必借题而不借句,如《婕妤怨》《明妃曲》之类是也。"③ 王夫之《明诗评选》卷八"七言绝句"朱阳仲《长门怨》云:

---

① 参见戴鸿森《姜斋诗话笺注》,人民文学出版社1981年版,第33—34页。
② 同上书,第127页。
③ (清)王夫之:《唐诗评选》卷三,《船山全书》第十四册,岳麓书社2011年版,第1019页。

第八章 湖湘传统与王夫之诗歌关系考

> 春尽长门凤辇稀,宫莺百啭绕蔷薇。
> 落花千片如红雪,飞入昭阳作燕呢。

王夫之评云:"不可竟作比说,即此是述情事,即此似可作比,空微想象中,忽然妙合,必此乃办作诗。"[①] 用落花比陈皇后是一种妙合,并不是有意为之。

对于比兴,王夫之有如此的认识,在他的诗歌创作更有这样的实践。《桃花流水引》云:

> 浩劫天台忆不真,飞花偶掠鬓丝银。
> 闲抛万点猩猩血,掷与人间唤作春。

描写桃花开放的春景为兴,将凋落的桃花拟"血"是为比。又王夫之《绝句》云:

> 半岁青青半岁荒,高田草似下田黄。
> 埋心不死留春色,且忍罡风十年霜。

通首比体,以草拟人。又王夫之《南岳摘茶词》其一云:

> 深山三月雪花飞,折笋禁桃乳雀饥。
> 昨日刚刚过谷雨,紫草的的赛春肥。

其九云:

> 山下秧争韭叶长,山中茶赛马兰香。
> 逐队上山收晚茗,奈他布谷为人忙。

其十云:

[①] (清)王夫之:《明诗评选》卷八,《船山全书》第十四册,岳麓书社 2011 年版,第 1613 页。

> 沙弥新学唱皈依，板眼初清错字稀。
>
> 贪听姨姨采茶曲，家鸡又逐野凫飞。

以上三首用王夫之自己的话来说就是"一色用兴写成"。

以游仙炼丹的歌咏寄寓现实情怀亦是湖湘的文学传统。《楚辞通释·序例》云：

> 远游，极玄言之旨。非诸皋、洞冥之怪说也。后世不得志于时者，如郑雪庵，类逃于浮屠。未有浮屠之先，逃于长生久视之说。其为寄焉一也。黄老修炼之术，当周末而盛，其后魏伯阳、葛长庚、张平叔皆仿彼立言。非有创也。故取后世言玄者铅汞、龙虎、炼己、铸剑、三花、五炁之说以诠之，而不嫌于非古。①

王夫之又于《楚辞通释》卷五云：

> 按原此篇，与《卜居》《渔父》皆怀王时作。故彭咸之志虽夙，而引退存身，以待君悔悟之望，犹迟回未决。此篇所赋，与骚经卒章之旨略同而畅言之。原之非婞直忘身，亦于斯见矣。所述游仙之说，已尽学玄者之奥，后世魏伯阳、张平叔所隐秘密传以托妙解者，皆已宣洩无余。盖自彭、聃之术兴，习为滃洸之寓言。大率类此。要在求之神意精气之微，而非服食烧炼祷祀及素女淫秽之邪说可乱，故以魏、张之说释之，无不唇合。而王逸所云，与仙人游戏者，固未解其说，而徒以其辞尔。若原达生知命，非不习于远害尊生之道，而终不以易其怀贞之死，则轶彭、聃而全其生理，而况汲汲贪生以希非望者乎？志士仁人，博学多通，而不迁其守。于此验矣。②

---

① （清）王夫之：《序例》，《楚辞通释》，上海人民出版社1975年版。
② （清）王夫之：《楚辞通释》，上海人民出版社1975年版，第101页。

第八章
湖湘传统与王夫之诗歌关系考

　　表面上看起来，王夫之是说如何释解《楚辞》中的《远游》，但实际上也透露了王夫之沿自楚骚传统的另一种表现手法——以游仙为寓言表达方式。这种表达手法在王夫之诗歌创作中被大量采用。这种表现见于王夫之许多诗集，尤集中见于《遣兴诗》及《游仙诗》。